Pawel Florenski

Meinen Kinder

Pawel Florenski

Meinen Kindern

Erinnerungen an eine Jugend
im Kaukasus

Deutsch von
Fritz und Sieglinde Mierau

Urachhaus

Die Übersetzung beruht auf der ersten vollständigen russischen Ausgabe, für die das Copyright in Händen der Familie Florenski, Moskau, ruht: Pawel Florenski, Detjam moim. Wospominanija proschlych dnej. Genealogitscheskie issledowanija. Is solowezkich pisem. Sawestschanie, Moskwa 1992.

Die Schreibweise russischer Namen und Begriffe in dieser Ausgabe folgt der Duden-Umschrift, die, leicht les- und aussprechbar, in ihrer Volkstümlichkeit den Intentionen Florenskis entgegenkommt.

Besonderer Dank gilt dem Enkel des Autors, Pawel Wassiliewitsch Florenski, der diese Ausgabe unterstützt und mit Fotographien aus dem Familienarchiv bereichert hat. Selbstlos hat Herr Dr. Michael Hagemeister, Marburg, diese Ausgabe mit vielfältigem Rat begleitet.

Mit einem Nachwort von Fritz Mierau

Die Deutsche Bibliothek – CIP-Einheitsaufnahme

Florenskij, Pavel A.:
Meinen Kindern: Erinnerungen an eine Jugend im Kaukasus /
Pawel Florenski. Dt. von Fritz und Sieglinde Mierau. –
Stuttgart: Urachhaus, 1993
Einheitssacht.: Detjam moim <dt.>
ISBN 3-87838-936-1

ISBN 3 87838 936 1
© 1993 Verlag Urachhaus Johannes M. Mayer GmbH, Stuttgart
Umschlaggestaltung Bruno Schachtner, Dachau
Herstellung: Clausen & Bosse, Leck

Inhalt

1. Frühe Kindheit

Die einsame Insel

1916. 7. IX. Nacht.
Nach den Vorbereitungen zum Gottesdienst:
Am Vorabend der Geburt
der Heiligen Gottesgebärerin.
Ich schreibe auf dem Pult
vor der Bilderwand im Lichte der Ampel.
Überarbeitet 1916. 20. IX.

Unsere Familie (ich meine die Eltern und die bei uns lebenden
Tanten und uns Kinder), unsere Familie bildete eine geschlos-
sene kleine Welt. Vater und Mutter, die Mutter besonders,
waren darauf bedacht, die Familie von allem, was außerhalb
von ihr war, fernzuhalten. Die ungewöhnlich große Neigung
meiner Eltern füreinander; der Widerwille meines Vaters gegenüber allem Gewöhnlichen im gesellschaftlichen Alltag
und die stolze Lebensangst meiner Mutter; die Auffassung
meines Vaters (und auch meiner Mutter), jede gesellschaftliche Bindung und jede Art menschlicher Aktivität sei, wenn
auch nicht gänzlich abzulehnen, so doch im Vergleich zur Familie unendlich gering zu schätzen; dann vielleicht die unge-
nügende Versorgtheit der Familie in der Zeit ihres Entstehens, die grundsätzliche Verachtung jeder Konvention, allen
»Firlefanzes« und Flitterkrams bei meinem Vater und bestärkt durch ihn auch bei meiner Mutter; ein gewisser, wenig
verständlicher, aber unzweifelhaft vorhandener aristokrati-
scher Stolz der Familie, besonders der Mutter, und das ständig mit der Betonung »wir sind ganz gewöhnliche Leute«,

was sie sich offenbar selbst einredete, ohne wirklich daran glauben zu können; vielleicht ein Hauch der Vergeistigung auf dem Boden einer Lebensabkehr und eines eigentümlichen, nicht kirchlichen, nicht religiösen Asketismus – all das führte dazu, daß unser Leben einem Leben auf einer einsamen Insel glich, wenn man so will auf einer unbewohnten Insel, wir waren nicht besonders neugierig auf Menschen, sondern bemüht, uns abseits zu halten. Die Menschen hätten dieses Insel*paradies* seiner Reinheit, seiner Ruhe und seiner Unbedingtheit berauben können, deshalb waren sie nur geduldet, und auch das nur vorübergehend.

Ich sagte »*Paradies*«, denn so verstehe ich meinen Vater – er wollte auf dem reinen Grund des Familienlebens ein Paradies errichten, das durch nichts zu bedrohen wäre, weder durch äußere Unbilden noch durch die Kälte und den Schmutz der gesellschaftlichen Beziehungen und wohl nicht einmal durch den Tod. Ja, soweit ich ihn verstehe, hat mein Vater den Tod nie einkalkuliert, ebenso wenig wie die Sünde, obwohl er als Pessimist zugab »Menschen sind immer und überall Menschen mit ihren Leidenschaften und Schwächen«. Die Aufgabe dieses Lebensexperiments, für die mein Vater wirklich sein Leben hingab und auf die er viele, viele seiner reichen und großartigen Gaben und große Anstrengung verwendete, war es also, die Familie von allem, was *anders* war, auf das sorgfältigste fernzuhalten, von allem, was die Ruhe dieses wolkenlosen Daseins stören konnte. Die ganze Last des Alltags trug der Vater allein, die Familie durfte nicht damit behelligt werden; und als er die Last nicht mehr allein tragen konnte, all diese Mühen und Sorgen und Unannehmlichkeiten des Alltags, damit die Familie davon verschont bliebe, brach er zusammen, er verlor angesichts seines unverwirklichten Lebens das Gleichgewicht, körperlich und geistig. Das war wahrhaft eine Katastrophe: Vor seinen Augen stürzte alles zusammen, was er sein Leben lang aufzurichten versucht und wofür er sich aufgeopfert hatte. Ja, aufgeopfert, denn die Familie war sein Idol, sein Gott und er ihr Priester und ihr Opfer.

Die Aufgabe der Familie war es, sich von der Umgebung zu isolieren. Unser Leben war ein Leben »*in uns*«, wenn auch nicht »*für uns*« – ein vom gesellschaftlichen Umgang und von der Vergangenheit abgeschnittenes Dasein. Im Raum wie in der Zeit waren wir ein »neues Geschlecht«, eine neue Generation, wir ganz allein. Natürlich hing diese Lebensführung nicht allein von dem Wunsch der Eltern ab, sondern von vielen Umständen, unabhängig von irgend jemandes Absicht. Wie dem auch sei, wir Kinder kannten die Vergangenheit unserer Familie fast gar nicht, von der unseres Geschlechts ganz zu schweigen. Der Blick meiner Eltern war auf die Gegenwart und vor allem auf die Zukunft gerichtet. Und die Vergangenheit... die Vergangenheit wurde geleugnet, theoretisch, praktisch war sie unbekannt oder so gut wie unbekannt; soweit es die Vergangenheit der Eltern selbst betraf, war sie nicht rosig gewesen. Darauf werde ich später zurückkommen. Jetzt nur so viel, mein Vater wie meine Mutter waren beide aus ihren Geschlechtern herausgefallen; verständlich, daß ihnen der Faden der lebendigen Überlieferung entglitten war, vielleicht hatten sie ihn auch einfach losgelassen. Wir Kinder wußten davon fast nichts. Dann erfuhr ich einiges. Aber das war erst später.

Und auch das nur durch Ausfragen, wobei meine Mutter übrigens nie bereitwillig und unumwunden antwortete, durch Gespräche mit Fremden, durch Nachforschungen in Archiven und Büchern. Das war keine Kenntnis, die ich mit der Muttermilch eingesogen hatte, sie war ohne Leben, meinem Verstand nicht auf ewig eingeprägt, sondern es war der Versuch, die Vergangenheit auf archäologischer Grundlage zu restaurieren, eine wissenschaftliche Arbeit wie jede andere. Es ist schmerzlich und betrübt mich, daß das so ist; aber es ist so. Ich bete zu Gott, meine Lieben, daß es mir gelungen sein möge, euch auf einem lebensvolleren und ursprünglicheren Boden großzuziehen; Gott gebe, daß alles, was ich in langem Bemühen und mit vieler Anstrengung für euch gefunden habe, euch auch zum Nutzen gereiche und ihr nicht an Atemnot in einem geschichtslosen Milieu leiden müßt, wie das eurem Vater widerfahren ist. Meine Eltern zählten auf ihre Art zu den Selbstlosen und Gerechten; aber ihre Weltanschauung, die den Versuch darstellte, durch die *Familie* den *Nihilismus* zu überwinden, der sie in ihrer Jugend umgab, barg selbst das Gift des Nihilismus in sich. Ich beschuldige meine Eltern nicht, denn sie haben nicht nur viel für uns getan, sondern auch für sich selbst, indem sie den Positivismus durch die Schaffung einer positivistischen Religion der Familie immanent zu überwinden versuchten. Aber ich wiederhole, es war dies eine schreckliche Periode in der russischen Geschichte, wie viele Seelen wurden nicht zerstört, wie viele reine Herzen ins Unglück gestürzt und in die Unbehaustheit getrieben! Ohne das Gefühl eines lebendigen Zusammenhangs mit den Großvätern und Urgroßvätern ist man der Stützpunkte in der Geschichte beraubt. Ich aber möchte in der Lage sein, mir ganz darüber klarzuwerden, welches mein Teil gewesen ist und wo ich mich in jedem Augenblick der Geschichte unserer Heimat und der Welt befunden habe – ich natürlich in Gestalt meiner Vorfahren. Dieses Wissens war ich beraubt, wenn ich auch immer ahnte, warum weiß ich nicht, daß unser Geschlecht sehr alt und die Möglichkeit einer geschichtlichen Selbstbestimmung für uns, die Florenskis, prinzipiell nicht ausgeschlossen ist.

Wie dem auch sei, ich wuchs ohne Vergangenheit auf. Wenn ich euch nun, meine lieben Söhne, von meinem Leben und meinen Eindrücken erzähle, beschränke ich mich dabei bewußt auf den Kreis von Kenntnissen, der mir von Kindheit an vertraut ist und den ich in mein Bewußtsein aufgenommen habe. Die anderen Kenntnisse, die ich später gewann, werde ich euch in einer besonderen Arbeit, die wissenschaftlichen Charakter tragen wird, darlegen; wenn hier dennoch etwas von jenen anderen Kenntnissen durchscheint, dann nur insoweit, als das für das Verständnis meines Berichtes unumgänglich nötig ist. So wird es leichter für mich sein, euch eine Vorstellung vom Geist unserer Familie, von der Art unseres Lebens, von meinen frühen Interessen und den Beschäftigungen der einzelnen Familienmitglieder zu geben. Außerdem kann ich auch nur so die Einsamkeit unserer »Insel« schildern.

Ich spreche hier die ganze Zeit von unserer Familie. Nun will ich endlich genauer beschreiben, wer dazu gehörte.

Die Familie eures Großvaters

1916.20.IX. Sergijew Posad

Unsere Familie bestand aus meinem Vater (eurem Großvater) Alexander Iwanowitsch Florenski, meiner Mutter (eurer Großmutter, »Oma Olja«, wie Wasja sie nennt) Olga Pawlowna, meiner Tante, der Schwester meines Vaters, Julia Iwanowna Florenskaja, und uns Kindern, die in dieser Reihenfolge zur Welt kamen: ich (Pawel, geboren am 9.Januar 1882), Ljusja (Julia, geboren am 1.Juli 1884), Lilja (Jelisaweta, geboren am 7.Mai 1886), Schura (Alexander, geboren am 7.März 1888), Walja (Olga, geboren am 19.Februar 1890), Gossja (Raissa, geboren am 16.April 1894) und Andrej (geboren am 1.Dezember 1899), sowie den Schwestern meiner Mutter, die lange bei uns lebten oder bei uns zu Gast waren. Am häufigsten wohnte Tante Remso bei uns (Raissa Pawlowna, wie sie Papa nannte, oder genauer Repsimija Pawlowna Tawrisowa, später nach ihrem zweiten Mann Konowalowa); Tante Sonja (Sofja Pawlowna, später Karamjan), die von uns aus ins Ausland fuhr und dann heiratete, besuchte uns ziemlich selten, weil sie in anderen Städten wohnte. Tante Lisa (Jelisaweta Pawlowna Melik-Begljarowa) war mit ihren

Kindern Margarita und David manchmal bei uns zu Besuch, sie stand genauso wie ihr Mann Sergej Tejmurasowitsch Melik-Begljarow unserer Familie durchaus nahe, wohnte aber nicht ständig bei uns. Was unsere Tante Warja (Warwara Pawlowna) angeht, so ist die Arme früh gestorben, und ich erinnere mich nur dunkel an sie. Das ist unser ganzer Familienkreis. Vielleicht kann man noch den sehr selten bei uns auftauchenden Bruder meiner Mutter, Arkadi, hinzufügen, genauer Arschak Pawlowitsch Saparow, den wir »Onkel Arschak« nannten, und dessen Kinder Elja, Tamara, Nina, Pawel, Ljalja und Marusja, die alle gelegentlich unser Haus besuchten. Doch ich wiederhole, das waren keine sehr nahen Beziehungen, und zur engeren Familie gehörten lediglich meine Tanten. Wir hatten auch Bekannte. Die Familien, die uns am nächsten standen, waren die Nowomejskis und die Androssows. Von ihnen an geeigneter Stelle.

Zum besseren Verständnis unserer Familie nun, meine lieben Söhne, einiges über ihre Mitglieder, ich werde später nicht mehr darauf zurückkommen.

Mein Vater, Alexander Iwanowitsch Florenski, war der Sohn von Iwan Andrejewitsch Florenski (und, wie ich später erfuhr, der Enkel von Andrej Matwejewitsch) und seiner Frau Anfissa Uarowna geb. Solowjowa, Tochter von Uar Jefimowitsch Solowjow. Den Vatersnamen meiner Großmutter und gar den meines Urgroßvaters erfuhr ich erst bedeutend später. Ich füge bei der Gelegenheit hinzu, daß ich bei meinen Nachforschungen auch die Namen meiner Urgroßmütter erfuhr: Wassa Timofejewna war die Mutter von Iwan Andrejewitsch, Jekaterina Afanasjewna geb. Iwanowa war die Mutter von Anfissa Uarowna. Mein Vater wurde am 30. September 1850 geboren, »10 Uhr abends«, wie es in dem Notizbuch meines Großvaters heißt. Seinen Namenstag feierten wir am 23. November; aus einer Notiz meines Großvaters erfuhr ich, daß er eigentlich auf den 22. Oktober fiel.

Nach meinen Berechnungen fiel der 30. September 1850 auf einen Sonnabend. Sein Vater war Militärarzt. Ich glaube aber, mein Vater hat von seinen Eltern nichts mitbekommen, die Mutter starb, als er etwas über einen Monat alt war, am 7. November 1850, und der Vater am 11. November 1866. Doch mein Vater hat mit seinem Vater wenig zusammengelebt, weil er außerhalb des Hauses unterrichtet wurde.

1916. 15. X. Sergijew Posad

Er besuchte nämlich das klassische Gymnasium in Wladikawkas und später das erste klassische Gymnasium in Tiflis auf dem Golowinski Prospekt; er lernte gut, er war der beste Schüler, mußte jedoch infolge einer Geschichte mit dem Direktor Shelichowski, den er, durch das Los bestimmt, mit einigen Kameraden zu verprügeln ausersehen war, das Gymnasium verlassen; vor dem Wolfsbillet des Schulverbots rettete ihn allein die Fürsprache der Öffentlichkeit. Er legte dann sein Examen als Externer ab und studierte am Institut für Zivilingenieure in St. Petersburg, das er 1880 absolvierte.

Am 20. August 1880 heiratete er meine Mutter Olga Pawlowna Saparowa.

Ihr richtiger Vorname ist Salomia (Salome). Es war jedoch damals üblich, die armenischen Namen durch gleichrangige oder annähernd gleichrangige russische Namen zu ersetzen. Und so war sie nun Olga, und zwar so selbstverständlich, daß niemand von unseren Bekannten etwas von ihrem wahren Namen ahnte und selbst sie sich anscheinend seiner nur erinnerte, wenn man sie absichtlich darauf brachte. Sie war am 25. März 1859 in der Stadt Signach geboren. Ihr Vater hieß Pawel Gerassimowitsch Saparow, ihre Mutter Sofja Grigoriewna Paatowa. Ich werde übrigens hier nicht mitteilen, was ich erst später erfuhr, zusammenfassend erwähne ich nur, daß meine Mutter 1878 oder 1879 nach Petersburg reiste.

Die transkaukasische Steppe

Und so zog unsere Familie 1880 in die transkaukasische
Steppe. Als Wohnort wählten wir den Flecken Jewlach, Kreis
Dshewanschar im Gouvernement Jelisawetpol. Heute gibt es
dort eine Station der transkaukasischen Eisenbahn mit einer
Gastwirtschaft, es wurden einige Häuschen gebaut und
Bäume gepflanzt. Damals war da nur Steppe, die unsicherste
Gegend ganz Transkaukasiens inmitten tatarischer Siedlun-
gen am sumpfigen Ufer der Kura. In Federgras, Taubenkropf,
Süßholz und anderen Gräsern dieser Steppe gab es Fasanen
im Überfluß und das beste und seltenste Wild, die Turatschi.[1]
Die Kura wimmelte von Lachsen, Stören und anderen Fi-
schen, so daß wir ständig frischen Fisch und Wildbret hatten
und uns selbst Kaviar zubereiteten. Dafür gab es auch vielerlei
Gefahren: Giftschlangen, Skorpione, Weberknechte und Ta-
ranteln, Mücken, Moskitos – die jungfräuliche Steppe war
voll davon. Meine Eltern erzählten mir, wie der Vater einmal
beim Schlafengehen das Kopfkissen hochhob und umdrehen
wollte und eine zusammengeringelte Schlange darunter fand.
Sie haben die Schlange natürlich getötet, aber der Eindruck
des Grauens ist selbst mir bis heute geblieben. Skorpione und
Giftspinnen kamen ständig in unsere Behausung gekrochen.
Von Schildkröten, Dsheranen[2] und anderen harmlosen Ge-
schöpfen spreche ich erst gar nicht – da sie von den Menschen
nicht weiter behelligt wurden, gab es davon übergenug.

Ich sage »in unsere Behausung«. Meine Eltern lebten nämlich anfangs in einem Güterwagen, beziehungsweise in mehreren Güterwagen, die mit Teppichen ausgeschlagen waren,
später wurde eine Baracke aus Wellblech gebaut, die innen
mit Filz verkleidet war. Diese Baracke war der Ausgangs-
punkt für das künftige Stationsgebäude. Sie hatte drei Zimmer und in einem besonderen Anbau eine Küche.

Der Grund, warum wir uns in Jewlach niederließen, war die Ernennung meines Vaters zum Direktor der transkaukasischen Eisenbahn in diesem Abschnitt. Der Abschnitt wurde von meinem Vater gebaut. Andererseits kam das unserem Wunsch entgegen, der Besitzung der Melik-Begljarows, Karatschinar (die damals dem Vater von Sergej und Alexander Tejmurasowitsch, Tejmuras Fridonowitsch Melik-Begljarow, gehörte), so nahe wie möglich zu sein. Die Schwester meiner Mutter, Jelisaweta, war mit Sergej Tejmurasowitsch verheiratet, und die Eisenbahnstation Jewlach lag Karatschinar am nächsten. Tante Lisa und die anderen Schwestern waren häufig bei uns; auch wir besuchten sie und wohnten sogar eine Zeitlang bei ihnen, als mein Vater an einem Fieber erkrankt war.

Damit ihr euch den Geburtsort eures Vaters besser vorstellen könnt, meine lieben Jungen, müßt ihr das lesen, was Tante Julia in ihrer Skizze »Die transkaukasische Steppe« geschrieben hat. Ich habe sie zu ihren Briefen an die Pecocks gelegt, weil ich glaube, daß sie für sie so etwas schreiben sollte. In einer anderen Redaktion ist sie in ihr Tagebuch eingegangen. Tante Julia kam Ende 1880 oder im Januar 1881 nach Jewlach, also später als Mama und noch später als Papa.

Und so wurde ich in der Steppe, mitten in einer wilden Gegend am 9. Januar 1882 gegen sieben Uhr abends geboren, zu einer Stunde, die mir immer die liebste war.

Diese Abendstunde zwischen sechs und sieben ist immer meine Stunde gewesen, und bis heute gibt es für mich nichts, was süßer, traulicher und »mystischer« im guten Sinne wäre als diese Stunde der Klarheit, des Friedens und der beginnenden Kühle. Der aufleuchtende Abendstern, das Licht in der Dämmerung...

Zu meiner Geburt hatte man eine Hebamme aus Tiflis geholt. Außerdem kamen die Schwestern meiner Mutter, Tante Lisa und Tante Remso, die damals siebzehn war, und möglicherweise auch Tante Sonja. Man nannte mich Pawel, zu Ehren des Apostels Paulus, wenn man überhaupt an den heiligen Apostel gedacht hat, und zum Gedenken an meinen Großvater Pawel Gerassimowitsch Saparow, der kurz zuvor gestorben war. Zunächst nur im Familienkreis, ohne den Geistlichen; übrigens gab es erst in Tiflis einen orthodoxen Geistlichen; getauft wurde ich erst ziemlich spät, teils weil es kaukasischer Sitte entsprach und teils vermutlich, weil meine Eltern den Mysterien gleichgültig gegenüberstanden.

An das Leben in Jewlach kann ich mich selbstverständlich nicht mehr erinnern, aber meine Eltern und die Tanten haben mir über diese Zeit auch fast nichts erzählt. Oder wenn sie etwas erzählt haben, so ist mir nichts in Erinnerung geblieben. Nur eines habe ich mir gemerkt, das hat mir Tante Sonja erzählt, die mich vor dem Ertrinken rettete. Die Sache war so: Mama und die Tanten badeten in der Kura, das Ufer war steil. In der Gewißheit, daß ich noch zu klein sei, mich vom Fleck zu rühren, hatte man mich an den Rand des Steilhangs gelegt. Ich muß aber doch bis zum Rand gelangt und den Hang hinabgerollt sein. Tante Sonja fing mich knapp über dem Wasser auf. Dann weiß ich noch, daß mein Vater an Malaria erkrankte und sich deshalb beurlauben ließ. Die ganze Familie zog nach Karatschinar, wo sie den Sommer 1882 verbrachte. Im Herbst zogen wir nach Tiflis, das war der Herbst des Jahres 1882. In Jewlach haben wir nur anderthalb Jahre gelebt, einen Winter, einen Sommer und noch einen Winter.

Tiflis

Von meinem Leben in Tiflis habe ich zwar sehr genaue, aber nur einzelne Eindrücke in Erinnerung behalten. Da aber die ersten Kindheitseindrücke das fernere innere Leben bestimmen, versuche ich, so genau wie möglich aufzuschreiben, was mir aus dieser Zeit in Erinnerung geblieben ist. Allerdings wird diese Schilderung nicht ganz chronologisch sein.

Wir wohnten in zwei Wohnungen. In der einen befand sich das Eßzimmer, das Wohnzimmer und einige Schlafzimmer. In der anderen wohnten ich und Tante Julia, d. h. wir beide wohnten im Seitengebäude. Verbunden waren die beiden Gebäude durch einen Hof, der mit Steinen gepflastert war, durch die das Gras hindurchwuchs. Gewöhnlich war ich in Begleitung eines Erwachsenen, traute mich manchmal aber auch schon allein über den Hof. Einmal aber, als ich im Eßzimmer saß, es war am Tage, bekam ich Sehnsucht nach Tante Julia oder nach Mama, die aus dem Seitengebäude nicht zu uns anderen herübergekommen war, und lief zu ihr oder wollte sie holen. Ich erinnere mich noch genau, wie das war. Ich öffnete die Tür, lief zwei, drei Stufen hinab und blieb unter dem ziemlich dunklen Vordach am Haus stehen. Ich weiß noch, daß dieses Vordach auf ungestrichenen Holzpfählen ruhte, sie waren ohne Rinde, grau vom Regen... Entweder ist es doch schon gegen Abend gewesen oder es schien keine Sonne, jedenfalls hatte ich den Eindruck von Dämmerung. Und da erblickte ich etwas auf dem Steinpflaster des Hofes, durch das das Gras wuchs, vielleicht war es schon Herbst – ich sehe dieses Pflaster wie heute vor mir. Besser: hörte es zuerst – einen eigentümlichen Laut, den ich noch nie vernommen hatte. Ich erschrak. Aber Neugier und Wagemut siegten. Ich entschloß mich, ganz schnell vorbeizuhuschen und auf mein Ziel zuzueilen. Doch als ich mit halbgeschlossenen Augen ein Stück gerannt war, blieb ich plötzlich wie angewurzelt stehen. Vor mir erhob sich eine Vorrichtung, die ich noch nie gesehen hatte. Etwas drehte sich ganz schnell, kreischte, knirschte, und von einem Rad sprangen helle Funken. Aber was das Schrecklichste war: als dunkle Silhouette am wohl schon abendlichen Himmel stand an dieser Vorrichtung ein Mensch – ruhig, unerschütterlich und furchtlos und hielt *etwas* in den Händen...

Ich stand da wie behext von dem Blick eines Ungeheuers. Vor mir taten sich die Abgründe der Naturgeheimnisse auf. Ich hatte etwas zu sehen bekommen, was kein Sterblicher sehen durfte. Die Räder des Hesekiel? Die Feuerwirbel des Anaximander? Den ewigen Kreislauf? Das noumenale Feuer... Ich war überwältigt, starr vor Entsetzen und zugleich von einer unbändigen Neugier gepackt, wohl wissend, daß ich, was ich sah und hörte, nicht sehen und hören durfte. Was sich mir eröffnete, war die lebendige Wirklichkeit der geheimnisvollen Kräfte der Natur, Böhmes Ungrund, Goethes Mütter. Und der da an der geheimnisvollen funkenschlagenden Vorrichtung stand, diese dunkle Silhouette, das war natürlich kein Mensch, das war eines der Wesen der Erde, das war der Geist der Erde, ein unermeßlich großes Wesen. Wahrscheinlich bemerkte es mich gar nicht...

Wie lange diese Offenbarung und diese Starre andauerte, weiß ich nicht. Eine Sekunde, mehrere Sekunden; jedenfalls nicht sehr lange. Und erst als der betäubende und furchtbare Augenblick der *Vereinigung* mit dieser feurigen Urerscheinung der Natur vorbei war, als ich wieder zu Bewußtsein kam, ergriff mich panischer Schrecken. Und nun eine charakteristische Einzelheit: Die Selbstbeherrschung, die mich auch in Augenblicken *äußersten Entsetzens* nie verläßt, zeigte sich auch damals, bei dieser ersten mir erinnerlichen geheimnisvollen Erschütterung meiner Seele. Ich verzagte nicht. Ein Sprung, und ich befand mich wieder im Eßzimmer, woher ich gekommen war, und erst hier, wie auch später in solchen Fällen, im sicheren Hafen, auf den Knien der Erwachsenen, gab ich dem Entsetzen nach. Ich bekam so etwas wie einen Nervenschock. Man gab mir Zuckerwasser zu trinken und beruhigte mich. »Das ist doch der Messerschleifer, der die Messer schleift, Pawlik«, sagten die Erwachsenen. »Komm, wir sehen uns das mal an.« Ich glaubte ihnen selbstverständlich nicht, widersprach aber auch nicht. Ich wußte damals schon, daß sie das *Mysterium*, das sich mir offenbart und über das ich mich entsetzt hatte, nicht fassen würden. Sie schlugen mir vor, mich über den Hof zu geleiten, aber auch dem ergab ich mich nicht. Schwer zu sagen, ob nur aus Furcht vor dem noumenalen Funkenstrom oder weil ich Angst hatte, ich würde das eben Erlebte nicht wieder erleben und nur sehen, was die Erwachsenen mir sagten, etwas ganz Gewöhnliches, das keinerlei Entsetzen einflößt... Noch lange danach fürchtete ich mich, allein über den Hof zu gehen.

Dieses Gefühl der Offenbarung der Naturgeheimnisse und des damit verbundenen Entsetzens vor Tjutschews AB-GRUND, wie des Hingezogenseins zu ihm, gehörte und gehört, wie ich glaube, den tiefsten Regionen meines seelischen Lebens an.

Sehe ich mit noch schärferem Blick in mich hinein, stoße ich auf etwas, was mich unser Dasein in den beiden, durch den Hof verbundenen Wohnungen gelehrt hat. Es ist die feste, organische Gewißheit eines *mystischen* »es ist« gegenüber einem empirischen »es scheint«.

1916.23.XI. Sergijew-Posad. Morgen.
Gedenken an Alexander Newski

Zwei Wohnungen, dazwischen ein Raum, es sind zwei, aber geistig sind sie *eins*, eine Wohnung, unsere Wohnung, in zwei Wohnungen erscheinend. Das Haus, die Familie, das ist eine lebendige Einheit und eine Vorstellung von der Familie, die, wäre sie nicht als völlige Einheit und, rein abstrakt gesehen, nicht als unteilbar erschienen, hätte, wenn sie überhaupt aufgekommen wäre, in meinem kindlichen Bewußtsein keinen Platz gehabt. Nicht »ich«, sondern »wir« – das bestimmte das Verhältnis zur äußeren, d. h. außerhalb der Grenzen der Familie existierenden Welt. Aber diese eine, unteilbare, organisch verbundene Familie lebte in zwei Häusern. Da aber das Haus, die Form des Daseins der Familie, der Einheit der Familie entsprechend unbedingt eines sein mußte, erfuhr ich hier die geheimnisvolle Einheit zweier Wohnungen, die durch einen Hof getrennt waren. Ich weiß genau, daß ich das nicht später hinzuerfunden habe, es war damals, als in mir das Verständnis dafür erwachte, daß die räumliche Getrenntheit *Schein* sein kann und es entgegen dem Schein der äußeren Wahrnehmung eine innere Einheit geben kann – nichts *Vereinigtes*, sondern eine Einheit. Aber der oben beschriebene Vorfall mit dem Messerschleifer erzeugte in mir die nicht geringere Gewißheit, daß man, um diese geheimnisvolle Einheit zu erfahren, in Bereiche hinabsteigen muß, wo es viele furchtbare Dinge gibt, wo sich die Mysterien der Natur ereignen, zu denen man zwar durch eine unbezwingbare Wißbegierde hingezogen wird, wo aber unmenschliche Schrecken lauern, die diesen geheimnisvollen Bereich bewachen. Das menschliche Auge darf die Geheimnisse der Natur nicht schauen, obwohl sie die Welt von einer ganz anderen Seite, von ihrer inneren Einheit her, offenbaren. Aber diese Einheit kann sich auch weniger unmittelbar offenbaren, durch eine verfeinerte Wahrnehmung, *nicht* nur durch direkte Erfahrung, und *das* genügt. Das ist es, was sich meiner Seele nach diesem Vorfall einprägte – natürlich nicht so deutlich, dafür aber unauslöschlich. Es war eine Prägung für mein ganzes Leben, wenn ich natürlich auch, meinem unbezwingbaren Forscherdrang nachgebend, dieses Gebot eines Nicht-Erkennens nicht immer befolgte.

Der Affe

Ein anderer Vorfall, der auch zur mystischen Wahrnehmung der Natur mit ihren furchtbaren Wächtern gehört, stammt aus einer noch ferneren Zeit, und deshalb wahrscheinlich erinnere ich mich nur ganz dunkel daran. Ich weiß zwar einiges aus persönlicher Erfahrung, kann aber meine Erinnerung nicht von dem trennen, was ich aus den Erzählungen der Älteren habe. Es ging um folgendes: Tante Lisa hatte von ihrem Gut eine Menge herrlicher Weintrauben mitgebracht. Ich durfte daran lecken, aber mir mehr davon zu geben, fürchtete man. Damit ich nicht bettelte, zeichnete Papa – mit blauem und rotem Stift, wie ich mich erinnere – auf ein großes Blatt Papier einen Affen und sagte, indem er es hinter die Weintrauben stellte, der Affe erlaube mir nicht, die Trauben zu nehmen. Als Kind war ich sehr folgsam, und ich glaubte den Erwachsenen jedes Wort. Bei solch geheimnisvollen Verboten kamen mir erst recht keine Zweifel, und das bis heute nicht. Und obwohl ich natürlich wußte, daß der Affe nur gezeichnet war, streckte ich flehentlich meine Hand aus und bat ihn: »Basana, dai mne langatu«, das sollte heißen: »Affe, gib mir Weintrauben« [»Obesjana, dai mne vinogradu«]. Diese Bitte hat sich aus irgendeinem Grunde *allen* im Hause fest eingeprägt, und da man mich später viele Male daran erinnerte, weiß ich es bis heute.

Aber der Berg reifer Weintrauben, golden-grün, durchscheinend, in der Sonne geradezu fluoreszierend, ist mir aus eigener Erinnerung gegenwärtig, und er steht im Moment vor mir als lebendiges Bild der unerschöpflichen süßen Fülle der Natur. Vielleicht ist es diese Bezauberung durch den Weintraubenberg, die zu meiner Vorliebe für den grüngoldenen Farbton führte, insbesondere für das Fluoreszieren des Glases, z. B. in der Crookes-Röhre oder in den Geißler-Röhren, die an der Kathode auch so grüngelb wie Weintrauben oder Äpfel fluoreszieren, und zu dem Beben, von dem mein ganzes Wesen beim Anblick eines solchen Leuchtens erfaßt wurde, beim Anblick der lichtdurchschienenen grüngoldenen Nußbaumhaine im Herbst oder beim Anblick von Glühwürmchen. Und das Verbot: Noch heute habe ich den mit Blaustift, wahrscheinlich nach dem Muster von Meyers Konversationslexikon,* schnell hingeworfenen Orang-Utan vor mir, der, wie ich damals klar begriff, als Wächter unbestritten und keinen Widerspruch duldend vor der begeisternden Fülle stand, über den man sich bei niemandem beschweren konnte und der selbst über jedes heimliche Urteil erhaben war. Gezeichnet und doch lebendig, ja mächtiger, bedeutender, unerbittlicher als ein lebendiger. Ich verwechselte ihn durchaus nicht mit einem gewöhnlichen Affen. Aber ich habe damals den für meine spätere Weltanschauung grundlegenden Gedanken gefaßt, nämlich, daß im Namen das Genannte, im Symbol das Symbolisierte, in der Darstellung die Realität des Dargestellten *anwesend* ist und daß daher das Symbol das Symbolisierte *ist*. Dieses Symbolisierte, diese schützende Macht der NATUR stand in der Zeichnung meines Vaters vor mir, die, wenn ich mich nicht irre, in meiner Gegenwart entstanden war. Da war etwas Unüberwindliches. Und ich unterwarf mich, ohne zu murren, mühelos. Es war das Verbot, sich der unendlichen Produktivität der Natur zu bemächtigen, denn die Idee der Weintraube, das war für mich die Unendlichkeit. Später, als ich die Bilder von Somow sah, auf denen der Wein in ebenso unermeßlicher, überquellender Fülle mit riesigen, schweren grüngelben Trauben gemalt war, kam mir unwillkürlich wieder mein Kindheitseindruck von der Natur als einer Artemis von Ephesos, als einer Nährmutter in den Sinn; und das bei Somow fehlende *Verbot* stand mir augenblicklich vor der Seele. Viel, unendlich viel..., aber nicht für mich; daran zu rühren »erlaubt der Affe nicht«.

---

* In der Großen Enzyklopädie nach Meyer findet sich in Bd. 14 nach S. 228 auf Taf. 1, glaube ich, eben die Zeichnung eines Orang-Utans, die Papa sich zum Vorbild nahm, nur daß er, soweit ich mich erinnere, noch den Rumpf hinzuzeichnete.

Spaziergänge mit Papa

Mein Vater nahm mich häufig auf einen Spaziergang in die Stadt mit, und der endete natürlich immer mit irgendwelchen spannenden Einkäufen, entweder von Süßigkeiten oder Spielzeug. Ich erinnere mich dunkel, wie ich bei einem dieser Spaziergänge meine erste Puppe geschenkt bekam. Ihre Beine und Arme baumelten an einem spärlich mit Lumpen gefüllten Leib, und ich liebte diese Puppe über alles.

Wir wohnten sehr weit oben, auf halber Höhe des Davidsbergs. Bei der Hitze in Tiflis fiele einem der Weg dorthinauf auch heute nicht leicht; damals, als ich noch gar nicht richtig laufen konnte, machte mich die Hitze ganz matt und schlapp. Den Golowinski-Prospekt und die Dworzowaja-Straße ging ich noch neben Papa her, aber nach Haus kam ich nie anders als auf seinem Arm oder seiner Schulter: Papa trug uns Kleine gern auf der Schulter. Die brennend heiße Sonne von Tiflis, die Glut der heißen Felsen, Häuserwände und Straßen, die uns ins Gesicht schlug, die schwüle Luft und die lastenden, gleichsam bösen Strahlen der Sonne, die mit ihrer Schwere Rücken und Kopf niederbeugten und gleichsam den Staub gegen das Pflaster drückten, schnitten sich in mein Bewußtsein, und seither lebt in mir ein Gefühl der Feindschaft gegen den SONNEN-MOLOCH, die Mittagssonne von Tiflis, die bereit ist, alles Lebendige zu verschlingen. Auf diesen Spaziergängen offenbarte sich mir erneut die geheimnisvolle, aber diesmal deutlich feindliche Kraft der Natur.

Ob es Papa schwerfiel, mich den Davidsberg hinaufzutragen, weiß ich nicht. Aber dafür, daß er mich auf seinen Schultern trug, habe ich ihm immer ein Gefühl tiefster Dankbarkeit bewahrt, als dem Retter vor der feindlichen und bösen ZERSTÖRERIN SONNE. Vielleicht auch deshalb, weil Ljusja noch nicht geboren oder noch ganz klein war, wir uns nicht zanken konnten und mein Vater mir ganz allein gehörte, ich wegen

Ljusja noch keine Auseinandersetzungen mit ihm hatte, die meine spätere Kindheit überschatteten und zu einer gewissen Entfremdung von meinem Vater führten.

Damals existierte die Einheit von Vater und Sohn in meinem Bewußtsein als etwas Unbedingtes, mein Vater war unbedingt Vater und ich unbedingt Sohn.

Die Mutter

Dieses Gefühl der Nähe und der Ungeteiltheit der Existenz hatte ich im Verhältnis zu meiner Mutter nie. Vor allem weil sie, mit Ljusja und später mit den anderen Kindern beschäftigt, sich wenig um mich kümmerte. Zurückhaltend, verschlossen, von stolzer Scheu in der Äußerung ihrer Gefühle, versteckte sie sich seit meiner frühesten Kindheit übertrieben schamhaft vor mir – von meinen ersten bewußten Tagen an war sie für mich, wenn sie stillte und schwanger war, ein ganz besonderes Wesen, gleichsam der lebendige Inbegriff der Natur, die nährte, gebar, sorgte und zugleich fern und unnahbar war.

Dieser Eindruck von der Mutter als der MUTTER NATUR wurde durch den Kult meines Vaters noch verstärkt, der meine Mutter seinem Gefühl nach und aus bewußter Überzeugung verehrte, ohnehin hielt er die Frau und Gattin für ein besonderes Wesen und seine Frau für ein dreimal so besonderes, was im übrigen höchstwahrscheinlich nicht unberechtigt war. Für mich hatte sie kein Gesicht: Sie umgab unser Dasein ganz, man spürte sie überall, und doch war sie irgendwie unsichtbar. Von meinem Vater, von Tante Julia, meinen Brüdern und Schwestern und Tanten und Cousins und Cousinen wußte ich zu erzählen, aber von meiner Mutter habe ich früher fast nichts sagen können; und auch jetzt kann ich wenig von ihr sagen, nur, was andere mir von ihr erzählt haben, eigenes nicht. Mit meiner Analyse komme ich dem amorphen, obwohl sehr starken Eindruck, den meine Mutter hinterließ, nicht bei, er läßt sich nicht objektivieren, nicht in Worte fassen. Mit meinem Vater habe ich mich immer viel unterhalten; mit Tante Julia und den anderen Tanten und mit allen sonst auch. Aber mit meiner Mutter wohl nie, oder es ist der Eindruck entstanden, ich hätte mich mit ihr nie unterhalten. Mein Verhältnis zu ihr bedenkend, komme ich mir vor wie ein einsamer Pilger in einem großen kühlen Hain. Heiliger Schauder und Schweigen, Kühle und Scheu... Nicht Furcht, aber...

Die Mutter war für mich wie die vertraute Tiefe des Seins, aber sich an sie zu schmiegen wie an ein Vertrautes, wäre seltsam fremd und unpassend gewesen. Natürlich ist das übertrieben. Natürlich habe ich mich an sie geschmiegt, sie geküßt, aber ich weiß genau, daß sie diese Liebkosungen mit jedem Jahr kühler und verlegener aufnahm, und ich spürte, daß ich da gewisse Grenzen verletzte. Ich war, das muß ich sagen, ein sehr zärtliches Kind, dauernd küßte ich bald den einen, bald den anderen, ich bedurfte dieser Liebkosungen wie der Luft, der Wärme und des Lichts. Ich entsinne mich, wie meine Mutter oder Tante Lisa meiner Frau Anna später erzählte, daß man mich ungewöhnlich leicht der Brust entwöhnt hätte: Ich hätte es gar nicht gemerkt. Und eine ganz schwache Erinnerung bestätigt mir diese Erzählung: Ich war nicht sehr begierig, gesäugt zu werden, um nicht zu sagen, ich stieß die Brust zurück; und deshalb fiel ich bei der ersten Gelegenheit von ihr ab, wie wenn die Flüssigkeit, die zwei Blätter Papier aneinanderklebt, ausgetrocknet ist. Ich fiel ab von der Brust und merkte es nicht, d. h. ich bin mit der Brust nie verbunden gewesen. Wie das meiner unmittelbaren Erinnerung an diese ersten Ereignisse gleicht. Und das ist umso charakteristischer für mich, als ich, um es zu wiederholen, ein ungewöhnlich zärtliches, ungewöhnlich anhängliches Kind war und jeder Liebe mit meinem ganzen Wesen hingegeben.

Wenn sogar die Brust der Mutter mein Herz nicht zu sich hinzog, wenn mit der Brust der Mutter nicht etwas meinem Herzen Allernächstes aus meiner Seele gerissen wurde und mit ihm die Seele selber zerriß, dann heißt das – das muß ich hier entschieden erklären –, daß ich von Anfang an diese Bindung an die Mutter nicht gehabt habe, diese Bindung des Sohnes, die jedes Kind normalerweise hat.

Diese Bindung hatte ich zu Tante Julia. Ich will damit nicht sagen, daß ich überhaupt keine Beziehung zu meiner Mutter hatte. Im Gegenteil, sie war außerordentlich stark. Aber sie war nicht *persönlich*, sie war eher pantheistischer als sittlicher Art.

In der Mutter liebte ich die NATUR oder in der NATUR die MUTTER, Spinozas natura naturans. Ich wußte, meine Mutter liebt mich sehr, gleichzeitig hatte ich immer das Empfinden geheimnisvoller Hoheit. Und mir schien, daß sie sich einmal zu ihrer ganzen Größe erheben und mich, es nicht bemerkend, erdrücken könnte. Ich hatte davor keine Angst und hätte mich dagegen nicht gewehrt. Aber das schuf eine Distanz, von der in dem Verhältnis zu meinem Vater oder zu meiner Tante keine Rede sein konnte.

Die Tante

Meine Tante war der andere Pol meiner Kinderzeit. In ihr leugnete ich nicht die noumenale Macht, ich begegnete ihr nicht mit Staunen, sondern liebte sie mit einer tief persönlichen Liebe, ich war wahrscheinlich mit dem ganzen keuschen Gefühl des Kindes in sie verliebt. Sie war für mich Freund, Kamerad und Lehrer, mit ihr teilte ich meine Freuden und Leiden; sie schimpfte mit mir und bestrafte mich (obwohl das selten vorkam), wie sie überhaupt alles Menschliche verkörperte. Sie erdrückte mich nicht mit ihrer Abgelöstheit von den Kleinigkeiten des Alltags; man konnte sich mit ihr über schicke Kleider, über Spitzen, Bänder und Hüte unterhalten, was ich für mein Leben gern tat; mit ihr pflückte ich Blumen und machte Sträuße, und überhaupt, mit ihr konnte man leben. Meine Mutter mußte man verehren. Nicht weil sie es *verlangte*. Im Gegenteil, nichts, wenn man es von der bewußten Überzeugung her nahm, war meiner Mutter so fremd wie der Anspruch auf Beachtung oder ähnliches. Sie litt unter jeder Art Beachtung, die ihre Bescheidenheit und Schüchternheit so sehr steigerte, daß sie gar nicht mehr in Gesellschaft von Menschen leben konnte... Und trotzdem, ja vielleicht gerade deswegen, war um sie eine Atmosphäre, die Verehrung verlangte, nicht Leben.

Ljusjas Geburt

Meine Schwester Ljusja wurde geboren, als ich schon 2 ½ Jahre alt war. Aber weder Ljusjas Geburt noch ihre ersten Lebensjahre haben eine Spur in meinem Gedächtnis hinterlassen. Ich erinnere mich dunkel, daß Papa mich eines Tages auf den Arm nahm und mir die Geburt meiner Schwester mitteilte. Als ganz schwacher Eindruck ist mir geblieben, daß er sehr zufrieden war und mir diese Familienneuigkeit erfreut mitteilte, das muß im Eßzimmer gewesen sein. Aber als etwas Bedeutsames habe ich es nicht empfunden, und an die neugeborene Ljusja erinnere ich mich überhaupt nicht. Mir ist so, als hätte man mich zu Mama geführt und sie hätte ganz in Weiß dagelegen. Ich bin mir aber nicht sicher, ob ich nicht Ljusjas Geburt mit der Geburt eines der nächsten Kinder durcheinanderbringe. Auch von der Taufe, mit der sie Tante Julia zu Ehren Ljusja (Abkürzung von Julia) genannt wurde, habe ich nichts behalten.

Pockenimpfung

Ein Ereignis unserer ersten Lebensjahre aber hat sich mir fest
eingeprägt. Die Pockenimpfung von mir und Ljusja. Ich weiß
noch ganz genau, daß bei uns wiederholt von der Notwendigkeit der Impfung gesprochen wurde. Doch die Impfung ver-
zögerte sich Tag um Tag, wahrscheinlich weil man lange keinen frischen Impfstoff bekam. Ich zitterte die ganze Zeit vor
diesem unbekannten Schrecknis und hoffte insgeheim, daß
alles immer weiter hinausgeschoben und schließlich vergessen werden würde. Tatsächlich hörten die Gespräche über die
Impfung auf, vielleicht weil man bemerkt hatte, daß sie einen
so starken Eindruck auf mich machten. Und ich hatte mich
beinahe beruhigt.

Einmal saß ich auf einer kleinen Bank in der Nähe des Hauses. Jemand saß neben mir, wahrscheinlich einer meiner Cousins, Datiko (David Sergejewitsch Melik-Begljarow) oder
Sandru (Alexander Stepanowitsch Tschrelajew). Wahrscheinlich ging es auf den Abend zu. Da kommt ein Mann die
Straße entlang. Sofort fing mein Herz wild an zu schlagen, als
spürte es *irgendeine* Gefahr, eine mir zwar unbekannte Gefahr, die mir aber umso schrecklicher vorkam. Als er uns erreicht hatte, fragte er, ob Florenskis hier wohnten, vielleicht
bat er auch auszurichten, der Feldscher sei gekommen. Blitz-
schnell und wie von Sinnen rannte ich nach Haus und stürzte
durch die halboffene Tür, nicht so sehr, um den Auftrag zu
erfüllen, als vielmehr um dem bösen Mann zu entfliehen.

1916.24.XI.

Ob ich den Eltern die Mitteilung machte oder, wie ich mich
zu erinnern glaube, mein Cousin, weiß ich nicht genau zu
sagen, daß ich mich aber im Schlafzimmer in eine Ecke verkroch, das weiß ich noch. Man fand mich wohl nicht gleich,
hatte es aber mit der Suche eilig, weil man den Feldscher nicht

28

aufhalten wollte und die Dunkelheit schon hereinbrach. Während man mich suchte, wurde Ljusja schon geimpft. Als man mich ins Wohnzimmer brachte, in dem es zu dieser Tageszeit schon schummrig war, hatte die Impfung bereits begonnen. Man hatte bei ihr einen tiefen Einschnitt gemacht. Von dem Anblick des Blutes, das ich wohl zum ersten Mal sah, war ich so betroffen, daß ich vor Schreck erstarrte und mich nicht wehrte, als die Reihe an mich kam. Vor Schreck merkte ich gar nichts von der Impfung und spürte keinen Schmerz. Die Aufregung und die Tränen, das kam sicher erst viel später.

Diese erste Impfung war erfolgreich, und zwar über alle Maßen. Vielleicht war ich schon zu groß dafür und kratzte mich am Arm, jedenfalls wurden die drei Impfnarben so groß wie Dreikopekenstücke und sind bis heute an meinem linken Arm gut zu sehen. Wasjenka, mein kleiner Sohn, interessierte sich immer sehr dafür, und ich erklärte ihm, das seien die Knöpfe, mit denen meine Menschenhaut zugeknöpft sei, man brauche sie nur aufzuknöpfen, dann könne ich sie abwerfen und als Vogel herausschlüpfen, das Fensterglas durchstoßen und in ferne Länder fliegen...

Wenn ich mich frage, welche Idee mir dieser Vorfall offenbarte, wenn ich die tiefsten Schichten des Gedächtnisses mit meinem Bewußtsein durchleuchte, so finde ich, daß es die Idee des *Unausweichlichen* war. Mir war klargeworden, daß es das *Unausweichliche* gibt – über mir, über allen, sogar über den Erwachsenen, ja über den Eltern, und daß es sich dabei nicht um eine äußere Notwendigkeit handelt, sondern um eine innere, die aber unseren Wünschen und unserem Geschmack nicht entspricht. Die *Unterordnung*, ich will nicht sagen unter einen höheren Willen, sondern unter eine Unausweichlichkeit, unter die Weltvernunft, die unpersönlich unermüdlich tätig und keineswegs warm ist, die Unterordnung unter die pantheistische Vorsehung offenbarte sich mir als

Pflicht. Gehorsam von Natur aus wurde mir bewußt, daß Gehorsam *verlangt wird* und daß er nicht Nachgiebigkeit *von mir* ist, nicht *meine* Abneigung zu kämpfen.

Streiche

Die Anerkennung eines *Gesetzes* über mir war von frühester Kindheit an bestimmend für mein Selbstgefühl. Wenn ich etwas anstellte, wußte ich, daß darauf die Vergeltung folgen *mußte*, nicht weil die Erwachsenen es so *wollten*, sondern weil es dem Wesen der Dinge entsprach. Mit einem solchen Bewußtsein läßt sich schwer etwas anstellen, geschweige häufig. Bei all dem großen Vorrat an Wildheit in meiner Seele war ich doch von Kindheit an durch das Bewußtsein gebändigt, daß ich nicht allein sei, daß es eine Wahrheit über mir gab. Und etwas anstellen kann man immer nur, wenn man alle und alles vergißt, *berauscht* von der eigenen inneren Bewegung... Und was später hieß: »Es lohnt sich nicht« – es lohnt sich nicht zu kämpfen, es lohnt sich nicht zu polemisieren, es lohnt sich nicht einmal zu streiten –, das war damals die Bremse für meine Streiche.

Einmal hatte ich etwas angestellt und mußte in der Ecke stehen. Kurz darauf vergaß ich mich und wiederholte den Streich. Eingedenk des Gesetzes der Vergeltung ging ich von selbst zu den überraschten Erwachsenen und fragte: »In welche?« das hieß, in welche Ecke sollte ich mich stellen? Später zog mich mein Cousin Datiko bei Gelegenheit oft mit dieser Frage auf – »In welche?« Ich war aber nicht beleidigt, die Frage schien mir unumgänglich, den Spott daran begriff ich nicht.

Tante Sonja

Bei uns lebte auch eine Schwester meiner Mutter, Tante Sonja. Sie war noch ziemlich jung, fast ein Mädchen, und sie lernte Klavierspielen. Dunkel erinnere ich mich an ihre Tasche, mit der sie in die Musikschule ging, sie war schokoladenbraun und trug eine goldene Aufschrift, wahrscheinlich Musique. Dann erinnere ich mich noch an warme Milch, sie wurde ihr in einem Glas ins Zimmer gebracht; vielleicht war sie krank, oder es war, als sie Tuberkulose bekam. Milch aber, besonders warme, ekelte mich von Kindheit an, das erklärt möglicherweise, warum ich so leicht zu entwöhnen gewesen war, oder umgekehrt, ich hatte eine Abneigung gegen Milch, weil ich nicht mit ganzer Seele an der Brust der Mutter gehangen hatte, und Tante Sonja, die diese warme Milch gebracht bekam, betrachtete ich halb mit Staunen, halb mit Mitleid. Mir erschien das alles geheimnisvoll und rätselhaft. Den Erwachsenen offenbarte ich mich verständlicherweise nicht. Und zwar nicht, weil Kinder ihre tiefsten Empfindungen Erwachsenen nie offenbaren, sondern eher deshalb, weil mir meine Empfindungen so natürlich, so *allgemein*, so gewöhnlich vorkamen, daß über sie zu sprechen sich nicht lohnte; und wie *sollte* man die Worte finden, die die Gefühle und Gedanken ausdrückten, welche den *ganzen* Umkreis des inneren Lebens umfaßten und die zudem bei all ihrer starken Besonderheit und Kraft unklar, unfaßbar, unausdrückbar waren? In der Kindheit beherrschte mich vollkommen das Gefühl des *Geheimnisvollen*, es bildete den *Hintergrund* meines inneren Lebens, von dem sich die Zärtlichkeit und Liebe zu meinen Eltern abhob. Die ganze Umgebung, alles, was gewöhnlich gar nicht als geheimnisvoll erscheint oder gilt, sehr viele einfache Gegenstände und Erscheinungen des Alltags hatten für mich besonders *tiefe* Schatten, geradezu eine vierte Dimension, sie traten wie aus einem prophetischen Rembrandtschen Dunkel hervor.

Es gab noch einen Vorfall, der diese Empfindungen in mir verstärkte. Einmal hörte ich die Erwachsenen davon sprechen, daß Tante Sonja eingewachsene Zehennägel habe und eine Operation nötig sei. Ich war ungeheuer aufgeregt. Das Wort »Operation« schreckte mich, obwohl ich es gar nicht verstand. Ich weiß noch genau, wie jemand kam, wahrscheinlich der Feldscher, wie alle in Tante Sonjas Zimmer gingen und mich allein ließen, wie man warmes Wasser verlangte und wie dann die Schüssel mit dem blutuntermischten Wasser herausgetragen wurde. Mir schien, die Schüssel sei voll dampfenden Blutes, ich war betroffen, ein Anblick – Geheimnis und Grauen zugleich. Diesmal aber war es die objektive Sicht auf das Grauen, ich begriff, daß die geheimen *Mächte* dieses Mal *nicht mich* bedrohten.

Eindrücke des Geheimnisvollen

1919. 5. III. Sergijew-Posad

Der *Funken*. Etwas scheinbar Gewöhnliches und Einfaches, in seiner Häufigkeit ganz Alltägliches zog infolge bestimmter besonderer Umstände nicht selten meine Aufmerksamkeit auf sich. Plötzlich zeigte sich, daß es *nicht* so einfach war. Wahrhaftig, plötzlich erinnerte einen diese einfache und gewöhnliche Erscheinung an etwas anderes, in ihr offenbarte sich etwas Noumenales, das höher oder besser tiefer war als diese Welt. Ich vermute, daß es sich hier um das Gefühl und die Wahrnehmung handelt, die den Fetisch schafft: Ein gewöhnlicher Stein, ein Ziegel, ein Splitter offenbaren sich als etwas durchaus nicht Gewöhnliches und werden zu Fenstern in eine andere Welt. So ist es mir in der Kindheit oft ergangen. Während aber manche Erscheinungen meine Seele immer wieder von neuem anzogen, ohne sie zu sättigen, eröffnete sich mir die geheimnisvolle Tiefe anderer nur selten, für Augenblicke oder sogar nur ein einziges Mal. Zu diesen Wahrnehmungen gehörten die Funken.

Wir wohnten damals in Batum in dem Haus von Aiwasow. Ich war vier oder fünf Jahre alt. Da ich immer erst gegen

Abend munter wurde, zögerte ich das Schlafengehen stets lange hinaus; wenn ich mich dann hinlegte, lag ich stundenlang wach, wälzte mich, ohne einschlafen zu können, von einer Seite auf die andere und betrachtete zum millionsten Male die Muster auf der Tapete oder auf meiner Bettdecke. Es war eine richtige Tortur, so schlaflos im Bett zu liegen. Deshalb ging ich trotz aller Ermahnungen nicht gern früh schlafen. Einmal saß ich mit Tante Julia im Schlafzimmer, das auf den Hof hinausging. Anfangs beschäftigte sich meinte Tante mit mir, las mir vor, erzählte mir etwas, dann schickte sie mich ins Bett. Aber ich sträubte mich besonders hartnäckig und wollte nicht. Meine Tante sagte, es müsse aber sein. Auf dem Hof war es dunkel. Da sagte meine Tante, wenn ich nicht zu Bett ginge, könnte der Schlaf davonfliegen und sich schlafen legen, und dann würde ich nicht einschlafen; ich weiß nicht, ob sie den Schlaf tatsächlich hypostasierte oder ob ich das nur so auffaßte. Ich blickte zu dem dunklen Fenster hin – es war Herbst – und sah Funken fliegen, vermutlich hatte man ein Holzfeuer auf dem Hof entfacht oder einen kleinen Kohleofen aufgestellt. Ein letzter Funke, ein besonders heller, flog einsam wie zurückgeblieben hinter den anderen her. Ich sage zu meiner Tante: »Sieh mal, was ist das?« Und sie: »Da fliegt dein Schlaf. Jetzt wirst du nicht mehr einschlafen können.« Ich sah die Funken, wie ich sie viele Male vorher gesehen hatte. Aber ich fühlte, daß meine Tante recht hatte, daß da tatsächlich mein Schlaf flog, der, zwar nicht sichtbar aber unzweifelhaft, die Form eines Engelchens hatte, und daß er davonfliegend etwas nicht wieder Gutzumachendes tat. Ich brach in Tränen aus. Ich fühlte, daß etwas geschehen war. Schnell legte ich mich schlafen, aber meine Augenlider wollten sich lange nicht schließen. Seitdem sind Jahre vergangen.

Vor kurzem las ich die Abendmesse in der Kirche des Roten Kreuzes. Die chemischen Kohlen waren ausgegangen, ich mußte das Weihrauchfaß mit gewöhnlichen Herdkohlen entzünden, die beim Schwenken manchmal Funken versprühten. Ein Funken aus dem Weihrauchfaß flog einsam durch den Altarraum. Und sofort erinnerte ich mich, wie in meiner Kindheit als ein solcher Funken »mein Schlaf davongeflogen« war. Jener Kindheits-Funken wiederum weckte die Erinnerung an den feurigen Funkenstrom vom Rad des Messerschleifers, der mir eine andere Welt offenbart hatte, eine Welt voll geheimen Grauens, die den Verstand lockte und erregte. Funken sprechen zu Funken und bringen sich Kunde voneinander. Mein ganzes Leben ist durchzogen von einem unsichtbaren Funkenfaden, einem Strom goldenen Feuerregens, der meinen Verstand befruchtet wie Jupiter Danaë: Unda, fluens palmis Danaën eludere posset.[3]

1919. 1. VI.

Gifte [russisch: jady]. Aus der tiefsten Tiefe der Kindheit steigt das Wort »jad« empor, das mir immer besonders verlockend erschien, schon als ich seine Bedeutung noch nicht kannte. Allein der Klang »jad«, dann seine Schreibung

ядъ

wie überhaupt der Buchstabe я, vor allem, wenn er

ja

gesprochen wurde, das alles erschien mir immer irgendwie schmeichelnd, süß, umgarnend, zerstörend, aber im geheimen zerstörend, ohne erkennbare physische Ursache, gleichsam magisch. Ja, ich empfand Gift als Magie, eine natürliche Magie vielleicht in ihrer Bestimmtheit, Unausweichlichkeit, in der Promptheit und Unabwendbarkeit ihrer Wirkung besonders geheimnisvoll und deshalb besonders einschmeichelnd, besonders verführerisch und ein besonders süßes Prickeln verheißend.

Dieser Eindruck, den ich bei dem Wort »jad« hatte, ist für mich mit dem Wort »Jankel« verbunden. Vielleicht war in Gesprächen, denen ich zufällig gelauscht hatte, der Name Jankel gefallen, vielleicht in einem furchterregenden Sinne, ich weiß es nicht, aber dieses *Jankel* erschien mir eventuell durch das ja und das süße kel drohend, auf irgendeine Weise giftig, einschmeichelnd und tödlich. Ich glaube, daß das ein Echo war auf ein Gespräch über jüdische Schmuggler, die bei uns auf dem Hof wohnten und die plötzlich, all ihr geheimnisvolles Hab und Gut zurücklassend, auf geheimnisvolle Weise verschwanden.

Einmal stand ich mit Tante Julia auf dem Balkon, der rings um unser Haus in Batum herumlief. Es war das Haus der Aiwasows. Ich sehe uns noch wie heute auf dem Balkon zum Innenhof stehen. Meine Tante pflanzte wohl Blumen – wir waren beide große Blumenliebhaber – längs des Balkongitters in Kästen, die mein Vater auf ihren Wunsch bestellt hatte. Ich hatte nichts zu tun, und aus lauter Untätigkeit steckte ich ein Stückchen grünes Papier, etwas wie Zigaretten- oder Seidenpapier, in den Mund, kaute es und knetete, fasziniert von der leuchtend grünen Farbe, kleine Kügelchen daraus. Diese grüne Farbe, erinnernd an das Grün des Smaragds und das Grün des Meerwassers am Hafen, dessen fettiger Glanz durch die Spalte des Laufstegs schimmerte, zog mich durch ihr Leuchten und ihre, wie mir schien, geheime Feindseligkeit an. Als die Tante sah, was ich machte, fuhr sie mich erschrocken an: »Was machst du da? Wirf sofort das Papier weg«, ich warf es schnell weg, »und nimm nie wieder grünes Papier in den Mund. Merk dir, es ist mit grüner Farbe gefärbt, die Farbe heißt ›Jankel‹ – die Farbe ›Jankel‹ ist sehr giftig, und man kann daran sterben.«

»Jankel« – ich erbebte. Das also war »Jankel«, das Wort, vor dem ich zitterte. Jedenfalls hatte ich es so verstanden. Jetzt glaube ich eher, daß meine Tante nicht »Jankel« sagte, sondern »Myschjak« [Arsen], denn Grün ist die Farbe des Arsens, ich aber hörte statt des mir unbekannten Wortes *Myschjak*, das auch das geheimnisvolle ьяк – ja enthielt, das mir bekanntere *Jankel*, das schon den Schein des Giftigen angenommen hatte. Seither kann ich den Anblick dieses dünnen durchscheinenden grünen Papiers nicht vertragen, und wenn es gar jemandem an die Lippen kommt, habe ich das Gefühl, er vergiftet sich unmittelbar. Damit hängt es vermutlich auch zusammen, daß mir Smaragde seltsam anziehend und verlokkend, dabei aber giftig und insgeheim tödlich vorkommen – ganz magisch. Und ich habe das Gefühl, hier besteht wiederum eine Korrespondenz mit dem Grün der Weintrauben, die mir einmal verwehrt wurden.

2. Hafen und Boulevard

Das *Meer* war es, das mich in der Kindheit mit seinen bald ins Bläuliche, bald ins Gelbliche gehenden *Grüntönen* nährte. Kindheit und Knabenjahre verbrachte ich in ständiger unersättlicher und wohl nie zu sättigender Betrachtung des Meeres. Es verging kaum ein Tag, an dem wir Kinder, d. h. ich und Ljusja, nicht zwei-, manchmal sogar dreimal am Meer waren. Nie war das Meer langweilig. Nie huschte sein Eindruck nur so über die Seele hin – immer wurde das Meer mit dem ganzen Wesen eingesogen.

Morgens nach dem Tee brachen wir auf, wir nahmen zum Frühstück Brote mit Kotelett und Käse mit, manchmal noch frische oder getrocknete Früchte, Kastanien, Nüsse oder Montpensier,[4] gelb und grün, auch das irgendwie korrespondierend mit jenen erregenden Farben. Das Kindermädchen oder Tante Julia brachte uns in wenigen Minuten zum Boulevard. Damals, vor fünfunddreißig Jahren, kam das Meer noch bis an die erste Allee des Boulevards heran; erst später hat es sich dann von den Anpflanzungen der Lebensbäume und Zypressen so weit entfernt, unabhängig von den auf den Spuren des zurückweichenden Meeres sich fast täglich vermehrenden Bäumen. Wir spielten im Sand der Allee oder gingen über den knirschenden Kies zum Wasser hinunter. Die Kiesel waren ganz glatt, wie künstlich geschliffen. Ich wußte von den Erwachsenen, daß sie in Wahrheit von der Meeresbrandung rundgeschliffen worden waren, glaubte es aber nur halb: Waren diese Steine nicht als Muscheln oder Korallen im Meer gewachsen? Waren sie nicht von Lebewesen hervorgebracht?

Wir wühlten in dem feinen Kies direkt am Meer und suchten durchscheinende Steinchen – blau und violett opalisierende Chalcedone, die im Innern geheimnisvoll flimmerten,
als seien sie ganz von Licht erfüllt, Bandachate, feinschichtige
orangene und rote Karneole mit weißen Einlagerungen, seltener Amethyste, gelbe und grüne Quarzite und manchmal
durchsichtige Topase, so wie das Montpensier, das wir mitgebracht hatten, und viele andere – kaum ein Tag, an dem wir
nicht mit Beute beladen nach Hause kamen. Diese Steine äh-
nelten künstlerisch nachlässig gearbeiteten Perlen, die aus
einem unterseeischen Geschmeide herausgefallen waren; in
meiner Vorstellung glichen sie den venezianischen Perlen, die
mein Vater uns in einem kleinen Laden am Hafen gekauft
hatte, und sie verwandelten sich dauernd in sie. Die geheimnisvollen Lagen der Karneole und Achate, ihre feine Schicht-
struktur regte das Denken an: Ich sah hier einen verborgenen
Sinn der Natur, und es schien, als müsse er sich insgeheim
jeden Augenblick offenbaren und sich mir eröffnen. Manchmal gingen wir mit Papa ans Meer. Papa meinte zur Erklärung
unserer Funde, diese Schichten seien durch jahrhunderte-
lange Ablagerung in unterirdischen Spalten und Höhlen entstanden. Aber ich sah in diesen Schichten die abgelagerten
Jahrhunderte, die versteinerte Zeit. Nie habe ich die Zeit als
etwas unwiderruflich Vergangenes ansehen können; solange
ich denken kann, lebt in mir die Überzeugung, daß sie irgendwo hingeht, vielleicht in diese Spalten und Höhlen ein-
sickert und sich dort versteckt und einschläft; aber einmal
wird man auf irgendeine Weise zu ihr vordringen, dann wird
sie wieder zum Leben erwachen. Die Vergangenheit ist nicht
vergangen, dieses Gefühl hatte ich immer, nichts war klarer
als das, in der frühen Kindheit sogar noch klarer als später. Ich
empfand die pralle Wirklichkeit des Vergangenen und wuchs
mit dem Gefühl auf, daß ich tatsächlich das vor vielen Jahrhunderten Gewesene berühre und mit der Seele dort ein-

dringe. Was mich in der Geschichte wirklich interessierte, Ägypten, Griechenland, war von mir nicht durch die Zeit getrennt, sondern lediglich durch eine Art Wand, aber durch diese Wand hindurch spürte ich mit meinem ganzen Wesen, daß das ebenso jetzt und hier ist. Die Steine mit ihren Schichten kamen mir vor wie der unmittelbare Beweis der ewigen Wirklichkeit des Vergangenen: Da schlafen sie übereinander, die Schichten der Zeit, eng aneinandergepreßt in stummer Ruhe; aber ich brauche mich nur anzustrengen, und sie werden mit mir zu sprechen beginnen, davon bin ich überzeugt, sie werden im Rhythmus der Zeit zu fließen beginnen und aufrauschen – Brandung der Jahrhunderte. Später ist es wohl gerade dieses zärtliche Kindheitsgefühl für das Geschichtete gewesen, das mich für die Geologie schwärmen ließ – eben für die Schichtenbildungen: Beim Anblick der klaren geologischen Schichten überlief mich ein Schauer, mir wurde kalt vor Begeisterung. Das war genau wie ein Buch, und ist nicht ein Buch abgelagerte Zeit?

Interessant waren die flachen, ovalen Kalkkiesel, mit denen wir uns die Taschen vollstopften. Hin und wieder fanden wir auch Kiesel, die von Natur aus ein Loch hatten; wir steckten den seltsamen Stein auf einen Stock und begeisterten uns an ihm, ja wir haben ihn geradezu abergläubisch verehrt. Die rätselhafte Öffnung mit ihren glatten, wie geleckten Rändern zog den Geist an und bemächtigte sich seiner. Öffnungen schienen überhaupt die geheimnisvollen Wohnungen des UN-BEKANNTEN zu sein, sie korrespondierten mit den geliebten Höhlen, unterirdischen Gängen, Kellern und dunklen Böden, mit Gruben, Straßengräben, Tunneln und langen Korridoren; in ihnen allen erkannte ich die Kräfte des Urdunkels an, in dem alles Lebende geboren wird, und ich wollte dorthin vordringen und mich für immer dort ansiedeln. Andere leere Räume sind zu gefährlich, als daß man sie ungestraft an sich heranläßt; aber *diesen* Öffnungen in den Steinen, so licht und so rein und so glatt und so warm in der Sonne, fühlte ich mich durchaus gewachsen. Tausendmal habe ich den Finger hineingesteckt, jedesmal mit dem gleichen Gefühl des Geheimnisvollen, dem weder die Zugänglichkeit dieser Öffnungen noch die Erklärungen von Vater oder Tante etwas anhaben konnten. Erst als Erwachsener erfuhr ich dann, daß diese Steine bei den Bauern »Hühnergötter« heißen und in die Hühnerställe gehängt werden, um die Hühner vor dem Hausgeist und den verschiedensten Krankheiten zu schützen. Wie das meinen kindlichen Gedanken entsprach, ich erkannte in diesen »Hühnergöttern« meine geheimnisvollen Kiesel wieder.

Am Strand bauten wir mit Hilfe von Stöcken Meeresbuchten, oder wir stießen die Stöcke in den Sand und blickten mit der gleichen Empfindung von etwas Geheimnisvollem in das dunkle Loch, in dem sich das Meerwasser sammelte. Es machte uns Spaß zuzusehen, wie der trockene und grau gewordene Sand von der Feuchtigkeit aufquoll und dunkel wurde. Manchmal gruben wir den Kies am Strand auf und stießen auf eine nasse Schicht und noch tiefer auf das steigende und fallende, das lebendige, atmende Wasser. Eine Grube zu graben, und sei es eine ganz kleine, kam uns immer wie eine magische Handlung vor: Das Wesen der Grube selbst ist geheimnisvoll. Kein Wunder. In der Grube ist lebendiges Wasser. Alles ist auf dem Wasser und in dem Wasser, und das ist nicht etwa das einfache, bekannte Trinkwasser, sondern ein geheimnisvolles bitter-salziges, verlockendes und unnahbares Wasser. In Batum ist dieser Gedanke an das Wasser ganz natürlich, weil Batum im Wasser und auf dem Wasser liegt. Wir erforschten dieses Wasser in den kleinen Löchern, leckten am Finger, den wir hineingetaucht hatten, und staunten über seinen bitter-salzigen Geschmack. Wie Tränen! Bedeutet das dann nicht, daß auch ich selbst aus Meerwasser bestehe? Überall diese Entsprechungen, was du auch anfaßt, alles führt dich wieder und wieder zum Meer.

Mit Stöcken fingen wir Medusen. Schöne Blumen, lichterfüllt schaukelten sie wie opalisierende Kelche im Wasser, zart eingefaßt von einem violetten Band. Wir wußten, daß sie brennen, aber das mußte so sein: Dem Geheimnisvollen nähert man sich nicht ungestraft. Wenn du sie herausholst, verdunsten sie auf den heißen Steinen und bilden einen farblosen Schleim, von dem schließlich nichts übrigbleibt. Jemand erzählte uns, wenn man Medusen zwischen Löschpapier lege und trockne und dies mehrere Male wiederhole, so bliebe ein schönes zartes Netz zurück. Ich bezweifelte das nicht, aber es kam mir vor wie ein fernes Märchen, die unmittelbare Erfahrung sagte mir einfach: Medusen sind Geschöpfe des Meeres, nichts anderes als Wasser, und zerfließen daher wie Wasser. In der Erde ist Wasser, in mir ist Wasser, die Medusen sind Wasser... Dem Aussehen nach ist alles verschieden, doch seinem Wesen nach eins.

Unter dem vom Meer Angespülten fanden sich zu unserem nicht nachlassenden Staunen die gehörnten Nüsse des *Tschilim*,[5] die von ihrem Aufenthalt im Wasser ganz schwarz waren. Wir fürchteten sie, ihre Verwandtschaft mit den Meeresteufeln stand für uns fest, deshalb bemühten wir uns, diese seltsamen Nüsse nicht mit den Händen zu berühren, und wenn wir sie aufhoben, dann zögernd und mit Vorsicht: Wer weiß, was sie in Wirklichkeit sind und was sie tun werden. Die Tiefen des Meeres sind voller Geheimnisse und Überraschungen. Die Erwachsenen sagen, das seien Wassernüsse, und die Erwachsenen haben selbstverständlich recht, aber Erwachsene berühren die geheimnisvolle Seite der Dinge nie, entweder bemerken sie sie nicht oder sie verbergen sie vor uns, wahrscheinlich um uns nicht zu erschrecken; nie erzählen sie uns etwas von diesen im Verborgenen lebenden Dingen wie Teufeln, Nixen, Waldgeistern, ja nicht einmal von den lieblichen Elfen. Wir aber wußten, woher weiß ich selbst nicht genau, über all das längst Bescheid, trotz der Schranken, die die Erziehung überall aufgerichtet hatte. So war es auch mit den Tschilim-Nüssen: Sie, d. h. die Erwachsenen, denken, daß wir nachts nicht schlafen können, und sagen daher absichtlich, das seien nur Nüsse. Aber vielleicht sind sie nur zum Schein Nüsse. Warum sind sie denn so schwarz? Und warum haben sie Hörner?

Häufig beschenkte uns das Meer mit weißen Röhrchen. Papa sagte, das seien die Wurzeln des Schilfrohrs, und sie seien wahrscheinlich am Fluß Tschoroch zu Hause, der unweit von Batum ins Meer mündet. Aber auch hier war es wie mit jeder Vereinfachung, man glaubte ihr und glaubte ihr auch wieder nicht. Dem lieben Papa war alles zu klar. Warum waren denn diese »Wurzeln« so weiß und fett wie Würmer? Warum waren das Röhren? Irgend etwas an der Erklärung der Erwachsenen stimmte nicht: Die Seltsamkeit dieser »Wurzeln« war zu offensichtlich. Die weißen Röhrchen sind lebendig und fertig! Man braucht sich nicht in ihr Geheimnis zu drängen und es aufdecken wollen, wenn sie unerkannt bleiben möchten. Sie spielen Wurzel, gut, tun wir so, als ob wir ihnen glaubten, aber wir tun nur so, um sie nicht zu beleidigen und zu erzürnen. Und es bestand für uns kein Zweifel daran, daß sie nicht einfach so ans Ufer gespült worden waren, sondern daß das MEER sie uns, einzig uns zum Geschenk gemacht hatte. Es hielt noch viele andere Freuden für uns bereit – es erfreute uns, weil es wußte, daß wir zu ihm kommen und daß wir die Überraschungen lieben, die »surprises«, ja sogar das Wort surprise. Flaschenscherben, von der Brandung zu freundlichen matten Stückchen geschliffen und von der Sonne gewärmt, dann liebevoll von den Wellen geglättete Stangen und Hölzer, reingewaschen, hell leuchtend und warm, dann glattgeschliffene Spindeln von Maiskolben. Manchmal nach einem Sturm ein kleines Fischchen, Algen oder Muscheln – da wollte die Freude kein Ende nehmen, ich war hoch begeistert, mein Herz schlug mir bis zum Halse.

Manchmal, erinnere ich mich, jedoch sehr selten, fanden wir ein Seepferdchen, und einmal, nach einem sehr starken Sturm, stieß ich auf einen Stachelfisch, den ich viele Jahre in meiner Raritätensammlung aufbewahrte. Wenn ich heute auf meine Kindheit zurückblicke, bemerke ich die außerordentliche Armut der Anschwemmungen am Strand von Batum und die ausnehmende Dürftigkeit unserer Funde; außer ganz annehmbaren Steinen fanden wir nichts, was von Wert und Interesse gewesen wäre. Aber damals haben mich diese Funde unendlich gefreut, obwohl ich ein verwöhntes Kind war, gefreut als Geschenke des großen blauen MEERES, Geschenke für *mich* persönlich, Zeichen von Aufmerksamkeit, Vertrauen und Gewogenheit.

Vor unseren Augen lebte das Meer sein Leben, änderte stündlich seine Farbe, bedeckte sich mit kleinen schaumgekrönten Wellen, wurde finster oder im Gegenteil erschlaffte, wurde still und träge und ließ am Ufer kaum noch ein Plätschern hören. An einem *anderen* Ort hätten unsere Funde nichts weiter bedeutet; aber hier am Meeresufer waren sie etwas *Besonderes*. Grünblau in der Ferne und grüngelb in der Nähe lockten die Meeresfarben meine Seele, und mein ganzes Wesen vernahm den Ruf ihres Zaubers von frühester Kindheit an, sie gaben *allem* Sinn und Schönheit. Die Gaben des Meeres waren wie ein Geigenbogen, der über meine Seele strich und ein Beben hervorrief, nicht ein Gefühl, sondern gewissermaßen einen Laut, der sich der Brust entrang – Ahnung der tiefen, geheimnisvollen, vertrauten Gründe, Nachricht aus dem chrysoberyllen und aquamarinen Schoß des Seins. Denn diese grünen Tiefen, herzbeklemmend in ihrer elterlichen Vertrautheit, waren die rätselvolle Enträtselung des Höhlendunkels, eines offenbaren Dunkels. Das Meer mit seinen abgeschliffenen, glatten, warmen Hölzchen und den warmen, glatten Steinen, salzig schmeckend und immer kaum merklich nach Jod riechend, wie lieb war es dem Herzen und wie ganz mein. Diese Stöckchen, diese Steine, diese Algen – wie *bekannt* waren sie mir, zärtliche Nachricht, zärtliche kleine Geschenke meines gleichsam mütterlichen grünen Halbdunkels. Ich schaute und erinnerte mich, ich roch und erinnerte mich, ich leckte und erinnerte mich, ich erinnerte mich an ein Fernes und ewig Nahes, das Ersehnteste, Wesentlichste, das näher nicht sein konnte.

Dieser Jodgeruch des Meeres, rufend, ewig rufend; dieses rufende, ewig rufende Rauschen der kommenden und gehenden Wellen, zusammenfließend aus einer unendlichen Vielzahl einzelner trockener Geräusche und einzelner Zischlaute, aus Rascheln, Plätschern, trockenen Schlägen, dessen monotone Einförmigkeit so unendlich reich ist, immer neu und immer voller Bedeutung, rufend und seinem Rufen erlaubend, wieder und wieder zu rufen, immer stärker und immer drängender; dieses Rauschen der Brandung, das ganz aus Vertikalen besteht, körnig ist wie ein gotischer Dom, nie zäh, nie zerrend, nie klebrig, ungeachtet des Feuchten nie feucht, nie sonor und nie guttural; dieses Grün des Meerwassers, das in die Tiefe ruft, aber nicht süßlich und nicht klebrig, das fluoresziert und von innen her leuchtet von einem körnigen und unendlich feinen Licht, das sich in dem ganzen Stoff verbreitet, ein Grün, immer neu, immer bedeutungsvoll – all das, das Rufende und Vertraute, ist auf ewig in eins zusammengeflossen, in *ein* Bild, das der geheimnisvollen lebenschaffenden Tiefe; seither sehnt sich die Seele, sehnen sich Seele und Leib nach ihm, suchen es und finden es nicht, sie sehen das Wiedergesuchte nicht, selbst nicht in dem wiedererblickten, jetzt aber anders, nur mehr äußerlich wahrgenommenen Meer.

Jenes Meer, das selige Meer der seligen Kindheit, kann ich nicht mehr sehen – es sei denn in mir selbst. Es ist davongegangen, wahrscheinlich dorthin, wohin auch die Zeit geht, in das noumenale Reich. Aber dieses Noumen habe ich *einmal* wirklich gesehen, gerochen, gehört. Und gewisser als alles andere, was ich später noch erfuhr, weiß ich, daß diese meine Erkenntnis wahrer und tiefer ist, wenn sie auch von mir gegangen ist – von mir gegangen, aber dennoch auf ewig mein.

Aber einzelne Erscheinungen rühren manchmal dieses verborgene Wissen auf, es wird wieder aufgedeckt, und man erbebt. In den fluoreszierenden Stoffen, besonders in dem apfelgrünen Leuchten der Crookes-Röhre glaube ich es wiederzusehen, das Meer meiner Kindheit; im Geruch der Algen, ja selbst in der Jodtinktur im Reagenzglas rieche ich das metaphysische Meer, und seine Brandung höre ich in den kommenden und gehenden Rhythmen der Fugen und Präludien von Bach und in dem trocken klingenden Brausen der auseinandergezogenen Glut. Ich erinnere mich meiner Kindheitseindrücke, und ich irre mich nicht: Am Ufer des Meeres stand ich von Angesicht zu Angesicht der vertrauten, einsamen, geheimnisvollen, unendlichen Ewigkeit gegenüber, aus der alles fließt und in die alles zurückkehrt. Sie rief mich, und ich war bei ihr. Unverwandt in meiner Seele der Ruf des Meeres, der sprühende Laut der Brandung, die unendliche, aus sich selbst leuchtende Fläche, auf der ich flimmernde Punkte unterscheide, immer kleiner und kleiner werdend, allerkleinste Teilchen, aber nie verschmelzend. Mein Körper verlangt nach der Salzigkeit des Meeres, nach der salzigen und jodgetränkten Luft, einer sprühenden Luft, die kleinste Salzkristalle trägt, und es ist manchmal eine Wonne, sich wenigstens über ein Reagenzglas mit Jodtinktur zu beugen. Quälend das Verlangen nach dem Geschmack des Meeres, nach Seefisch, nach Hummer, man hungert nach Meeresnahrung, und ich glaube, wenn mir plötzlich ein Häufchen Meeresalgen vorkäme, ich äße sie glatt auf. Und es »verlangt« einen doch nach dem, was der Organismus braucht und was ihm fehlt. Mir fehlen diese Geschmacksstoffe und Nahrungsmittel, die nach den Evolutionisten, etwa Kenton, die ursprünglichen im Leben waren. Ich glaube natürlich den Evolutionisten kein Wort, ich denke, daß selbst ein Mann wie Kenton seine Theorie mitnichten aus rationalen Motiven entwickelt, sondern sich selbst das süße Märchen seiner Kindheit am Meer erzählt hat. Wenn die Schüler und die Anhänger begreifen könnten, worauf sich eigentlich die Theorie ihrer Lehrer gründet, auf welche der Rationalität fernen Intuitionen der Kindheit, würden sie mit ihrem jurare in verba magistri [auf die Worte des Lehrers schwören] aufhören und dafür tiefer in die verborgene, kindlich geniale Persönlichkeit dieser Lehrer einzudringen versuchen.

Und weiter: Eine mir innerlich, beinahe leiblich vertraute Sprache sprechen in der Mathematik die Fourier-Reihen und andere Gliederungen, die jeden komplizierten Rhythmus als ein Ganzes, als ein unendlich großes Ganzes von einfachen Gliedern darstellen. Vertrautes sagen mir kontinuierliche Funktionen ohne Differentialquotient und stetig diskontinuierliche Funktionen, wo alles gestreut ist, wo alle Elemente erhalten sind. Wenn ich in mich hineinhöre, entdecke ich im Rhythmus des inneren Lebens, in den Klängen, die mein Bewußtsein erfüllen, diese auf ewig in mein Gedächtnis eingegangenen Rhythmen der Wellen, und ich weiß, daß sie es sind, die in mir im Schema jener mathematischen Begriffe ihren bewußten Ausdruck suchen. Ja: Denn der rhythmische Klang der Welle wird geschnitten von kleineren und schnelleren Rhythmen, Rhythmen zweiter Ordnung, diese wiederum werden gegliedert durch Rhythmen dritter Ordnung und diese durch solche vierter Ordnung usw., usw. Wie weit wir auch immer gehen, nie hört das Ohr die *letzte* Gliederung, die nicht weiter zu gliedern ist, die unartikuliert bleibt wie ein der Brust sich entringender Laut, der sich dem Bewußtsein mitteilt; immer scheint der Laut gestreut und die Kontinuität der Welle wieder und wieder zerschnitten, bis ins Unendliche gegliedert, und sie gibt daher dem Begreifen immer neu Nahrung. Später, als ich das berühmte Glockenläuten von Rostow hörte, wo sich immer schnellere Rhythmen verflechten und überlagern, erinnerte ich mich wieder an die rhythmische Struktur der Meeresbrandung und die Fugen von Bach, die Urrhythmen meiner Seele. Tatsächlich setzt sich das Rauschen der Brandung aus den Geräuschen des Falls der einzelnen Tropfen des Meereswassers zusammen. Leibniz versichert, daß wir dieses einzelne Fallen nicht hören und nur das summarische Rauschen an unser Ohr dringt. Aber das stimmt nicht; wir hören es, wir hören das Fallen eines Tropfens, und wir hören das Fallen der Teile des Tropfens und so bis ins Unendliche, wenn wir hinhören, wenn wir uns dem Eindruck der Brandung in unserem Herzen, in der Tiefe unserer Seele hingeben: Da entdecken wir die unendliche Gestreutheit des Lautes, der bis in seine kleinsten Elemente gestreut ist, immer deutlich geschieden und trocken. Die geheimnisvolle, unendliche Fläche des Meeres, unendlich in ihrem Gehalt und in ihrem Klang, ist ebenso unendlich in ihrer Körnigkeit, in der feinsten Körnigkeit ihres Leuchtens. Das Tosen des Meeres – ein Orchester, eine unendliche Vielzahl von Instrumenten. Einen Klang gibt es, der ihm in seinem Gehalt verwandt ist und auch den schaffenden Tiefen des Seins entspringt! Es ist das Ornament der einander einholenden und überholenden Rhythmen, das entsteht, wenn Tropfen in Höhlen fallen – auch hier Tropfen –, wo das Wasser durch Decken und Wände dringt. Auch hier hört man in den Rhythmen immer neue Rhythmen, und auch hier bis ins Unendliche. Sie schlagen wie unzählige Pendel, die die Zeit des Lebens der ganzen Welt feststellen, verschiedene Zeiten und verschiedene Pulse unzähliger Lebewesen. Und wenn du in die Werkstatt eines Uhrmachers kommst, dann hörst du dort ein ähnliches Rauschen von einer Vielzahl von Pendeln, auch das vertraut, auch das an den Schoß der Erde und an die Tiefen des Meeres erinnernd.

Hafen. Auf andere Weise, dringlicher, intimer, aber geheimnisvoller und verlockender zog mein Wesen die Tiefe im *Hafen* an. Die großen, in den Meeresboden gerammten hölzernen Pfähle und Pfosten sind gewissermaßen gefurcht von geheimnisvollen Hieroglyphen, den Gängen der Holzwürmer. Das hatte ich mir gut gemerkt: Gerade in solchen Öffnungen wohnen unbekannte Wesen, Geister, die Buka,[6] das hatte einmal meine Kinderfrau gesagt, als ich, ganz in die Betrachtung eines dunklen Ganges an einem Balkonpfosten versunken, ungeduldig gefragt hatte, was das sei: »Hier wohnt der Buka.« Ich wußte genau, schon damals, daß mir nur ein einfacher Mensch die Wahrheit offenbart, und als ich sie von meiner Kinderfrau erfahren hatte, war ich innerlich sofort überzeugt, nur so konnte es sein, aber ich verbarg natürlich, um nicht unnütz Gespräche in Gang zu bringen, meine Entdeckung vor den Eltern und schwieg nur vielsagend, wenn sie mir etwas von Würmern erzählten. Hier am Hafen also gab es zahllose Buka, und sie verbargen sich nicht einmal, sondern schrieben auf die Pfähle höchst geheimnisvolle Zeichen. Diese Pfähle waren mit dicken Bohlen belegt, zwischen denen breite Spalte klafften. Die Bohlen waren immer sauber, wie überhaupt immer alles sauber ist, was zum Meer in Beziehung steht. Die abgestorbene, verrottete und morsche Schicht wird ständig abgetragen, gelegentlich finden sich Stellen von Pech, Erdöl oder Teer daran. Es riecht nach Teer, nach Harz, nach Meer und nach verschiedenen exotischen Waren, die in Ballen gestapelt daliegen. Eigentümliche Wurzeln liegen verstreut umher – Färberkrapp, Curcuma[7] und andere. Verschiedenenorts türmen sich dicke, dicke Taue nach damaligen Begriffen, die stark nach Teer und Pech riechen und wie Zwirnrollen von Riesen aussehen. Durch die Ritzen des Bretterbodens unter den Füßen sieht man das dunkelgrün schimmernde Wasser mit seiner nicht aus der Ruhe zu bringenden Oberfläche, die sich langsam und träge wiegt, ölig ist; ihre kaum wahrnehmbaren öligen Bewegungen bilden ein großes gleitendes Netz grüner kleiner Schlangen. Was bedeuten diese goldgrünen kleinen Schlangen? Woher kommen sie? Diese Frage ging mir ständig im Kopf herum, mein Gott, was habe ich über sie nachgedacht. Viele Male habe ich sie laut gestellt, aber immer erhielt ich die verdutzte Antwort, das scheine nur so, es komme von der Bewegung des Wassers. Von der Antwort war ich jedesmal tief enttäuscht. Ich spürte, daß man die Frage eigentlich nicht verstanden hatte und über meine Frage nur in Verlegenheit geriet. Nicht verstanden, weil man nie gesehen hatte, was ich sah. Ich sah Schlangen, die an der Oberfläche spielten, schillernd in Smaragd und Chrysolith, bezaubernd schön und freundlich, freundliche, gütige kleine Schlangen, die mit mir in Verbindung treten wollten. Ich sah sie, ich spürte sie und ich wußte, daß sie freundliche, gütige und schöne kleine Schlangen waren. Ich wollte es nur bestätigt haben, ich wollte im einzelnen hören und erfahren, wie man mit ihnen in nähere Verbindung käme, wie man sie berühre, küsse und sich mit ihnen unterhalte. Statt dessen leugnete man einfach ihre Existenz, und nicht nur ihre, sondern die Existenz des Besonderen, das ich im Spiel des Wassers sah, überhaupt. Da verbarg ich meine Frage und das, was ich sah, für lange in meinem Inneren. Nach einer gewissen Zeit stellte ich sie erneut, aber wieder das gleiche Unverständnis. Die gesuchte Antwort über die lieben kleinen grünen Schlangen und die Bestätigung meiner Bekanntschaft mit ihnen bekam ich erst bedeutend später, schon als Student, nämlich von dem Studenten Anselmus in E. Th. A. Hoffmanns »Goldenem Topf«.

Hier am Hafen war das Wasser besonders geheimnisvoll. Es war durchscheinend und von sattem Grün wie ein riesiger Smaragd; von Licht durchtränkt leuchtete es giftig und drohend, aber auch überströmend von schöpferischer Kraft. Langsam, kaum sichtbar glitten schillernde Wellen über seine ölige Oberfläche und schlugen gegen Pfosten und Schiffswände. Kelch und Fangfäden ausgebreitet, vergnügten sich große und kleine Medusen im Wasser. Langsam schwammen sie vorbei, ihre bläulich opalisierenden Körper schaukelten und wiegten sich in dem smaragdenen Naß. Schwärme kleiner Fische schossen vorüber, und manchmal sah man die Umrisse eines größeren Fisches in der Tiefe. An verschiedenen Stellen schillerte die Oberfläche des Wassers vom Erdöl in den Farben des Regenbogens. Von einem Dampfschiff wurden Ballen abgeladen, aus denen geheimnisvolle Wurzeln oder Samen herausfielen; Vogelbauer mit Papageien, Bananenstauden, Kokosnüsse, Säcke voll amerikanischer dreieckiger Nüsse, Erdpistazien wurden von Bord gebracht. Alle möglichen Sprachen und Dialekte waren zu hören. Menschen verschiedenster Nationalität waren am Hafen zu sehen – Griechen, Türken, Armenier, Georgier, Franzosen, Engländer, Belgier, Deutsche, Italiener usw., usw., sogar Neger, deren Kolonie sich unweit von Batum befand – wen hätte man hier nicht gesehen? Und alle in ihren besonderen Kleidern. Alles war ungewöhnlich – alles: Die Gerüche, die Laute, die Farben, eins steigerte sich am anderen und weckte das Gefühl für das Geheimnisvolle. Und das Wichtigste war, von allem gab es viel, viel, viel... Der schöpferischen Kraft der Natur war kein Ende, und all dieses »Viele« wird von dieser durchscheinenden, grünen, fluoreszierenden Oberfläche des Meeres hierher getragen. Die Tiefe des Meeres birgt unzählige Leben, seltsame und schöne Tiere und Pflanzen, deren jedes innerlich mit mir verbunden ist, innerlich zu meinem persönlichen Leben in Beziehung steht, sich mit seinem Sein in meines ergießt und es als gleiches unter gleichen anerkennt, als Glied des unendlichen Reiches des geheimnisvollen, von fluoreszierendem Licht leuchtenden Lebens.

Mein Vater erzählte uns von Reisen in ferne Länder und begeisterte sich, glaube ich, selbst an den Bildern der exotischen Natur oder der Natur des hohen Nordens. Auch meine Tante erzählte von Reisen. Die feuchte, salzige und nach Teer riechende Luft, zusammen mit den in die Ferne lockenden Erzählungen lenkte die ganze Aufmerksamkeit, alle Seelenkräfte auf die Schiffe und die Glücklichen, die auf dem Rücken des Meeres in ferne Länder fuhren, wo biegsame Palmen emporragen, beladen mit Kokosnüssen und Datteln; wo sich auf den Zweigen sonderbarer Bäume rote und grüne Papageien wiegen, die geheimnisvollen, dunklen, dreieckigen amerikanischen Nüsse knacken und seltsame Dinge sagen, voll geheimen Sinns, natürlich auf Russisch; wo um riesige, grelle, wohlriechende Blüten liebliche Kolibris flattern; wo die Giraffen mit ihren Hälsen die höchsten Bäume überragen, wo die gigantische Rafflesia Arnoldi[8] wächst und wo in den Gewässern wie Kissen von einem bis anderthalb Metern Durchmesser die üppige Victoria regia schwimmt, auf die ich mich so gern einmal gesetzt und gelegt hätte. Breitblättrige Bananenbäume brechen fast unter der Last ihrer Früchte. Farbenprächtige geheimnisvolle Orchideen thronen Vögeln gleich auf den Ästen der Bäume und lassen ihre Wurzeln, die wie weiße, fette Würmer aussehen, herunterhängen. Äffchen tun sich an Bananen gütlich und werfen mit den Schalen nach behäbigen Elefanten. Ein würziger, warmer Hauch hängt zwischen dichten Lianen: Er kommt von den unzähligen wohlriechenden Bäumen – Nelke, Kardamom, Muskat, Sternanis (Sternanis hielt ich für einen Baum) – und den geschwungenen Peitschen der Vanille, die die Luft mit ihren Düften erfüllen. Allein das Wort *Aroma* war voll Musik für mich und von hoher Bedeutung. Riesige stachlige Kakteen tragen weiße und rote Blütenkrönchen.

Und alle diese Laute und Düfte vor dem Hintergrund der Brandung des blauen, blauen Meers, das auf den goldenen Sand des flachen Strandes perlt. Im Meer blühen prachtvolle Korallen, schwimmen wundersame Fische, kriechen Ungeheuer von Langusten und Krabben. In unmittelbarer Nachbarschaft natürlich, aber doch etwas entfernter und als weniger angenehm empfunden im Schatten des Bewußtseins – Wale, Pottwale, Haie, besonders der Hammerhai, der Sägefisch und der Narwal. Hier, bei uns in Batum verbarg das Meer immer sein geheimnisvolles Wesen; aber dort in den fernen überseeischen Ländern tritt es in überwältigendem Glanz in all seiner Majestät hervor.

Und diesen ganzen unendlichen Reichtum an Farben, Blüten und Düften, der meinen Verstand betörte und mir den Atem benahm vor Erregung, diese ganze Fülle bringt das Meer hervor. Diese ganze überseeische Welt erschien mir in meiner Phantasie wie emporgestiegen aus dem blauen, dem tiefen blauen Meer, das diese Welt umspült und nährt. Dort, unter den glühenden Strahlen der Sonne ist das Meer offenherziger, dort zeigt es seine Flut und seine Ebbe, die ich für mein Leben gern gesehen hätte. Dort wirbeln Wassersäulen über das Meer, Wasserhosen, dort werden die Wellen so hoch wie vierstöckige Häuser. Und doch ist es hier dasselbe Meer, aber hier verbirgt es seine Kräfte und sein Leben im Geheimnis seiner Wellen.

Ich lauschte den Wellen. Matt schlagen sie ans Ufer – Nachrichten aus fernen Ländern, aus dem Unbekannten, eine Welle, eine zweite Welle, eine dritte... Aber dann plötzlich eine stärkere Welle, wenn du badest, wirft sie dich um. Dann wieder träge schmeichelnde Wellen, mehrere, und dann wieder eine stärkere. Ich fragte, warum sind die Wellen nicht gleich? Ich bekam *irgendeine* Antwort, welche, weiß ich nicht mehr. Aber ich wußte auch ohne Antwort, warum: Wenn jemand erzürnt ist und sich beherrscht, spricht er scheinbar ruhig, bis er sich plötzlich an einem Wort stößt und der Zorn offenbar wird. So auch beim Meer. Es möchte seine Kraft verbergen, aber von Zeit zu Zeit verrät es sich durch eine starke Welle.

Auf dem von der Sonne erwärmten Kies liegend blickte ich stundenlang aufs Meer. Es war von stahlblauen Streifen durchzogen, seine Oberfläche war unregelmäßig. Woher kamen diese Streifen und Flecken? Im Nu änderte sich die Farbe des Meeres, wenn sich auch nur das kleinste Wölkchen vor die Sonne schob: Das Meer wurde finster, es war deutlich unzufrieden. Wie goldene Fischlein sprangen Fünkchen auf der Oberfläche des Meeres – konnte man bezweifeln, daß im Meer etwas Bedeutsames vor sich ging? Wenn ich fragte, sparten die Erwachsenen durchaus nicht mit Erklärungen, aber diese Erklärungen gingen an den Fragen vorbei, und ich hielt es nicht einmal für nötig zu widersprechen: So sehr mich die Erwachsenen liebten, so wenig verstanden sie, wie mir schien, den wahren Sinn meiner Fragen. Jede Frage bot doch auch eine gewisse Antwort oder wenigstens die *Richtung* der Antwort an. Aber die Erklärungen der Erwachsenen rechneten gar nicht mit diesem Sinn, sie erkannten das, was meine Frage eigentlich ausmachte, nicht an: Sie vernichteten die Frage, sie vernichteten meine Grundfrage, die nach dem *Leben des Meeres*.

Ja, ich sah, ich spürte, das Meer lebt, und ich nahm sein Leben als eine ganz gewöhnliche Tatsache, die keiner weiteren Erklärung bedurfte – ich nahm es wie mein eigenes Leben. Wenn ich mein »Warum?« fragte nach den grünen Schlänglein, nach der Veränderlichkeit der Farbe der Meeresoberfläche, nach dem gebrochenen Rhythmus der Brandung, nach den vom Meer abgeschliffenen Hölzern und nach vielen anderen ähnlichen Erscheinungen, so wollte ich erstens eine Bestätigung für das erhalten, was ich im Grunde selbst wußte, daß das Meer lebt, daß es ein lebendiges, geheimnisvolles Geschöpf ist; ich wollte von meiner Umgebung nur das hören, so etwas wie ein Amen für meine Erfahrung. Wenn diese *Tatsache* im allgemeinen anerkannt war, dann suchte ich zweitens etwas im besonderen über den Sinn der *einzelnen* Erscheinungen in seinem Leben zu erfahren, über die Lichtblitze, über das Lächeln und über das Zürnen des Meeres. Man antwortete mir etwa in dem Sinne, daß es sich bei der mich bewegenden Erscheinung eigentlich *nicht* um eine Erscheinung des Lebens handle: Die Erwachsenen machten sie zu etwas Zufälligem und Äußerem, das zufällige und äußere Ursachen hat.

Man antwortete mir, es handle sich »einfach um eine Spiegelung des Lichts«, »einfach um eine Strömung an der Oberfläche«, »einfach um Wellen« usw. Ich wollte mich in das Leben des Meeres versenken, das, ich wiederhole es, für mich eine Tatsache war; ich forschte nach jenen geheimen Kräften des inneren Lebens, die die einzelne Erscheinung hervorriefen. Und da zogen die Erwachsenen diese Erscheinung ans Licht und erzählten mir, das sei sehr einfach und nur etwas Äußerliches. »Ich muß das besser wissen, sie ist nicht einfach und nicht von ungefähr so. Das lasse ich mir nicht ausreden. Und ich bitte darum, mir zu sagen, welches der *Platz dieses* Nichteinfachen unter den verschiedenen Einzelheiten der auch nicht einfachen primären Tatsache ist.«

Meine damaligen Überlegungen in eine spätere Sprache übersetzend – und ich weiß, daß ich das Wesen meiner Empfindungen und vagen Gedanken richtig wiedergebe – bediene ich mich eines Beispiels: »Ich sehe einen Menschen; sein Leben ist für mich eine Tatsache. Wer diese Tatsache nicht leugnet, erkläre mir bitte, warum er gewissermaßen ohne Grund lächelt und plötzlich grollt. Er erkläre mir, welche Eindrücke oder Gedanken sein Mienenspiel hervorrufen.« Die Antwort wäre etwa: »Es handelt sich um die Verkürzung gewisser Muskeln infolge eines Impulses, der die und die Nervenstränge passiert.« Das wäre eine Antwort auf meine Frage, die die eigentliche Frage nach dem *Sinn* der Erscheinung negierte. Ich zweifle ja nicht daran, daß das Lächeln dieses Menschen eine innere Bewegung ausdrückt. Genauso empfand ich die

Antworten der Erwachsenen auf meine Frage nach dem *Sinn* dieser oder jener Erscheinungen im Leben des Meeres. Ich blieb natürlich bei meiner Auffassung und versuchte selbst, mich in diese Erscheinungen einzufühlen. Stundenlang lauschte ich den komplizierten Rhythmen der Brandung, beobachtete ich das Spiel des Aufblitzens und das Spiel der Farben an der Meeresoberfläche. Besonders beschäftigte mich der Schaum auf dem Meer. Wie kommt es, daß ständig dieses weiße Netz an der Oberfläche des Meeres entsteht und dann wieder vergeht? Der Schaum sollte nicht leben? Er kam mir vor wie ein riesiges Wesen, das auf der Meeresoberfläche schwimmt, und ich wollte dieses Wesen fangen und es näher betrachten. Aber es gab sich mir nicht in die Hände, auf der Handfläche blieben nur ein paar uninteressante Luftbläschen zurück. Der Schaum ließ sich wie die Medusen nicht erforschen, er existierte nur in dem ihm eigenen Element. Sollte einem das nicht zu denken geben, daß es viele Erscheinungen und Wesen gibt, die zu nichts werden, wenn der Forscher sie aus ihrem Lebensmilieu herausreißt; das sagt aber nicht, daß sie nicht existieren. Zum Beispiel die Träume. Man sieht sie, wenn man schläft, und sie verschwinden beim Erwachen. Heißt das etwa, daß es sie nicht gibt? Wäre es nicht richtiger zu sagen: In die Wachheit geholt lösen sie sich auf wie die Medusen und der Schaum an der Luft?

»Hotel Frankreich«. Die venezianischen Läden. Die Besuche im Hafen sind in meiner Erinnerung mit Garnelen verknüpft. Nach dem Hafen lud uns Papa gewöhnlich in ein Strandrestaurant ein, es war das beste in der Stadt; es wurde von einem Franzosen bewirtschaftet, und er hatte ihm den für meine Ohren verführerischen Namen »Frankreich« gegeben. »Hotel Frankreich« – »Hôtel de France« stand auf dem Schild. Für meine Begriffe war Frankreich der Gipfel der Verfeinerung und der Kultiviertheit; in Frankreich ist alles elegant, alles gepflegt, und es kann keine bedeutendere Sprache

geben als das Französische, ganz im Gegensatz zum Deutschen, das ich verachtete, und zu Deutschland, von dem ich nichts wissen wollte. Spießigkeit, Geschmacklosigkeit, Pedanterie, Verschrobenheit, Geiz, Knickrigkeit – Deutschland bestand für mich nur daraus. Freilich kannte ich seit frühester Zeit den »Faust«, ich hatte ihn im Gefühl und konnte ihn in der Übersetzung von Wrontschenko auswendig, die Namen und die Musik der deutschen Klassiker lebten in meinen Gedanken. Davon übrigens später. Das alles brachte ich jedoch nicht mit Deutschland in Verbindung, ich hielt es für allgemeinmenschlich. Kultur, das war Frankreich. Deshalb erschien mir das »Hotel Frankreich«, obwohl es nicht Frankreich selbst war, sondern nur ein Hotel, auch der Anerkennung wert: Ausschlaggebend war dabei das Gefühl für die Wirklichkeit der Namen und der Glaube an Namen.

Vor diesem Hotel standen direkt an der Straße, auf einer breiten asphaltierten Terrasse inmitten von Kübeln mit Apfelsinenbäumen und Kästen mit Schlingpflanzen unter einem Leinendach kleine Tischchen. Wir ließen uns nieder, und Papa bestellte wie immer die von uns so geliebten Garnelen. Manchmal nahmen wir sie in Papiertüten mit nach Hause, selbstverständlich für jeden eine, eine für mich und eine für Ljusja. Unser größtes Vergnügen war eine Unart – von Mama wurde sie unter keinen Umständen geduldet, von Papa aber unterstützt –, die Unart, auf der Straße zu essen. Es war so spannend, mit dem Blick auf Hafen und Meer die kleinen Krebse zu knabbern, die ebenfalls nach Meer rochen. Übrigens eine sehr unschuldige Unart, denn Batum war nicht viel mehr als ein passables Dorf, und ein Spaziergang durch die Straßen in jenen fernen Zeiten unterschied sich nicht von einem Ausflug in die Umgebung der Stadt mit Picknick.

Manchmal gingen wir die Uferstraße weiter bis ans Ende, bogen rechts in eine enge Gasse ein und gingen dann noch einmal links ab. Hier war das türkische Viertel. Eng aneinandergeschmiegt standen kleine Fischerkneipen und winzige Läden, die mit Mühe zwei Kunden faßten. Die langen Beine ausgestreckt saßen Adsharier, Türken und Griechen auf den kleinen Steinen vor der Tür, spielten Nardi und sogen phlegmatisch an ihren Wasserpfeifen. Das Viertel galt als gefährlich, es war damals von Schmugglern bewohnt. Aber es war von solcher Eigenart, daß es sich mir tief ins Gedächtnis eingeprägt hat. Auch Papa ging, glaube ich, nicht ohne Bangen hierher. Es hieß, man werde hier am hellichten Tage ausgeraubt, und man riet in Batum allgemein von einem Besuch ab. Es gab hier einen kleinen Laden, der das Ziel unserer Wünsche war und den wir wie alte Bekannte betraten. Der Besitzer war ein von der Luft gegerbter und braungebrannter Venezianer oder Grieche. Er handelte mit Korallenketten, verschiedenen anderen kleinen Sächelchen aus rosa und roten Korallen, mit Muscheln, venezianischen Perlen und daneben mit dicken teergetränkten Tauen, Schiffsleinen, Schnüren und Angelgerät. Der Laden war märchenhaft schön. Schnell zusammengezimmert aus grob gehobelten teergetränkten Brettern, so klein, daß man sich nicht drehen konnte; stark nach Harz und Meer, nach Tang und Meeresprodukten riechend, barg er in seiner Schale viele herrliche geheimnisvolle Dinge, wie eine schiefrige Muschel Perlen. Übrigens gab es in diesem kleinen Laden tatsächlich Perlen. Die Korallen lockten mich mit der Grellheit ihrer abstrakten Farbe und ihren eigenartig eckigen Konturen – wie das geronnene Parafin an den roten Weihnachtskerzen, sagten meine Schwester und ich damals, und diese Nähe der Korallen zum Weihnachtsbaum ließ sie uns besonders verlockend erscheinen. Man hatte das Gefühl eines geheimnisvollen Lebens und einer eigenen Magie; ich liebte die rote Farbe nicht, aber dieser, in ihrer Abstraktheit nicht klebrigen, konnte ich nicht widerstehen. Der Händler, höchstwahrscheinlich ein Schmuggler, zog unter dem Ladentisch, wo auch Dörr- und Räucherfisch lagerte, riesige Tridacna-Muscheln hervor, und ich mußte denken, daß die Tridacna sogar einen Adler wie mit Eisenklammern festhalten kann, so daß er nicht mehr loskommt und in der Meeresflut zugrundegeht. Die weißen Korallenäste sahen aus wie Meerespflanzen; ich wußte, daß sie die Behausung kleiner Lebewesen sind, glaubte es innerlich aber nicht recht. So sagt man wohl, dachte ich, wenn man mit Erwachsenen spricht; wie viele andere naturwissenschaftliche Erklärungen hielt ich auch diese für eine Art konventionellen Entgegenkommens, für einen Euphemismus, der erlaubt, die Geheimnisse nicht zu berühren, der aber im Grunde der Sache nicht entspricht.

Das beste waren die venezianischen Perlen. Sie waren alle mit der Hand gemacht. Seit ich mich erinnern kann unterschied ich, ohne mich je zu irren und beinahe ohne hinzusehen, sofort *Hand*-Arbeit von *Maschinen*-Arbeit. Obwohl die Maschinen und ihre Erzeugnisse mein Denken sehr beschäftigten, habe ich doch, einesteils aus ästhetischen Gründen, anderenteils von meinem inneren Wesen her, Maschinenerzeugnisse unbesehen verachtet: Die ganze Welt durchfloß nach meiner Vorstellung ein Lebensstrom, der sie organisiert, die ganze Welt zeichnete in ihrem Inneren ein Spiel der Tiefe aus, und die maschinellen Dinge erschienen mir irgendwie seelenlos und flach, nicht im geringsten geheimnisvoll, sondern durch und durch verständlich, ganz so wie bei Mill und Bain.

Jedes Erzeugnis von Menschenhand, was immer es sei, auch das allergröbste, hat immer den geheimnisvollen Schimmer des Lebens, diesen Schimmer nimmt man an einer Muschel, an einem von den Meereswellen glattgeschliffenen Stein, an der Geschichtetheit des Achats oder Karneols, an den feinen Verästelungen der Adern eines Blattes unmittelbar wahr. Das Maschinending schimmert nicht, es blitzt, es hat einen toten, unverschämten Glanz. Und es wäre verfehlt zu glauben, Kinder bemerkten diesen Unterschied nicht; nein, sie bemerken ihn im allerfrühesten Alter. Was mich betrifft, so habe ich die Kluft zwischen Handarbeit und Maschinenarbeit damals tiefer erfahren als später. Da war etwas definitiv Trennendes wie zwischen *ja* und *nein*, wie zwischen Weiß und Schwarz. Davon war ich von Kindheit an vollkommen überzeugt. Ich erinnere mich ganz genau, daß ich den qualitativen Unterschied zwischen Hand- und Maschinenarbeit sehr lebhaft, unmittelbar, beinahe physiologisch – wie den Zustand meines Körpers – empfand, obwohl ich das so deutlich nicht immer hätte sagen können. Später erfaßte mich aus dem Gefühl für das Handgemachte eine Neigung zu Ruskin, aber da ich mit Physik und Mathematik beschäftigt war, stieß ich erst sehr spät auf Ruskin, erst nach der für mich entscheidenden geistigen Krise, von der später noch die Rede sein wird. Jetzt aber zu den venezianischen Perlen. Sie waren wahrhaft *wahr* und deshalb schön: Jede offenbarte genau das, was ihrem ursprünglichen Wesen entsprach, die Bearbeitung diente einzig der Offenbarung dieses Wesens – sie war eine Enthüllung, nicht Verhüllung dieses Wesens. Jede dieser Perlen atmete, lebte, verband sich ganz und gar mit der Natur, indem sie auf ihre Art die Natur übertraf. Die einen bestanden aus einer Paste, sie hatten die Form von vierkantigen Stängchen und von Würfelchen, die runden oder flachen waren mit Einsprengseln aus andersfarbiger Paste versehen. Angenehm war, daß sie nicht bemalt waren, daß ihrer Oberfläche nicht ein besonderes Ansehen gegeben wurde, sondern daß das echte Material sichtbar blieb. Angenehm auch ihre Form, die in den Konturen nichts mechanisch Regelmäßiges hatte; zielgerichtet strebten sie alle einem bestimmten Typ zu, soweit und in dem Maße, wie es die Sache erforderte; diese Perlen hatten keine mechanisch scharfen Kanten, keine mechanisch geraden Linien, keine mechanisch identische Zeichnung. Die Perlen ließen einen die formende Hand spüren, sie waren der unmittelbare Ausdruck schöpferischer Kraft. Deshalb hatte man den Wunsch sie anzufassen, sie mit den Fingerspitzen zu berühren, sie auf der Handfläche zu fühlen und springen zu lassen und sie in den Mund zu nehmen.

Die anderen Perlen waren aus Glas, vornehmlich dunkelgrün und dunkelblau. Zu ihnen muß ich auch etwas sagen. Ihre Farbe empfand man als die Farbe der Glasmasse, als wesentliche Eigenschaft des Materials und nicht als äußerlichen, willkürlichen, zufälligen Schmuck. Ihre unpolierte Oberfläche mit den auf natürliche Weise entstandenen parallelen Unebenheiten in Gestalt feinster Schraffierungen, ihre inneren, parallel zu diesen Schraffierungen auftretenden Farbunregelmäßigkeiten zeigten die Tiefenstruktur *des Stoffes* der Perlen; man fühlte richtig, wie sich der weiche zähe Glasteig bei der Herstellung der Perlen zog, wie die Kräfte der Oberflächenspannung wirkten, die der halb erstarrten Masse ihre Form gaben, überhaupt spürte man etwas von dem festgehaltenen Kampf und dem Wechselspiel der Kräfte, die die Perlen hervorgebracht hatten.

Diese Perlen haben sich meinem Bewußtsein als erstarrte Urphänomene eingeprägt, als von einem arglosen Handwerker enthüllte tiefe Wahrheit des Stoffes. Mir war klar: Diese Perlen sind weniger künstlich als zufällige Stücke solchen Stoffs, denn die Kunst führt hier nicht zur Verhüllung, sondern zur Enthüllung des Willens des Materials, hilft ihm, das zu werden, was es sein möchte, während die Maschine diesem Willen Gewalt antut. Durch diese Perlen, über die Vermittlung dieser Perlen lehrt uns der Stoff der Welt, ihn zu lieben und sich seiner zu freuen. Und ich liebte ihn – nicht die Materie der Physiker, nicht die Elemente der Chemie, nicht das Protoplasma der Biologie, sondern den Stoff *selbst*, mit *seiner* Wahrheit und *seiner* Schönheit, mit *seiner* Sittlichkeit. Bebend fühlte ich, daß die Perlen dieses venezianischen Schmugglers nicht allein schön sind, sondern wahrhaft herrlich, wie überhaupt die erschaute Tiefe des Seins herrlich ist, wie alles Echte herrlich ist. Sie waren in meinem kindlichen Bewußtsein etwas Noumenales. Und dieses Noumen der Perlen verband sich mit dem Noumen des Meeres, erinnerte an seine Steine, seine Muscheln, sein bald blaues, bald grünblaues und grünes Wasser. Und nun frage ich mich: Hat nicht dieses Gefühl für das Meer den Venezianern, diesen halben Meeresbewohnern, die Kunst dieser, den Hervorbringungen des Meeres so verwandten Perlen eingegeben?

Überfluß. Ich liebte das Meer für sein Geheimnis – das Geheimnis der seine ganze Masse erfüllenden Farbe, das Geheimnis seines verlockenden Geruchs und seines Rauschens, das Geheimnis seines bitter-salzigen Wassers, das in so überraschender Weise Tränen glich, das Geheimnis der seltsamen Wesen, die in ihm lebten. Es gab eine innere Verwandtschaft zwischen ihm und mir, was aber das Wichtigste war, es erdrückte nicht durch seinen Überfluß. Jene über-seeische Welt war auch eine Welt über alle Maßen, sie kam einem beinah unirdisch vor. In dem Meer vor mir, hier am Ufer gab es diese übermäßige Zeugungskraft nicht, man hätte es mit Homer eher »unfruchtbar« nennen müssen. Von qualitativer Fülle, erdrückte es nicht mit der Quantität seiner Erzeugnisse. Ich sah seine schöpferische Kraft, aber das war eine verhaltene Kraft, sie begegnete einem nur als Möglichkeit und ermüdete den Geist nicht. Die Zeugungskraft der tropischen Ufer hatte hier am Ufer des Schwarzen Meeres ihre Besonderheiten.

3. Natur

Ich liebte meine Verwandten zärtlich und innig, eigentlich
vor allem die Älteren. Besonders Tante Julia gegenüber empfand ich eine zärtliche Liebe, ich war richtig in sie verliebt.

Obwohl sie älter war als ich, fanden viele meiner Empfindungen in ihrem Wesen Widerhall, und sie lebte, wie ich jetzt
verstehe, ein Leben mit mir, das in der Welt der Erwachsenen
sonst unerfüllt geblieben wäre. Sie war es, die mir gerne rüh-
rende Geschichten über eine verdorrte Pflanze oder ein totes
Vögelchen erzählte und, wie es mir jedenfalls damals schien,
die toten Geschöpfe mit mir beweinte. Ich habe die Empfindung, daß ich vor ihr meine Gedanken und Gefühle nicht besonders verbergen mußte. Formal unterstützte sie sie nicht,
wahrscheinlich auf Wunsch der Eltern und aus Furcht, den
Vater zu erzürnen, der der Gegenstand ihrer Hingabe und
ihre einzige Liebe war. Aber ich spürte ihr Mitgefühl und
hielt sie insgeheim für eine Gleichgesinnte. Die Schwestern
meiner Mutter sagten mir später, Tante Julia sei sentimental
gewesen. Ich weiß genau, was sie meinten, und ich weiß, daß
das nicht wahr ist. Zwischen Tante Julia und den anderen
Tanten konnte es trotz freundschaftlicher Beziehungen kein
wirkliches Verständnis geben. Das ist mir im tiefsten Inneren
klar. Die Natur war ihnen fremd, obwohl sie in üppigen Gärten lebten; der Kaukasus interessierte sie nicht, obwohl sie in
ihm ihre Wurzeln hatten; sie hatten etwas von dem Alter und
der geistigen Vergreistheit früherer Kulturen, eine schwer er-
worbene Beschränkung auf elementare Interessen, eine Mü-
digkeit gegenüber allem Erhabenen, die sich in Jahrhunderten

über Generationen angestaut hatte, eine unterbewußte, im Blut liegende Enttäuschtheit von allem Heroischen, die Verachtung von Greisen für die hochfliegenden Pläne der Jugend. Eine Flügellosigkeit, übrigens nur bis zu dem Augenblick, da es nötig war, Entschlossenheit zu zeigen und zur Tat bereit zu sein; dann erwiesen sie sich alle, und ich kenne Beispiele, als untadelig und taten ihre Pflicht als etwas Selbstverständliches. Sie alle sind gütig, zuvorkommend, aufmerksam, mit Wärme umeinander bemüht, und darauf verstehen sie sich. Doch, das ist wirklich Wärme, sie hat etwas Blindes. Ihre Wirkung versiegt fast unmittelbar jenseits der Grenzen eines kleinen Raumes, sie hat keinen Nachhall, kein Licht. Wenn man aus so einem warmen Nest die Berge sieht, die in der Sonne funkeln, kann man sich von dieser Wärme nicht losreißen. Aber wenn das Nest, um es noch bequemer zu machen, nach allen Seiten verstellt wird, dann rebelliert man im Namen des Lichtes gegen die Gemütlichkeit. Tante Julia verstand dieses Verlangen nach Licht. Hätte sie mich in meinen späteren Jahren noch erlebt, so hätte sie wahrscheinlich das Verständnis für meine Wünsche verloren, aber damals in der Kindheit stimmten wir überein. Wie ich der Natur begegnete, das hieß sie gut. Die Beziehung zu meiner Tante war wohl von dem Gefühl beherrscht, daß nichts Trennendes zwischen uns sei und wir ein Ineinanderfließen der Persönlichkeiten erlebten, wie man es bei einer erwiderten und sehr vergeistigten Verliebtheit unter Erwachsenen finden kann.

Doch ich schreibe überhaupt nicht, was ich eigentlich schreiben wollte, sondern scheinbar direkt das Gegenteil.

Ich erlaubte meinem Vater, mich zu lieben, empfand – im Gefühl der Unvergleichlichkeit – eine fast mystische Ehrfurcht vor meiner Mutter, hatte eine Neigung für meine Tanten und überhaupt für viele Menschen; und liebte zärtlich und leidenschaftlich nur Tante Julia, aber auch sie nicht als sie selbst, d.h. *ohne* innere Motivierung, sondern wegen ihres

Verhältnisses zur Natur. Es kommt mir seltsam vor, wenn ich das jetzt denke und es auch noch aufschreibe, daß ich, so empfindsam und zärtlich, vielleicht sogar zu zärtlich, wie ich war, in einer so von gegenseitiger Aufmerksamkeit und Liebe erfüllten Familie wie der unseren eigentlich vielleicht niemanden geliebt habe, d. h. geliebt habe ich schon, aber ich liebte nur EINE. Diese einzige Geliebte war die NATUR.

Vielleicht haben mir die Menschen in meiner Kindheit geschadet. In unserem Haus gab es nur Wärme, nur Liebe und vor allem Redlichkeit und Reinlichkeit. Alles paßte zusammen: Nie ein gemeines Wort, nie ein niedriges Interesse, keine Spur von Egoismus, ständige Sorge umeinander und immer die weite tätige Güte meines Vaters in Beziehung zu seiner Umgebung, zu Fremden. Und die Umgebung antwortete mit Anerkennung, Verehrung, beinahe Ehrfurcht gegen meinen Vater und die ganze Familie. Fremde Leute sprachen zu mir vom Edelmut, von der Großherzigkeit, von der Freigebigkeit, vom Verstand und der Redlichkeit meines Vaters. Unter den Kindermädchen auf dem Boulevard erhob sich häufig ein lebhafter Streit, wessen Herrin in der Stadt die schönste und vornehmste sei, und wenn alle Kandidatinnen durchgegangen waren, so sprachen sie im Chor den Preis der Schönheit und Tugend unweigerlich der gnädigen Frau F. zu. Mein Vater äußerte sich manchmal mit wahrem Entzücken über Tante Lisa, vor allem über die Selbstherrlichkeit ihres Charakters und die seltene Schönheit ihrer Augen, und auch wenn er Tante Sonja neckte, die damals noch ein Mädchen war, empfand man es als Zustimmung. Das sind nur einige, zufällig herausgegriffene Elemente dieser Gediegenheit. Tatsächlich war alles davon durchdrungen, jedenfalls empfand ich es so, was in diesem Fall keinen Unterschied macht. Auch wenn nie jemand ein Wort darüber verlor, so war es doch ganz ausgeschlossen, daß uns Kindern das besondere Verhältnis der Angestellten zu uns, die besondere Anerkennung durch die Bekannten, die Untergebenen und die Amtskollegen verborgen geblieben wäre. Ich glaube, mein Vater hatte keinen ganz leichten Charakter, Zeiten des Mißmuts wechselten mit fröhlicheren und aufgeschlosseneren Zeiten. Mir scheint, er konnte in den einen wie in den anderen Zeiten durchaus heftig sein, beleidigend aufrichtig, manchmal geradezu herausfordernd. Aber er war so unbestritten anerkannt, daß aus solchen Übertreibungen nie Streit entstand und ihm daraus Unannehmlichkeiten erwachsen wären, was auch für das Verhältnis zu meiner Mutter galt. Stolz und schüchtern und bei ihrer sittlichen Keuschheit menschenscheu erfüllte sie gerade so ihre gesellschaftlichen Pflichten, sie ging fast nie zu Besuch, machte ihre Visiten, daß es so gut wie keine waren, kurz, bei aller Wohlerzogenheit bewegte sie sich gesellschaftlich auf einem sehr schmalen Grad. Und doch kam es, obwohl es unvermeidlich scheinen konnte, weder zu Brüchen noch zu Beleidigtheit, noch zu Zank – zweifellos dank der persönlichen Hochachtung, die sie genoß.

Das sahen wir alles. Die negativen Seiten im Leben der anderen Leute sahen wir nicht, und nicht nur das, wir ahnten nicht einmal etwas von ihnen. In unserem Haus war nicht die leiseste Andeutung eines Gerüchtes oder eines Klatsches zu hören, selbst ganz unschuldige Neuigkeiten über anderer Angelegenheiten nicht – sagte ich hören? Zweifellos hat nie jemand etwas dergleichen auch nur gedacht. Ich wiederhole noch einmal, wichtig ist hier nicht, ob die Beschaffenheit unserer Familie richtig gesehen ist, wichtig ist, daß ich es so empfand. Vielleicht haben die Erwachsenen, wenn sie abends allein waren und herzlich lachten, wobei mein Vater besonders ausgelassen war, auch in ganz anderer Weise gesprochen, aber bis zu uns, bis zu mir drang das nicht. Bestimmte Wörter, um die sich gewöhnlich der Klatsch drehte, kamen im häuslichen Wortschatz einfach nicht vor: Der Dienst, die Vorgesetzten, Orden, Auszeichnungen, Gouverneure und

Minister, Geld, Einkommen, Bräutigam und Braut, Mann und Frau, Geburt und Tod, Beerdigung und Hochzeit, die Geistlichen und jede Art theologischer Bezeichnung, die Juden und verschiedene knifflige nationale Fragen usw., usw. – man kann gar nicht alles aufzählen –, alle diese Bezeichnungen mit noch vielen anderen waren, jedenfalls für mein kindliches Bewußtsein, tabu. Direkt verboten war es nicht, solche Wörter zu gebrauchen und die entsprechenden Dinge zu erörtern, ausgenommen zwei: Geld und Einkommen, das war entschieden ungehörig. Doch auch ohne Verbot erfühlte ich mit dem ersten Aufscheinen meines Bewußtseins aus leisen Untertönen in der Familie das halb Ungehörige der einen und das ganz und gar Ungehörige der anderen Wörter. Kinder haben einen unfehlbaren Instinkt, die Nase eines Hundes für das, was sich gehört und was sich nicht gehört. Zwischen dem Schlechten und dem Guten ist keine so tiefe Kluft, etwas Schlechtes zu tun, ist natürlich nicht schön, weil es die Eltern erbost; doch eigentlich, warum nicht? Aber der Unterschied zwischen dem, was sich gehört und was sich nicht gehört, ist absolut, und etwas zu tun, was sich nicht gehört, ist schlimmer als der Tod. Noch schlimmer als etwas Ungehöriges zu tun ist, etwas Ungehöriges zu sagen. Schlechte Tat, schlechte Rede, ungehöriges Tun, ungehöriges Wort – das sind die Stufen des Unerlaubten; schlimmer als das ungehörige Wort, schamloser, vernichtender, nicht wieder gutzumachen ist nur noch eines: So etwas zu *denken*. In der nächtlichen Dunkelheit, den Kopf unter der Decke versteckt, selbst da wagst du nicht, so etwas zu denken, weil dich sonst der verletzte kategorische Imperativ zerschmettert, du vor Scham verbrennst und stirbst, allein der Gedanke, daß du aus Versehen so ein Wort denken könntest, läßt dich in deinen Tiefen erzittern und für einen Augenblick dein Herz stillstehen.

Aber ich wiederhole, das Ungehörige war nicht einfach etwas Schlechtes oder hatte irgend etwas Besonderes; dieses

Ungehörige hatte keinerlei äußere Merkmale, aus denen man auf seine Ungehörigkeit hätte schließen und sie erklären können. Eher hat es etwas Mystisches, es ist ein Tabu; nur mit einem Über-Sinn spürte ich, was tabu ist und was nicht, und natürlich hätte keine Macht der Welt mich dazu bewegen können, die Erwachsenen zu fragen, was sich gehört und was sich nicht gehört und warum das so ist. Sicher, ich war seit meiner frühesten Kindheit ungewöhnlich schüchtern und höchst schamhaft. Aber ich erinnere mich genau, daß ich dieses Gefühl für das Ungehörige nicht als meiner Schüchternheit oder Schamhaftigkeit entspringend verstand, ich empfand es überhaupt nicht als eine persönliche Eigenschaft von mir, sondern als ein Gefühl für das Rechte, das, was sein soll, genauso wie man gewöhnlich das Gewissen auffaßt. Die geringste Verletzung des sprachlichen Tabus, die kleinste Öffnung des verbotenen Bereichs wurde innerlich von mir streng verurteilt, es schien mir schamlos, eine Entblößung, eine Niedrigkeit, wenn man das Wort in seiner Urbedeutung gebrauchte. Das Sein ist im Grunde ein Geheimnis, und es will nicht, daß sein Geheimnis im Wort entblößt werde. Die *Oberfläche* des Lebens, von der zu sprechen recht und erlaubt ist, ist sehr dünn; dem anderen, den Wurzeln des Lebens, dem vielleicht Wichtigsten, gebührt das unterirdische Dunkel. Freilich lockt es einen, es zu erkennen, aber das geht nur mit einem flüchtigen Blick und nicht mit einem aufdringlichen schamlosen Starren – zum Unbekannten vorzudringen bedarf es eines »illegitimen Denkens«, wie Plato es von der Erkenntnis des Urdunkels der Mutter sagt, aber keinesfalls verständlicher, womöglich gemeinsam gefundener Syllogismen. Das ist der Sinn meines damaligen Empfindens dessen, was sich gehört und was sich nicht gehört – ich weiß genau, daß es so war, wenn ich es auch mit diesen Worten nicht hätte sagen können – und mir scheint, es ist nicht mein individuelles zufälliges Empfinden und nicht ein Kreis von Tabuworten, die ich willkürlich subjektiv in meinem Bewußtsein versammelt hätte, sondern sehr viel mehr, etwas Allgemeinmenschliches. Ich frage mich, ob es nicht gerade diese Worte sind, die bei den Wilden, deren Psychologie ich bis heute als der meinen verwandt empfinde, einem Tabu unterliegen.

Jedenfalls *gab* es in unserer Familie bestimmte objektive Beweggründe für das Vorhandensein von Tabus, wobei sich meine Eltern dieser Beweggründe durchaus nicht voll bewußt gewesen sein müssen. Zwei Arten von Motiven lassen sich aber auf jeden Fall nennen: zum einen moralische Prüderie, zum anderen das gleiche Gefühl für die Geheimnisse des Lebens, wie ich es hatte, besonders des Lebens der Familie, und die instinktive Furcht, mit diesen Geheimnissen roh umzugehen, indem man sie in Worte faßt und eine Unterhaltung darüber zuläßt. Doch wie dem auch sei, für mein Bewußtsein hatte das Leben der Familie etwas Erlesenes. Und etwas anderes kannte ich nicht.

Das kindliche Bewußtsein war an diese Erlesenheit gewöhnt, hatte sie ein für allemal angenommen, aber angenommen als etwas Selbstverständliches, Natürliches. Es kann gar nicht anders sein. In den persönlichen Beziehungen untereinander kann man nicht anders als liebevoll und zuvorkommend sein, in den Beziehungen nach außen nicht anders als uneigennützig, ehrlich usw. Menschen sind nicht anders als wohlerzogen, großmütig, gebildet. Lüge, selbst der Schatten einer Unwahrheit, ist ausgeschlossen usw., usw. Niemand sagt ein grobes, schamloses, ungehöriges Wort. Überhaupt ist die ganze Welt so beschaffen wie unser Inselparadies. Zwar hörte ich gelegentlich mit halbem Ohr, daß die Ruhe des Paradieses gestört worden sei. Aber solche Störungen hielt ich nicht einmal für ungehörig. Sie waren viel zu weit weg, um wirklich wahrgenommen werden zu können, und wenn ich mich für sie interessierte, was ohnehin nur am Rande geschah, dann aus rein naturwissenschaftlichem Interesse, so wie sich die Erwachsenen für siamesische Zwillinge und eine Boa constrictor interessieren. Ein unerzogener Mensch, der sich herausnahm, über das Einkommen zu sprechen, oder nicht in der Lage war, zu jeder beliebigen Tages- und Nachtzeit die geologischen oder astronomischen Fragen seines Sohnes zu beantworten, kam mir vor wie Jack the Ripper oder sonst ein Unhold, dem Morden nicht mehr bedeutet als ein Glas Tee trinken. Wenn mir jemand von solchen Leuten erzählt hätte, hätte ich sie als Nicht-Menschen in Menschengestalt nicht einmal verurteilt. Grober Umgang, die berüchtigten Stiefmütter und Rabenväter, das hat mich nie beschäftigt, und wenn in den Kinderbüchern davon die Rede war, dann waren diese mythischen Gestalten für mich weniger real als für die meisten Erwachsenen die Schaitane der arabischen Märchen.

Alles, was es an Undank, Unerzogenheit, mangelndem sittlichen Empfinden und an Grobheit gab in Wort und Tat, wurde für mich zu dem, wozu die Pädagogen für das Kind die Welt der mystischen Fauna machen möchten, nämlich zu einem *Nichts*, praktisch zu einem Nichts, zu Wörtern und Bildern, die jeder Realität bar sind. Dabei ist es da, es ist einfach da, es ist das Selbstverständliche, das mich umgibt, das gar nicht anders kann als da zu sein – alle diese Menschen, alle diese Verhältnisse.

Ich war mit diesem Dasein und mit diesen Menschen organisch verbunden wie mit meinem Körper, und die Entfernung von ihnen, ich meine der räumliche Abstand, rief einen fast körperlichen Schmerz in mir hervor, als ob organische Verbindungen zu ihnen abrissen. Dieses Gefühl läßt sich vielleicht am besten mit dem vergleichen, das man hat, wenn man heftig an der Hand gezogen wird: Es ist sehr unangenehm, hat aber mit sittlichem Empfinden nicht das geringste zu tun. Die Empfindung meines Körpers ist für mich so natürlich, daß ich auf den Körper erst aufmerksam werde, wenn er zu Schaden kommt. Ich weiß meinem Körper keinen Dank für seinen lebenslangen Dienst, seine Mühen, für seine Leiden, seinen Eifer, solange er meinem Willen gehorcht; doch die kleinste Unpäßlichkeit, eine Schwäche, ein Schmerz, seine eigenen Bedürfnisse rufen in mir wie in allen anderen immer gleich Enttäuschung, Unzufriedenheit und Empörung hervor. Niemand von uns denkt daran, daß, wenn er sich nicht absolut mit seinem Körper identifiziert und sich in gewissem Sinne über ihn stellt, er auch sittlich die Verantwortung für diesen seinen Diener trägt, für einen Helfer, überhaupt für etwas Reales und Lebendiges und nicht für eine seelenlose Maschine. So erzog mich also die sittliche Vollkommenheit auf unserer einsamen Insel zu dem geschilderten Verhalten gegenüber Menschen. Gute Menschen, Wohlerzogenheit, Zuvorkommenheit, Ordentlichkeit, Vernunft usw., usw. – das versteht sich von selbst, darüber spricht man nicht, das erwähnt man nicht, ja es wäre geradezu ungeheuerlich, auch nur vor sich selbst einen Menschen zu loben und zu sagen, er sei so und so, wie eben niemand feststellt, der Mensch habe zwei Augen und einen Kopf. Aber das Gegenteil kann unmöglich unbemerkt bleiben. Und einer, der unangenehm aufgefallen ist, der ist eigentlich schon fast kein Mensch mehr, und es wäre dumm und abgeschmackt, innerlich mit ihm zu rechnen.

Mit den einen rechnet man also so gut wie gar nicht, weil sie sich von selbst verstehen, und mit den anderen zu rechnen, wäre zumindest eigentümlich. Und so lebte ich in einem warmen Nest mit den besten Menschen, wofür ich sie jedenfalls hielt, umgeben von Liebe und zärtlicher Fürsorge, und war doch ganz einsam; nur Tante Julia mit ihrem verborgenen Leid und einem weniger hoheitsvollen Charakter, wie ihn mein Vater und meine Mutter hatten, reichte mir den Faden zum MENSCHEN.

Ich weiß nicht, wie ich meinen Gedanken wiedergeben soll. Später werde ich in einem ganz anderen Sinne und nicht in

Beziehung zur Familie von einer Eigenart unseres Geschlechts berichten, von der ich mich mit großem Blutverlust losriß: Ich nenne sie einmal *Pharisäertum*. Doch was ich von unserer Familie sagen will, kann man nicht so nennen. Zudem handelt es sich dabei weder um Selbstzufriedenheit noch um amerikanische Gesundheit und Saturiertheit und am allerwenigsten um sektiererisches Gerechtigkeitsgehabe. Das alles ist es nicht. Aber in unserer Familie wäre für Dostojewski kein Platz gewesen. Mit seiner Hysterie wäre er bei uns gescheitert, davon bin ich überzeugt. Ein hochherrschaftliches Haus oder ein selbstzufriedenes Haus oder ein gottloses Haus hätte er besiegt und in seiner ganzen Wohlgeordnetheit erschüttert. Doch unser Haus war durchaus nicht wohlgeordnet, im Gegenteil, in unserem Hause herrschte Fatalismus und das Empfinden, daß alles Schöne dem Untergang geweiht sei. Deshalb war dem Chaos der Weg auf diese Insel ein für alle Mal versperrt: Man konnte sie wohl vernichten, aber nicht durch Skandal erschüttern.

Förmlichkeit im Umgang und Kühle in den äußeren Beziehungen waren in unserem Hause verpönt. Aber genauso verpönt war Pathetik. Schluchzen, Schreie, Ausbrüche – das kann ich mir in unserem Hause einfach nicht vorstellen. Und wenn Dostojewski damit in unser Haus eingebrochen wäre, dann sehe ich richtig vor mir, wie meine Mutter zu uns Kindern gesagt hätte: »Geht auf den Hof spielen, Fjodor Michailowitsch ist nicht wohl.« Dann hätten die Erwachsenen einander angeblickt und wären aus Rücksicht in ihren Zimmern verschwunden. Nach einer Viertelstunde hätte Papa zu Mama oder der Tante gesagt: »Il faut lui donner un verre d'eau avec du sucre«,[9] und sie hätten Tante Sonja als die Jüngste ebenso rücksichtsvoll mit einem Tablett zu ihm geschickt, auf dem auf einer Untertasse ein Teeglas – unbedingt aus Kristall – mit Zuckerwasser gestanden hätte. Tante Sonja wäre leise wieder hinausgegangen, und einige Minuten später hätte man gemeint, nun sei alles vorbei, und Papa hätte zu Mama oder Mama zu Papa gesagt: »Pauvre homme, il est très nerveux«,[10] und sie hätten so getan, als sei nichts vorgefallen, und hätten zum Essen gebeten: »Fjodor Michailowitsch, das Abendbrot steht bereit«, und es hätte zum Abendbrot unbedingt Schaschlik aus Lachs oder Stör mit Tomaten und Zwiebeln gegeben, frischen Kaviar und Wein, und nach dem Abendbrot hätte Papa Dostojewski eine ausgesuchte Havanna angeboten und ein Gespräch begonnen über das letzte Heft der »Revue des deux mondes«, der »Deutschen Rundschau« oder über den eben eingetroffenen neuen Band der »Histoire générale« von Lavisse und Rambaud. Ich zweifle nicht, daß Dostojewski gar nichts anderes hätte denken können, als daß dies nicht absichtlich geschähe, sondern in der Familie so *üblich* sei, und daß er, seine Verlegenheit verbergend, seine Hysterie aufrichtig verurteilt hätte.

Für Dostojewski war also bei uns kein Platz, seine Romane standen zwar im Schrank, wurden aber als etwas Fragwürdiges von niemandem gelesen, wenigstens nicht offen, ganz im Gegensatz zu Dickens, Shakespeare, Goethe und Puschkin, die man ständig las und im Munde führte und die ausgesprochen zu dem zählten, was sich gehörte.

Dostojewski ist tatsächlich Hysterie, und wäre diese Hysterie allgemein, sie machte das Leben unerträglich, ausschließlich Dostojewski, das wäre unerträglich. Doch es gibt solche Gefühle und Gedanken, es gibt solche Zusammenbrüche und Verstrickungen im Leben, die sich nur in Hysterie äußern können oder gar nicht. Dostojewski ist der einzige, der es geschafft hat, aufrichtig zu sein bis zum äußersten, ohne sich schamlos zu entblößen, und der Möglichkeiten gefunden hat, sich einem anderen Menschen im Wort zu offenbaren. Und natürlich, dieses Wort muß Hysterie sein, das Wort eines Gottesnarren, und es wird unanständig sein, und es wird an der Wohlanständigkeit ersticken, einer durchaus echten Wohlanständigkeit, die aber die Poren der tiefsten menschlichen Beziehungen verstopft. Natürlich, um sich zu äußern, war für Dostojewski unser Haus ungeeignet, ungeeignet auch das Kloster, jedenfalls ein gutes Kloster, und ungeeignet sicher auch die Kirche. Dostojewski brauchte die Schenke oder die Kneipe oder das Nachtasyl oder das Verbrechernest, wenigstens aber den Bahnhof – er brauchte etwas, wo die Wohlanständigkeit schon zerstört ist, wo es schon so ungehörig zugeht, daß kein Wort, keine Unverschämtheit diese Unendlichkeit des Ungehörigen vergrößern könnte. Da ist es dann erlaubt, das Unerlaubte zu tun, sein Innerstes nach außen zu kehren, ohne daß man ein friedliches Heim beschmutzt, ohne daß man die Atmosphäre vergiftet. Nach den Antinomien des Apostels Paulus war es Dostojewski, der das Rettende des Falls und den Segen der Sünde wiederentdeckt hatte, nicht einer Art Sünde, eines Vergehens nach menschlichem Ermessen, sondern der tatsächlichen Sünde und des wirklichen Falls.

Dostojewski hätte nichts bei uns zu suchen gehabt. Aber dieser Vorwurf trifft nicht allein ihn, sondern auch unser Haus. In allen Mitgliedern unserer Familie lebten unausgesprochen pathetische Gefühle, auf die sie insgeheim wie auf ein unterirdisches Wehen lauschten, doch jeder auf eigene Gefahr und es vor den anderen verbergend. Beethovens Schicksalsklopfen ans Fenster wurde stark empfunden, und in tödlichem Schrecken krampfte sich das Herz von jedem von uns zusammen, angefangen beim Vater bis zu uns Kindern und zum Hund, der zu einem Mitglied der Familie geworden war. Und jeder von uns begriff, daß der andere das Klopfen gehört hatte, versuchte jedoch so zu tun, als habe er es nicht gehört. Einander sehr nahe und das Ziel des Lebens in dieser Nähe erblickend, entfernten sich die Mitglieder unserer Familie eben wegen dieser Nähe von dieser Nähe aus Rücksichtnahme und in dem Bestreben, dem anderen ein harmonisches Leben zu bieten, und verbargen sich da, wo es um das Wichtigste und Verantwortungsvollste in ihrem Leben ging, in sich selbst. Ich habe von meiner Einsamkeit gesprochen, aber bei uns war jeder auf seine Weise einsam.

Aber zurück zu mir. Ich liebte die Menschen nicht; d. h. ich empfand keine Feindschaft ihnen gegenüber, sondern nahm das Gute auf, wie man atmet, und strafte das Schlechte nicht mit Verachtung, wenn ich es antraf – es war eher ein abstraktes als ein lebendiges Verhältnis. Sogar die Tiere, die Säugetiere, waren mir ziemlich gleichgültig – sie waren den Menschen zu nahe verwandt. Ich liebte die Luft, den Wind, die Wolken, ich fühlte mich den Felsen verwandt, und geistig nahe waren mir die Minerale, besonders die Kristalle, ich liebte die Vögel und am meisten die Pflanzen und das Meer.

Das muß man natürlich einschränken: Überall gab es Ausnahmen, und ich hatte meine Lieblinge. Aber die allgemeine Richtung meiner Neigungen war so.

Um mein Entzücken an der Natur zu erklären und die Gefühle, die mich verzehrten wie eine wilde Verliebtheit, wie eine unbezwingbare, alles verschlingende Leidenschaft, muß ich erstens entschieden sagen, selbst wenn es häßlich aussieht, man darin einen Mangel an sittlichem Empfinden erblickt, es war einfach so, es war nicht böser Wille, mein ganzes Wesen war so – ich liebte den Menschen als solchen nicht, ich war verliebt in die Natur. Und zweitens, das Reich der Natur war in meinem Bewußtsein in zwei Klassen gegliedert, die Klasse des *Schönen* und die Klasse des *Besonderen*. Jeder Naturgegenstand gehörte zu der einen oder zu der anderen Klasse, obwohl der Charakter der Klasse jeweils in unterschiedlichem Grade ausgeprägt sein konnte. Mich faszinierten vor allem Gegenstände und Wesen, die entweder bezaubernd schön oder ausgesprochen besonders waren.

Das Schöne stand irgendwie in Beziehung zu Tante Julia, das Besondere zu Mama.

Das Schöne umschwang mich wie Luft und Licht, war leicht und geheimnisvoll nahe. Ich liebte es mit aller Zärtlichkeit, ich war entzückt bis zur Atemlosigkeit, es schnitt mir ins Herz, daß ich mich nicht vollkommen und endgültig mit ihm verbinden konnte, daß ich es nicht für immer in mich aufnehmen und selbst in es eingehen konnte.

Soweit ich mich erinnere, war ich nie hysterisch, ich war psychisch kräftig. Aber ich war hochgradig empfindsam, und die innere Vibration, von der mein ganzes Wesen erfüllt war und die von den geheimen Erlebnissen herrührte, verstummte nie. Ich empfand meinen Körper beinahe wie eine Saite oder besser: wie eine Chladnische Platte, über die die Natur mit einem Geigenbogen streicht: Nicht nur in meiner Seele, sondern in meinem ganzen Organismus, geradezu mit dem Ohr zu hören, vibriert ein hoher, gespannter, reiner Ton, und in meinen Gedanken entstehen schematische Muster, ausgesprochen Chladnische Klangfiguren – Symbole von Welterscheinungen. Ich schreibe das nieder und bin fast sicher, daß man mich nicht versteht. Aus diesen Worten wird man Vergleiche und poetische Bemühungen herauszuhören versuchen, ich aber möchte die allernüchternste, allerbuchstäblichste Beschreibung aus mir herauszwingen, etwas wie ein physiologisches Bild. Es bestand darin, daß in allem in mir, in jeder Ader ein ekstatischer Ton schwang, der *meine* Erkenntnis der Welt ausmachte. Dieser Ton, dieses Schwingen meines ganzen Innern brachte Muster hervor, am ehesten mathematischer Natur, das waren meine Erkenntniskategorien. Nicht erst jetzt, im nachhinein beurteile ich meine Erfahrungen als etwas Ekstatisches, ich habe schon damals die Erwachsenen mehrfach so etwas sagen hören. Ich konnte außerordentlich gut sehen, doch, wie das häufig geschieht, wurde meine Sehkraft gerade wegen der außergewöhnlichen Rezeptivität dann durch Kurzsichtigkeit stark beeinträchtigt. Ich weiß genau, wie ich weit draußen auf dem Meer oder hoch in den Bergen Einzelheiten sah, die die Erwachsenen nur mit Hilfe eines starken Fernrohres erkennen konnten, so daß die Erwachsenen, die selbst durchaus nicht schlecht sahen, mich als Augen oder als Fernrohr benutzten. »Pawlik, sieh doch mal, wer da kommt!«, »Wieviel Leute sind da auf dem Boot?«, »Siehst du die Vögel dort über dem Meer?« – solche Aufforderungen klingen mir als ein wiederkehrendes Motiv auf unseren Spaziergängen noch heute in den Ohren. Wenn eine Nadel verlorenging oder sonst ein kleines Ding in den Steinen, im Wald oder im Zimmer, dann wurde unweigerlich Pawlik auf die Suche geschickt: »Du hast gute Augen.« Ich kann mich an keinen Fall erinnern, bei dem das Verlorengegangene, irgendein kleines Schräubchen, Häkchen oder ähnliches, meinen Augen entgangen wäre. Ich war fest davon überzeugt, daß, wenn da etwas ist, ich es auch erblicken würde. Unsere Spaziergänge waren für mich ein unentwegtes Beobachten und ständiges Finden. Nicht die allerkleinsten Pflänzchen, Steinchen, Käferchen, nichts entging meinem Blick. Ununterbrochen stieß ich im Wald, zwischen den Steinen, auf der Straße auf Federmesserchen, Münzen und sonstige kleine Dinge. Natürlich spielte hier neben meinem sozusagen optischen Vermögen unablässige Aufmerksamkeit eine große Rolle: Mein Verstand erschlaffte nie und war nie untätig, er interessierte sich für alles, er erfaßte alles. Auch jetzt noch sehe ich bei meiner starken Kurzsichtigkeit auf der Straße beim Spaziergengehen vieles, was meine Begleiter mit ihren guten Augen nicht sehen, wenn mich jetzt auch längst nicht mehr immer alles interessiert, was ich sehe. Aber damals war für mich immer alles interessant, und zwar in so starkem Maße, daß das überfüllte Bewußtsein mehr nicht hätte aufnehmen können.

Diese Scharfsicht war nicht analytischer Art, sie löste nicht einzelne Elemente vergrößernd heraus, was ich sah, war in erster Linie Form. Gewisse unerklärliche Geneigtheiten von

Erscheinungen erzeugten in mir feine Formen von Gegenständen, die rational nicht annähernd zu erfassen waren. Es gab Formen, hinsichtlich derer es schien, als sei eine Art nicht wiederzugebender Gewelltheit in der Welt, eine nur zu erahnende elastische Gekrümmtheit, sie waren der Seele so nahe, daß sie in ihr als Seele der Seele lebten, und als könne man sich eher von sich selbst losreißen, als diese Inflexionen von Formen zu einem zwar schönen, aber äußeren Schauspiel werden zu lassen. Mein inneres Leben ruhte sicherer und sammelte sich dichter in diesen Formen und anderen ähnlichen Eindrücken als in mir selbst.

Sehr intensiv nahm ich Farben wahr, ich unterschied die feinsten Farbschattierungen. Dabei erinnere ich mich, daß meine Lieblingsfarbe für das Schöne vorzugsweise Blau war, während sich mir die Fülle des Besonderen in Grün darstellte, wo es von Gelb gewärmt ist. Dieses Gelbgrün war für mich so etwas wie Infrarot, darüber ging mein Spektrum der Schönheit und Mystik nicht hinaus. Natürlich sah und unterschied ich auch Gelb, Orange und Rot, aber diese Farben lagen im Bereich des Ungehörigen. Sie zu lieben, sich für sie zu begeistern, sich in sie zu vertiefen, ja sie überhaupt wahrzunehmen und von ihnen zu sprechen, schien mir roh und unerzogen und ein deutliches Zeugnis schlechten Geschmacks.

Ich glaube nicht, daß dieser Abschätzigkeit irgendwelche von den Erwachsenen aufgeschnappten Beurteilungen zugrundelagen; zumindest nicht solche Beurteilungen allein. Wenn ich in dieser Hinsicht auf die Erwachsenen gehört hätte, dann wäre in weit stärkerem Maße die Farbe Grün verpönt gewesen, deretwegen ich mir die Lebensregel hatte zu eigen machen müssen, daß es vorzuziehen sei, sich ins Meer zu stürzen und zu ertrinken als ein grünes Kleid anzuziehen. Ich wußte, Blau und Himmelblau gehörten sich, Rosa ging noch einigermaßen, Grün jedoch war völlig indiskutabel. Doch in der Natur akzeptierte ich Blau und Grün. Was das entgegengesetzte Ende des Spektrums betrifft, so ahnte ich da Zusammenhänge, Symbole von Regionen, Affekten und Erregungen, die das Himmelblau meiner unausgesetzten Ekstase zerreißen würden. Indem ich mich vor dem roten Ende des Spektrums in acht nahm, schützte ich unbewußt, doch nicht unbedacht mein Leben in der Ursprünglichkeit des Paradieses vor Unbilden und Gefahren. War es nicht dieser Selbstschutz, der mich zwang, Wörter und Begriffe unnachsichtig zu tabuisieren, die eigentlich ganz unschuldig und imgrunde neutral waren, hinsichtlich derer ich jedoch ahnte, dunkel zwar, aber doch ganz genau, daß, wenn ich mich auf sie einließe, sich mir unausweichlich die Frage nach der Erkenntnis von Gut und Böse stellte und nach der Vertreibung aus dem Paradies? Und tatsächlich, zieht nicht so ein Wort wie *Geld* oder *Orden* Fragen nach Dienststellung, Amtsalltag, Unterordnung und Erniedrigung, Rangstreitigkeiten und Intrigen nach sich? Stößt man bei *Beerdigung* nicht auf den Tod, das Alter, das Böse, das unerträgliche Leid der Trennung? Es ist so, alles, was sich »nicht gehört«, befindet sich in der versiegelten Flasche mit den bösen Dshinnen, die nicht von ungefähr von dem weisen König dort hinein gesperrt wurden. Das »Ungehörige« ist das Zeichen für die das friedliche Blau des Paradieses zerstörenden Geister der Natur. Niemand denke, ich hätte das damals mit meinen drei, vier, fünf, sechs Jahren nicht verstanden. Wie jeder andere in diesem Alter war ich unendlich viel weiser als der weise König und verstand die kompliziertesten Dinge des Lebens vollkommen, ich versperrte und versiegelte vorsorglich den Zugang zu meinem unerschütterlich wolkenlosen Blau – indem ich es mit Tabus einzäunte. Natürlich werden wir mit den Jahren alle, einst Genies und Heilige, roher, dümmer und platter. Früher oder später stellt sich Gleichgültigkeit ein, mehr oder weniger, man fällt oder man fällt nicht, und von der Zerstörerin Schlange bleibt nur noch die Schlange, wenn nicht gar die Natter. Die Sünde, der sündige Abfall von dieser himmlischen Erde – na und, es ist geschehen, das ist nichts Besonderes. Und ich kann mir gut vorstellen, wie auch Adam und Eva nach dem Sündenfall zueinander gesagt haben: »Nichts Besonderes«, weil sie schon verroht waren, weil sie schon die Verbindung zum Paradies verloren hatten, das eben noch in überirdischer Schönheit vor ihnen erstrahlte. Aber solange diese Verbindung lebendig und der Blick nicht getrübt ist, erschüttern panischer Schrecken und instinktiver Widerwillen in unbezähmbarem Rasen die Seele und den Leib angesichts des Tabus, das vor der Gefahr warnt. Dank seines inneren Sehens weiß das Kind nicht nur etwas *von* der Gefahr, die es auf der anderen Seite der Barriere erwartet, sondern es kennt die Gefahr selbst; es kennt das *Wesen* dieser Gefahr vollständiger und genauer als der erfahrenste, verstockteste Sünder. Kein Fall offenbart ihm etwas Neues, immer ist es nur ein Verlust an Leben und kein Zuwachs. Das Kind ist im Besitz der absolut genauen metaphysischen Formeln jeglicher Transzendenz, je stärker sein Gefühl für das Paradies, desto bestimmter auch sein Wissen um diese Formeln. Von mir jedenfalls kann ich sagen, daß mir das ganze folgende Leben nichts Neues offenbart hat, außer einem, wovon weiter unten zu sprechen sein wird, aber auch das hat es nicht der Erkenntnis offenbart, sondern dem Tode, nach dem ich nicht mehr ich war. Das gesamte Wissen vom Leben war durch die allerfrüheste Erfahrung vorgebildet; als das Bewußtsein diese Erfahrung beleuchtete, fand es das Wissen schon vollständig geformt vor, als Knospe, voller Leben, nur auf günstige Bedingungen für seine Entfaltung wartend. Wie jedes Kind, wenn auch vielleicht mit größerer Zähigkeit als andere, versuchte ich, das Land meiner Unschuld vor dem Verderben zu bewahren, ich wußte genau, daß ein oder zwei Lücken im Zaun genügten, um den ganzen Garten dem Verderben preiszugeben. Mit meinem inneren Blick umfaßte ich alles, aber die Weisheit des Lebens bestand gerade in der Trennung dieses Wissens von der unmittelbaren Anschauung der paradiesischen Schönheit. Die Fürsorge der Eltern und der Instinkt des Kindes unterstützten sich gegenseitig, vielleicht übertreibe ich in der Erinnerung die Bemühungen der Eltern in dieser Hinsicht und spreche ihnen einen Teil meiner eigenen Anstrengungen zu.

Auf diese Gedanken haben mich die Farben gebracht. Aber auch viele andere kindliche Eindrücke hätten zu den gleichen Gedanken Anlaß geben können. Wie bei den Farben die eine Seite, die bezaubernde, die schwebende, Entzücken hervorruft und jenes Gefühl, das man hat, wenn man im Traum fliegt, und die andere Seite als giftiges Feuer und als Verderben verdammt wird, so waren auch sonst in der Mehrzahl der Fälle meine Empfindungen geteilt – das eine nahm ich gierig, berauscht, ekstatisch in mich auf, während das andere das Siegel des Verbots trug. Aber ein gesunder Organismus läßt es nicht zu, daß das Verbotene zur Verführung wird – er bemerkt das Verbotene einfach nicht, er will es nicht bemerken, er übersieht es wie etwas Gleichgültiges, beinahe nicht Vorhandenes. Papa raucht seine scheußlichen Zigarren, und Mama zieht ihr komisches Korsett und ihre Turnüre an. Ich verstehe, wie unsinnig das ist, und bin fest davon überzeugt, daß sie im stillen genauso denken und weder das eine noch das andere gut finden. Dafür sind sie die Erwachsenen, sie machen dumme Sachen, aber es fällt ihnen schwer zu begreifen, wie unsinnig das ist. Ich verurteile sie nicht, ich bin großmütig, Erwachsene begreifen vieles nicht mehr. Aber es wäre natürlich seltsam, meine Abneigung gegen das Rauchen von Zigarren und das Tragen von Turnüren als Sieg über die Versuchung hinzustellen. Ich brauche das einfach nicht, und wenn ich damit in Berührung gekommen wäre, hätte ich großen Schaden genommen. Imgrunde haben die Zigarren und das Korsett etwas Widerwärtiges und insgeheim Grausiges.

Ich weiß es viel zu genau, daß es (um es mit meinen heutigen Worten zu sagen) dämonische Dinge sind, als daß ich ihre verderbenbringende Macht für mich nicht begriffe, der ich nicht von einer Kruste bedeckt bin wie die Erwachsenen.

Übrigens wollen mich natürlich die Erwachsenen selbst nicht verderben: Die Zigarren darf ich nicht anrühren und das Korsett nicht einmal beim Namen nennen. Es ist klar, daß es sich um etwas Unreines handelt, da habe ich völlig recht. Die Zigarren haben aber eine zwiefache Daseinsberechtigung: die erste, sie liegen in einer Kiste aus Zypressenholz, die selbstverständlich ich bekomme für meine Steinchen vom Meer; die zweite sind die Rauchringe, die mein Vater, die Lokomotive nachahmend, geschickt ausstößt. Was das Korsett betrifft, so hat es nur die eine Berechtigung, daß ich mir manchmal durch Papas Vermittlung ein Fischbeinstäbchen erbitte und es mir über einer Kerze zu Haken biege. Zwar brauche ich diese Stäbchen überhaupt nicht, aber ihre Herkunft ist so spannend – vom Wal.

So verwandelte ich selbst das Garstige auf der Welt in etwas für mich Nützliches; in der gleichen Weise fand ich für den Siegellack Verwendung und für Papas Dienststempel mit dem doppelköpfigen Adler, für seine Zeichengeräte und geodätischen Instrumente, für Münzen, für den Trauring usw. Aber im tiefsten Inneren betrachtete ich diese Beschäftigungen als etwas Oberflächliches und Unechtes. Wahres Tun, das war für mich allein die Anschauung der Natur.

Außer dem Sehen war besonders mein Geruchssinn und mein Gehör stark entwickelt. Den Geruchssinn hatte ich wahrscheinlich vom Großvater mütterlicherseits geerbt. Von Kindheit an waren Gerüche für mich der Ausdruck des innersten Wesens der Dinge, und ich hatte immer das Gefühl, daß ich mich durch den Geruch mit den Dingen vereinige. Blumen, ätherische Öle und besonders duftende Harze waren für mich unzweifelhaft Durchbrüche in dieser Welt, Zugänge zu einer anderen. Seit frühesten Zeiten hatte ich eine Leidenschaft für Parfüms, anfangs sammelte ich wohlriechende Blütenblätter, hauptsächlich von Rosen, und die Erwachsenen bat ich, mir Veilchenwurzel zu kaufen, und aus all dem stellte ich Riechkissen her, um sie an Namenstagen oder an anderen Feiertagen Mama und den Tanten zu schenken. Dann verfertigte ich Räucherkerzen, parfümiertes Briefpapier, Eau de Cologne und Parfüm (wie gut das im einzelnen war, wage ich nicht zu beurteilen, meine Parfüms irritierten die Erwachsenen sichtlich, und ich muß sagen, auch mir selbst gefielen sie nur, während ich sie herstellte). Zum großen Verdruß meiner Mutter goß ich manchmal die von mir hergestellten Essenzen in mein Badewasser. Übrigens glaube ich, daß Mama nicht so sehr die Qualität meiner Essenzen Kopfzerbrechen bereitete als vielmehr der Gedanke, ich könnte vom Großvater den Hang zum Luxus geerbt haben. Die fertigen Parfüms interessierten mich weniger, obwohl es in unserem Hause sehr gute französische und englische gab, etwa das von Mama bevorzugte Lilas blanc von der Pariser Firma Violet mit einer fein gravierten Biene auf dem Etikett. A propos, Tante Lisas Parfüm war Essbouquet,[11] Tante Julias Muguet, die anderen Tanten hatten auch ihre besonderen Parfüms, an deren Namen ich mich nicht mehr erinnere. Wie mit allem anderen so war es auch mit den Gerüchen: Wirklich bewegt und im Grunde meines Wesens erschüttert wurde ich nur durch die Berührung mit dem Rohmaterial, den Ausgangsstoffen, den Primärquellen. Sobald eine mechanische Zusammengesetztheit zu spüren war, wandte sich mein Herz ab. Das war keine Vorstellung, die ich mir suggeriert hatte, kein Ruskin, kein Tolstoi, wie die gern annehmen, die mich erst als Erwachsenen kennenlernten, sondern mein ureigenes Wollen, von dem man wohl gelegentlich abzuweichen gezwungen ist, das man aber nie in Frage stellt. Höchstwahrscheinlich ist das ererbt, denn da erkenne ich meinen Vater in mir. Aber woher immer dieser Geschmack an der prima materia kommt, er zeigt sich in allen Bereichen und sucht sich in allen Bereichen Empfindungen, die nicht anders zu charakterisieren sind als mit zwei, drei, durch Bindestriche zusammengehaltenen Adjektiven.

Unter den Primärstoffen interessierten mich in meiner Kindheit besonders die Gewürze. Ich roch es geradezu, wenn Mama den großen Vorratsschrank öffnete, um dem Koch neue Zutaten herauszugeben, ich schlüpfte zwischen Mama und dem Koch hindurch in den Schrank und wirtschaftete trotz des freilich matten Protests von Mama mit den vielen Gläsern und Blechbüchsen herum, in denen sich die Gewürze befanden. Ehe noch der Koch den benötigten Nachschub beisammen hatte, waren meine Taschen längst mit den exotischen Produkten gefüllt. Dann verschwand ich, um meine Beute zu betrachten, zu beriechen und zu kosten. Beim Einsammeln erklärte ich, ich wollte das und das herstellen – Parfüm, Räucherkerzen und ähnliches, und manchmal machte ich tatsächlich Versuche in dieser Richtung. Meistens aber untersuchte ich die Rohstoffe – zerkaute sie, verbrannte sie über einer Kerze, weichte sie in Wasser ein. Da war gewöhnlich die seltsam aussehende, würzig-brennende, glattweiße Ingwerwurzel, die man bei uns nie für Speisen verwendete, deren Vorrat sich aber trotz meiner Raubzüge nie erschöpfte. Dann war da die eigelbe Muskatblüte, die meine Aufmerksamkeit wegen ihrer Flachheit und der Elastizität ihres Gewebes auf sich zog. Unbedingt holte ich mir auch immer Kardamom, das mich durch seine Dreikantigkeit und das Weiß seiner feinfasrigen Schale anzog; eigentlich fesselte mich nur die Schale, die schwarzen Körner warf ich meistens weg. Manchmal fiel für mich auch eine auf der Reibe halb abgeriebene Muskatnuß ab, die mir wie ein Gehirn vorkam. Englischer Pfeffer und Lorbeerblatt ließ ich zwar auch als Gewürz gelten, aber eigentlich nur der Vollständigkeit halber und ohne innere Anteilnahme.

Am meisten schätzte ich die reizenden, säuerlich riechenden Sternchen des Anis, sein klangvoller Name Badjan[12] trug nicht wenig zu der Anziehungskraft bei, er erinnerte mich nämlich an »Indianerin«, was nun überhaupt der Gipfel des Schönen war! Und dann das Stück Vanille. Bei der Vanille ließ mich alles erschauern: die wie lackiert wirkende schwarze Schale, der man ihre allerfeinste, aber außerordentlich kräftige Fasrigkeit anmerkte; die beinahe mikroskopisch kleinen unzähligen Samen, die ich in dem strukturlosen schmierigen schwarzen Mark genau unterschied und in ihrer Körnigkeit einzeln wahrnahm; und die seltsame Form dieser Schote, die für meine Begriffe etwas an die Schoten der Paullinia aus den öffentlichen Anlagen bei uns in Batum erinnerte. Selbst den süßlichen, brenzligen Geruch konnte ich der Vanille nicht zum Vorwurf machen, weil er mich, mit der warmen Luft von Batum vermischt, irgendwohin nach Brasilien oder in ein anderes Land mit nicht weniger klangvollem Namen entführte. Wenn ich meine Vanillenschote betrachtet und die schönen Vanillinkristalle abgeleckt hatte, preßte ich die Samen in meinen Mund und aß dann auch noch die Schale. Was die anderen Gewürze angeht, so habe ich teils mit den Zähnen an ihnen genagt, teils sie zerrieben, doch jedesmal erfüllten sie mein ganzes Wesen mit der warmen Fülle des Seins und dem Gefühl wirklicher anderer Welten, wobei ich selbst nicht genau wußte, ob sich diese Welten jenseits des Ozeans oder jenseits der Formen rationaler Erkenntnis befanden.

Düfte erfüllten mich mit Wärme. Von Tönen dagegen wurde mir kalt, gelegentlich so kalt, daß ich wie von starkem Schüttelfrost am ganzen Leibe zitterte und das Gefühl hatte, es gehe über meine Kräfte, wenn ich noch weiter zuhörte, und mir könnte vielleicht sogar etwas zustoßen. Wenn Erwachsene dabei waren, gaben sie mir manchmal ein Beruhigungsmittel oder hörten mit der Musik auf. Ganz gegenwärtig ist mir die Empfindung eines spiralförmig im Rückenmark aufsteigenden kalten Wirbels, der sich bei den ersten Takten der Musik bildet und immer weiter ausbreitet, so daß er den ganzen Körper durchdringt, die Beine, den Rumpf und die Arme, den Kopf, dann zum Wirbelsturm wird, den ganzen Raum des Zimmers durchpflügend und mich durchwehend, als sei mein Leib Mull, und mich mit kaltem ätherischen Entzücken in die Selbstvergessenheit der Ekstase trägt. Ich liebte die Musik unbändig, beinahe bis zur Feindschaft, sie erschütterte mich zu sehr und verlangte von mir zuviel, als daß ich in ihr ein Vergnügen hätte erblicken können.

In meiner Kindheit hatte ich ein feines und genaues Gehör, wie es musikalische Menschen bezeugten, die in unserem Hause verkehrten. Vielleicht seit meinem vierten Lebensjahr stahl ich mich zu dem Blüthner-Klavier in unserem Wohnzimmer, wenn sich keiner darin aufhielt, und suchte mir mit einem Finger die Melodien, die ich gehört hatte, oder versuchte umgekehrt durch eine Flut von Tönen, wie sie Skrjabin erklungen sein mögen, die mich zerreißenden Gefühle auszudrücken.

Mehr als für die Melodie empfand ich immer etwas für den musikalischen Rhythmus einerseits und für die Klangfarbe andererseits. Ich wünschte mir Töne von irrationalem Timbre, rauschende, gleitende Töne. Die saftigen Töne waren mir immer zuwider. Töne, trocken wie Schläge, Krachen und Rauschen, Harfentöne zum Beispiel, oder Töne, die ich in der Musik nicht kannte oder die es in der Musik nicht gab – das war es, was mir vorschwebte. Gesang dagegen, unbeherrschter Gesang mit voller Stimmkraft, besonders in den tiefen Stimmlagen um den Bariton herum, wie bei uns Wassili Iwanowitsch Androssow sang, schreckte mich ab, das schien mir der Gipfel des Unanständigen und Schamlosen, ich begriff überhaupt nicht, wie man etwas so Häßliches in seinem Hause dulden konnte. Ich war der Meinung, daß es zwischen dem unanständigen Grölen der betrunkenen Matrosen, die durch die Straßen wankten, und solchem Bariton keinen Unterschied gäbe, und wenn, dann nicht zugunsten des Baritons. Wo immer ich ihm begegnete, floh ich diesen Gesang und versteckte mich an meinen Lieblingsstellen, hinter dem Schrank oder unter dem Bett. Den beherrschten Gesang einer hohen Stimme verurteilte ich nicht, obwohl ich ihn nicht für echte Musik hielt, sondern nur für Beiwerk bei irgendeiner Hausarbeit. Sängerinnen ließ ich gelten, wobei ich mit Ausnahme der Nikita nie eine gehört hatte. Dafür gab es mehrere Gründe: Erstens trugen sie schöne Kleider mit Dekolletés, d. h. sie rückten in die Nähe von Feen, Königinnen und Bräuten, und diese Klasse weiblicher Wesen gehörte für mich den Kategorien des Schönen an; zweitens schmückten sie viele Edelsteine, und Edelsteine ließen in meinen Augen vieles positiv erscheinen; drittens – es gab eine Verwandte von Tante Julia, Alexandra Gottliebowna Pecock, Tante Alina, wie wir sie nannten, für uns ein fast mythisches Wesen, das uns aus den Erzählungen von Tante Julia bekannt war. Diese Tante Alina sang an der Mailänder Scala unter dem Namen Alina Marini und war seinerzeit sehr bekannt. Der Name dieser Tante knüpfte Fäden zwischen uns, Moskau, Mailand, Italien überhaupt und der Oper. Tante Alina war eine sagenumwobene Persönlichkeit, vor lauter Rätselhaftigkeit war nichts Genaues über sie zu erfahren; für mich war das kein Zufall. Und schon wegen Alina Marini mußte ich Sängerinnen gelten lassen. Die Hauptsache aber war, daß singende Männer irgendwie brüllenden Flußpferden glichen und es schwerfiel zu glauben, daß jemandem etwas so Scheußliches gefallen könnte. An der Spitze der Sängerinnen jedoch – und eine richtige Sängerin war für mich natürlich ein Sopran, und zwar ein Koloratursopran – stand die Königin aller Sängerinnen, Adelina Patti, von der ich aus den Erzählungen meiner Tante wußte. Sie war kein Flußpferd, sie war eine Nachtigall, eine Lerche. Sie verliert sich in der Luft in reinstes Tirilieren, sie ist schon kein Mensch mehr, sondern ein Vogel. Alle anderen Sängerinnen leuchteten in meinen Augen von dem widerstrahlenden Licht der Patti. Ich stellte mir in meiner Phantasie die überirdische Frische und ätherische Reinheit der Stimme der Patti, besonders wenn sie Aljabews »Nachtigall« sang, deutlich vor, und ich wäre erschrokken gewesen, wenn sich die Gelegenheit geboten hätte, sie tatsächlich zu hören: Das wäre eine viel zu rohe, viel zu materielle Berührung mit dieser Beinahe-Göttin der Vögel gewesen, als die sie in meinen kindlichen Träumen lebte.

Überhaupt war meine musikalische Phantasie so lebhaft und bestimmt, daß ich den physikalischen Ton fast gar nicht brauchte.

Häufig, wenn ich mich an meine Kindheit erinnerte, mußte ich denken, daß die Musik, und zwar ausgesprochen die Komposition, keinesfalls aber die persönliche Ausübung, höchstens das Dirigieren, meine wahre Berufung wäre und daß alle meine übrigen Beschäftigungen für mich nur Surrogate jener musikalischen darstellten. Immer war ich von Klängen erfüllt, und in meiner Phantasie führte ich komplizierte symphonische Orchesterstücke auf, Ströme von Klängen drangen unaufhörlich in meine Seele, Tag und Nacht, und ich brauchte nur einmal ohne starkes Interesse für ein anderes Gebiet zu sein, schon begannen mir zur Freude meine Orchester zu spielen, und ich war ihr Dirigent. Manchmal genügte der bescheidenste Rhythmus – ein Trommeln der Finger auf dem Tisch, das Tropfen von Wasser, ein rhythmisches Rauschen, Uhrenticken, der Schlag meines eigenen Herzens –, um ein rhythmisches Gerüst entstehen zu lassen, das unwillkürlich der Orchestrierung diente und sich von selbst in eine Symphonie verwandelte.

In einem Zimmer unseres Hauses studierte Tante Sonja die deutschen Klassiker, vor allem Haydn, Mozart und Beethoven; Bach war in der damaligen Musikwelt noch nicht sehr geschätzt. Diese Klänge, besonders Mozart und Beethoven, nahm ich mit meinem ganzen Wesen auf, nicht als gute, nicht einmal als sehr gute Musik, sondern als die einzige Musik. »Das nur ist wirklich Musik«, seit meiner frühesten Kindheit stand das für mich fest. Was ich in meiner Phantasie spielte, war von dieser Art, aber es war noch kahler, noch objektiver, noch weiter von der Roheit der Eindrücke entfernt. »Was Tante Sonja spielt, ist beinahe schon das Äußerste, aber doch nicht ganz. Ein Schritt noch, und die Grenze wäre erreicht, die letzte Tiefe des Klangs«, so etwa, freilich nicht in diesen Worten, dachte ich. Ich tat für mich diesen Schritt und befreite die Musik vom letzten Beigeschmack des Psychologismus; wie die Musik der Sphären, wie die Formel des Lebens der Welt erklang sie in meinem Bewußtsein. Ihr Material waren die ekstatischen Klänge in meinem Inneren.

Als ich viele Jahre später, nachdem ich schon die Universität und die Akademie absolviert hatte, auf Bach stieß, ging mir auf, was ich in der Kindheit gesucht und in welcher Richtung ich mir den fehlenden Schritt in der musikalischen Entwicklung gedacht hatte. Bei Bach begegnete mir ungefähr das, was die ganze Kindheit über in meinem Inneren erklungen war – annähernd das, aber doch nicht ganz. Möglicherweise ist jene ekstatische Musik durch die Töne von Instrumenten und die allzu rationalisierte Rhythmik unserer Kultur überhaupt nicht wiederzugeben. Meine Tage aber waren unausgesetzt Ekstase.

1923. 15. IV.

Aber auch das Haus war ganz von Klängen erfüllt. Mama und ihre Schwestern, besonders Tante Sonja, hatten schöne klare Stimmen von außerordentlich angenehmem Timbre, in denen etwas Kristallenes war und nichts von schmachtender Leidenschaftlichkeit. Mama hatte seinerzeit Gesang studiert, genau wie Tante Sonja, die später die Klassen für Gesang und Klavier am Leipziger Konservatorium belegte. Ihre musikalische Karriere wurde ebenso wie die musikalische Ausbildung meiner Mutter jäh unterbrochen durch ein Verbot der Ärzte, die mit galoppierender Schwindsucht drohten. Diese Verbindung von hoher Musikalität, schöner Stimme und Tuberkulose ist eine Eigenheit der Familie meiner Mutter, viele glänzende Auftritte, instrumentaler wie vokaler Art, waren daher von vornherein an der Wurzel getroffen, wenn nicht infolge der Anordnung des Arztes, so durch das Wort des Schicksals. Ich möchte bei der Gelegenheit an meine Cousine Nina Saparowa erinnern, die in Moskau studierte und alle durch ihre ganz ungewöhnliche, irgendwie überirdisch kristallene Stimme entzückte, sie starb nach ihrem ersten oder zweiten Auftritt. Zwei andere Cousinen, die Töchter von Tante Sonja, hatten kaum zu singen begonnen, als sie das gleiche Schicksal ereilte. Auf der anderen, der väterlichen Seite, waren die musikalischen Neigungen nicht so eindeutig. Wie allen ausgeprägt ordnungsliebenden und sittlich bewußten Menschen fehlte meinem Vater jegliches musikalische Gehör. Tante Julia liebte die Musik sehr, spielte viel, zeichnete sich aber, wie ich glaube, weder durch besondere Fähigkeiten noch durch ein gutes Gehör aus. Dennoch verfügte das väterliche Geschlecht zweifellos auch über ein musikalisches Erbteil, und zwar von der Mutter meines Vaters her, von Anfissa Uarowna Solowjowa, die eine gute Musikerin war. Von väterlicher wie von mütterlicher Seite muß sie musikalisch etwas geerbt haben, zudem verkehrte sie in Musikkreisen; dem Hause ihrer Eltern standen übrigens beide Guriljows, Vater und Sohn, sehr nahe. Und anscheinend hatte sie auch genügend Spontaneität, mit der Musikalität stets gepaart ist: Die Solowjows verbanden Begabtheit mit stürmischem Temperament, das Geschlecht der Mutter, die Iwanows, Gutsbesitzer aus Klin, hatte viele bedeutende Leute hervorgebracht, zeichnete sich aber auch durch etwas lose Sitten aus. Wie dem auch sei, die musikalischen Neigungen drangen nur gefiltert in unser Haus, alles Leidenschaftliche blieb draußen, und das Haus war erfüllt von durchsichtigen Klängen, die bis zu einem gewissen Grade meinen inneren Klängen verwandt waren.

Von den Instrumentalwerken waren nur die strengsten im Haus zu hören, Salonmusik führte immer zu einer leichten Veränderung im Gesichtsausdruck, die Ungehaltenheit anzeigte, gelegentlich auch zu einem verächtlich-abschätzigen Wort. Vokalwerke sind mir nur verhältnismäßig wenige in Erinnerung geblieben, aber Schuberts und Glinkas Romanzen hatten in unserem Hause einen festen Platz, und auch heute noch erscheinen sie mir als die vollkommensten ihrer Art. Mama sang nie in Gegenwart anderer, ihre Stimme drang gewöhnlich aus dem Schlafzimmer zu mir, wenn sie mit den Kleinen zu tun hatte oder bei einer Handarbeit saß. Die Worte verstand ich kaum, auch drangen sie gar nicht vollständig an mein Ohr, und das, was ich verstand, drang nicht in mein Bewußtsein. Die Worte und Sätze sagten mir aber sowohl durch die Musik als auch durch den ihnen eigenen Klang etwas ganz anderes als sie logisch bedeuteten, und dieses andere war unvergleichlich mehr als ihr logischer Sinn. Nicht daß ich bis zu diesem logischen Sinn nicht hätte vordringen können, ich wollte es nicht, ich wollte den ungesagten Sinn des ursprünglichen Klangs nicht zerstören, der mich über den Gesang erreichte. Wenn ich später als Erwachsener die gleichen Dinge wieder hörte, war ich immer enttäuscht: Gut, mein kindlicher Geschmack hatte mich nicht getrogen, aber es war doch längst nicht das, was ich aus der Kindheit in Erinnerung hatte und was auch heute noch irgendwo, sehr tief drinnen in mir, wenn auch gedämpft, erklingt. In manchen Wendungen hörte man etwas besonders Bedeutungsvolles, ein persönliches, unmittelbar an mein verborgenes Wesen gerichtetes Wort; dieses Wort kam nicht von meiner Mutter, obwohl es durch sie kam, es kam nicht einmal von dem Komponisten des Werks, sondern aus einer noumenalen Welt, aus

dem Sein, das ich in mir selbst, jenseits meiner selbst entdeckte.

»Was scheint der Mond so hell? fragte er mich scheu.«[13]
Dieses »fragte er scheu« sprach aus Tiefen zu mir über mich
selbst. Das fragte ich, und es war wie ein seltsames Eindringen
in mich – daß es möglich war, so bestimmt von mir zu sprechen. Plötzlich wurde es mir peinlich bewußt, daß eine solche
Entblößung meiner selbst im Wort laut werden könne. In anderen Fällen betraf dieses Eindringen andere Menschen.
Wenn aus dem Schlafzimmer das silberne Rieseln des »Berg-
bachs im Waldesgrund« herübertönte, wußte ich genau, daß
das von meiner Mutter gesagt war, daß der Bergbach im Waldesgrund sie selbst war, daß sie aber natürlich nicht so offen
von sich gesungen hätte, wenn sie gewußt hätte, was sie singt
und daß ich es weiß. Wenn ich auch alle Worte verstand, so
konnte oder wollte ich häufig das Lied dennoch nicht verstehen, um es nicht rational auffassen zu müssen. So war es zum
Beispiel mit der seinerzeit berühmten Romanze »O Heilige
Mutter, nimm mich zu Dir: Alles irdische Glück ward mir
zuteil«. Mein Bewußtsein sperrte sich gegen den logischen
Sinn, vielleicht wie gegen etwas, was sich nicht gehörte, weil
etwas Religiöses darin lag; aber der *andere* Sinn war vollkommen klar, und ich geriet wegen Mama immer etwas in Verlegenheit, wenn sie diese Romanze sang. Meiner Aufmerksamkeit am meisten würdig und am anziehendsten für mich war
das offenkundig Irrationale, das, was ich tatsächlich nicht begriff und was wie eine rätselhafte Hieroglyphe einer geheimnisvollen Welt vor mir stand, wie etwa Glinkas Romanze
nach Puschkins Worten, meine Lieblingsromanze: »Ich
denke des wunderbaren Augenblicks«.[14] Da begriff ich gar
nichts, fühlte aber ganz deutlich, hier ist der Brennpunkt aller
Schönheit, dies ist der Pol, an dem sich die Erscheinungen des
Schönen konzentrieren, die mich einzeln in der mich umge-
benden Welt entzücken. Besonders bedeutungsvoll erschien

mir ein Wort, in dem ich nicht von ungefähr den Gipfel des Bezaubernden erblickte: »Eine flüchtige Erscheinung – *wie der Genius* [russisch: kak geni] der reinen Schönheit«. Was das hieß, dieses »Kageni«, war mir nicht nur unbekannt, ich bemühte mich überhaupt nicht, es herauszubekommen, denn ich fühlte, daß keine Erklärung *mein* Verständnis dieser Hieroglyphe einer alles irdische Maß und alle irdischen Begriffe übersteigenden Schönheit übertreffen konnte. »*Kageni*« war das Symbol für die Unendlichkeit der Schönheit, und ich begriff sehr gut, daß jede Erklärung die Energie dieses Wortes verringern würde. Und wirklich, liegt nicht die künstlerische Vollkommenheit eines Gedichtes oder einer Musik oder dergleichen darin, daß ihr überlogischer Gehalt den logischen, ohne ihn zu zerstören, bei weitem übertrifft, so wie die Sprache der Geister dem kindlichen, noch nicht rational ausgebildeten Aufnahmevermögen zugänglicher ist als dem erwachsenen. Gerade diese Romanze habe ich dann als Erwachsener, als schon sehr Erwachsener, in der Interpretation der Olenina d'Algeim gehört. Und wieder hat sie mich in der gleichen Weise aufgewühlt, nur daß es nun bewußter war. Ich dachte: Puschkin mit der Musik von Glinka in der Darbietung der Olenina – eine dreifache Schöpfung der größten Vertreter dieser Sphären der russischen Kultur, jeder mit der Hilfe und der Kraft des anderen erhöht. Und auch bei jedem einzelnen von ihnen handelte es sich nicht nur um eine schöpferische Leistung unter anderen, sondern um das eigentliche Wesen ihres Schöpfertums. Ein Brennpunkt der Kultur – in dieser kleinen Romanze erblüht ein ganzes Jahrhundert der russischen Kunst! Nicht von ungefähr war mir der »wunderbare Augenblick« von Kindesbeinen an so groß, geistig so bedeutend erschienen.

Meine musikalischen Neigungen erstreckten sich in der Kindheit auch auf Verse. Der Sinn der Verse interessierte mich verhältnismäßig wenig, was es mir vor allem angetan hatte, war ihr Klang und ihr Rhythmus. Da ich ein beinahe absolutes Gedächtnis hatte, behielt ich alles, was mir gefiel, ich merkte mir alles gleich beim ersten Mal ganz genau; das galt vor allem für Verse. Puschkin, zum Teil Lermontow – in meiner frühen Kindheit gab es für mich nur sie, alles andere hörte ich überhaupt nicht. Tjutschew übrigens kannte ich nicht, aus irgendeinem Grunde war er in unserem Hause nicht vertreten. Puschkins Märchen, viele seiner Poeme, Gedichte und anderes konnte ich stundenlang auswendig hersagen, obwohl sie mir gar nicht so besonders häufig vorgelesen worden waren. Verse anderer Dichter empfand ich dagegen durchaus nicht als schlechter, sondern als etwas qualitativ anderes. Mit den Versen ging es mir genauso wie mit der Musik: Es gibt das Echte, echte Musik, echte Verse, und dieses Echte zu loben ist unangemessen, denn es versteht sich von selbst, daß das ein Segen ist. Und dann ist da noch etwas, das den Anspruch erhebt, Musik und Poesie zu sein, aber dieser Anspruch hat keine Geltung, ihn zu tadeln ist verfehlt, das gäbe unnötig Anlaß zu Erörterungen, wo es sich doch hier weder um Musik noch um Poesie handelt, sondern einfach um Schund, über den zu sprechen sich nicht lohnt. Das Urteil des Kindes ist ontologisch. Deshalb gab es für mich nicht gute und schlechte Kunst, sondern Kunst und Nicht-Kunst, und ich bin gewiß, daß das von mir aufrichtig gemeint und keine Verstellung war. Nein hieß nein.

Später, wenn wir alle lernen, uns zu verstellen, bemühen wir uns, den Schmerz der Wahrheit mit allen möglichen Entschuldigungen zu lindern und in den Begleitumständen noch etwas Gutes zu sehen. Im Ergebnis verfangen wir uns in dieser Kasuistik und hören auf, das Wesen des Werks mit dem Gefühl aufzunehmen und zu bewerten, wir betrügen uns mit der technischen Meisterschaft, dem Sujet, dem sinnlichen Reiz des Materials usw. und führen auch unsere Umgebung in die Irre. Zudem fürchten wir, grausam zu sein, vielleicht aus

Angst, in der gleichen Weise gerichtet zu werden. Aber die Kindheit kennt solche Ängste nicht, sie fürchtet kein Gericht, sie urteilt interesselos und unbestechlich; sie spricht ihr Urteil mit der Grausamkeit der Wahrheit.

Sie kennt nur, er ist *einer* oder er ist *keiner*. Und so sagte ich mir von Puschkin – er ist einer, von den meisten anderen aber galt das Gegenteil. Das heißt nicht, daß man sie nicht hätte hören dürfen. Mit Puschkin verglichen hörte ich sie wie Opernmusik verglichen mit Mozart, d. h. in dem klaren Bewußtsein, daß das nur ein leerer Zeitvertreib sei, ein Prickeln, ein »eitles Wort«, das einen von der Ewigkeit abspaltet. Diese Art Kunst bewertete ich wie die Sonnenblumenkerne, die in unserem Hause streng verboten waren und dennoch zum Ärger von Mama manchmal von irgendwoher eindrangen.

Doch ich sprach vom Klang der Verse. Der Klang eines Wortes hatte in meinem Bewußtsein immer das Bestreben, sich zu verselbständigen und sich aus den Fesseln des logischen Sinns zu befreien. Am leichtesten hatten es Namen und Fremdwörter. Begierig griff ich nach geographischen und historischen Namen, die in meinem Ohr wie Musik klangen, vorzüglich nach italienischen und spanischen – sie erschienen mir besonders schön und erlesen –, und verband sie, gewürzt mit geläufigen französischen und italienischen Wendungen, zu wohlklingenden Versen, die alle Verteidiger des Sinns schockiert hätten. Diese Verse brachten mich geradezu zur Raserei, und ich staune, daß meine Eltern dieser Verzücktheit nicht Einhalt geboten haben. Meistens freilich betrieb ich das für mich allein. Aber es machte mir auch Spaß, mich in dem Halbdunkel des kleinen Zimmers, wo Mama und die Kinderfrau eine meiner Schwestern badeten, auf die Truhe zu setzen und zunächst so etwas wie ein Gespräch anzufangen in einer eigentümlichen Sprache aus wohlklingenden Worten, vermischt mit klingenden Silbenfolgen ohne Sinn, um dann, in Begeisterung geraten, in eine Art Sprechgesang und schließ-

lich in völliger Selbstvergessenheit in Zungenreden zu verfallen, vollkommen überzeugt, daß allein der von mir ausgesto-
ßene Laut meine Berührung mit jener fernen, erlesen-schö-
nen exotischen Welt ausdrücke und daß es allen Anwesenden
nicht anders erginge. Ich hielt in meiner Rede inne, wenn das
Baden zu Ende war, ganz erschöpft von dem Aufflug. Klänge
berauschten mich.

Aber zurück zu dem anfänglichen Gedanken: Bei großer
seelischer und nervlicher Festigkeit war ich beeindruckbar bis
zur Selbstvergessenheit, immer berauscht von Farben, Düften, Klängen und von allen Formen und ihren Wechselbezie-
hungen, so daß ich mich fortgesetzt im Zustand der Ekstase
befand. Freude am Sein, die Fülle des Seins und ein waches
Interesse erfüllten mein ganzes Wesen, ich war immer hochgemut, und es gab keine Minute, in der ich nicht aufs äußerste
erregt gewesen wäre. Das rührte, ich wiederhole, von der
Macht der Eindrücke und meiner gesteigerten Aufmerksamkeit für sie her. Ein stilles Wahrnehmen gab es für mich nicht,
es erreichte mein Bewußtsein gar nicht, das unausgesetzt mit
etwas Außerordentlichem beschäftigt war. Wahrnehmung
verbindet sich mit Wahrnehmung, und im Verstand bildet
sich von selbst so etwas wie ein System, in dem das Hetero-
gene nach kleinen, meiner Ansicht nach aber bedeutsamen
Merkmalen miteinander in Beziehung steht. Pflanzen, Steine,
Vögel, Tiere (ich hielt es für völlig ausgeschlossen, daß man
die lieblichen kleinen Vögelchen mit anderen Wesen, »Lebewesen«, wie ich sie bezeichnete, in einer Gruppe vereinigte,
Vögel waren für mich eher den Pflanzen verwandt), atmo-
sphärische Erscheinungen, Farben, Düfte, Geschmack, Him-
melskörper und unterirdische Vorgänge waren für mich auf
vielfältige Weise miteinander verbunden und bildeten ein Gewebe universaler Entsprechung. Menschenförmige Felsen
und Wurzeln sind nicht zufällig so gestaltet: Hier besteht eine
geheimnisvolle Verwandtschaft. Auf unserem Hof oder am

Bahndamm blühte der Wegerich. Ich sehe, wie biegsam dieser Wegerich ist und wie stolz er sein Köpfchen trägt, und denke: wie der Zug meiner geliebten Kronenkraniche, an dessen Abbildung in der »Natur« ich mich nicht sattsehen kann. An den Bäumen hängen die Kätzchen; als ob ich nicht verstünde, daß sie mit mir spielen wollen und sich nur so schwach stellen. Der Marienkäfer liegt mit angezogenen Beinen wie tot auf dem Rücken, natürlich will er meine Aufmerksamkeit auf sich ziehen, damit ich mit ihm spiele. Und das Veilchen, das sich unter dem Strauch verbirgt, spielt mit mir Verstecken und wäre beleidigt, wenn ich es nicht suchte.

1923.17.IV.

Die ganze Welt *lebte*, und ich verstand dieses Leben. Es wäre aber ein großer Fehler, dieses Verständnis einfach als Anthropomorphisieren zu deuten, das den Dingen und Wesen der Natur menschliche Organe, menschliche Gedanken, Gefühle und Wünsche andichtet. Ganz falsch wäre es anzunehmen, ich hätte wie alle Kinder einfach das Gefühl für die Grenze zwischen mir und der Natur verloren und zwei Bereiche vermischt, die im Bewußtsein des Erwachsenen sorgfältig getrennt sind.

Meine Weltauffassung war von so einer Verwirrung der Begriffe frei, und die Grenzlinien verliefen dort, wo sie für mich auch jetzt verlaufen und wo sie für jeden anderen Menschen verlaufen. Wenn man von einem Unterschied des damaligen und des heutigen Zustandes sprechen wollte, dann war es eher umgekehrt: Diese Grenzlinien zwischen den einzelnen Dingen, Wesen und Erscheinungen waren viel einschneidender als jetzt, und man war sich ihrer schärfer bewußt, sie erschienen einem unüberwindlicher. Tatsächlich hat die kindliche Wahrnehmung einen stärker ästhetischen Charakter als die Wahrnehmung des Erwachsenen, die wissenschaftlich oder zumindest wissenschaftsförmig ist. Für die kindliche Wahrnehmung ist daher jedes einzelne Subjekt, ästhetisch betrachtet, ein in sich geschlossenes Ganzes, und von seiner Ein-heit gibt es keine Übergänge zu einer geschlossenen Ein-heit eines anderen Objekts. Die Vorherrschaft der Dinge gegenüber dem Raum in der Wahrnehmung des Kindes führt dazu, daß die Welt unvergleichlich klarer gegliedert ist als in der Wahrnehmung des Erwachsenen. Die wissenschaftliche Erkenntnis stellt Gemeinsamkeit her, wo sie früher nicht zu sehen war, sie sucht Übergangserscheinungen zwischen den Extremen auf, sie baut Brücken für den Übergang über bislang unpassierbare Abgründe, sie verwischt überhaupt die scharfe Geteiltheit der Welt, sie dämpft das Pathos des Unterschieds. In dem kritischen und konsequent wissenschaftlichen Weltverständnis muß das unmittelbare Gefühl für die Unmöglichkeit jeglicher Annäherung, jeglichen Übergangs, jeglicher Verwandlung gebremst werden, das ist der Geist der Wissenschaft. »Celui qui en dehors des mathematiques prononce le mot ›impossible‹ manque de prudence« (»Wer außerhalb der Mathematik das Wort ›unmöglich‹ ausspricht, ermangelt der Einsicht«), hat der berühmte Ampère mit Entschiedenheit gesagt, und zwar in der Blütezeit des Rationalismus, als man glaubte, daß im Grunde alles bekannt und der Kreis des Wissens mehr oder weniger ausgeschritten sei.

Es lag also nicht an dem fehlenden Gefühl für die natürlichen Grenzen zwischen den Erscheinungen, wenn ich das Leben der Welt als Ganzes wahrnahm. Das wissenschaftliche Weltverständnis verringert den äußeren Unterschied zwischen den Erscheinungen, läßt aber die Erscheinungen selbst, auch wenn sie identische Eigenschaften haben, einander fremd bleiben, und die Welt, die so ihrer bunten Vielfalt beraubt ist, wird nicht nur nicht geeint, im Gegenteil, sie zerfällt. Die kindliche Wahrnehmung überwindet die Zersplitterung der Welt *von innen*. Hier wird die Einheit der Welt in ihrem Wesen bekräftigt, sie wird nicht durch das eine oder andere gemeinsame Merkmal begründet, sondern durch die Vereinigung der Seele mit den wahrgenommenen Erscheinungen unmittelbar empfunden. Dies ist die mystische Wahrnehmung der Welt.

Natürlich wußte ich ganz genau, daß ein Veilchen keine Ähnlichkeit mit mir hat, ich wußte sehr wohl, daß es keine Augen hat (jetzt weiß ich das nicht mehr, und deshalb kann ich im Gespräch den Blick eines Veilchens beweisen: auch die Botanik spricht den Pflanzen Augen zu). Aber ich näherte mich dem Wesen des bescheidenen Blümchens unmittelbar, ich empfand sein Leben, das mir innerlich so nah und in seinen äußerlich feststellbaren Verhaltensweisen so fern war, und dieses von mir erfahrene innere Leben erzählte ich mir in einer, wie man sagt, metaphysischen Sprache. Irgendein kleines und dazu schwer zu beschreibendes Merkmal konnte *dann*, und nur dann, d. h. wenn das Wesen von innen her schon erkannt war, zum Zeugnis werden, daß ich das Wesen der Sache richtig verstanden hatte. Aber das Merkmal war für mich ein äußerer Beweis, der für die anderen da war, und ich hätte mich sogar geschämt, jemandem davon etwas zu sagen: Das war ein Zeichen, ein Wunder der Natur, da lüftete das verborgene Wesen den Vorhang seines Geheimnisses und sandte mir einen verschmitzten Blick. Ich erinnere mich gut an diese plötzliche und durchaus nicht alltägliche Empfindung, wenn Blick auf Blick traf, wenn Auge in Auge sah – ein Aufblitzen, durchdringend und schon vorüber; und dieser unmittelbare Blick in das Antlitz der NATUR wäre auch nicht lange auszuhalten. Aber wenn es auch nur ein Augenblick war, gab diese Empfindung die absolute Gewißheit von der Echtheit dieser Begegnung: Wir haben einander gesehen, und wir verstehen einander bis auf den Grund, nicht nur ich das Antlitz, sondern auch, und das noch gründlicher, das Antlitz mich. Und ich weiß, daß es mich tiefer kennt und schärfer sieht als ich es, und vor allem, daß es mich ganz liebt.

Viele Jahre später habe ich die gleiche Begegnung sich kreuzender Blicke wieder erlebt, die Empfindung, daß ein Blick bis in die verborgensten Tiefen meines Wesens dringt. Das war der Blick eines etwa zwei Monate alten Kindes, meines Sohnes Wasja. Ich nahm ihn am frühen Morgen auf den Arm, er war noch ganz verschlafen. Da schlug er seine Augen auf und sah mir eine Zeit so bewußt direkt in die Augen wie weder er noch ein anderer je sonst in meiner Erinnerung, genauer gesagt: Es war ein überbewußter Blick, denn mit Wasjas Augen sah mich nicht sein kleines ungeformtes Bewußtsein an, sondern ein höheres Bewußtsein, das größer ist als ich und er selbst und wir alle, mich traf ein Blick aus den unbekannten Tiefen des Seins. Und dann war alles vorbei, und ich hatte wieder die Augen eines zwei Monate alten Kindes vor mir. Diese Erfahrung war es, die ständig den Kurs meiner Beziehung zur Natur bestimmte. Nichts, gar nichts: und plötzlich – ein Blick, bald zärtlich und tief, voller Erwartung auf mich gerichtet, bald verschmitzt fröhlich, sagend, die Natur und ich wissen etwas, was die anderen nicht wissen und nicht wissen sollen. Die Natur, glaubte ich und fühlte ich, verbirgt sich vor den Menschen; aber ich bin ihr Liebling, und mir möchte sie sich in ihrem wahren Wesen zeigen, doch so, daß sie sich vor den anderen nicht offenbart. Und sie schickt mir ihre Zeichen, sie spricht zu mir in bedeutungsvollen Formen, die nur mir allein verständlich sind, damit ich weiß, worauf ich meine Aufmerksamkeit zu richten habe. Die jungen Tiere, manches Vöglein, die kleinen Eidechsen mit ihren wundervollen braunen Augen, manchmal auch die kleinen grünen Frösche und natürlich viele Blumen verkehrten so mit mir. Minerale, verschiedene Naturerscheinungen, insbesondere viele Farben, Gerüche und Geschmäcke hatten unvergleichlich viel mehr von der Tiefenenergie der Natur als Tiere und Vögel, selbst Blumen, aber in ihnen blieb diese gespannte und brodelnde Macht stumm, weil sie über kein Artikula-

tionsorgan verfügte. Sie schwoll mir entgegen wie auch ich ihr
entgegenschwoll, doch zwischen ihr und mir hielt sich die
durchsichtige Schicht einer feinen, aber undurchstoßbaren
Isolation, und das Verlangen nach einer mystischen Entla-
dung wurde nie ganz befriedigt. Immer fühlte ich mich von
meiner grünen Farbe, von meinen Funken, vom Geruch und
vom Rauschen des Meeres ungesättigt.

Bedeutsam und daher besonders geheimnisvoll waren verschiedene kaum faßbare Merkmale. Aber es gab außerdem
ganze Klassen natürlicher Formen, die mich erregten, nach
denen mich immer verlangte und die in mir immer das Bestreben hervorriefen, sie von innen her zu erfahren, mich mit ihnen zu durchdringen und mich ihnen gleich zu machen, natürlich nicht äußerlich, sondern in den tiefsten Tiefen des
Willens. Ach, warum bin ich nicht diese Form? Oder: Diese
Form bin doch ich – zwischen diesen beiden Sätzen
schwankte damals mein Gefühl hin und her.

Viele Formen in der Natur gefielen mir, an vielen hatte ich
meine Freude, aber längst nicht alle haben mein Herz bewegt
und mich bis in meine Tiefen aufgewühlt, und ich glaube
nicht jetzt im nachhinein, sondern schon damals bestätigte ich
mir mein inneres Verlangen im Wort.

Das ist es, was ich damals von mir sagte:

Mich fesseln innerlich ganz bestimmte Formen mit genau
begrenzten elastischen Oberflächen, mit elastischen Linien.
Ich suche durchgebildete Formen. Aber ihre Härte und Trok-
kenheit entfremden sie mir, wie auch zu große Gefälligkeit,
Rafinesse und Kompliziertheit bei mir zu Fremdheit führen.
Bei den Pflanzen finde ich am anziehendsten gerade Linien
oder unmerklich geschwungene, beide aber müssen elastisch
sein; die kleinste Übertreibung entweder ins Starre und mechanisch Regelmäßige – beim Stock zum Beispiel – oder umgekehrt ins Weiche, Schlaffe oder kokett Geneigte, und der
ganze Zauber der Geraden ist unwiderruflich dahin, in dem

einen Falle ist alles langweilig und tot, in dem anderen klebrig und häßlich. Natürlich muß sich diese Elastizität des Geraden durch eine entsprechende Struktur halten und ausdrücken, in der deutlich die Richtung der Grundlinie dominiert, so daß die Linien ein dichtes Bündel von Längsfasern darstellen. Bei den Pflanzen erregte mich überhaupt ihre Fasrigkeit, vor allem, wenn sie sich an der Oberfläche in einer feinsten Geriefheit des Stengels zeigte, wie z. B. beim Schachtelhalm, bei einigen Wasserpflanzen, bei Lilien, oder bei der sichtbaren Struktur langgezogener Zellen mit den silbern schimmernden länglichen Wasserbläschen dazwischen, wie bei den Stengeln der Wasserlilien, vielen Zwiebelgewächsen und anderen Pflanzen. Diese elastische Gestrecktheit bestimmte häufig auch meine Neigung zu Vögeln und Tieren.

Der feine lange elastische Schnabel der Waldschnepfe, die noch feineren und noch gestreckteren Schnäbel der Kolibris, die Schnäbel und Beine der Störche, Kraniche, Schlammläufer, allgemein der Stelzen waren eigentlich der Hauptgrund meiner geistigen Nähe zu ihnen. Aus dem gleichen Grunde liebte ich die Kropfgazellen, die Antilopen, die Rothirsche, die Damhirsche – immer wegen ihrer feinen kleinen Füße und ihres geschmeidigen Halses. Wenn ich die Oberfläche, die einen Körper begrenzt, als die natürliche Oberfläche des Gleichgewichts der elastischen Kräfte des gesamten Organismus empfand, wenn ich mit meinem inneren Blick sah, wie diese elastische Oberfläche von den inneren Kräften herausgewölbt wird und sie, mit meinen heutigen Worten gesagt, ihre Aufgabe mit einem Minimum an Aufwand löst, dann schwoll dem in mir so etwas wie eine Erwiderung entgegen, und ich empfand sie als meine Oberfläche und mich als ihren Inhalt: So erging es mir z. B. mit der Oberfläche einiger Muscheln. Mich bewegte die beherrschte Kraft der natürlichen Formen, wo man angesichts des Offenbaren die Vorfreude auf das unermeßlich viel größere Verborgene genießt. In der

Elastizität der Formen spürte ich den turgor vitalis, das Leben, das sich offenbaren könnte, sich jedoch zurückhält und in seiner Fülle bebt. Der elastische Stengel einer Wasserpflanze, die elastischen Blütenblätter der weißen Lilien, die elastischen dunkelblauen Glöckchen der Moorhyazinthen, die elastischen Tautropfen, die sich an den behaarten Kelchblättern sammelten, die elastischen Wölbungen der Muscheln, der elastische Hals der Kropfgazelle und des Karabach-Pferdes und die große Vielzahl anderer biegsamer und zugleich von innerer Kraft erfüllter Formen, die für mich die Offenbarung der schöpferischen Macht der Natur waren, erregten mich so sehr, daß ich Herzklopfen bekam. Das Ding, das seinen Ausdruck schon gefunden hatte, berührte mich wenig, da ich nicht fühlte, daß in ihm mehr Uneröffnetes lag, als schon offenbar geworden war: Mich bewegte nur das Verborgene.

Die Knospen der Blüten und Blätter liebte ich außerordentlich, aber die üppige Schönheit in ihrer höchsten Entfaltung nahm ich in einer Weise wahr, wie Erwachsene Papierblumen wahrnehmen. Ja, die Rose ist schön, aber sie ist ganz hier, sie hat nichts Unenträtseltes, das mich bewegt, und das Leben, das sie hervorgebracht hat, hat in ihr seinen Gipfel erreicht und ist jetzt am Vergehen. Die Rose ist etwas Offenbares und deshalb nicht geheimnisvoll. So war es auch mit jedem anderen Ding – es bewegt dich, solange du in ihm die Knospe eines anderen Seins spürst, wenn das Ding aber nur es selbst ist in seiner sinnlichen Gegebenheit, dann ist es allzu verständlich und fesselt die Aufmerksamkeit nicht.

Ich hatte immer das sichere Gefühl, daß das wirklich Bedeutsame bescheiden ist und sich verbirgt, während in der offen zutagetretenden Schönheit der prächtigen Magnolien, Rosen, Tulpen usw. etwas ist, was einen um sie bangen läßt. Und ich zog das Veilchen vor, das sich trotz seiner heilig purpurfarbenen Blüte bescheiden im eigenen Grün unter den Büschen versteckt, und das ebenso bescheidene und schwer erreichbare Vergißmeinnicht. Das Alleranziehendste aber für mich, etwas für mein Bewußtsein geradezu Mythisches, war das Maiglöckchen, das ich mehr aus Erzählungen von Tante Julia und aus Zeichnungen kannte und erst später aus einigen Exemplaren im Garten. Manchmal bin ich im Wald auf Maiglöckchenblätter gestoßen und habe sie vor Entzücken über die feine Struktur ihrer parallel verlaufenden Adern geküßt. Mein Traum war es, einmal eine Pflanze blühend anzutreffen; aber in der Umgebung von Batum blüht das Maiglöckchen wohl so zeitig, daß meine Suche nie von Erfolg gekrönt war.

Später hat sich mein Gefühl für die Rose und andere prächtig aussehende Pflanzen verändert; doch nicht, weil sich der Charakter meines inneren Anspruchs geändert, sondern weil sich mir das Unvollkommene auch der Rose offenbart hatte. Vielleicht hat die Intensität meiner Wahrnehmung nachgelassen, so daß sich die üppige Pracht in meinen Augen bescheidener ausnahm. Jedenfalls verlor sie ihre üppige Selbstgenügsamkeit und wurde zur Knospe anderer Möglichkeiten und einer anderen Fülle.

Genauso war es in anderen Bereichen: Meine Wahrnehmung war selbst viel zu ausgeprägt, als daß das Ausgeprägte und das Überschäumende, Üppige mich hätte befriedigen können. Natürlich, vieles mag interessant sein, vieles möchte man kennenlernen und sehen, aber wirklich lieb ist einem nur das Bescheidene. Ein Vögelchen, das es vielleicht gar nicht gibt, hellbraun wie Kaffee mit Milch und mit einem blauen Köpfchen, sah ich in meiner Phantasie als Bild dieser ersehnten Bescheidenheit vor mir herhüpfen.

1918. 6. IV. Sergijew Posad. Nacht

Seit ich denken kann, hat mich alles Exotische angezogen. Das Kleine, Erlesene, Wohlriechende, das Farbenprächtige, Wohlgestalte gefiel mir nicht einfach, sondern es erregte mich auf

qualvolle Weise und rief in mir ein leidenschaftliches, alles ver-
zehrendes und mein ganzes Wesen ergreifendes Verlangen her-
vor: Mein Herz schlug wild und immer wilder, wenn ich nur an
etwas derartiges dachte, ich war außer mir. Ich habe nie ver-
standen, Begeisterung oder Interesse zu zeigen; nein, mit mei-
ner ganzen Seele drang ich in das, was mich fesselte, ein, saugte
mich ein, geradezu ekstatisch, bis zur Selbstvergessenheit. Ent-
weder absolute Gleichgültigkeit, Desinteresse, völlige Kälte
oder eine alles verzehrende Leidenschaft, saugend, brennend,
durchdringend. Emotionen kannte ich so gut wie gar nicht,
meine Seele war sofort von der Flamme des Eros ergriffen. Ich,
Paulus-Saulus, d. h. Eros, war immer Erotiker.

Gegenstand des Eros waren die Vögel, besonders die klei-
nen, und hier vor allem die Kolibris. Das Wort Kolibri und der
Anblick eines Kolibris ließen mich vor Entzücken erbeben.
Auf einem Damenhut einen Kolibri zu erblicken, schien mir
das höchste Glück; erregt und erschauernd betrachtete ich den
Fliegen-Vogel.

Lieb war meinem Herzen das Unauffällige, das Leise, das De-
mütige. Im Gegensatz dazu fühlte sich jedoch dieses mein Ich
zugleich aus ganzer Seele zum Exotischen hingezogen, allerdings auch hier verbunden mit etwas, was dieser Bescheidenheit entsprach. Ich habe immer in einer möglichst schlichten
Umgebung wohnen wollen: umgeben von einer bescheidenen Natur, aber doch nicht zu weit entfernt von der tropischen. Zum Teil entspricht diesem Zwiefachen die Gebirgs-
landschaft, wo die rauhe und unwirtliche Leere der Gipfel
sich fast unmittelbar mit der subtropischen Flora berührt.
Und ist es nicht auch in meinem Geburtsort Jewlach so, wo
die an Naturschätzen überreiche und durch den Überfluß ihres üppigen Lebens bedrückende Steppe von zwei schneebe-
deckten Berggruppen bedrängt wird? Allerdings bin ich eher

geneigt, in diesem Zwiefachen der Natur, die mich erzogen hat, einen anschaulichen Ausdruck meiner eigenen Zwie-Natur zu sehen, in der der Norden und der Süden sich in dem geschichtlich jüngsten und ältesten Blut gespannt gegenüber stehen und sich nicht nur nicht vermischen, sondern im Gegenteil wechselseitig immer kräftiger die eigene Bestimmung hervortreiben.

Während also dieses braun-blaue Vögelchen vor mir herhüpfte, verlangte es mich leidenschaftlich und fast krankhaft nach einem Kolibri, und mir schien, es könne kein schöneres Los geben, als einen lebendigen Kolibri zu küssen und – zu sterben; am meisten liebte ich die Elfe, und zwar weil sie so klein ist und so komisch aufgeplustert aussieht, und dann schon wegen ihres Namens. Begierig erkundigte ich mich bei allen nach Einzelheiten über diese bezaubernden Vögelchen, unzählige Male betrachtete ich die Darstellungen und bedauerte tief, daß es nicht gelungen war, sie in Gefangenschaft zu halten, daß der Saft, mit dem man sie fütterte, in ihrem kleinen Magen verzuckerte und sie tötete und es deshalb keine Hoffnung gab, sie lebendig zu Gesicht zu bekommen.

Da bat ich die Vertraute meiner Wünsche, Tante Julia, flehentlich, einen ausgestopften Kolibri zu erwerben. Um diese Erwerbung zu motivieren, bat ich sie, ihren Hut mit einem Kolibri zu schmücken, was ich übrigens in meiner Begeisterung für Putz tatsächlich gern gesehen hätte. Ich setzte ihr lange zu und versuchte ihr auf jede erdenkliche Art zu beweisen, daß dieser Hutschmuck unerläßlich sei. Schließlich sagte Papa, man solle mir den Wunsch erfüllen. Es war schon spät im Jahr und für das Klima in Batum ziemlich kühl, als meine Tante und ich uns aufmachten, um das Ersehnte kaufen zu gehen. Ich glaube, es war Spätherbst oder Winter. Batum war damals noch Freihafen, deshalb wurden in den ärmlichen Batumer Läden höchst elegante und solide ausländische Waren angeboten. Ich ließ meine Augen über die vielen ausgestopften Kolibris für Hüte schweifen, wählte bald diesen, bald jenen, legte ihn wieder zurück und wählte von neuem, bis es schließlich dunkel wurde und der Laden geschlossen werden sollte. Etwas ungehalten über meine Unentschlossenheit half mir Tante Julia endlich, meine Wahl zu treffen, und bezahlte den ziemlich teuren Einkauf. Man wickelte ihn uns so ein, daß man das Papier von beiden Seiten nur leicht um das Vögelchen herumschlug, um es nicht zu beschädigen. Meine Tante wollte mir das Päckchen nicht geben, weil sie befürchtete, ich könnte es zerdrücken, aber als ich inständig darum bat, gab sie nach, warnte mich nur noch einmal und zeigte mir, wie ich das luftige Päckchen an dem einen Ende anzufassen hätte, um den Kolibri nicht zu beschädigen. Ich hielt es krampfhaft an diesem Ende fest und beachtete gewissenhaft die Vorschriften. Aber als wir eine Weile gegangen waren und die Tante prüfen wollte, ob ich das Vögelchen nicht zerdrücke, stellte sich heraus, daß das Päckchen unten aufgegangen und das Vögelchen herausgefallen war und ich nur sorgsam das leere Papier getragen hatte. Ich war über diesen Verlust so betrübt, daß ich nicht einmal weinte, und meine Tante war meinetwegen betrübt. Wir gingen noch einmal zurück, aber es war dunkel und naß, und wir fanden das Vögelchen natürlich nicht.

Dieser Vorfall hinterließ in meiner Seele eine Wunde, eine von denen, die nie heilen, selbst wenn wir sie bewußt vergessen. Nun wollte ich keinen neuen Kolibri mehr kaufen, und einen Vorschlag in dieser Hinsicht lehnte ich ab, selbst über Kolibris zu sprechen, war für mich eine Qual.

Einige Jahre später stieß Papa irgendwo auf die Ankündigung eines in Paris erschienenen farbigen Prachtbandes über Kolibris, und da er sich erinnerte, wie ich vor Begeisterung ersterbend nach diesen Vögelchen gefragt hatte, bestellte er dieses Album, ohne mir vorher etwas zu sagen, und schenkte es mir. Das Album war wirklich wundervoll. Aber meine halbvergessene Wunde im Herzen schmerzte so sehr, daß mich das Album kalt ließ und ich es in der hintersten Ecke versteckte.

Wieder einige Jahre später, in der dritten oder vierten Klasse des Gymnasiums bat mich mein Schulkamerad Wolodja Ern um ein Buch mit Illustrationen zum Abmalen. Da gab ich ihm das Kolibri-Album, ich bekam es trotz meiner Bitten nie wieder zurück. Ich vermute, daß Ern, der damals leidenschaftlich für Hühner schwärmte, meine Kolibris in Hühner verwandelt hatte. Damals habe ich diesem Album nicht nachgetrauert, und erst jetzt, da mit jedem Tag Kindheitseindrücke heraufkommen, ist die Erinnerung daran wieder lebendig geworden. So viel Pech habe ich mit diesen kleinen Vögeln in meinem Leben gehabt, die für mich der Gipfel des Schönen gewesen sind.

Mit meiner Kindheit ist das Gefühl verbunden, daß ich eigentlich nie oder fast nie zur Ruhe gekommen bin: Den ganzen Tag war ich hochgestimmt und redete entweder ununterbrochen, weshalb mich die Mädchen in Tante Lisas Dorf auf armenisch »Zizernak«, das heißt Schwalbe, nannten, oder aber in mir sang alles und machte sich in ekstatischen Lauten Luft. Diese Zustände hatten kaum etwas mit der normalen Lebhaftigkeit eines Kindes zu tun. Offenbar ging in meinem Gehirn etwas, wenn auch nicht Schlimmes, so doch jedenfalls Ungewöhnliches vor, was mir ziemliche Qualen bereitete. Ich erinnere mich an in der frühesten Kindheit beginnende und, wenn ich mich nicht irre, erst mit zehn aufhörende Kopfschmerzen, die etwa mit einer starken Erschöpfung des Gehirns am Ende einer langen und angestrengten geistigen Tätigkeit zu vergleichen sind. Vermutlich handelte es sich um starken Blutandrang, und zwar genau am hinteren unteren Teil des Kopfes; ich versuchte, diesem Schmerz, diesem Druck zu begegnen und mir Erleichterung zu verschaffen, indem ich wiederholt den Kopf hob und zurückwarf und so den Hinterkopf für einen Augenblick gegen den Nacken drückte; eine Bewegung, glaube ich, die etwas an den charakteristischen Reflex bei Meningitis erinnert.

Es war nicht leicht mit so einem Kopf, und wenn ich nicht ständig in diesem Entzücken gelebt und ein bis zur Selbstvergessenheit gehendes Interesse am Sein gehabt hätte, hätte ich bestimmt unaufhörlich vor Schmerz gestöhnt. Mein armer Papa, beständig um meine Gesundheit besorgt, faßte mich mehrmals am Tag an die Stirn, ob ich nicht Fieber hätte, und fragte immer wieder: »Tut dir das Köpfchen weh?« Aber sowohl das Anfassen als auch die Frage waren ganz überflüssig: Der Kopf tat mir weh, und ich bemühte mich, es zu vergessen, und fiebrig war ich auch fast immer wegen der Malaria, an der, von Papa angefangen, die ganze Familie litt. Ich weiß nicht, ob der Blutandrang im Kopf von meiner ständigen inneren Erregung herrührte oder ob umgekehrt sich meine Erregung durch den Blutandrang steigerte. Hinzu kam, daß wir alle, nicht nur unsere Familie, sondern auch unsere Bekannten, in Batum nicht ohne Chinin auskommen konnten, wir schluckten es gläserweise, und das mußte sich natürlich auf das allgemeine Befinden auswirken.

Woher das auch immer kommen mochte, an der Natur interessierte mich alles, und mein Verstand fand keine Minute Ruhe. Wie viele Male am Tage klettere ich nicht auf das Balkongitter und erforsche, mich an den Holzpfosten klammernd, den schon so gründlich beobachteten Lorbeerkirschbaum vor unserem Balkon, zum tausendsten Male streichle ich die wie lackiert aussehenden dunkelgrünen Blätter, drücke sie an mein Gesicht, kaue sie und denke darüber nach, wie aus den schwarzen Beeren Tropfen hergestellt werden, rieche an den Blütentrauben und stelle fest, daß sie nach Bittermandel riechen. Dann werden die auf unserem Balkon in Kästen wachsenden großen Apfelsinen- und Zitronenbäume mit ihren noch unreifen Früchten und mir so lieben weißen Blüten in gleicher Weise einer Inspektion unterzogen. Über solchen Beschäftigungen vergeht sicher viel Zeit. Dann mache ich mich an eine so spannende wie riskante Untersuchung: an die sorgfältige Betrachtung der gähnend schwarzen elliptischen Löcher der wurmstichigen Balkonpfosten. Ich hatte schon lange die Vorstellung, daß diese schwarzen Öffnungen einen geheimen Sinn haben, und deshalb überhörte ich die Erklärungen der Erwachsenen, sie seien von Würmern gebohrt worden. Eine der Kinderfrauen (ich erinnere mich, daß es Ljusjas Kinderfrau war, eine schon ältere Witwe mit Namen Sofja und dem Familiennamen Romanowa; sie sagte mir, ihr Mann, nämlich Romanow, sei Zar, meine skeptische Frage, warum sie dann Kinderfrau sei, tat ihren Worten keinen Abbruch) – diese Kinderfrau also eröffnete mir, um mich von der Wurmstichigkeit abzubringen, daß dort der Buka wohne. Das glaubte ich sofort, denn ich war selbst zu dem Schluß gekommen, ich wußte nur nicht den Namen dieses geheimnisvollen Wesens, auf diese Weise erhöhte sich mein Interesse für die Behausung des Buka nur noch mehr.

Manchmal ging Tante Julia auf den Balkon, um in den langen Blumenkästen, die auf Geheiß von Papa rund um das Haus auf dem Balkongitter angebracht worden waren, etwas umzupflanzen oder neu einzupflanzen. Meine Tante liebte es, mit Erde und Blumen zu hantieren, und ich, ihr dabei zu helfen: Mich interessierten die Wurzeln der Pflanzen, die jungen Triebe, die sich in der Erde verbergen, die Keimlinge; die in der Erde grabende Maulwurfsgrille versetzte mich in Schrecken, wenn auch noch ohne den sich später entwickelnden Ekel. Aber das sind einzelne Eindrücke. Sie vermehrten und verstärkten sich, sobald ich hinaus in die Umgebung der Stadt kam. Papa hatte es gern und hielt es für nützlich, mit uns Tagesausflüge in die Batumer Umgebung zu machen. Es wurde ein Phaëton [15] gemietet, manchmal auch zwei, Proviant und vor allem Eßgerätschaften eingeladen, und wir fuhren aufgeregt auf einer der großen Chausseen hinaus.

Unser Lieblingsort, den wir bei solchen Ausflügen am häufigsten besuchten, war Adsharis-Zchali, die erste Station an der von meinem Vater gebauten Chaussee zwischen Batum und Achalzich. Der Weg führt zunächst nahe am Meeresufer entlang, das flach und kahl ist – eine gute Vorbereitung auf den bevorstehenden Reichtum und die steilen Felsen der Adshara-Schlucht. Aber auch dieses kahle Stückchen von zwei bis drei Werst ist für uns durchaus unterhaltsam. Die Hütten nahe am Wege sind mit Maisstroh gedeckt, und in den Bäumen hängen ganze kugelrunde Haufen davon wie Nester von riesigen Wespen. Diese Hütten und diese Maisschober gehören zu einer Negerkolonie, die sich in der Nähe von Batum befindet. Zu unserem größten Vergnügen quert ein großer Neger, fast ein Riese, oder eine Negerin mit einem Säugling an der schwarzen Brust und einem zweiten, sich an ihre Hand oder an ihren Rocksaum klammernden Negerkind unseren Weg und bleibt neugierig bei uns stehen. Ich spüre bei ihnen etwas wie die Sanftmut von Recken und eine Offenheit für die Natur, die ich später unter Qualen suchen sollte. Die schwarze Farbe irritiert mich nicht, ich stelle mir nur vor, wie ich mich mit Wachs oder Tusche bemalen müßte, wenn ich mich unter ihnen ansiedelte. Wie seltsam: In der Kindheit war mir bis auf ganz wenige Ausnahmen das Gefühl der Nähe zu fremden Menschen fremd. Aber bei solchen Begegnungen spannen sich Fäden der Sympathie.

Wir fahren weiter. Da ist das Flüßchen, bei dem Papas Straßenabschnitt beginnt, und die erste auf dieser Strecke von ihm gebaute Brücke. Wir sind stolz darauf, daß Papa Brücken baut, wir sehen sie aus diesem Grunde als unser Eigentum an und müssen daher gemeinsam mit Papa mit fachmännischem Blick prüfen, ob auch alles in Ordnung ist. Papa läßt anhalten, indem er unserem Kutscher mit dem Stock in den Rücken stupst – ungeachtet aller humanen Ideen ist man aus irgendeinem Grunde allgemein davon überzeugt, daß ein Kutscher anders nicht hört. Wir stürmen unter die Brücke, um in dem klaren, über den Sand rinnenden Wasser zu planschen – es zu trinken ist uns allerdings streng verboten – und je nach Jahreszeit frischen Froschlaich oder Kaulquappen herauszufischen und, dies natürlich zu jeder Zeit, die schönen gewundenen kleinen schwarzen Muscheln zu sammeln. Gern blieben wir noch, aber wir werden zur Eile gemahnt, setzen uns in den Wagen, und Ljusja und ich beginnen uns zu streiten, wenn wir nicht schon beim Losfahren damit angefangen haben, wer den unbequemen Vordersitz bekommt, für uns ist das ein Ehrenplatz mit mehr Selbständigkeit, und er hat dazu den Vorzug, daß man von ihm aus alles besser sehen kann. Papa erzählt uns etwas von der Entwicklung des Froschlaichs oder vom Herausschmelzen des Kupfers aus dem Kupferkies, der in riesigen Haufen die Straße entlang liegt. In diesen mächtigen Bergen von Kupferkies, die einen Geruch nach Schwefelgas ausströmen – so viel Chemie hatte ich mir schon angeeignet –, verbrennt der Schwefel, und das sich bildende Kupferoxyd wird, wie ich erfuhr, später durch Kohle wieder gewonnen. Von Papa lernte ich auch, es zu bedauern, daß das Schwefelgas so verfliegt, aus dem man die mich interessierende Schwefelsäure hätte herstellen können, die ohne Feuer Lumpen verbrennt. Ich weiß nur, daß Kupferkies hier in der Nähe gefördert wird, und ich bin stolz darauf, daß unser, mein Batum auch über richtiges Erz verfügt, d. h. über eine Verbindung mit der unterirdischen Welt. Insgeheim ziehe ich daraus die Schlußfolgerungen, daß nämlich, wenn es Erz gibt, auch unterirdische Schächte und Korridore vorhanden sind oder vorhanden sein können, die direkt in die Unterwelt führen, sowie Höhlen mit Stalaktiten; vor diesem Hintergrund zeichnet sich, wenn auch einstweilen nebelhaft, die Möglichkeit einer Begegnung mit Gnomen ab.

Noch aufregender war es für mich, wenn Papa von dem goldhaltigen Sand erzählte. Natürlich wußte ich von dem Zug der Argonauten an die Mündung des Phasis und in die Kolchis auf der Suche nach dem Goldenen Vlies. Und es hatte sich mir längst fest eingeprägt, daß diese »mythischen Stätten« eben die sind, an denen wir lebten, und daß folglich der Mythos genauso wirklich ist wie ich selbst und wie unsere Kolchis. Der Phasis ist unser heutiger Rion, und ich wußte auch, daß der Fels in der Rion-Schlucht, an dem Prometheus gekreuzigt worden war, bis heute steht. Übrigens haben meine Eltern hier ausgesprochen daneben getroffen: Während sie mich von der Kirchenlehre und den Märchen als von etwas noch Lebendigem fernhielten, gingen sie mit der antiken Mythologie großzügiger um, die sie vermutlich für hoffnungslos tot ansahen. Die Folge dieses Versehens war, daß ich mich mehr wie ein alter Grieche fühlte als als Russe und die Faune und Nymphen liebte und besser kannte als die Waldgeister und Wassernixen.

Der griechische Mythos war mir vertraut, und die Erde, auf die ich meinen Fuß setzte, war von der Antike durchtränkt. Was das Goldene Vlies anging, so wußte ich von Papa, daß im Altertum (und dieses Wort war für mich genauso in geheimnisvolles Dunkel gehüllt wie das Wort Höhle und deshalb auch genauso aufregend) der Sand der Flüsse in der Kolchis, darunter auch des Rion und des Tschoroch, goldhaltig war und es bis heute ist und daß die Goldgewinnung mit einem Schaffell erfolgte, über das der goldhaltige Sand gespült wurde. Hat sich die flauschige Unterlage mit Goldkörnchen angefüllt, wird sie verbrannt, und das Gold bleibt übrig. Wegen solch eines goldenen Vlieses war einst ein Held wie König Jason zu *uns* gekommen, und da *sollte* man auf sein Land nicht stolz sein? Wo er doch fast direkt zu mir gekommen ist. Freilich gab es da *einen* Stein des Anstoßes in Gestalt der bösen Zauberin Medea, die unserer Kolchis als Zugabe zum Vlies beschert worden war. Medea rief wegen des Betrugs an ihrem Vater und der Rache an ihren Kindern ein feindseliges

Gefühl in mir hervor, und ich versuchte daher, ihr in Gedanken auszuweichen. Wie Papa uns erzählte, wird bei Artwin, d. h. 30 Werst von Batum entfernt den Tschoroch abwärts, mit Hilfe so eines Fells Gold gewonnen, doch ist die Goldhaltigkeit des Sandes äußerst gering. Der Goldsand des Tschoroch hatte in dieser Zeit gerade zwei Schwindler auf die Idee gebracht, einen Coup zu starten: Sie schafften aus Sibirien goldhaltigen Sand herbei, der zum Teil schon ausgewaschen, also von hohem Goldgehalt war, und schütteten ihn an einer bestimmten Stelle auf den Sand des Tschoroch. Auf ihr Betreiben wurde eine Kommission eingesetzt, die die Goldgrube am Tschoroch prüfen und ihren Verkauf zu entsprechenden Preisen in die Wege leiten sollte. Aber der Betrug war leicht aufzudecken, weil der Sand, der da in eine Grube geschüttet worden war, deutlich sibirischer Sand war, den es an den Ufern des Tschoroch nicht gab. Papa hatte auch irgendwie mit dieser Kommission zu tun. Nach der Untersuchung brachte er mir von dieser Stelle etwas von dem dort hingeschütteten Magneteisensand mit, der feinste Goldplättchen enthielt. Dieser kohlschwarze Sand gefiel mir sehr, ich zog mit einer Stecknadel die kleinen Goldplättchen aus ihm heraus und sonnte mich in dem geborgten Glanz der Goldgewinnung. Den Sand bewahrte ich in einem Thermometerfutteral aus Holz auf, schüttete ihn ab und zu auf ein Blatt Papier und sah mir an, wie er von dem Magneten angezogen wurde. Die Aufdeckung des erwähnten Schwindels gefiel mir nicht. Erstens war in meinen Gedanken kein Platz für Gaunerstreiche, ich begriff das Gewinnsüchtige daran gar nicht, und es kam mir wie ein Mißverständnis vor. Zweitens war es kränkend, daß Papa an der Goldträchtigkeit unseres Tschoroch zweifelte, die für mich ganz außer Frage stand, da doch Jason von weit her zu uns gekommen war.

Nachdem wir diesen für mich immer noch problematischen Ort mißlungener Goldgräberei hinter uns gelassen haben, biegt der Weg in die enge Schlucht des Tschoroch ein und verläuft nun auf dem felsigen Steilufer, an der Seite von hoch aufragenden Felsen und bewaldeten Bergen begleitet. Ebensolche Berge erheben sich am anderen Ufer des Tschoroch. Es war interessant zu beobachten, wie die in bläulichem Nebel liegenden Adshara-Berge in dem Maße, wie wir ihnen näher kamen, in der feuchten Batumer Atmosphäre vor unseren Augen erst dunkelblau wurden, dann in Schwarz übergingen und sich schließlich grün oder schwarzgrün zeigten, wenn nicht gerade Winter war und sich auf ihren Gipfeln der glitzernde Schnee hielt; morgens und abends waren sie fast immer nebelverhangen. Die steilen Felsen sind an vielen Stellen von strahlend weißen Wasserschleiern umgeben und mit dem Schaum unzähliger Bäche bedeckt, die von oben herabfallen und mit so großer Wucht aufschlagen, daß kein Wasser mehr da ist.

Besonders liebte ich die prächtigen Basalte mit ihren vertikal emporstrebenden sechskantigen Prismen, schwarz, wurden sie durch die Nässe noch schwärzer. Fast senkrecht steigt eine breitbrüstige Treppe aus Basaltsäulen mit scharf geschnittenen vertikalen Kanten und exakt horizontalen sechseckigen Absätzen hoch über mir empor, so hoch, daß man den Kopf gar nicht so weit zurücklegen kann. Und dieses riesige Gebilde ist in seiner ganzen Höhe und Breite in einen durchsichtigen zartweißen Wasserschleier gehüllt und atmet Frische und Reinheit.

1923.21.IV.

Die Säulengliederung der Basalte offenbarte mir, so fühlte ich es, die innere Struktur der Felsen und korrespondierte mit meinen geliebten Kristallen. Wenn es nicht gelang, bis zur Struktur vorzudringen, und mir irgendein Material als eine kompakte Masse vor Augen stand, so fühlte ich mich durch eine Wand von der Natur getrennt, die steinerne Wand des

Geheimnisses. Alle möglichen Gliederungen, Schichtungen dagegen, Ordnung und Rhythmus zeigten mir das Zutrauen der Natur und bereiteten mir Freude – nicht durch Rationalität, denn was wäre da Rationales, wenn man sie selbst erklären muß, sondern ausgesprochen durch Zutraulichkeit, durch den offen daliegenden Puls des Lebens der Natur.

Auf der Adsharischen Chaussee lernte ich von Kindheit an, die Erde nicht nur von oben zu betrachten, sondern auch im Querschnitt, ja sogar vor allem im Querschnitt, und daher betrachtete ich selbst die *Zeit* so. Es geht hier gar nicht um abstrakte Begriffe, und zu all dem, worauf ich hingewiesen habe, gelangt man außerordentlich leicht, nämlich durch Nachdenken. Hier geht es um Gewohnheiten des Verstandes, die ich von früh auf angenommen habe und die mein Denken auf ihre Weise formten: Gewisse Begriffe, die ganz allgemein als abstrakt mögliche denkbar sind, wurden in mir zu unentbehrlichen Verfahren des Denkens, und meine späteren religiös-philosophischen Überzeugungen entsprangen nicht philosophischen Büchern, von denen ich mit geringen Ausnahmen stets nur wenige las, und auch die noch ungern, sondern meinen kindlichen Beobachtungen und am meisten wohl dem Charakter der mir so vertrauten Landschaft. Diese Gesteinslager in ihrer Gliederung, diese sich allmählich verändernden und von Wurzeln durchzogenen Bodenschichten, diese Rasenschicht, die sie bedeckt, die Sträucher und Bäume – von all dem erfuhr ich nicht aus geologischen Atlanten, sondern aus den Querschnitten in der Natur und ihren Enthüllungen, an die ich gewöhnt war wie an Verwandte.

Für die Struktur meiner Wahrnehmung ist der Grundriß etwas innerlich Fernes, der Querschnitt dagegen etwas Nahes; Gleichzeitigkeit sagt mir etwas, sie neigt dazu, in einzelne Gruppen von Gegenständen, die nacheinander betrachtet werden können, auseinanderzufallen, wobei eben dieses

Nacheinander *meine* Art zu denken ist, das aber als etwas Gleichzeitiges wahrgenommen wird. Die vierte Koordinate, die der Zeit, war für mich so lebendig, daß die Zeit dabei den Charakter schlechter Unendlichkeit verlor und etwas Wohnliches und Geschlossenes bekam, sich der Ewigkeit annäherte. Ich war es gewohnt, die Wurzeln der Dinge zu sehen. Diese Sehgewohnheit durchdrang mit der Zeit mein gesamtes Denken und bestimmte seinen Charakter, nämlich das Bestreben, sich auf der Vertikalen zu bewegen, und das geringe Interesse an der Horizontalen.

Steil der Felsen links, steil der Abhang rechts über dem reißenden Tschoroch. Der Weg schmal wie ein Steig, bald krampft sich mein Herz zusammen vor Angst, die Pferde könnten fehltreten und wir fänden uns im Tschoroch wieder oder ich stürzte irgendwie sonst in den Abgrund, bald weitet es sich wieder beim begierigen Betrachten der warmen Felsen, die mit flinken Eidechsen übersät sind. Ich weiß noch, wie ich mich einmal in sie vergafft hatte und aus dem Wagen gefallen war, und zwar so unauffällig, daß die Erwachsenen es nicht merkten und noch einige Zeit weiterfuhren, ehe sie mich holen kamen. Ich lag auf dem Weg und beobachtete, trotz einer ordentlichen Prellung am Bein, meine Eidechsen weiter. Wegen dieser Eidechsen ließ Papa den Wagen oder die Wagen ziemlich oft halten, damit wir aussteigen und die lieben Tierchen fangen konnten. Meistens endete dieses Fangen schlimm für sie, weil die Eidechse flieht, indem sie den von uns festgehaltenen Schwanz abstößt. Der Schwanz war uns dann auch plötzlich zuwider, denn wir hatten Gewissensbisse, es war zwar interessant, aber nicht eigentlich überraschend zu sehen, wie er noch schlug und sich bald nach der einen, bald nach der anderen Seite zu einem Ring bog. Ich erinnere mich genau an die Worte der Erwachsenen, daß er noch bis Sonnenuntergang so schlagen würde, und auf den schlagenden Schwanz zurückblickend fuhren wir weiter.

Der Abgrund des Tschoroch sollte an sich interessant sein. Allein, daß der Tschoroch in seinem weiteren Verlauf die russisch-türkische Grenze bildete, mußte Aufmerksamkeit erregen. Die reißende Strömung dieses Flusses trug schnell dahinschießende Flöße und unzählige Feluken, die mit Früchten, Oliven, Öl und Honig beladen waren. Es ist schrecklich mit anzusehen, wie eine lange Feluke direkt auf einen aus dem Fluß ragenden Felsen zuhält, der Untergang des wie eine Schote schmalen Schiffchens scheint unausweichlich; aber im letzten Moment, unmittelbar vor dem schicksalhaften Zusammenprall, stößt sich der Bootsführer mit seiner Stange von dem Felsen ab, um Haaresbreite dem Tod entgehend. Auch wenn ich noch klein war, verstand ich, welcher Anspannung und Todesbereitschaft es über Stunden bedurfte, um seine Ladung bis zur Mündung zu schiffen. Der Weg zurück ist ermüdend, er ist ebenso langsam wie der Hinweg schnell, und verlangt jener Wachsamkeit, so dieser Geduld; sich durch die Uferfelsen und über die Steine arbeitend, schleppt der Besitzer seine Feluke an einem Wolltau hinter sich her. Offen habe ich es mir nie eingestanden, wie sich mein Herz angesichts des Tschoroch und seines drohend klingenden Namens zusammenkrampfte. Aber im Schlaf, vielleicht ausgelöst durch gewisse Prozesse in meinem Gehirn, schreckte mich jede Nacht oder fast jede Nacht eine quälende Vision auf. Den Anschauungsstoff dieser Traumphantasie lieferten die Eindrücke vom Tschoroch, aber den Kern bildete die seelische Verwundung, die ich in frühester Kindheit bei meinem Sturz vom hohen Ufer der Kura erlitten hatte, als unter mir Mama und die Tante badeten. Der Schrei von Mama, als sie sah, wie ich die Böschung hinunterrollte, bevor mich Tante Remso kurz über dem Wasser auffing, der Sturz selbst, alles das ist meinem Organismus eingeprägt, und es ist mir gleichgültig, ob mir einer glaubt oder nicht, daß ich mich daran erinnere – dieser Vorfall hat sich mir die ganze Kindheit über grell und quälend immer wieder in Erinnerung gebracht. Im Traum sah ich dies: Wir fahren mit Papa und Tante Julia auf der Adsharischen Chaussee, häufig schleppe ich mich auch allein, noch ganz klein, die Straße entlang. Alles ist in grelles Licht getaucht, und es ist schwül. Links der schokoladenbraune Fels, glühendheiß in der Sonne, ganz überzogen mit einem feinen Spinnennetz und fast vollständig bedeckt von unzähligen kleinen, eben ausgekrochenen Spinnen, nicht viel größer als ein Stecknadelkopf; die meisten Spinnen sind hellrot wie arterielles Blut in praller Sonne, aber es gibt auch grell gelbe und grell smaragdgrüne unter ihnen. Diese Spinnlein laufen hin und her, und ich habe das Gefühl, daß das *irgendwie* in meinem Kopf vor sich geht. Wenn ich mich jetzt in diesen, mir bis heute gegenwärtigen Traum einfühle, weiß ich genau, daß die roten Spinnen eine Projektion des Blutandrangs in den Kapillargefäßen des Gehirns waren und die gelben und grünen zu gewissen Gehirnzellen oder -zentren in Beziehung standen. Und der glühendheiße schokoladenbraune Fels im Traum ist die Projektion der Innenseite meiner Schädeldecke. Ich sage das natürlich nicht in dem Versuch, den Traum rational zu deuten, sondern einer unmittelbaren Empfindung folgend, denn ich sehe das innere Bild meiner Anatomie jetzt mit anderen Augen, und da sehe ich, wie sie sich in symbolische Bilder kleidet, die in einem anderen Raum vor mir stehen als dem Raum der sinnlichen Wahrnehmungen. Doch alles, was ich bis jetzt beschrieben habe, sind die äußeren Umstände. Das Wesen des Traums bestand darin, daß rechts von dem Weg, den ich gehe, das Steilufer des Flusses ist, in dem Mama versinkt und außer sich vor Entsetzen schreit, manchmal gesellt sich Tante Julia hinzu, die auch versinkt. Mama tut mir furchtbar leid, ich versuche ihr zu Hilfe zu kommen, bin aber außerstande, mich zu bewegen, als sei ich gebunden, als seien meine Hände und Füße eingewickelt und sonst niemand da, oder aber man nehme die

Schreie von Mama und meine Regungen nicht wahr – ich sage Regungen, weil ich nichts sagen kann. Eigentlich sehe ich Mama nicht, ich höre sie nur, ich weiß einfach, daß sie dort unten ist. Mit diesem qualvollen Gefühl der Hilflosigkeit und der absoluten Unmöglichkeit zu helfen wachte ich jedesmal tränenüberströmt auf. Aus irgendeinem Grunde habe ich von diesem Traum in der Kindheit nie jemandem etwas erzählt, trotz des beharrlichen Bemühens der Erwachsenen herauszubekommen, warum ich eigentlich weinte und wovor ich erschrocken war. Ich empfand das, was ich im Traum gesehen hatte, in *meinem* Verstand als so wirklich, daß mir schien, ein Wort genüge, und jene Wirklichkeit bräche in dieses Leben ein und bedrohe Mama. Ich für mich *wußte*, daß bei der leisesten Andeutung von meiner Seite, etwas Nichtwiedergutzumachendes, etwas Tödliches geschehen mußte, und zwar gerade Mama betreffend, und deshalb hielt ich durch mein Schweigen die Drohung des Traums in mir verschlossen.

Und so fuhr unser Phaéton an dem drohenden Abgrund entlang, während auf der anderen Seite des Weges von dem Felsen kalte Quellen sprangen und farbenprächtige Blumen herabhingen.

Die rechte Seite des Weges war durch eine Steinmauer geschützt. Entlang dieser Mauer standen in regelmäßigen Abständen kegelförmige Schotterhaufen. Manchmal stießen wir auf Arbeiter, Griechen oder Perser, die den Naturstein mit dem Hammer zerschlugen. Manchmal bedeutete Papa dem Kutscher mit dem Stock anzuhalten, um den aufbereiteten Schotter zu untersuchen. Der Haufen wurde mit einem besonderen Winkelmaß gemessen und dann auseinandergezogen, um zu prüfen, ob er nicht Erde enthielte. Beim Auseinanderziehen so eines Haufens stürzte ich mich sogleich auf die Steine, auf der Suche nach interessanten Mineralen, und fand nicht selten einen Achat oder Karneol, funkelnde Drusen von Bergkristall, von rauchigem Topas oder blassem

Amethyst in Quarziten, mich besonders interessierende Phosphoritstücke, die, aneinander gerieben, Phosphorgeruch ausströmten und in der Dunkelheit leuchteten, oder Einschlüsse von Chalcedonen. Danach ging es zum Trinken an die kalte kristallklare Quelle, die dem Felsen entsprang, und Blumenpflücken, deretwegen man auf die Felsen hinaufklettern mußte. Wir ließen uns aber überreden, das für den Rückweg aufzuheben, damit die Blumen nicht verwelkten, und die Fahrt ging weiter.

Ungeduldig schätzen wir an den Werstpfählen, wie weit es noch ist. Plötzlich erweitert sich die Schlucht, ein Gefühl, als ob ein Korken in die Flasche gestoßen wird, und plötzlich ist er drin. Das ist die Station Adsharis-Zchali, Kreuzungspunkt zweier Schluchten und Ort der Mündung des Flusses Adsharis-Zchali in den Tschoroch. Von hier aus führt ein Weg, die Brücke über den Tschoroch überquerend, durch die Tschoroch-Schlucht nach Artwin und ein anderer durch die Adshara-Schlucht nach Achalzich. Papa hat eigentlich nur die Straße zwischen Batum und Achalzich gebaut, und die Straße nach Artwin unser Bekannter, Ingenieur Passek, aber die Brücke über den Tschoroch ist Papas Werk. Ich erinnere mich, daß hier früher eine Seilfähre war und wir, wenn wir nach Adsharis-Zchali kamen, uns mit der Fähre an das andere Ufer übersetzen lassen mußten – es war ein gruseliges Unternehmen zu erleben, wie die Fähre, von der heftigen Strömung erfaßt, sich jeden Augenblick vom Seil losreißen konnte. Dann habe ich in Erinnerung, wie man nach Adsharis-Zchali große Eisenrohre, Träger, Fässer mit Zement, Winden und Kräne zu schaffen begann, und bei einem unserer Ausflüge war dann die Brücke da; aber sie nahm unserem Adsharis-Zchali *etwas* von seiner Wildheit, und wir verloren die Fähre.

Adsharis-Zchali hielten wir uneingeschränkt für *unseren* Besitz, sehr viel mehr als die Wohnung in Batum. Hier ist alles zwischen mir und Ljusja aufgeteilt. Das Flüßchen am Eingang von Adsharis-Zchali *gehört mir* und wird von den Erwachsenen nicht anders genannt als Pawels Flüßchen. Ich hatte es in Besitz genommen, als Ljusja noch ganz klein war und keine Besitzansprüche stellte. Als aber Ljusja auf einem der Ausflüge etwas von Pawels Flüßchen hörte, glaubte sie, darin eine Kränkung sehen zu müssen, und wurde übellaunig, wie sie es überhaupt verstand, übellaunig zu werden. Man beruhigte sie mit Mühe, indem man ihr zum Ausgleich einen Bach anbot, der etwas weiter weg hinter Adsharis-Zchali floß. Ljusjas Bach war zwar kleiner als Pawels Flüßchen, aber ich erinnere mich, daß er auch seine Vorzüge hatte, so daß ich neidisch wurde.

Beide Gebirgsbäche fließen durch verhältnismäßig enge Schluchten und münden in den Adsharis-Zchali. Zwischen ihnen stand auf einer Anhöhe ein einstöckiges steinernes Wächterhäuschen, in dem auch Reisende Unterkunft fanden. In der unteren Etage wohnte der Wächter Achmed, der Papa außerordentlich ergeben war, wie alle, die für Papa arbeiteten, und im ersten Stock befanden sich zwei oder drei, durch einen Korridor getrennte Zimmer. Wir betrachteten dieses Wächterhäuschen als unser Eigentum, d. h. nicht als das unseres Vaters, sondern als das von uns Kindern, das eine Zimmer gehörte mir und das andere Ljusja. Wenn wir ankamen, breiteten wir uns in diesen Zimmern aus, viel ungenierter als zu Hause: Zu Hause mußte man Ordnung halten und durfte nichts schmutzig machen, aber hier, in diesen fast leeren Zimmern konnte man tun und lassen, was man wollte. Ein oder zwei Mal in der ganzen Zeit wohnte ein Ingenieur auf der Durchreise in einem der beiden Zimmer. Obwohl er sehr bald wieder abreiste, waren wir innerlich empört, und unsere Eifersucht kannte keine Grenzen. Wir konnten einfach nicht verstehen, wie »irgendso ein fremder Mensch« es wagte, über unser Wächterhäuschen zu verfügen, und wieso Papa, der sonst auf alle unsere Launen einging, nichts unternahm, um den ungebetenen Gast zu entfernen. Meine Empörung wurde nur dadurch etwas gedämpft, daß nicht mein, sondern Ljusjas Zimmer besetzt war.

Uns empfing der freundliche Achmed, den wir sehr liebten. Er war Adsharier. Die Adsharier gehören zur Karthwelischen Gruppe, die den Georgiern sehr nahesteht und die die Täler des Tschoroch und des Adsharis-Zchali bewohnt. Bald auf dem Gebiet der Türkei, bald an ihrer Grenze wohnend, war dieser einst christliche Volksstamm schon lange zum Mohammedanertum übergetreten, ohne aber, wie das bei Renegaten häufig der Fall ist, zu Fanatikern des neuen Glaubens zu werden. So gut wie alle Räuber waren sie doch verschlossen, gemäßigt und kannten, wie alle Räuber, das Gefühl der Ergebenheit. Damals gelang es selten einem, die Straße von Batum nach Achalzich zu befahren, ohne beraubt zu werden, da nützte es auch nichts, wenn man von einer Wache begleitet wurde oder eine Waffe hatte. Selbst eine Reise nach Adsharis-Zchali galt in jenen Zeiten, d.h. in den achtziger Jahren, als gar nicht ungefährlich, und für manchen verlief so ein Picknick nicht ohne große Unannehmlichkeiten. Aber ich freute mich, im Innern jedenfalls, daß *meine* Adsharier meine Besitztümer gegen ungebetene Gäste verteidigten. Zweifellos fühlte ich mich, obwohl ich diese Bezeichnung nicht kannte, als Feudalherr, ich fand auf seiten der Adsharier tatsächlich nichts anderes als Zeichen treuer Ergebenheit. Das war kein kindlicher Selbstbetrug; aber es war auch nicht so selbstverständlich, wie es mir vorkam, denn es beruhte auf dem außerordentlich guten Verhältnis der Adsharier zu meinem Vater.

Ihm ist auf diesem Wege nie etwas passiert, selbst einen unerfreulichen Auftritt hat es nicht gegeben, und kein einziges Mal ist ihm hinten vom Phaëton das Gepäck abgeschnitten worden. Dabei hat mein Vater Wachen immer abgelehnt, die ihm von den Behörden angesichts der Gefahren auf solchen Reisen angeboten wurden, und er hat nicht nur keine Waffe mitgenommen, er hatte überhaupt keine im Hause: Das einzige, was er auf die Reise mitnahm, war ein Stock. Seinen Angestellten gegenüber pflegte er durchaus keine Nachsicht zu üben, er verlangte von ihnen, wie er sagte, »gewissenhafte« Arbeit, und wenn er das Gegenteil feststellte, konnte er bei seiner aufbrausenden Art sehr laut werden.

1923.22.IV.

Er verlangte absolute Sauberkeit, und bei der geringsten Spur von Nachlässigkeit, Schmutz und Unordnung konnte er sich vergessen, wenn sein Zorn auch schnell wieder verraucht war. Diese absolute Sauberkeit verlangte er auf der ganzen Strecke. Er wurde wild, wenn er auf der Chaussee nur die Spur von Schmutz, etwa Erde, Papier oder Holzspäne, entdeckte. Wenn er tobte, ließen die Arbeiter seinen Zorn wie etwas Verdientes über sich ergehen: Der höchste Grad an Zorn aber, auch für uns unerträglich, war – Papas Schweigen: Er nahm dem ihm am nächsten stehenden Arbeiter den Besen ab und begann selbst angestrengt zu fegen, und das ziemlich lange. Alle waren sich dieser möglichen Wendung bewußt und fürchteten sie außerordentlich, darin eine Schande für sich sehend. Trotz dieser Zornesausbrüche waren alle Angestellten Papa wegen seines Gerechtigkeitssinns, seines Wohlwollens und seiner Großzügigkeit ganz ergeben. Bei dem engen, clanhaften Zusammenhalt der Adsharier war die Ergebenheit der Angestellten auch für alle Arbeiter verpflichtend. Ohne es zu wissen, war Papa immer von einer Wache umgeben, die bereit war, ihn gegen die geringsten Anfeindungen zu verteidigen, und selbst Fremde, die Papa einem seiner Angestellten als seine Gäste anvertraute, genossen diesen Schutz. Offenbar hat Papa gar nicht begriffen, in welcher Gefahr er geschwebt hätte, wenn er nicht von den Bergbewohnern als der legitime Herr der Adshara-Schlucht anerkannt gewesen wäre. Nachdem Papa schon tot war, kam einer der Angestellten nach Tiflis, um bei ihm Arbeit zu finden, und als er erfuhr, daß er nicht mehr lebte, brach er in Tränen aus und stimmte ein Loblied auf ihn an. Dann erzählte er von diesem Schutz in Adsharien durch die Bergbewohner, er erinnerte sich insbesondere eines Vorfalls, der meinem Vater unbekannt geblieben war: Einmal übernachtete er in dem Wächterhäuschen bei der Station Chulo. Als die Räuber in der Gegend hörten, daß da jemand übernachtete, waren sie sofort zur Stelle. Aber sie wurden von den Angestellten in Empfang genommen, die ihnen erklärten, sie ließen es nicht zu, daß sie mit ihrem Vorgesetzten sprächen, das rege ihn unnötig auf, und die Räuber zogen ab und kehrten friedlich in ihre Aule zurück. Der Erzähler sagte mir, daß mein Vater ohne ihr Eingreifen nicht mit dem Leben davongekommen wäre.

Diese Ergebenheit gegenüber meinem Vater erstreckte sich auch auf uns, und ich fühlte mich ganz als kleiner Fürst, als der Herrscher der Adsharischen Berge.

Nach dem Empfang trug mich Achmed auf seinen Armen die Treppe hinauf, Papa trug Ljusja, wenn sie mitgekommen war. Wenn wir uns mit kaltem Quellwasser gewaschen hatten, liefen wir beide, meistens aber ich allein, in die Schlucht hinunter an meinen Fluß. Inzwischen wurde der Samowar aufgestellt, Eier wurden gekocht, Hühner am Spieß gebraten – ein unentbehrliches Stück Adsharis-Zchali – und manchmal Forellen mit roten Pünktchen aus dem Adsharis-Zchali in Salzwasser zubereitet. Außerdem brachte Achmed immer Maisbrot auf den Tisch, *Mtschadí*,[16] und Mazoni, d. h. eine besondere Art saurer Milch in einer Tonschale, sowie ein Stück des hiesigen Käses, der sehr seltsam war und mir bis heute in seiner Struktur unerklärlich geblieben ist. Er bestand aus langen elastischen Fasern, ähnlich einem fest zusammengepreßten Kokosbastwisch zum Waschen, man brauchte diese Fasern nur an einem Ende anzufassen, und die ganze Käsespirale rollte sich auf. Alles war ganz frisch, und nach einer mehr als zweistündigen Fahrt aßen wir mit dem größten Appetit. Aber der Frieden unseres Frühstücks wurde jedesmal gestört durch die Teilung des Huhns von Adsharis-Zchali. Bei den meisten Teilen stand fest, wem sie gehörten, und hierbei das Besitzrecht zu verletzen kam uns ungefähr so schwerwiegend vor wie heutzutage die Verletzung des internationalen Gleichgewichts. Die kleinste Unaufmerksamkeit von seiten Tante Julias oder eines der Erwachsenen genügte, die Grundlagen der Gerechtigkeit in der Welt erschüttert zu sehen. Das ist durchaus nicht übertrieben: Meine Rechtsbegriffe waren absolut und ohne Zweifel heilige Normen. Es ging da nicht um Lieblingsteile, sondern um das Bewußtsein jahrhundertealter Säulen geheiligten Rechts; zurücktreten – das tat ich gern, aber Unaufmerksamkeit gegenüber einer Ordnung, die, wie mir schien, im Wesen der Dinge wurzelte, konnte ich nicht dulden. Ich bin der Herr von Adsharis-Zchali (die anderen haben daran nur meinetwegen teil), und ein leichtfertiges Verhalten gegenüber den altehrwürdigen Ritualen verletzte meine Herrscherwürde – in meiner Empfindung war ich seit unvordenklichen Zeiten der Beherrscher dieses Reiches, einen anderen Herrscher, so schien es mir, hatten diese Regionen nie gehabt, und obwohl ich wußte, daß ich irgendwann einmal geboren war, und es sogar liebte, mich als klein zu sehen und zu bezeichnen, empfand ich mich doch in solchen Fragen wie der Herrschaft über Adsharis-Zchali und in dem Verhältnis zu den Eltern usw. als über der Zeit stehend. Das Zeichen meiner ewigen Herrschaft war das Huhn von Adsharis-Zchali oder die Hühner. Manche Teile mochte ich nicht, vor allem hielt ich sie für nicht erhaben genug. Das waren gerade die, die Ljusja schätzte. Wenn man ihr daher die Beine gab, protestierte ich nicht, und ich hätte mich auch nie an einem Teil vergriffen, das ihr von Rechts wegen zustand; mir gehörten die Flügel, die, über dem Feuer geröstet, trocken und steinhart waren. Ich nagte sie mit Hingabe

ab, besonders die Spitzen, mir gefiel der Geruch des ange-
sengten Fleisches und das Hohe des Namens: In meiner Gliederung der Dinge und Erscheinungen gehörten Flug und Flügel zur Klasse des Edlen und Poetischen, woran ich nie ohne
Beben denken konnte, während das Gehen und die Füße dem
Alltäglichen und Prosaischen angehörten. Dem Herrscher
von Adsharis-Zchali gebührte natürlich der, wenn auch ma-
gere, so doch edle Teil, während die vulgäre Fleischigkeit die
Beine nicht als würdige Speise auswies. Weiter gehörte Ljusja
die Leber und mir der Magen. In der wabbligen Beschaffenheit der Leber und ihrem Fett sah ich etwas Niedriges, und
wenn etwa in Ljusjas Abwesenheit die Leber mir angeboten
wurde, lehnte ich sie als etwas, das unter meiner Würde
war, ab. Die Elastizität des Magens dagegen und die klare
Struktur seines Gewebes zeugten von der Würde dieses Teils.
Natürlich war auch der Geschmack von Bedeutung; aber ausschlaggebend war doch der Gesichtspunkt der Würde, er war
vielleicht etwas dunkel, aber auf jeden Fall metaphysischer
Natur. Das weiße Fleisch mochte ich und aß es gelegentlich
auch. Aber da ich es nur seines Geschmacks wegen schätzte
und mir sein metaphysischer Wert nicht klar war, versagte ich
es mir, auf Brust zu bestehen: Etwas metaphysisch Gleichgültiges zu beanspruchen und damit eine Neigung zur Speise
als zu einem Gegenstand des Geschmackssinns zu zeigen,
hieß in meinen Augen, sich seiner heiligen Würde zu begeben
und seinen Rang einzubüßen. Die schwierigste Frage endlich
war die Teilung der Eier, nicht der in der Schale gekochten,
sondern der aus dem Huhn. Hier stießen meine und Ljusjas
Interessen aufeinander. Das Eigelb in den gewöhnlichen harten Eiern, da es gelb, kompakt und zu stofflich war, bröckelte
und schmierte, sah ich freilich nicht als einen erhabenen Gegenstand an, ganz im Gegensatz zum Eiweiß, das so geheimnisvoll ins Bläuliche ging und elastisch war. Da schätzte ich
nur dieses, während Ljusja anderer Ansicht war, so daß wir

die ungeliebten Teile des Eis austauschten. Aber die Eigelbe unmittelbar aus dem Huhn waren ihrer Herkunft nach vor allem geheimnisvoll. Diese Eier mußten aufgeteilt werden, angefangen beim größten – eins für mich, eins für Ljusja, eins für mich, eins für Ljusja. Die Schwierigkeit bestand darin, wer das erste bekam. Selbstverständlich war ich der Meinung, daß das erste mir gebührte; aber da machte Ljusja nicht selten einen Aufstand und bekam das Gewünschte, während ich mich mit dem Gedanken tröstete, daß die mir zum Ausgleich in unübersehbar großer Zahl zufallenden allerkleinsten Eierchen das eigentliche Geheimnis bargen.

Nach dem Frühstück mit allen seinen Klippen ging es zu dem Allerwichtigsten, zu den Blumen. Alle gingen hinaus und zerstreuten sich in verschiedene Richtungen. Hinter dem Häuschen lag eine Waldwiese. Jetzt stehen dort subtropische Sträucher und Bäume dicht beieinander, deren Anpflanzung Papa veranlaßt hatte. Ich erinnere mich, wie wir bei der Ankunft unsere Wiese einmal ganz aufgewühlt vorfanden, überall Gruben, eine war besonders groß. An dem Häuschen lagen und standen Sträucher, die meiner Erinnerung nach wohl aus Suchum herbeigebracht worden waren. Papa ordnete die Pflanzung dieser zahlreichen Gewächse in unserer Gegenwart an, und wir pflanzten auch jeder einen Baum zur Erinnerung. Das Pflanzen war abgeschlossen; allgemeine Verwunderung erregte nur die riesige Grube, wo doch kein einziger Baum zum Pflanzen mehr übrig war. Da brachte der zugereiste Gärtner unter dem allgemeinen Gelächter der Arbeiter einen Steckling aus dem Haus, der ob seiner Winzigkeit kaum zu sehen war und den er als Zeder bezeichnete. Die Anpflanzungen haben sich dann später üppig entfaltet, nur die Zeder ist trotz der sorgsam gelockerten und für sie vorbereiteten Erde nicht angegangen.

Auf dieser Wiese also haben wir vor wie nach der Bepflanzung Blumen gepflückt; in unserer Begeisterung liefen und kletterten wir immer weiter und weiter, obwohl das als nicht ungefährlich galt, und zwar wegen der Schlangen, die unter jedem Busch hervorkrochen und, in den Blättern raschelnd, im Dickicht verschwanden.

Wer die Wälder der Schwarzmeerküste, vor allem die Adsharischen Wälder nicht mit eigenen Augen gesehen hat, der macht sich schwerlich eine Vorstellung von der Üppigkeit der Vegetation, die das hiesige Gestrüpp zu einem einzigen Knäuel untereinander verflochtener Stämme, biegsamer Zweige, richtiger Pflanzenpeitschen, und Äste werden läßt. Die Gewächse türmen sich hier übereinander; verschiedene Arten von Efeu ranken sich an den Stämmen der Kastanien, Eschen, Eichen, der wilden Apfel- und Birnbäume usw. vom Boden bis in die Wipfel hinauf. Aber diese herrlichen, vom dunkelgrünen Mosaik der Efeublätter bedeckten Stämme sind zum Tode verurteilt, viele Bäume sind schon vertrocknet und verrottet, stehen aber noch, während diese Zierde andere schon zu Fall gebracht hat. Zwischen den großen Bäumen stehen kleinere: die kaukasische Palme oder der Buchsbaum, der hier auch wächst, mit ihrem harten Grün, die Stämme werden im Durchmesser bis dreißig Zentimeter dick, Dshondsholi,[17] Churmá,[18] verschiedene Arten Alytschá,[19] Muschmulá,[20] Negnap. An den Bäumen klettert die Weinrebe hinauf, ganz verflochten mit den stachligen, stahlharten Stengeln des Salsapareli,[21] mit der Brombeere und anderer Rankenpflanzen. Sie steigen an den Stämmen hoch bis in die Baumkronen und hängen von oben in mächtigen Verflechtungen herab, schwingen sich von Baum zu Baum, verschlingen sich untereinander und versperren alle Durchgänge – unüberwindliche Barrieren. Ausgeschlossen, durch diese Lianen hindurchzukommen. Der Blick dringt kaum durch das geheimnisvolle grüne Halbdunkel, weder nach oben noch nach unten, noch nach den Seiten. Du siehst nicht, wohin du gehst und worauf du trittst. Unten riesige dichte, nach Gurken und Feuchtigkeit riechende Farne verschiedener Arten, von allen Seiten greifen zahllose Dornen nach dir, so daß du keinen Schritt vorankommst. Dränge man dennoch in so einen Wald ein, man müßte trotz des Überflusses an eßbaren Pflanzen darin zugrundegehen. Wir wagten natürlich den Versuch nicht, aber an seinem Rande sammelten wir mit Freuden Früchte und Beeren. Waldweinreben, Äpfel und Birnen von verwilderten Bäumen – vermutlich aus ehemaligen Gärten –, die Beeren des Salsapareli, Walderdbeeren und Felderdbeeren,[22] Churmá und Muschmulá, deren Früchte hier »Tannenzapfen« hießen, große Hagebutten, Blaubeeren, Kastanien, Walnüsse und Haselnüsse, Bucheckern, die Beeren der Judenkirsche und vieles andere bot uns der Rand des Waldesdickichts. Auch wilde Aprikosen gab es da, die sehr gut schmeckten, aber aus irgendeinem Grunde als schädlich galten und uns eigentlich verboten waren. Jede Ernte hatte ihre Zeit, manches, wie der Wein, das Churmá, die »Tannenzapfen«, war erst nach den ersten Frösten gut, hielt sich aber dann den ganzen Winter über an den Bäumen. Am bemerkenswertesten schienen uns, da wir so weit vom Norden entfernt waren, Birken und Ebereschen, die in den Bergen wuchsen und von denen uns Papa berichtete. Die Beeren der Ebereschen bekamen wir nach dem Frost aus Adsharien, sie wurden zu Warenje[23] verkocht. Aber die Früchte und Beeren waren doch nur Spielerei für uns, das *Eigentliche* waren die Blumen. Sie begannen in Adsharis-Zchali wie in der Umgebung von Batum sehr früh zu blühen, etwa ab Mitte Januar. Zuerst bedeckten Krokusse, die weißen, rosafarbenen, fliederfarbenen, manchmal violetten Colchici,[24] blattlose Boten des Frühlings, mit ihren Kelchen alle Wiesen. Dann kam die »Milchblume«, wie die Alten sagten, das Schneeglöckchen, in zwei Arten; die eine mit größeren,[25] aber gröberen Blüten wuchs im Sumpf und war daher schwer zu erreichen, und die andere,[26] meiner Meinung nach edlere, war auf trockenem Boden zu finden.

Ich war entzückt von dem edlen Aussehen dieser Blumen mit den drei Symmetrieachsen, der doppelten Reihe von Blütenblättern unterschiedlicher Form und dem feinen grünen Kränzchen; verbunden mit dem Weiß der gesamten Blüte und den gelben Staubfäden kamen sie mir ungewöhnlich schön vor. Die Zugehörigkeit des Schneeglöckchens zu den Zwiebelgewächsen, ihre Dreiachsigkeit, das beinahe fluoreszierende Eigenleuchten, das helle Gelbgrün ihrer durch und durch elastischen Blätter und Stengel, das elastisch Saftvolle der ganzen Pflanze, das feine Häutchen am Blütenstiel, die scheue Neigung der Blütenkrone, wie ein Glöckchen herabhängend, und schließlich sein erstes Auftauchen nach dem Winter, wenn er in unserer Kolchis auch recht kurz ist – all das machte mir diese Blume lieb und vertraut. Die andere Art, üppiger und weniger elastisch, erkannte ich nur wegen ihrer Ähnlichkeit mit dieser an.

1923.24.IV.

Vom Spätherbst an bis zum zeitigen Frühjahr war entlang der Adsharischen Chaussee die Weihnachtsrose [27] zu finden. Diese große und etwas grobe Blume mit den harten, nicht duftenden Blüten war für uns weniger anziehend, aber doch interessant wegen ihres Namens und der eigentümlichen, schmutzig blaßgrünen Farbe ihrer Blütenblätter, Staubfäden und ihres Stempels. Es war eigentümlich, eine Blüte zu sehen, die sich in ihrer Färbung von den Blättern und dem Stengel kaum unterschied: Ihr Aussehen und ihre Farbe waren ganz wie der November – trübe, mürrisch, feindselig. Und dazu war sie noch giftig. Sie war für uns die Blume des Winters. Den Anbruch des Frühlings dagegen erkannten wir an den Veilchen und Cyclamen. Wir waren darum bemüht, das erste Auftauchen dieser Blumen, die immer gleichzeitig erblühten, nicht zu verpassen. Papa trug seinen Angestellten, die in Straßenangelegenheiten unterwegs waren, auf, darauf zu achten, ob sie schon aufgeblüht seien, und ihm Bescheid zu sagen, sobald es soweit war. Hatte Papa die Nachricht erhalten, so eröffnete er uns, daß »die Veilchen und Cyclamen aufgeblüht« seien, und das vermutlich nicht weniger feierlich als der Priester von Athen, wenn er den Beginn des Frühlingsblütenfestes, der Anthesterien, verkündete, das hieß dann: Bald fahren wir nach Adsharis-Zchali. Armer Papa. In seiner Sorge um die Familie hatte er den Kult der Laren[28] und Penaten[29] wieder eingeführt, nur umgekehrt, in die Zukunft verlegt; auch in seiner Liebe zur Natur steckte etwas von der alten kultischen Beziehung zu ihr. Ich freute mich über die Alpenveilchen, weil es gegen jede Wahrheit zu sein schien, wenn ich nicht von diesen lieblichen rosafarbenen Blumen entzückt gewesen wäre, die manchmal ins Rote und manchmal ins Fliederfarbene gingen, von diesen feinen Farbnuancen ihrer Blütenblätter, diesen großen roten Blütenstielen, diesen merkwürdigen herzförmigen Blättern und den noch merkwürdigeren wie Apfelsinen etwas abgeplatteten Fruchtknollen. Die graugrüne Farbe der Blätter, die allerfeinste, in der Sonne glänzende Körnigkeit der Blütenblätter – all das mußte diese Pflanze anziehend machen. Aber das Gefühl für die Natur ist genauso direkt wie das Gefühl für einen Menschen: Ich war den Cyclamen abhold wegen einer gewissen, kaum merklichen Unbescheidenheit, wegen des betont Gesuchten ihrer hochgestülpten Blütenblätter. Sie kamen mir vor wie das genaue Gegenteil ihrer allernächsten Verwandten, der Veilchen mit ihrem warmen Duft, dem unergründlichen Purpursamt der Blütenkronen, getönt durch die gold-orangenen Staubfäden, und mit den feinen, tief purpurnen Adern ihrer Blütenblätter. Von Papa wußte ich, daß es nicht gelungen war, das ätherische Öl des Veilchens künstlich herzustellen (es gelang erst bedeutend später), wie es auch nicht gelungen war, es aus dem Veilchen selbst zu gewinnen. Seine Farbe ist eine echte Farbe, die Farbe des alten heiligen Purpurs. Und dabei verbergen sich diese königlichen, wohlriechenden heiligen Augen der Natur und geben sich nur aus der Ferne durch ihren lieblichen Duft zu erkennen. Es gibt nur einen Duft, der diesem verwandt ist, wenn er auch etwas gröber und stärker ist. Er erregte mich, ich konnte mir lange nicht erklären, warum es plötzlich manchmal von fern nach Veilchenwiesen duftete. Ich fragte, doch niemand wußte Antwort. Schließlich fand ich die Quelle dieses Duftes, es waren in ihrem Aussehen und in ihrer Farbe noch bescheidenere Blüten: Was duftete, war die von den hohen Bäumen herabhängende Weinrebe. Und dann stieg dieser Duft meiner Kindheit in der Akademie von den Seiten der Bibel auf, wenn im Hohenlied von dem Zeichen des Frühlings gesagt wird:

> Die Weinstöcke haben Augen gewonnen,
> und geben ihren Geruch.

So war auch der Frühling meines Lebens durchströmt vom Wohlgeruch des Veilchens und der Weinrebe.

Aus meiner Kindheit in Batum erinnere ich mich nur an die Primeln als die Erstlinge des Frühlings. Als erste erblühte die rosafarbene Art mit einzelnen Blüten, dann eine andere, auch rosafarbene mit einer Blütendolde, dann die gelbe von warmer, gelegentlich pfirsichgelber Farbe, ebenfalls mit einer Blütendolde, etwas an die mittelrussischen Schlüsselblumen erinnernd. Aber der leichte Pfirsichgeruch der nördlichen Schlüsselblumen war hier stärker – wie von einem ganzen Korb Pfirsiche – und ungewöhnlich aromatisch, wenn auch für eine Blume allzu füllig und genußvoll.

In Adsharis-Zchali stand, vornehmlich an schattigen Orten verborgen, bescheiden das angenehm tief dunkelblaue Immergrün; dann entsprossen dem Boden himmelblaue Schneeglöckchen,[30] die hier eingesalzen gegessen wurden, und meine geliebten Traubenhyazinthen (Muscari), dunkelblau, dunkelviolett und dunkeltaubenblau, manchmal fast schwarz, sie zogen mich an durch ihre Zwiebelnatur, durch die straffe Festigkeit ihrer Trauben mit den geschliffenen Kügelchen, an denen man bei aufmerksamer Betrachtung eine Vielzahl kleinster, deutlich herausgearbeiteter Einzelheiten entdeckte. Auch die Iris war reichlich vertreten, violett und gelb, die violette wuchs im Wasser der Quellen und zeichnete sich durch große Blüten aus. Ich wußte, daß aus ihrer Wurzel das »Veilchenpulver« gewonnen wird, und das allein war ein Vorzug in meinen Augen. Das Anziehende an ihr für mich war die unverständliche Dreiachsigkeit ihrer Blüten, das Abgeflachte ihrer Blätter, das Fliegende. Aber auch sie fand bei mir nur formal Anerkennung, insgeheim mißbilligte ich das allzu Poetische, die offenkundige Pracht, die sich im Strauß in wenigen Minuten in ein schleimiges schwarzviolettes Klümpchen verwandelte. Die kindliche Gespaltenheit wundert mich selbst: Schöne Kleider beschäftigten mich, sich um schöne Kleidung zu bemühen, war für mich keineswegs etwas Nebensächliches, trotz der Ermahnungen von Mama. Aber wenn ich in der Natur auch nur die geringste Spur von Geziertheit antraf, erlosch sofort jede persönliche zärtliche Neigung, und mein Blick wurde äußerlich. Der Purpur-Klee, das wundervolle dunkelblaue Sumpfvergißmeinnicht, der tiefblaue Enzian und andere einfache Blumen waren mir viel näher, ich fühlte etwas Verwandtes in ihnen und war bemüht, ihnen meine ganze Aufmerksamkeit zu schenken. In mir lebte die Überzeugung, die Überzeugung meines Herzens, daß die Blumen – meine Blumen, die von mir geliebten Blumen – mich lieben, für mich blühen und daß Unaufmerksamkeit von meiner Seite ihre Schönheit beleidigte, ihr glühendes Gefühl für mich verletzte. Die Menschen schienen mir damals und auch später selbständig und frei, so daß jeder lieben oder nicht lieben konnte – ganz nach seinem Wunsch, und wenn er seine Liebe nicht erwidert fand, er sich nicht nur nicht beklagen, sondern auch nicht betrübt sein durfte. Als ich später die Ro-

mane von Walter Scott verschlang, erschienen mir die Liebes-
seufzer so unsinnig, daß ich sie für Erscheinungen hielt, die
extra für die Fabel des Romans ersonnen waren, und an der
Aufrichtigkeit dieser Qualen zweifelte. Etwas ganz anderes
war es mit den Blumen. Sie lieben mich, weil sie gar nicht
anders können als lieben, weil sie um zu lieben hervorsprie-
ßen. Freilich lieben nicht alle: Es gibt grobe Blumen wie die
Weihnachtsrose oder das Königszepter,[31] die dumpf dahinle-
ben. Es gibt auch selbstzufriedene Blumen, die nur mit sich
beschäftigt sind wie das Alpenveilchen und die Iris. Aber die
meisten Blumen sehen in mir ihren Herrn und Freund. So
eine Blume nicht abzupflücken und mit nach Haus zu nehmen, wo sie doch nur auf meine Ankunft gewartet hat und
genau zu dieser Zeit aufgeblüht ist – bedeutete das nicht, ihre
edelsten Gefühle zu verletzen? Und so bemühte ich mich,
soweit meine Kräfte reichten, keine zu kränken. Ohne aufzu-
sehen, auf dem Bauch kriechend pflückte und pflückte ich bis
zur Erschöpfung, schleppte bergeweise Blumen zu Tante Julia, lief wieder und wieder hinaus, Blumen zu pflücken und
ins Haus zu tragen, ich überschüttete sie mit Blumen. Man
redete mir gut zu: »Setz dich, ruh dich aus«, aber ich sagte, ich
hätte keine Zeit. »Ich muß noch Blümchen pflücken«, und
schon war ich wieder weg.

Bei Tante Julia spürte ich Verständnis, und ich weiß nicht,
ob es wirklich so war oder ob es mir nur so erschien, aber sie
teilte stillschweigend meine Gefühle für die Blumen. Ich hielt
es für meine Pflicht, die Pflicht der erwidernden Liebe, alle
Blumen abzupflücken, alle und erst recht alle Veilchen. Doch
vor mir lagen Wiesen voller Blumen, Wiesen voller Veilchen,
und hinter diesen Wiesen kamen neue Wiesen, und alle waren
wie der schönste Blumengarten ganz mit Blumen übersät.
Wie ich mich auch mühte, selbst in allernächster Nähe hinterließ meine Arbeit nicht die geringste Spur: Man konnte einen
Riesenberg Blumen pflücken, ohne sich von der Stelle zu rüh-

ren. Hinzu kam, daß zwar mein Urteil über einzelne Blumen ungünstig ausfallen konnte, ich aber das Blumenreich im ganzen mit einer selbstvergessenen Liebe liebte, ich war der Meinung, daß ich gar nicht anders könnte, als es zu lieben, wenn sich sogar mein Name – wie ich damals glaubte – von Flora, der Göttin der Blumen, herleitete. Und so erstreckte sich die innere Notwendigkeit, Blumen zu pflücken, auf das ganze Reich der Flora. Ich pflückte und pflückte, vor mir lagen die Berghänge, die über und über mit Blumen bedeckt waren, und da überkam mich das Gefühl, daß ich ganz Adsharis-Zchali gekränkt zurücklassen würde.

Der Tag neigt sich dem Abend zu; Papa ruft uns ins Haus. Ich sage: »Gleich, gleich« und pflücke weiter; wieder wird gerufen. »Nur noch ein bißchen, Papa«, ich pflücke und pflücke, nun schon krampfhaft, und küsse die Blumen und netze sie mit meinen Tränen, ich bitte sie um Verzeihung und verspreche, recht bald wiederzukommen und sie dann ganz bestimmt zu pflücken. Zur gleichen Zeit binden die Erwachsenen riesige Sträuße aus prächtigen rosafarbenen, weißen, roten und fliederfarbenen Rhododendren mit ihren großen, aber leider leicht abfallenden Blüten und den schönen glänzenden Blättern. Diese Art, die in großen Büschen wächst, darf man nicht verwechseln mit der pontischen Art des Rhododendron, die niedrig ist und verhältnismäßig kleine Blüten hat und als ein mächtiges unpassierbares Dickicht viele Quadratwerst der kaukasischen Berge überzieht und die so dicht steht, daß manchmal durch Selbstentzündung Brände entstehen. In Adsharis-Zchali wuchs die edlere, große Art.

Unentbehrlich auf jeder Reise nach Adsharis-Zchali waren die nicht weniger großen Sträuße dunkelgelber Azaleen, die so voller Blüten sind, daß ihre vom Harz klebrigen Zweige nur wenige Blätter tragen.

Alle diese Sträuße, Ruten, Zweige, Kränze, Wiesenstücke mit ganzen Pflanzen, Arme voller Blumen wurden mit ver-

einter Kraft, angefangen bei Papa bis zu Achmed, mit großer
Mühe in den Phaétons verstaut, buchstäblich überall, so daß
wir uns selbst kaum noch hineinzwängen konnten. Die Blumen wurden hinten drauf gebunden, auf dem Verdeck des
Phaétons untergebracht, das gewöhnlich wegen der beginnenden abendlichen Feuchte hochgeklappt wurde, in die La-
ternenkonsolen gesteckt, auf den Bock verfrachtet und dem
Kutscher unter die Beine geschoben, uns auf die Köpfe dra-
piert, man hat mit den Blumen alle Hände voll zu tun. Wenn
wir schon im Wagen sitzen und in das unvermeidliche Plaid
gewickelt sind, schmückt Achmed das Trittbrett noch mit
Blumengirlanden. Endlich sind wir und alle Blumen eingeladen, und Papa sagt zum Kutscher: »Ab geht's.« Wir rufen
Achmed und den anderen Angestellten Abschiedsworte zu
und versprechen ihnen zum Trost für unsere Abreise huld-
voll, recht bald wiederzukommen. Wegen des Vordersitzes
gibt es jetzt keinen Zank mehr: Es ist kühl, und wir kuscheln
uns lieber in das warme Nest zwischen die Erwachsenen oder
lagern uns friedlich auf den Boden des Wagenkastens unter
unser Plaid mitten in den Blumen.

Ein Blumenkorb rollt die Straße entlang; jetzt fährt die
Equipage schnell, während sie auf dem Hinweg ständig von
Papa angehalten worden war.

Gesättigt von Eindrücken und Blumen, wie wir sind, machen wir nirgends Halt und rollen duftumhüllt in dem Phaéton durch den Abend. Im Fahren wird schnell etwas gegessen.
Und da taucht auch schon der Manganberg am Eingang der
Tschoroch-Schlucht auf: Batum ist also nicht mehr weit. Im
Dämmerlicht zieht die Negerkolonie vorbei, wir passieren
die letzte Brücke, und schon küßt uns Mama, die solche Sehnsucht nach uns hatte, als seien wir ein ganzes Jahr weggewe-
sen. Im Haus ist es warm und hell, auf dem Tisch dampfend
das warme Abendbrot. Nach dem Abendessen werden die
mitgebrachten Blumen noch schnell ins Wasser gestellt;

außer vielen, vielen Vasen – darunter einigen sehr großen – müssen auch Salatschüsseln, Suppenterrinen, Schalen, tiefe Teller und Wassergläser herhalten…Das richtige Ordnen der Blumen bleibt für den nächsten Tag, gleich morgens, wenn wir aufgestanden sind. Im Halbschlaf höre ich die Erwachsenen noch besorgt davon sprechen, daß man so eine Menge stark riechender Blumen, vor allem die Azaleen, nicht die ganze Nacht im Zimmer stehen lassen dürfe. Papa erinnert an Fälle, wohl sogar aus Batum, wo unerfahrene Besucher, große Blumenliebhaber, eingeschlafen und nicht wieder aufgewacht waren, sie hatten an ihr Bett auf den Nachttisch nur einen einzigen Strauß dieser gelben pontischen Azaleen gestellt. Nicht zum ersten Mal erzählt er auch, daß der ungemein duftende Honig von diesen Blumen tödlich ist, und das nicht erst, wenn man ihn ißt, sondern allein durch sein Aroma; gelegentlich taucht er auch bei uns auf dem Markt auf, aber Kenner meiden ihn tunlichst. Tatsächlich strömen die Azaleen in allen unseren Zimmern einen ätzend scharfen Geruch aus. Das ist nicht der süßlich-schwüle Geruch des Faulbaums, nicht der klebrige Geruch vieler Gartenpflanzen; da ist nichts Süßliches, Feuchtes, Sinnliches – es ist ein strenger Geruch, der an einige Sorten Weihrauch erinnert. In seiner Stärke alle anderen Düfte übertreffend, von denen jetzt die ganze Wohnung erfüllt ist, und sie alle verdrängend, erscheint einem der Geruch der Azaleen trotzdem nicht aufdringlich oder unangenehm: Die Luft hat sich einfach verdichtet und ist zu einem durchsichtigen festen Körper geworden. Ob mir das im Schlaf nur so vorkommt, oder ob es tatsächlich so ist, ich sehe von den Azaleen aus feinste Pfeile – so lang wie damals mein Zeigefinger – durch die Luft schießen, jenen winzigen Strahlen gleich, die, wenn ich die Augen zukneife, die Kerze umgeben. Sie sind von eben der bernsteingelben Farbe wie die Blüten, die sie aussenden. Sie werden von den Luftströmen getragen und sind so fein, daß sie mit ihren giftigen Spitzen eindringen, ohne daß es schmerzt. Wenn aber viele in dich eindringen, so stirbst du, vergiftet von diesen Pfeilen, die sind wie die goldenen Pfeile Apolls. Schon halb im Schlaf höre ich noch die Erwachsenen nach dem Abendessen die Stühle beiseite rücken und einen Teil der tödlichen Blumen hinaustragen, und dann schlafe ich, wie das ganz selten geschieht, ohne mich lange zu quälen und hin und her zu wälzen, ein und schlafe die ganze Nacht hindurch, ohne schwer zu träumen.

4. Religion

Ich war vielleicht sechs Jahre alt. Ich ging mit Papa durch die Stadt. Als wir an der Kirchenmauer vorbeikamen, begegnete uns der dortige Geistliche. Der Gottesdienst war wohl gerade zu Ende, denn er trug das violette Kamelanchion.[32] Zu meiner Bestürzung grüßte er plötzlich, und mein Vater begann ein Gespräch mit ihm, meinem Gefühl nach war er sehr zuvorkommend. Ich trat von einem Fuß auf den anderen und sah finster drein. Beim Abschied nahm der Geistliche eine Prosphore[33] aus der Tasche und reichte sie mir, aber ich schreckte zurück, da nahm mein Vater sie für mich an. Als wir weitergingen, war ich darauf bedacht, meinen Vater nicht auf diesen *Vorfall* zurückkommen zu lassen – soviel Bedeutung maß ich der Begegnung bei. Aber mein Vater hielt sie offenbar für nicht so bedeutend und äußerte sich nicht dazu. Erst als wir nach Hause zurückgekehrt waren, teilte er meiner Tante in leicht scherzhaftem Ton mit: »Hier, Pawlja hat eine Prosphore bekommen«, und er wollte sie mir geben, denn es war ja meine. Ich war äußerst erschrocken, floh in das entfernteste Zimmer, versteckte mich unter dem Bett und hörte von dort aus, wie man die Prosphore ins Büffet legte. Alle kirchlichen Bezeichnungen in diesem Bericht verwende ich übrigens im nachhinein, damals war die Prosphore und alles der Art nur »das« oder »es«. Die Kirche, die ich nie betrat, der Geistliche, dem ich mich nie näherte, das eigenartige Aussehen und das nie geschaute Weiß des Weihbrotes, all das schärfte mein Gefühl für das *Besondere* außerordentlich, ich war verwirrt, ich schämte mich und fürchtete das alles, eben weil ich es als etwas so Ungewöhnliches empfand. Leidenschaftlich gern hätte ich mir mein Weihbrot angesehen, aber nicht nur, daß ich mich fürchterlich genierte, die Erwachsenen darum zu bitten; nicht einmal wenn ich allein war, wagte ich das Büffet zu öffnen und es zu betrachten. Etwa einen Monat kämpfte ich mit mir; als ich mich endlich entschloß und heimlich an das Büffet ging, war das Weihbrot nicht mehr da. Es dauerte noch einmal längere Zeit, bis ich nach großer Überwindung Tante Julia wie nebenbei lässig danach fragte. »Du hast es nicht gebraucht, und da haben wir es der Kinderfrau gegeben«, antwortete meine Tante mit leisem Nachdruck.

Dieser Vorfall zeigt auf kleinstem Raum, daß sich hier der religiöse Boden findet, auf dem meine späteren Überzeugungen wachsen sollten. In der modernen Sprache der Psychoanalyse würde man das den gebremsten Affekt des religiösen Gefühls nennen: Ich war so wirksam von der Religion abgeschnitten, daß ich mit der ganzen Kraft meiner inneren Neigung selbst die zwischen mir und der Religion errichtete Mauer erhöhte. Je größer mein religiöses Verlangen wurde, desto weiter entfernte ich mich freiwillig und entschlossen auf dem mir gewiesenen Weg von der Möglichkeit, es zu befriedigen. Obwohl sich meine Eltern jeden Zwanges enthielten, lenkten sie meine geistige Entwicklung doch so, daß ich viel Kraft aufwenden mußte, um erst ein Gefängnis für mich zu bauen und dann seine Mauern niederzureißen. Sicher gehörte auch das zum Gesamtverlauf meines Lebens, und ich will mich keineswegs über die Vergangenheit beklagen. Und außerdem, gebaut habe *ich*, und ich allein bin dafür verantwortlich. In den Augenblicken völliger geistiger Freiheit, wenn man sich plötzlich als Substanz erfährt und nicht nur als Subjekt seiner Zustände, wenn man vor dem Ewigen steht, dann wird man sich in aller Schärfe und Unbedingtheit der Verantwortung bewußt für alles, was je war und was ist, für die passivsten Zustände, bewußt der Unmöglichkeit, sich auf äußeres Einwirken und Einreden, auf Vererbung, Erziehung und

Schwächen herauszureden. Dann ist klar: Es gibt nichts, was »geschah«, »sich ereignete«, »passierte«, es gibt nicht *schlechthin* Tatsachen, sondern es gibt nur Tun, und du weißt: Das habe ich getan. Ich und Punkt: Niemand und nichts sonst hat damit zu schaffen. Auch mit dem, was in frühester Kindheit war, ist das nicht anders.

Aber der Inhalt des Lebens wird nur verständlich im Zusammenhang mit seiner Umgebung. Hier ist ein Wort über die Atmosphäre in unserem Hause angebracht.

1923.24.IV.

Meine Eltern wollten in der Familie das Paradies wiedererrichten und besonders ihre Kinder in diesem Garten der Schöpfung aufziehen. Ich weiß nicht, ob es Zufall war, daß ich von mir aus ihren Wünschen entgegenkam; eher bin ich geneigt zu denken, daß sie in einer Art Vorahnung das verwirklichten, was sich in gewissem Sinne als möglich erwies. Nicht nur, daß sie wollten, daß ich die Welt als Paradies erlebte, ich selbst war dazu befähigt. In diesem Paradies gab es jedoch keine Religion, jedenfalls keine der historischen Religionen. Sie fehlte nicht versehentlich, sondern absichtlich, weil eine Mauer errichtet worden war, die das Paradies von der menschlichen Gesellschaft abschirmte. Es ging nicht darum, die Religion im metaphysischen Sinne zu leugnen, weder die innere Einstellung meiner Eltern noch ihre Äußerungen ließen darauf schließen. In dieser Hinsicht unterschied sich unsere Familie von der Mehrzahl der Familien unserer Kreise, der nichtgläubigen wie der gläubigen. Für die einen wie für die anderen waren die Grundfragen der Religion zu jener Zeit klar entschieden, entweder negativ oder positiv; die jeweilige Entscheidung wurde an die jüngeren Familienmitglieder weitergegeben. So war es in allen Familien, mit denen wir bekannt waren: Die einen brachten ihren Kindern bei, es gäbe keinen Gott, die Religion sei Aberglauben und die

Geistlichkeit eine Schar von Betrügern; die anderen sagten das Gegenteil. Doch hier wie da wuchs die junge Generation mit festen Vorstellungen auf. In unserer Familie bestand das Wesen der religiösen Erziehung in einer bewußten Vermeidung jeglicher religiösen Einwirkung von außen, auch von seiten der Eltern, positiv wie negativ. Nie wurde uns gesagt, es gäbe Gott nicht, die Religion sei Aberglaube, die Geistlichkeit betrügerisch, doch auch das Gegenteil wurde nicht gesagt. Es gab allerdings Nuancen. Mama schwieg sich in dieser Hinsicht absolut aus, aber in dem undurchdringlichen Schweigen spürte ich vage den allerfeinsten Hauch eines »Nein«. Meine Tante schwieg auch, aber verschiedene Zeichen dieses Schweigens verrieten mir das Erzwungene daran, das ein gewissermaßen mit den Augen gesprochenes »Ja« verbarg. Schließlich Papa, durch den der religiöse Meridian unseres Hauses verlief, er fühlte sich, was Äußerungen über Religion anging, am ungebundensten. Er sagte »nein«, und das hieß »ja«; er sagte »ja«, und das klang wie »nein«. Wenn ich daran denke, daß Goethes Faust sein Evangelium war und Shakespeare seine Bibel, dann wird die religiöse Gestimmtheit ziemlich deutlich. Religiöse Stimmungen erlebte ich bei meinem Vater vor allem als Gefühl für die Unendlichkeit und parallel für die Nichtigkeit des Menschen, für seine geistige und sittliche Schwäche. Daraus ergab sich ganz natürlich seine Resignation, die bis zum Fatalismus ging und die allen verzieh, oder besser: alle entschuldigte. Die generelle Leugnung der Religion, ob im Sinne des Atheismus oder der Verurteilung einer bestimmten geschichtlichen Form von Religion, ganz gleich welcher, rief seinen entschiedenen Widerspruch hervor. Einer Anerkennung begegnete er milder, versäumte aber nicht, Hitzigkeit durch den skeptischen Gedanken von der Unmöglichkeit absoluter Wahrheit abzukühlen, wonach es ungerecht wäre, die eigene relative Wahrheit über jede andere zu stellen.

Auf unseren Spaziergängen ließ mein Vater gelegentlich und wie nebenbei einen Satz über das Höchste Wesen einfließen, und ich habe nie erlebt, daß er seine Existenz leugnete. Er erkannte sie wohl in gewissem Sinne an, vermied aber ängstlich jede genauere Bestimmung. Manchmal verwendete mein Vater das Wort »Gottheit«, weit weniger gern das Wort »Gott«, und wenn, dann mit einer Einschränkung, wie etwa: »Das, was man Gott nennt« oder »das Höchste Wesen, dem man den Namen Gott gibt« usw. Durch diese Einschränkungen wollte er mir und sich oder besser sich und mir verdeutlichen, daß das Höchste Wesen mit der menschlichen Erkenntnis und dem menschlichen Wort nicht zu erreichen sei, und damit die Gewöhnung an bestimmte Namen und Worte dieses Gefühl der Unermeßlichkeit des Abstandes zwischen Ihm und uns nicht schwäche, hielt mein Vater, wie ich das verstehe, es für nötig, jedesmal neue Wortverbindungen und Bezeichnungen zu verwenden. Das bedeutete bei meinem Vater so viel wie: »Ich kann dir zu dieser Frage nichts Bestimmtes sagen, es gibt hier keine exakten Kenntnisse; ich denke mir die Sache aber soundso.« Er enthielt sich des Namens nicht aus Gründen der Ehrfurcht, sondern einerseits der Redlichkeit der Erkenntnis wegen, andererseits mit Rücksicht auf die Gesellschaft. »Ich spreche nicht über etwas, was ich nicht genau weiß«, und »in diesen Dingen vermeide ich alles Definitive, weil daraus gewöhnlich Unduldsamkeit, Feindschaft und Fanatismus erwächst«. Manchmal war von meinem Vater so etwas wie ein kosmologischer Beweis für die Existenz Gottes zu hören, aber auch nur in Gestalt eines Nebensatzes, psychologisch eines Nebensatzes – mein Vater wollte darüber nicht direkt sprechen, in einem Hauptsatz, oder hielt direkte Aussagen überhaupt für falsch. Außerdem wies er, und das dann sehr viel direkter, auf die geschichtliche Erfahrung der Völker hin: »Wenn die Menschheit immer eine Religion hatte, dann kann es nicht sein, daß der Glaube keine reale

Grundlage hat.« Deshalb hielt mein Vater die Leugnung der Religion für leichtsinnig, war aber zugleich der Meinung, daß es unmöglich sei, diese reale Grundlage von den geschichtlich gewordenen Glaubensrichtungen der Menschheit zu trennen. Wie unbestimmt sein Urteil über die Religion auch klang, so bin ich mir doch bewußt, daß gerade in den Obertönen seiner kurzen Bemerkungen die Anfänge meiner späteren Überzeugungen zu suchen sind, nämlich daß es nicht eigentlich Religionen gibt, sondern nur eine Religion. Die Religion verändert ihr Gesicht in der Menschheit stark, und der Wert der verschiedenen Ausprägungen differiert erheblich. Die schaffenden Grundkräfte aber sind die gleichen. Vielleicht unter dem Einfluß von Comtes positiver Religion oder der seiner Nachfolger, der rechten Comtisten, von denen mein Vater einst Gejnz gekannt hatte, der dann unter dem Namen Frey nach Amerika emigriert war, vielleicht auch unter dem unmittelbaren Eindruck des historischen Materials, mit dem er ständig umging, sah er drei Grundkräfte, auf denen eine Religion basiert. Die erste Kraft, das ist das Gefühl für die Grenzenlosigkeit und Unendlichkeit der Welt, die Verlorenheit des Menschen in der Welt, die im Vergleich zu seiner eigenen Kleinheit unermeßlich groß ist; daher das Bestreben, dieser Grenzenlosigkeit eine Form zu geben, sie als ein Wesen zu begreifen, und die Unendlichkeit der Welt infolge der Schwäche des Verstandes nicht anders zu denken als in Analogie zum Menschen. Die zweite Kraft, das ist das Gefühl der Verbundenheit der Menschen untereinander, das endlich die Völker und die Menschheit schafft. Im Gegensatz zu Comte meinte mein Vater allerdings, daß die Idee der Menschheit allzu fern, verschwommen und blaß sei, als daß ihr eine praktische Bedeutung zukommen könne; das menschliche Leben werde vielmehr durch viel engere Bindungen viel kleineren Maßstabs bestimmt, die dem Bewußtsein unmittelbar gegenwärtig sind, nämlich durch Blutsbindungen. Nachdrücklich und mit der Zeit immer nachdrücklicher betonte mein Vater, daß diese Empfindung der Verwandtschaft untrennbar zu ihm gehöre, daß er sein Leben als auf seine Familie verteilt empfinde, daß er diese Empfindung als eine physiologische Erscheinung auffasse und gar nicht anders könne, weil etwas anderes ihm wehtue. Als er auf das Buch von Fustel de Coulanges »La cité antique« stieß, fand er darin, wie er sagte, seine Auffassungen voll bestätigt und empfahl mir, ich war wahrscheinlich in der dritten oder vierten Klasse, es zu lesen. Davon wird an entsprechender Stelle die Rede sein, hier sei nur angemerkt, daß mein Vater in diesem herrlichen Buch etwas fand, was er selbst weder sagte noch dachte, ja was ihm vielleicht sogar fremd war, er hat das Buch auf den Kopf gestellt. Denn Fustel de Coulanges beweist ja gerade, daß die antike Religion auf der Verehrung der vergöttlichten Ahnen beruht, daß der Ahnenkult das gesamte öffentliche Leben bestimmte und daß in den Augen der Antike den Menschen nur als Priestern der zum Ursprung aufsteigenden Linie ihres Geschlechts Bedeutung beigemessen wurde. Nach Fustel de Coulanges war der Blick des antiken Menschen ausschließlich zurück in die Vergangenheit gerichtet. Mein Vater aber sagte genau das Gegenteil und glich, was das Verhältnis zu seiner Familie anging, eher einem Juden alter Zeiten, der den Messias erwartet, als dem Römer bei Fustel de Coulanges. Für meinen Vater existierten die Vorfahren aus verschiedenen Gründen nicht, er dachte nicht an sie, er konnte und wollte nicht an sie denken. Die Haupttugend der Römer war die pietas erga parentes,[34] und wer die Ahnen verehrte, war pius.[35] Mein Vater konnte in dieser Hinsicht auch nicht anders als pius genannt werden, seine pietas war eine pietas erga pueros.[36] Sein Blick war nach vorn gerichtet, und obwohl er es nicht war, hätte er durchaus ein Priester sein können, aber ein Priester der absteigenden Linie, genau gesagt: ein Priester der Familie.

Außer daß er tatsächlich von seinem Geschlecht getrennt war, wünschte er diese Trennung auch, um sich vollkommen einem *anderen* Dienst weihen zu können; er wollte frei sein von den Ahnen und allen Bindungen, Überzeugungen und Empfindungen, zu denen ihn ein Leben in seinem Geschlecht verpflichtet hätte. Mein Vater legte immer großen Wert darauf, daß die Gesellschaft nicht aus einzelnen Menschen, Menschheitsatomen bestehe, sondern aus Molekülen, die gesellschaftlich gesehen nicht weiter teilbar seien; jedes Molekül eine Familie. Ich erinnere mich sehr gut, daß er in diesem Fall immer die Begriffe »Atom« und »Molekül« verwendete. Aber vom *Geschlecht* als dem wahren Element der Gesellschaft, das sie geschichtlich macht, sprach mein Vater nie, was umso erstaunlicher ist, als er ständig historische Abhandlungen las und wenn nicht anderswo, so gerade bei Fustel de Coulanges darauf hätte stoßen müssen. Es kann nicht sein, daß er bei seinem Verstand und seiner Scharfsichtigkeit eine so grundlegende historische Kategorie tatsächlich übersehen hat. Ich bin mir da ganz sicher: Er hat sie *nicht* übersehen, er wollte sie nicht sehen. Die ganze Denkstruktur seiner Zeitgenossen, die den Zusammenhang der Geschlechter außer acht ließ, entsprach in diesem Falle tief persönlichen und offenbar sehr schmerzhaften Verwundungen seiner Seele, so daß mein Vater diese gefährliche Stelle in seiner Seele mit einer besonderen Mauer umgab, die zu überwinden ein für allemal verboten war: Und die ganze Glut seiner Seele, die sich gerade dort gesammelt hätte, konzentrierte er auf die Familie. Die zweite Kraft der Religion, der Ahnenkult, erzeugte also in ihm eine Verehrung der Familie, die vielleicht nicht gerade ein Kult war, aber ihrem Charakter nach Religiosität sehr nahe kam.

Und schließlich die dritte Kraft der Religion, die Gesamtheit der geheimnisvollen Erscheinungen, das, was man jetzt höhere Psychologie nennt. Mein Vater interessierte sich dafür wenig und hielt das alles für geistig wenig bedeutungsvoll, jedenfalls in seinem Leben; wenn ich seine, mir nur undeutlich in Erinnerung gebliebenen Worte richtig verstehe, dann meinte mein Vater, auf der Erde habe man sich mit Irdischem zu befassen, das Geheimnisvolle habe auch seine Zeit, nach dem Tode, wenn man sich auch jetzt nicht entfernt vorstellen könne, was dieses Künftige sei. Er leugnete die Unbegrenztheit des Unbekannten nicht und war sich wohl bewußt, daß viel Unverhofftes von dort kommen könne, aber er sah keine Mittel für eine exakte Erkenntnis auf diesem Gebiet; die Sache war auch nicht nach seinem Geschmack, obwohl ihn das »Phantastische« in der Literatur anzog. Ich habe ihn nie behaupten hören, daß mit diesem Leben alles zu Ende sei, im Gegenteil, viele seiner Worte bekamen erst dann einen Sinn, wenn man von dem Gegenteil ausging. Aber auch hier vermied er es, direkt davon zu sprechen, doch ich hörte aus seinen Worten heraus, daß er dem Gedanken einer Existenz nach dem Tode zuneigte. Als aber meine Tante Julia gestorben war und mein Vater mich von unseren Bekannten, den Chudadows abholen kam, zu denen man mich am Tage der Beerdigung gebracht hatte, weil ich die Zeremonie nicht miterleben sollte, sagte er unterwegs zu mir: »Deine Tante ist bei Gott, Er hat sie zu sich genommen.« Danach hat er nie wieder mit mir über sie gesprochen.

Das sind die drei Kräfte der Religion. In den geschichtlichen Religionen gehen diese Bereiche ineinander über und werden von verschiedenem Beiwerk verdeckt, das zwar nicht direkt ohne Sinn ist, aber die Bereiche doch so verdunkelt und schwer dechiffrierbar macht, daß man sich darin unmöglich zurechtfinden kann und dies daher den Spezialisten überläßt. Praktisch gesehen suggeriere der Umgang mit solchen »Ideen« die falsche Auffassung von einer absoluten Wahrheit und sei daher schädlich. Mein Vater war keiner Religion feind, hielt dabei aber wohl den chinesischen Ahnenkult und das Mohammedanertum für das Gesündeste. Hier wie dort hob er die Bescheidung als weise hervor, sich nämlich auf das Kleine und Gegenwärtige zu beschränken, und er verwies auf den Verzicht der Chinesen, die absolute Wahrheit zu suchen, und auf das Unaggressive der mohammedanischen Kultur. Wie er überhaupt die Ruhe und den Frieden des Ostens der ständigen Unrast und Gewaltsamkeit des Westens entgegenstellte und meinte, Weisheit und Wahrheit seien das Teil des Ostens.

Ich sagte: Er war keiner Religion feind; aber er erkannte auch keine an. Was das Christentum betrifft, so sah er das Hohe an ihm wohl, aber gerade das war der Grund für seine Befürchtungen: Eine Religion, die Anspruch auf Absolutheit erhebt, muß zu einer Quelle der Intoleranz werden. In dieser Hinsicht erschien ihm der Katholizismus besonders bedrohlich. Vielleicht ist das aber doch zuviel gesagt und ich spreche zu definitiv von seinen Anschauungen, meine Vorstellungen von ihm stützen sich vielfach nur auf Andeutungen und zufällige Äußerungen; so gesehen kann meine Wiedergabe also ungenau sein.

1923.30.IV.

Im großen und ganzen habe ich jedenfalls den Sinn seiner Auffassungen richtig wiedergegeben. Bestätigt wird das durch die Haltung meines Vaters zur Geistlichkeit. Mein Vater begegnete den Dienern des Kults aller Bekenntnisse, ja aller Glaubensrichtungen immer ehrerbietig und mit Aufmerksamkeit. Diese Achtung galt nicht ihnen als Person, sondern als Vertretern der Gläubigen, für die sie etwas Besonderes waren. Mein Vater achtete die Geistlichkeit, aber das Motiv dieser Achtung war nicht Einverständnis mit den Glaubensinhalten, sondern die Furcht, er könne durch seine Ablehnung des Glaubensinhalts einen Menschen im Innersten verletzen. »Wie könnte ich einem die Achtung verweigern, den sehr viele Menschen als ihren Vertreter vor Gott ansehen und der Priester ist«, habe ich meinen Vater wiederholt sagen hören. Und tatsächlich achtete er die gesamte Geistlichkeit. Die Priester und Pastoren ließen ihn genauso gelten wie die Mullahs und Rabbiner, und sogar mit den mißtrauischen Jesiden[37] stand er sich gut, wie er auch mit der orthodoxen und armenisch-gregorianischen Geistlichkeit keine Schwierigkeiten hatte.

Ich weiß nicht, ob sie nicht merkten, daß mein Vater ihre Ansichten nicht teilte, oder ob sie es für angebracht hielten, metaphysische Fragen nicht zu berühren, jedenfalls waren sie wohl mit den Zeichen der Achtung und Aufmerksamkeit zufrieden, und von mehr war nie die Rede. Bitter zu denken, daß mein Vater praktisch gesehen vielleicht recht hatte, daß die Menschen die absolute Wahrheit nicht brauchen und ohne sie bequemer leben: Die Mehrheit fühlt sich wohl, wenn es das Denken nicht mit scharfen Zuspitzungen und Grenzziehungen zu tun hat, und ist froh, wenn es ihr die äußeren Umstände erlauben, nicht darüber nachdenken zu müssen.

Das Lieblingswort meines Vaters war *Menschlichkeit*, er wollte damit das religiöse Dogma und die metaphysische Wahrheit ersetzen. In der Menschlichkeit sah er ein Allgemeines, das alle gesellschaftlichen und persönlichen Beziehungen regle, das die Religionen, das Recht und die Moral ablöse und das einzige sei, das verkündet und anerzogen werden sollte. Mein Vater war keineswegs sentimental, er träumte nicht im Tolstoischen Geist von der Abschaffung der Kriege, der staatlichen Gesetze und Gerichte, der nationalen und ständischen Schranken. Er begriff nicht nur die aktuelle Notwendigkeit aller dieser Prinzipien gesellschaftlicher Organisation, sondern setzte offenbar auch seine Hoffnung nicht in die Möglichkeit, sie in historisch überschaubarer Frist abschaffen zu können. Deshalb begegnete er revolutionären Ideen mit Mißtrauen und voller Verachtung, wie Knabenstreichen, darauf aus, die Gesellschaft zu verändern, die doch gesetzmäßig so sei, wie sie ist, und er hatte immer Angst vor den Folgen revolutionärer Experimente, die Rußland nur in ein »totales Chaos« stürzen würden. Mein Vater war von der Unausweichlichkeit einer Erschütterung des Staates überzeugt, und seine Gedanken über eine rationale Ordnung mischten sich später mit Vorahnungen einer drohenden Katastrophe und mit den schmerzhaften Empfindungen einer tiefen Schwermut. Er war kein glühender Anhänger des Staates, und vieles am Kurs der Regierung hielt er für falsch, was für ihn am Beispiel des Kaukasus besonders deutlich wurde; wenn aber das Staatswesen erschüttert würde, so sah er eine Zerstörung der Gerechtigkeit, des gesunden Menschenverstandes, der Lebensordnung und des Gesellschaftsgefüges voraus; in Zeiten besonderer Niedergeschlagenheit sprach er, obwohl sonst außerordentlich tolerant, voller Schmerz und gewissermaßen mit Angst vor seinen eigenen Worten, die seine früheren Überlegungen, man solle jedem Luft zum Atmen lassen, zunichte machten, düster zu sich selbst: »Gleichberechtigung, Gleichberechtigung… Trotzdem werden sie uns (d. h. Rußland) verschlingen, die Herren Juden. Dieses Völkchen wird uns noch zu schaffen machen. Und ich sehe keinen Ausweg…« Er verstummte und war danach düsterer als zuvor.

Er hatte also keine utopischen Vorstellungen vom Leben, glaubte aber, daß es denkbar sei und zu verwirklichen, die Grausamkeit der gesellschaftlichen Formen zu mildern, sie von innen her zu »vermenschlichen«. Mein Vater hielt es für möglich, daß man den Charakter des gesamten Lebens verändern könne, wenn man »Menschlichkeit« spürbar werden ließe, darin sei der Osten bedeutend weiter als der Westen. Menschlichkeit aber, Wärme und Milde der menschlichen Beziehungen gehen von der Familie aus – so glaubte er. Ich habe ihn nie Wassili Rosanow erwähnen hören; ich glaube aber, daß sich, ungeachtet der völligen Entgegengesetztheit ihrer Denkweise, die sich bei meinem Vater auf das Gefühl der Pflicht und der Ordnung gründete und bei Rosanow auf den stärksten inneren Aufruhr gegen diese Prinzipien, in ihren Gedanken über die geschichtliche und gesellschaftliche Bedeutung des Prinzips Familie viel Gemeinsames fände. Menschlichkeit sei die einzig mögliche allgemeine Losung, von allen Menschen akzeptierbar, da sie die sittlichen Gebote und die Forderungen der Religion recht zu begreifen lehre und nicht zu Erbitterung und Unduldsamkeit führe. Das sei es, wozu die Menschen erzogen werden sollten. Shakespeare war in den Augen meines Vaters ein unvergleichlicher Erzieher dieses Gefühls von Menschlichkeit. Wie eine Offenbarung empfand er besonders zwei Verse aus »Othello«, und er trug sie uns in russischer Übersetzung vor: »She loved me for the dangers I had pass'd, And I loved her that she did pity them.« »Höheres und Tieferes als das ist nicht gesagt worden und kann nicht gesagt werden«, brach es manchmal aus meinem Vater hervor.

Ich bin hier in meiner Erzählung etwas abgeschweift und habe über meinen Vater entweder zu viel gesagt und den Rhythmus der Erzählung dadurch gestört oder zu wenig, um ihn wirklich vorgestellt zu haben. Doch ohne vorzugreifen fürchtete ich, völlig unverständlich zu bleiben. Dafür wird es nun auch nicht schwer sein, sich vorzustellen, welche Auffassungen mein Vater von meiner religiösen Erziehung hatte.

Das alles bedacht, verwarf er an der Religion nichts außer der Hitzigkeit des Bekennens; insoweit die Gläubigen ihre Glaubenslehren nicht metaphysisch überspitzen und sie nicht für mehr halten als »Symbol und Gleichnis«, wobei sich mein Vater auf Goethe zu stützen liebte, hat er wahrscheinlich die Religion gutgeheißen, mindestens was die breite Masse angeht. Neben dieser halb skeptischen Anerkennung hatte mein Vater, ohne sich dessen selbst bewußt zu sein, auch ein Dogma, sein Dogma und sein Absolutes. Ich meine die eigene

Familie. Ich weiß nicht, woher das kam, aber meinen Vater zeichnete etwas außerordentlich Aristokratisches aus, und seine Zuvorkommenheit, sein Zartgefühl und sein Großmut, vor allem aber das Fehlen jeglicher Kleinlichkeit entsprangen ohne Zweifel und ohne daß er ein Hehl daraus machte der Nachsicht des Höhergestellten gegenüber dem Geringeren. Er fühlte sich immer durch seine gehobene Stellung *verpflichtet*, obwohl sie so gehoben nicht war. Bemerkenswert ist, daß auch die Menschen seiner Umgebung, die ihm gleichgestellt waren oder die sogar höher standen als er, diese Nuance der inneren Ungleichheit in den Beziehungen akzeptierten. Mein Vater »erlaubte sich nie« etwas, was im Umgang mit Gleichgestellten völlig selbstverständlich gewesen wäre und was gegenüber Menschen ganz anderer Kreise, die sich zudem ihrer Distanz zu ihm bewußt waren, ungehörig gewesen wäre. Deshalb war mein Vater immer unverhältnismäßig entgegenkommend, freigebig, großzügig und weitherzig, wenn er nicht, durch offensichtliche Unwahrheit oder Ungerechtigkeit aufgebracht, zwar kurz, aber ebenso unangemessen in Rage geriet. Weder das eine noch das andere rief jedoch Widerspruch hervor. Charakteristisch ist, daß dieses aristokratische Selbstverständnis nichts Künstliches hatte. Am meisten von allem war meinem Vater alles Schwülstige, Gestelzte, Theatralische verhaßt, verhaßter noch als Fanatismus, und der leiseste Hauch von Affektiertheit erzeugte in ihm einen geradezu physischen Widerwillen. Ich bin überzeugt, daß die Art seiner Beziehung zu den Menschen, wie ich sie eben beschrieben habe, in den tiefsten Schichten seiner Persönlichkeit wurzelte und als das Beständigste in seinem Leben von ihm selbst nicht bemerkt wurde. Dieses aristokratische Selbstverständnis erstreckte sich auch auf die Familie. Nach der unausgesprochenen, aber unumstößlichen Überzeugung meines Vaters mußten wir eine besondere Familie sein, und was in anderen Familien erlaubt war, konnte in unserer nicht

auch erlaubt sein. Ein Urteil über einen Menschen hat mein
Vater selten gefällt, verurteilt hat er nie jemanden. Das war
nicht die Folge eines christlichen oder allgemein religiösen
Gebots, sondern entsprang eher dem Gedanken, den mein
Vater häufig wiederholte: »Menschen sind Menschen, sie haben ihre Schwächen.« Darin schwang etwas von einer geringen Meinung vom Menschen mit. Mein Vater war kein Mis-
anthrop; aber seine ungewöhnlich große Nachsicht hatte
einen Beigeschmack von wohlwollender Misanthropie, als
habe er sich, obwohl er dazu aufrief, das Beste zu tun, ein für
alle Male entschieden, nur das Schlimmste von seiner Umgebung zu erwarten. Seine Umgebung, das war das alte Men-
schengeschlecht. Unsere Familie sollte der Anfang eines
neuen sein. Jenes alte Geschlecht war in historischer Ohnmacht befangen und von dem Gesetz der geschichtlichen
Notwendigkeit beherrscht; hinsichtlich unseres, des neuen
Geschlechts vergaß mein Vater gleichsam das Gesetz der Geschichte und die menschliche Nichtigkeit: Von unserer Familie wurde aus irgendeinem Grunde ein geschichtliches Wunder erwartet. Nicht quantitativ, nein, mein Vater war zu
nüchtern und zu wenig eitel, um äußerlich übertrieben von
seiner Familie zu denken oder sie zu überschätzen oder für sie
in der Zukunft etwas Außergewöhnliches zu erwarten. Solche Gedanken hätten ihn nur verächtlich die Stirn runzeln
lassen, eine äußerlich hohe Stellung hielt er zudem für be-
schwerlich. Aber qualitativ hielt er unsere Familie für etwas
Außerordentliches: Sie schien ihm wie gewirkt aus Edelmut,
Großherzigkeit, gegenseitiger Ergebenheit – ein Stück rein-
ster Menschlichkeit. Deshalb wäre bei anderen Geduldetes
bei uns nicht geduldet worden und wurde nicht geduldet; von
daher kam halb bewußt, halb unbewußt meine Auffassung
von dem, was sich gehörte und was sich nicht gehörte. Was
sich nicht gehörte, stand nicht von vornherein fest, sondern
war immer auf unsere Familie bezogen, auf uns überhaupt,

die wir aus der übrigen Gesellschaft herausgehoben waren. Wenn die anderen in den anderen Familien etwas taten oder sagten, was sich nicht gehörte, so dachte ich keineswegs, das ist aber »nicht schön«. Aber in meinem Bewußtsein war kein Platz dafür, daß sich etwas Ähnliches bei uns abspielen könnte, allein der Versuch, sich einen solchen Fall vorzustellen, rief die Empfindung einer Weltkatastrophe hervor: Wenn so etwas eintreten sollte, dann würde alles zusammenbrechen und eine Verwirrung entstehen, in der dem Denken jedes Unterscheidungsvermögen genommen wäre.

Zu dem, was sich nicht gehörte, zählte die Religion und alles, was mit ihr zusammenhing; mir scheint sogar, sie war in meinem Bewußtsein der eigentliche Mittelpunkt des Ungehörigen. Das religiöse Leben ist an sich schamhaft und versucht, sich fremden spähenden Blicken zu entziehen. Unbewußt ist in meiner Erziehung alles getan worden, dieses Gefühl zu erzeugen. Über Religion fiel bei uns kein Wort, weder dafür noch dagegen, nicht einmal berichtend, wie von Vorgängen in der Öffentlichkeit berichtet wurde, höchstens, daß mehr oder weniger zufällig die Rede auf den Kult bei den Eingeborenen oder etwa bei den Ägyptern kam, aber auch das ganz fragmentarisch. Je näher ein Begriff in Beziehung zur Kirche stand, desto weniger Aussicht hatte er, in unserem Hause erwähnt zu werden: Geduldet, freilich auch nur eben so, wurde lediglich die religiöse Archäologie, die so tot war, daß man sich auf ihre religiöse Wirkungslosigkeit fest verlassen konnte. Jeder Mensch »glaubt« auf seine Weise. (Ich erinnere mich gut an die Form »glaubt« statt *ist gläubig*, das war kein Zufall, denn *ist gläubig* heißt, er weiß geistig um eine objektive Realität, und *glaubt* heißt, er befindet sich in dem subjektiven Zustand einer Überzeugtheit, die vielleicht illusorisch ist.) Wie gesagt, jeder Mensch glaubt auf seine Weise, und es wäre unmenschlich und grausam, ihm dieses Gefühl der Überzeugtheit, diesen illusorischen Glauben, der in ihm das Menschliche befördert, zu nehmen. Er glaubt – laß ihn glauben. Aber das sind die anderen. Wir müssen die Menschlichkeit in ihrer unmittelbaren Gestalt, ohne Symbole und Gleichnisse, in das Leben hineintragen; eine künstliche Unterstützung darf für uns nicht in Frage kommen. Das kindliche Bewußtsein soll wachsen, ohne von was immer für welchen Religionsvorstellungen bedrängt zu werden, um, wenn es gefestigt ist, die Möglichkeit zu haben, frei zu entscheiden – ohne durch Voreingenommenheit in der Kindheit beeinflußt zu sein, ohne von bestimmten Denk- und Empfindungsgewohnheiten und ohne von Phantasiebildern eingeengt und an aufgenötigte Sympathien und Antipathien gebunden zu sein –, frei die Religion zu wählen, die es für die wahre hält. Über diese bevorstehende Wahl wurde übrigens, soweit ich sehe, anderen und uns gegenüber eher abstrakt, strikt theoretischen Gedankengängen folgend, gesprochen. Tatsächlich stand *dahinter* das sichere Gefühl, daß das ganze auf die abstrakte Möglichkeit einer Wahl der Religion beschränkt sei und daß man uns Kinder bewußt für immer in einem nicht bis zur Entscheidung gelangenden, bewußt in einem instabilen Gleichgewicht gehaltenen religiösen Gefühl belassen müßte, aus dem sich alles mögliche ergeben könnte, aber nicht ergäbe, das gar nicht zu etwas Bestimmtem führte. Ich kann es nicht mit Bestimmtheit sagen, aber ich vermute, es war meines Vaters Wunsch, Euch, meine Kinder, ebenso frei von Religion erzogen zu sehen, damit in Euch und in Euren Kindern und so von Geschlecht zu Geschlecht jene neue Religion entstehe, wie sie Guyot später als L'irreligion d'avenir oder etwas in dieser Art darstellte, d. h. ein starkes, aber formloses religiöses Gefühl.

Wie es schien, war mein Vater im Innersten davon überzeugt, daß dieser instabile Zustand jede geschichtliche Religion deutlich übertrifft, so daß ihm nicht entfernt in den Sinn kam, wir könnten tatsächlich einmal eine bestimmte Religion wählen, und er glaubte, wenn von Kindheit an gar nicht erst eine direkte religiöse Beeinflussung erfolgte, so wäre es später psychologisch unmöglich, sich einer Religion zuzuwenden. Und so sprach er arglos von der künftigen religiösen Selbstbestimmung, sprach sogar wohlwollend davon, ohne die dabei unvermeidlich auftretende »Unduldsamkeit« zu berücksichtigen, die, wenn auch formal, als Begleiterscheinung bei einer künftigen Wahl der Religion auftreten müßte. Wenn mein Vater von der »Relativität« aller Dinge sprach, hatte er den Mut zu der Konsequenz, daß dies, d. h. die Behauptung der Relativität, das einzig zulässige Absolute sei; wenn er von der Duldsamkeit sprach, fügte er manchmal hinzu, dies sei unser einziges Dogma. Aber mein Vater berücksichtigte nicht, daß der »Unduldsamkeit«, d. h. dem Bewußtsein, selbst absolut im Recht zu sein, nicht der Inhalt, sondern die Form der Aussage zugrundeliegt und daß, sobald etwas als absolut und als Dogma Geltung erlangt hat, es allein damit den Menschen aus allen übrigen heraushebt, ihn in seinem eigenen Bewußtsein zu etwas Ausschließlichem macht und denen entgegenstellt, die mit seiner Aussage nicht einverstanden sind. Die Verkündigung von Duldsamkeit als Dogma führt unweigerlich zu Unduldsamkeit denen gegenüber, die ein solches Dogma ablehnen. Damit müßte man gegen alle Vertreter eines anderen Glaubens aktiv kämpfen. Gegen uns zu kämpfen gab es freilich keinen Grund, und die Menschen unserer Umgebung waren für meinen Vater für ein wahres Verständnis von Menschlichkeit noch nicht reif, sie kamen nicht in Betracht.

Die Mehrzahl unserer Bekannten, u. a. Vaters Kameraden vom Gymnasium, waren entweder in bezug auf Religion indifferent, für sie waren die religiösen Fragen längst gelöst und einem lauen Atheismus gewichen, oder sie waren auf militante Weise gottlos. Das eine wie das andere war meinem Vater völlig fremd, es war eine ignorante und knabenhaft leichtsinnige Abrechnung mit Problemen, an die mein Vater auch nicht rühren wollte, aber nicht weil sie gelöst, sondern weil sie unendlich kompliziert, weil sie unlösbar waren. Außerdem hatte er für antireligiöse Überzeugungen nichts übrig, weil sie die Mehrheit der Menschen verletzten und vielleicht für die Gesellschaft gefährlich waren. Verglichen mit der Mehrzahl der Menschen seiner Umgebung war er politisch wie religiös eher bewahrend, ein weicher und skeptisch eingestellter Konservativer englischen Schlages eher als ein Mensch, der nach Neuem strebte. Wenn ich sagte, daß es bei der nach seiner Auffassung bevorstehenden Wahl der Religion bereits vorentschieden war, daß wir keine bestimmte Religion wählen würden, so darf man das am allerwenigsten so deuten, als habe man uns zum Unglauben erzogen. Wenn wir bei dieser Wahl zu einer entschiedenen Leugnung der Religion geneigt hätten, wäre mein Vater, davon bin ich überzeugt, sehr betrübt gewesen, und zwar betrübter als wenn unsere Wahl auf eine bestimmte Religion gefallen wäre, obwohl auch das ihn betrübt hätte. Ebenso hätte es ihn, ungeachtet aller Gespräche über Toleranz, zweifellos stark getroffen, wenn wir eine andere Religion als die christliche oder gar ein anderes Bekenntnis als das orthodoxe gewählt hätten.

Ich denke (und darauf werde ich später noch eingehen), daß in meinem Vater eine ihm selbst nicht bewußte und sehr tief verborgene Hinneigung zur Kirche vorhanden war. Wenn man von ihm spricht, muß man unbedingt jene furchtbare Zeit der russischen Geschichte bedenken, die Herrschaft des Zaren Alexanders II., unter der er seine Jugend verbrachte, und das furchtbare Milieu, in dem er sich als Jüngling und das ganze folgende Leben bewegte.

Gemessen an dieser Zeit und diesem Milieu leistete mein Vater gewaltigen Widerstand gegen die Denkrichtungen in seiner Umgebung, und seine Weltanschauung, mit der er auf die Fragen der Zeit und des Milieus antwortete, ließ ihn diese

Umgebung bestehen. Seine Auffassung von der Familie und seine Haltung zur Religion waren unter den Umständen, unter denen er lebte, letzten Endes der Ausdruck eines eigentlich kirchlichen Prinzips, wie man es damals vertreten konnte, ohne endgültig mit der Gesellschaft zu brechen: Seine Auffassungen befanden sich an der Grenze des Tolerierten. So kam es, daß mein Vater, als ich später *meine* Wahl der Religion traf, ungeachtet seiner Verstimmung, sich meinen Weg als einen »Atavismus« erklärte, wobei er sich einiger Neigungen seines Vaters erinnerte und, wie mir scheint, auch sich selbst an der Weitergabe des religiösen Erbes für nicht ganz unschuldig hielt.

Außer durch seine theoretischen Anschauungen wurde mein Vater in seiner Furcht vor einer religiösen Entscheidung auch durch speziellere Beweggründe bestärkt: Die Quelle dafür waren die Familienverhältnisse. Ohne sie hätte sich mein Vater höchstwahrscheinlich definitivere und konkretere religiöse Urteile erlaubt. Diese Verhältnisse bestanden in der Unterschiedlichkeit der Glaubensbekenntnisse meiner Eltern, denen sie von Geburt angehörten. Da mein Vater die Familie im allgemeinen und seine Familie im besonderen für das höchste auf der Welt hielt und meine Mutter vergötterte, nicht allein kraft seiner tiefen und bewußten Liebe, sondern noch mehr aus theoretischen Beweggründen, als weibliches und heiliges Prinzip, wollte er den Unterschied der Glaubensbekenntnisse durch die praktische Beseitigung aller Anlässe, bei denen sie sich in Erinnerung bringen könnten, aufheben. Mein Vater gab seine Zugehörigkeit zur orthodoxen Kirche nicht zu erkennen, weil er fürchtete, der leiseste Zug eines kalten Hauchs könnte meine Mutter an seinen orthodoxen Glauben erinnern; und meine Mutter versuchte, ihm mit der gleichen Behutsamkeit zu begegnen, und verfuhr bezüglich der armenisch-gregorianischen Kirche ebenso. Für mich war das ein überzeugendes Beispiel, wie die edelsten menschlichen Gefühle Schaden anrichten, wenn man sie nicht im Verhältnis zur Gesamtökonomie des Lebens sieht und sie, absolut genommen, an die Stelle Gottes setzt. Die gute und edle Furcht, dem nächsten Menschen nicht die kleinste Kränkung zuzufügen, führte, allerdings neben anderen, parallel wirkenden Gründen, dazu, daß er selbst und der Mensch, der ihm auf der Welt der liebste war, die sicherste der Lebensgrundlagen und die verläßlichste aller Tröstungen einbüßte. Wenn es dagegen eine Hyperästhesie der Rücksichtnahme nicht gegeben hätte (und dafür eine größere Bewußtheit des objektiven Segens der Religion) – wäre dann nicht der Versuch zu machen gewesen, das religiöse Bewußtsein in meiner Mutter zu stärken, wäre nicht ihre Beziehung zur armenischen Kirche zu festigen gewesen und zu erklären, daß die Zugehörigkeit zu zwei Glaubensbekenntnissen dennoch zur Einigung im Wesentlichsten und Tiefsten führt, während auch die völlige Einhelligkeit, sich an einem religiösen Nullpunkt zu treffen, zur Entfernung, und sei sie noch so allgemein verbreitet, von der Kraft führt, die in der EWIGKEIT vereint?

Wahrscheinlich ist das meinem Vater nicht so deutlich bewußt gewesen, weil die ganze Atmosphäre, die ihn umgab, das Gegenteil suggerierte; außerdem gab es auch hier biographische Umstände, die das erschwerten. Ich meine die armenische Standhaftigkeit, das Eigene, Nationale zu bewahren, eine im ganzen durchaus zweckmäßige Standhaftigkeit, denn ohne sie hätte dieses uralte Kulturvolk, das das Unglück hatte, zwischen die Mühlsteine der Weltgeschichte zu geraten und während vieler Jahrtausende seiner Existenz unaufhörlich zerrieben zu werden und immer mehr dahinzuschwinden, schon längst zu den ausgestorbenen Völkern gehört. Es ist die Geschichte seines Landes, die diesem Volk zum Verhängnis wurde, denn wer könnte an der Feuerlinie, im Schußwechsel zwischen den Schützengräben an der großen Heerstraße der Weltgeschichte in Sicherheit leben? Alle kulturellen Werte

Armeniens, die von so viel Begabung geschaffen wurden, waren der vergebliche Versuch, sich in einem reißenden Strom zu halten, und sie wurden alle unaufhaltsam von der Strömung hinweggetragen. Kein Volk hat in seinem Leben so viel Energie auf seine Kultur verwandt wie das armenische, und es scheint, als sei bei keinem der Koeffizient des Nutzens und der Wirkung im Ergebnis so gering gewesen wie bei ihm. Endlich erschöpfte sich die ungewöhnliche Lebenskraft dieses Volkes, und es verzichtete als eines der ältesten Völker der Welt auf die Errichtung eines Staates und einer eigenen Kultur und wandte sich instinktiv einer bescheideneren Aufgabe zu – es trug Sorge, wenigstens die Existenz seines kleinen Restes in der Welt zu sichern: Tatsächlich weist alles auf ein bevorstehendes Verschwinden des Volkes hin. Der sogenannte armenische Konservatismus ist der Instinkt einer nationalen Selbsterhaltung, er hat im Grunde keine Aussicht, denn es ist unmöglich, in der Geschichte etwas zu bewahren, was nicht mehr über die Kraft und den Willen verfügt, sich zu offenbaren und geistig aufzubauen.

Fest steht jedenfalls, daß in den Armeniern etwas Patriarchalisches lebt und sie sich krampfhaft an die Grundlagen ihres Volkstums klammern, das ihnen aber deutlich entgleitet. Meine persönliche Überzeugung ist: Nicht nur, daß diesem Volk geschichtlich kein Ausweg bleibt, seine kulturelle Aufgabe ist sogar darin zu sehen, in anderen Völkern aufzugehen, um sein altes, aber stockendes und in reiner Form nicht mehr produktives Blut als Ferment wirken zu lassen. Der Instinkt der Armenier widersetzt sich natürlich diesem Schicksal, und in den bedeutenden Geschlechtern wird dieser Kampf besonders schmerzhaft ausgetragen. So war es in dem Geschlecht der Saparows.

Die Saparows zählten zu den wenigen armenischen Geschlechtern innerhalb der heterogenen, ethnisch kaum vermischten Einwohnerschaft Armeniens, und zwar zu dem

Zweig, den die Armenier »Albana« nennen. Es handelt sich dabei um eine Abzweigung der ältesten Bewohner des Mittelmeerbassins, der sog. Mittelmeerrasse. Die ethnische Grundlage dieser Rasse hatte sich im vorhomerischen Griechenland gebildet. In reinerer Ausprägung waren Reste dieser Rasse von den ältesten Stämmen der Lyder und Phrygier hervorgebracht worden. Als sie nach Nordosten vordrangen, vermischten sie sich zu einem Teil mit der Araratbevölkerung, zum anderen Teil blieben sie als ethnische Einsprengsel bestehen. Eines dieser Einsprengsel hielt sich bis zum frühen Mittelalter an den Ufern des Sees Goktscha, Angriffen ausgesetzt zog es etwa um diese Zeit noch weiter nach Norden, in das heutige Gouvernement Jelisawetpol. Dort entstanden fünf selbständige Gebiete oder Melikien,[38] die später in ein Vasallenverhältnis zu Persien und endlich zur Türkei traten. Einige Geschlechter, die von daher stammten und sich zu Teilen in Georgien niedergelassen hatten, Abkömmlinge einflußreicher Häuser dieser Gebiete, erinnerten sich und erinnern sich an ihre Vergangenheit als an *etwas* Besonderes, wenn sie auch in der Mehrzahl der Fälle das Wissen um ihr Geschlecht nur schwer in geordneter Weise wiederzugeben vermögen. Die Motive für den Stolz auf ihr Geschlecht sind längst in Vergessenheit geraten, aber das Gefühl von Vornehmheit ist damit nicht geschwunden. Diese Geschlechter zeichnen sich durch besondere Schönheit aus, und die Saparows sind unter ihnen dafür berühmt. Diese Geschlechter sind einflußreich und genießen hohes Ansehen: Auch in dieser Hinsicht zeichnen sich die Saparows aus. Diese Geschlechter sind im Verhältnis zu ihrer Umgebung gebildet und vermögend, und die Saparows waren hochgebildet und außerordentlich reich. Doch alles, was ich hier aufzähle, genügt nicht, das Gefühl von Vornehmheit zu erklären, das diesem Geschlecht eigen war, und den Stolz auf die Familie Saparow, ein Stolz, der ungleich größer war, als es sich durch die erwähnten Motive eines Bewußtseins der Besonderheit erklären ließe. Diese Geschlechter heirateten seit jeher nur in ihren eigenen Kreisen, und die Tuberkulose, die sie verheerte, ist wahrscheinlich die Vergeltung für diese Exklusivität. Zu diesen wenigen Familien, die ihrer Herkunft nach miteinander verwandt und auf die vielfältigste Weise verbunden waren, gehörte auch das Geschlecht der Melik-Begljarows, das über die Ehe meiner älteren Tante Jelisaweta Pawlowna und einige andere Ehen mit dem der Saparows auf das engste zusammenhing. Die Melik-Begljarows waren eines der Herrschergeschlechter jener fünf, später durch die Aufhebung des Majorats zersplitterten Melikien und damit wirkliche Meliks, d. h. kleine Fürsten.

Einer der reichsten Männer im Kaukasus, ein Dandy, tonangebend in der Mode und verliebt in schöne Dinge, der neben der patriarchalisch-armenischen durchaus andere Kulturen gelten ließ, war mein Großvater Pawel Gerassimowitsch Saparow.

1923. 5. V.

In seinem Hause verbanden sich orientalische Gewohnheiten mit Sympathie für den russischen Staat und für den europäischen Luxus. In sein Haus gelangten vielerlei Erzeugnisse und Gegenstände aus Persien und anderen Ländern des Orients, man unterhielt über verwandte Familien Beziehungen bis nach Indien, wohin ein Zweig der Melik-Begljarows gezogen war. In dem weiträumigen Hof machten häufig Kamelkarawanen Rast, die orientalische Süßigkeiten mitführten. Seidenstoffe, Teppiche, kostbare Möbel füllten das Haus, und der Lebensstil war zur Hälfte orientalisch. Zugleich hatten mein Großvater und seine Brüder Beziehungen zu Frankreich und bezogen von dort alles, was ihnen Luxus und Komfort versprach. So gab es in diesem Hause viele Dinge aus dem Ausland, die nicht nur in Tiflis selten waren. Riesige Vasen aus Sèvresporzellan und Silbergeschirr, Dinge vom französischen Hof, mit Monogramm, die wer weiß auf welchen Wegen nach Tiflis gelangt waren. Tante Remso besaß z. B. eine goldene Uhr, die, wenn ich mich recht erinnere, auf blauem Emaille das Monogramm Marie Antoinettes trug; meine Mutter besaß eine Tabakdose aus Nußbaumholz mit dem Profil Ludwigs XIII., von der ein Kustos der Eremitage meinem Bruder einmal sagte, es gäbe auf der Welt davon nur wenige Exemplare, die alle erfaßt seien; ich erinnere mich auch einer Medaille, die zu Ehren Shakespeares kurz nach dessen Tode geprägt wurde, usw. Es ist hier nicht der Ort, das Haus der Saparows zu beschreiben, ich möchte nur auf seine Verbindung zu Europa hinweisen. Aus dem Ausland wurden vor allem Parfüms und Stoffe bezogen. Man darf hier natürlich einen Umstand nicht vergessen: Der Luxus des Hauses Saparow war verhängnisvoll und führte zum Untergang des Geschlechts. Als er nicht mehr wußte, was er noch unternehmen sollte, kam mein Großvater auf die Idee, seine Zimmer mit kostbarem Samt aus Lyon auszuschlagen. Tatsächlich wurde in Lyon ein ganz besonderer Samt in Auftrag gegeben, der dann die Wände des Saparowschen Hauses bedeckte. Die Handfertigung von Samt ist aber, wie man weiß, schädlich für die Lunge, und unter den Arbeitern der Fabrik in Lyon gab es viele, die Tuberkulose hatten. Zusammen mit dem Samt, der jede Infektion gierig eingesogen hatte, kam die Tuberkulose in das Haus der Saparows. Offenbar gab es in diesem und den verwandten Geschlechtern eine Anlage dazu, und der Samt löste die Krankheit aus; seither sterben die Saparows und ihre Nachkommen einer nach dem anderen an Tuberkulose. Diese Krankheit war das Verhängnis der Saparows, das in allen Mitgliedern der Familie ein zwiespältiges und tragisches Gefühl hervorrief: Hinter dem Geschmack an allem Irdischen und dem Selbstgefühl, das sich auf das Irdische gründet, existiert ein zweites Bewußtsein, das der Vergeblichkeit aller Bemühungen und des Verdammtseins.

Man darf aber nicht denken, daß die Saparows nur die äußeren Annehmlichkeiten des Westens und seinen Luxus übernahmen. Dieses Haus beherbergte viele Ausländer, die in den Kaukasus kamen; auch später blieb man mit ihnen in Verbindung, es war keineswegs ein Haus ohne kulturellen Anspruch. Ein ständiger Gast war Akademiemitglied Abich, der als erster die Geologie des Kaukasus erforschte; er gab übrigens den Anstoß dazu, daß meine Mutter nach Petersburg reiste, um ihre Bildung zu vervollkommnen.

In diesem Hause wurde neben Russisch Französisch gesprochen: Beides galt damals im Kaukasus als Zeichen von Bildung. Saparow kannte viele Russen, sowohl Vertreter der Zivilbehörde wie des Militärs, und empfing sie in seinem Hause.

So war einer der ständigen Gäste des Hauses der berühmte General Komarow, der später die Schwägerin meiner Mutter, Nina Schadinowa, heiratete; aus dieser Ehe stammt die Schriftstellerin Olga Forsch. Was das armenisch-gregorianische Bekenntnis angeht, schienen mir die Saparows, soviel ich davon erfuhr, nicht nur von der armenischen Kirche unendlich weit entfernt zu sein, sondern von der Religion überhaupt, ungeachtet der Empfänglichkeit aller Mitglieder der Familie für die Mystik. Die Religion wurde offenbar von niemandem geleugnet, so stumpf geworden war das Gefühl für sie. Bei den Armeniern, die es als erstes Volk angenommen hatten, hatte das Christentum seine Kraft als Ferment verloren; immer bereit, ihr Blut aus Treue zum Christentum zu vergießen, und der praktischen Seite des kirchlichen Lebens durchaus zugetan, bewegte die Armenier ihr Bekenntnis doch schon lange nicht mehr, wie es mit allem geht, was einem allzu gewohnt ist. Nur der Anstoß von außen offenbarte das religiöse Gut derer, die eben noch leer zu sein schienen. Hier zeigt sich eine Festigkeit, eine Treue, die sich auf eine zweitausendjährige Gewohnheit stützt.

So war man im Hause der Saparows manchem gegenüber sehr aufgeschlossen, während man sich zu anderem indifferent verhielt; zu einer Verschärfung des armenischen Nationalismus kam es erst in sehr viel späterer Zeit, damals galt im Kaukasus die allgemeine Losung und zugleich war es guter Ton, auf Rußland und die russische Kultur orientiert zu sein. Dennoch war sogar in einer solchen Familie, wie der der Saparows, die weder in kirchlicher noch in nationaler, noch in kultureller Hinsicht konservativ war, die Ehe der Tochter, zumal der Lieblingstochter, mit einem Russen, und dazu einem ohne Stand und Vermögen, ein empörender Vorgang. Schon die Abreise der Mutter nach Petersburg (1878 zu 1879) erregte den Zorn des Großvaters, und sie mußte gegen seinen Willen fahren, unterstützt von ihrem Bruder Arschak, der, wie es die Mode damals gebot, ein russischer Nihilist war. Mein Großvater litt darunter, daß eine solche Art von Bildung in sein Haus eingebrochen war, obwohl meine Mutter eigentlich nie etwas mit dem Nihilismus zu tun hatte. Aber es war ganz natürlich, daß er das Allerschlimmste befürchtete. In Petersburg lernte meine Mutter meinen Vater kennen; als meine Mutter nach Tiflis zurückkreiste, blieb mein Vater in Petersburg, um sein Studium am Institut für Verkehr zu beenden; seine Briefe gingen auf den Namen Arschak Saparow, der sich damals Arkadi Pawlowitsch nannte, mit anderen Worten, sie wurden vor meinem Großvater geheimgehalten. Ich weiß nicht genau, ob meine Mutter mit ihm über ihre künftige Ehe gesprochen hat, in die sie schon eingewilligt hatte. Ob direkt oder indirekt, jedenfalls hatte sie herausbekommen, daß er dagegen war, und zwar ganz entschieden. Erst nach seinem Tode, der auf seinen Ruin durch dunkle Geschäfte mit seinem Vermögen seitens des Verwalters und der Verwandten und durch den Brand seines Hauses folgte, machte sie ihren Entschluß wahr, wobei sie meinte, sie habe mit ihrem Vater gebrochen und seine Verzeihung nicht er-

langt und habe sich damit, wie sie in ihrer Gewissenhaftigkeit glaubte, auch von ihrem Volk getrennt. Ich sehe in diesen
Gefühlen meiner Mutter, die ihre ganze innere Gestimmtheit wiedergeben, viel eher eine krankhafte, übertriebene
Rechtschaffenheit und ebenso eine krankhafte und übertriebene Ordentlichkeit als eine gesunde Lebensauffassung.
Wahrscheinlich haben gewisse unvorsichtige Worte des
Großvaters meiner Mutter eine Wunde beigebracht, die sie
aufgrund ihrer starken moralischen Empfindsamkeit außerordentlich schmerzte und die zu berühren sie in der Folge zu
vermeiden versuchte, indem sie allmählich aus freien Stücken
immer mehr aus ihrem Leben ausschloß. Bei einer leichteren
Beurteilung des Lebens, leichter in jeder Hinsicht, hätte sie
sich natürlich zu ihrer Mißachtung des väterlichen Willens
nicht so formal verhalten müssen, umso weniger, als der
Großvater seinerseits auch nicht ganz Unrecht hatte mit seinen Bedenken gegen eine gemischte Ehe, zumal in einer Zeit
des Nihilismus. Hätte der Großvater länger gelebt, hätte er
sich höchstwahrscheinlich zu dieser Ehe nicht prinzipiell,
sondern wie zu einem Einzelfall verhalten und sich damit ver-
söhnt, seine allgemeinen Überzeugungen beiseitegelassen
und die Tapferkeit seiner Tochter bewundert; denn sogar die
Schwestern meiner Mutter und ihre Männer, die viel nationa-
listischer waren als die Saparows, schätzten meinen Vater sehr
und standen sich gut mit ihm. Folglich hätte meine Mutter
sich bei dem Gedanken beruhigen können, daß der Unwille
des Vaters später verflogen wäre und es eigentlich ungerecht
und grausam war, unausgewogene Worte so ernst zu nehmen,
die ein ruinierter alter Mann, der vor seinem Tode von den
verschiedensten Seiten zugleich Kränkungen erfahren hatte,
in der Erregung sagte. Ihr Leben lang war sie der Meinung, sie
gehöre gewissermaßen nicht zu ihrem Geschlecht, und es war
geradezu komisch, wie sie selbst die läppischsten Einzelheiten, die die Vergangenheit betrafen, verbarg, nicht nur, daß

sie selbst mit keinem Wort davon sprach, auch ihren in diesen Dingen viel naiveren Schwestern verbot sie streng, uns Kindern etwas darüber mitzuteilen, wie sie uns verbot, sie auszufragen. Das Merkwürdigste war aber, daß meine Mutter auch verbot, die Verbote als Verbote zu verstehen; damit wurde von uns verlangt, alle heiklen Fragen dieser Art schlicht zu vergessen. Indessen wurde das natürliche Interesse für unser Geschlecht auch durch unverhofft entdeckte Dinge aus dem Hause Saparow in den Schränken und Truhen meiner Mutter geweckt, von denen zwar wenige, doch wirklich merkwürdige erhalten geblieben waren. Diese Dinge wurden sorgfältig vor uns verborgen, aber infolge der Nachgiebigkeit meiner Mutter schaffte es gelegentlich doch eines der Kinder, ungeachtet ihres beständigen Widerstrebens, den Moment abzupassen, da ein Schrank oder eine Truhe *geöffnet* war, um hineinzufassen und etwas Aufregendes hervorzuziehen. Die Folge – unweigerlich Fragen. Das Gespräch mit der Mutter über dieses Thema, das bei der frühen Kindheit begann und bis in die Erwachsenenzeit reichte, verlief immer nach dem gleichen Muster. Einer von uns, ob er nun an das Verbot nicht dachte oder ausprobieren wollte, ob die Mutter diesmal selbst nicht daran denkt, fragt: »In welchem Jahr ist dein Vater gestorben, Mama?«, worauf meine Mutter kurz angebunden antwortet: »Ich erinnere mich nicht.«

Darauf ein neuer Vorstoß in dieser Art: »Und wann ist deine Mama gestorben?«

Mama antwortet wie nebenbei, in Wahrheit jedoch beunruhigt: »Laß bitte diesen Unsinn.« Oder: »Dummes Zeug, du hast es nötig, dich damit zu befassen.«

Aber der Fragende gibt nicht auf, und es folgt die unangenehmste Frage, die nach dem Familiennamen.

»Wie hat deine Großmutter mit Mädchennamen geheißen?«

Worauf Mama das Gespräch nachdrücklich beendet: »Ich bitte dich ein für allemal, dich nicht mit solchen Albernheiten zu befassen. Hast du nichts Besseres zu tun?«

Außer der seelischen Verwundung, von der ich oben schrieb, ließ sich meine Mutter bei diesen Verboten von der Befürchtung leiten, beziehungsweise versuchte es sich einzureden, daß solche Fragen aus Eitelkeit gestellt würden, und dann gab sie mit Nachdruck eine Antwort, die wie ein Gegengift wirken sollte: »Wir sind ganz gewöhnliche, ganz einfache Leute«, aber so betont, daß wir schon in früher Kindheit dieser Beteuerung die pädagogische Absicht anmerkten.

Meine Mutter begriff sich als von ihrem Geschlecht losgerissen und hatte sich, freilich aus unterschiedlichen Motiven, sogar von allen ihren Verwandten entfernt, außer von ihren Schwestern; ob die Motive für diese Entfernung ausreichten, wage ich nicht zu beurteilen, jedenfalls hatte meine Mutter sich von ihnen getrennt, und nicht sie sich von ihr. Unter diesen Umständen war es natürlich eine krankhafte Übertreibung, sich als von ihrem Geschlecht abgetrennt zu fühlen, zumal alle Schwestern sie tief verehrten, wenn nicht vergötterten und in sehr freundschaftlicher Beziehung zu meinem Vater standen. Aber die Wunde meiner Mutter verschlimmerte sich. Und doch: Selbst wenn sie von ihrem Geschlecht ausgestoßen worden wäre, so hätte das noch nicht den Bruch mit ihrem Volk, geschweige mit ihrer Kirche bedeuten müssen. Vielleicht war die eine wie die andere Beziehung nicht sehr stark bei meiner Mutter, jedenfalls empfand ich in ihrer Abneigung, auch nur ein Wort armenisch zu sprechen oder über Armenien und die Armenier etwas zu sagen und zu lesen oder, und sei es aus Neugier, in die armenische Kirche zu gehen oder uns dorthin zu führen, immer etwas, das über einfache Entfremdung und Interesselosigkeit weit hinausging. Meine Mutter fürchtete alles, was mit Armenien zusammenhing, und diese Furcht erstreckte sich, der Irradiation zufolge, erstens auf den Kaukasus im allgemeinen, zweitens auf die Nation und den Staat, dann auf die Religion und besonders auf das Geschlecht. Selbst bei ganz entfernter Berührung führte all das auf eine für sie gewohnte und vielleicht kaum noch bewußte Weise über eine Vielzahl von Vermittlungen unweigerlich zur schmerzhaften Empfindung ihrer Wunde. Besonders fürchtete sie Anstöße von unserer Seite. Es ist erstaunlich, wie wenig unter diesen Umständen rationale Erwägungen vermögen. Meine Mutter las doch viel und mit Verstand. Die Naturwissenschaften waren ihr nicht fremd, aber vornehmlich las sie historische Bücher, und zwar so genau, daß sie kein einziges Fremdwort, das sie nicht kannte, unaufgeklärt ließ. Theoretisch begriff sie besser als man selbst die Bedeutung der Tradition, die Bedeutung des Geschlechts, die Wichtigkeit der Kenntnis der Vergangenheit, die Unentbehrlichkeit der Völkerpsychologie und sogar die Bedeutsamkeit der Religion. Doch das nur theoretisch und allgemein. Ich bin überzeugt, daß sie uns vieles Nützliche hätte sagen können und gesagt hätte, wenn es eine Garantie dafür gegeben hätte, daß alle die allgemeinen Gedanken vor ihrer Anwendung auf uns und auf sie sicher gewesen wären. Doch jede ihrer Äußerungen war von der Furcht gebremst, daß der Gedanke von »allgemein« auf »im einzelnen« übergehen könnte; nicht daß sie »im einzelnen« nichts verstanden hätte, sie erlaubte es sich, nicht zu verstehen, und widersetzte sich auch unserem Verstehen.

Ich mußte hier eine lange Abschweifung machen; ohne sie wäre die besondere Familiensituation kaum zu verstehen, die unsere Eltern zwang, die Religion mit einem Tabu zu belegen. Dieses Besondere war die Wunde meiner Mutter und der behutsame Umgang meines Vaters mit dieser Wunde. Wenn meine Mutter um seinetwillen ihr Geschlecht und ihr Volk verlassen hatte, dann blieb auch ihm, um der Gleichheit willen, nichts anderes übrig, als sich seinem Geschlecht und seinem Volk gegenüber ebenso zu verhalten. Davon war auch die Kirche betroffen. Die Armenische Kirche ist offen nationalistisch und wird von den Armeniern auch so begriffen; ich habe von keinem einzigen Fall von Konversion zum armenischen Bekenntnis gehört, der armenischen Geistlichkeit ist das Proselytenmachen absolut fremd, und ich meine, den Wunsch eines Gliedes einer anderen Kirche, sich der Armenischen Kirche anzuschließen, hielte die armenische Geistlichkeit für Tollheit. Die Russische Kirche ist weniger nationalistisch, hat aber auch viel, allzu viel Ethnisches und Nationales, das von den Slawophilen zur Norm erklärt worden ist. Im Bewußtsein von Menschen, die theologisch so wenig bewandert waren wie mein Vater und meine Mutter, steigerte sich das Ethnische und Nationalistische der Kirchen noch. Wenn meine Mutter die Armenische Kirche mied und durch die *Nähe* zu ihr nicht ihre Nationalität zu betonen *wünschte* und durch die Nationalität ihr Geschlecht, so hielt mein Vater sich von der Russischen Kirche nicht nur praktisch fern, sondern entfernte sich auch in seinem Bewußtsein von ihr, um nicht etwa zu *betonen*, daß er Russe sei. Meine Mutter hatte ihre Gründe, uns nicht mit dem armenischen religiösen Leben in Verbindung zu bringen; mein Vater wünschte diese Berührung mit dem orthodoxen religiösen Leben aus Rücksicht auf meine Mutter nicht, deshalb war sie auch meiner Tante Julia verboten. Aber dort, wo es ganz klar einen gemeinsamen Nenner gab, wie z. B. beim Ritual des Ostertisches, der eine ganze Woche stehenblieb, dort wurde dieser Brauch kräftig gepflegt. Genauso war es mit dem Weihnachtsbaum und, wenn ich mich recht erinnere, auch mit dem Pfingstgrün.

1923.7.V.

Das waren freiwillige, freilich nicht sehr nahe Berührungen mit der Kirche. Ostern als ein Feiertag im Frühling ist besonders verständlich im Süden, wo zu dieser Zeit die ganze Natur schon in voller Blüte stand. Die Großen Fasten verliefen bei uns nicht ohne Anklänge an die kirchlichen Vorschriften; obwohl wir nicht fasteten, bestand das Mittagessen häufig nur aus Gemüse. Alle Mitglieder der Familie freuten sich auf die im Kaukasus üblichen Fasten- und Halbfastenspeisen: Lobio,[39] Bohnen auf verschiedene Art zubereitet; Suppe mit Walnüssen; gekochte Bohnenkerne mit Essig und Olivenöl, geschmort mit Eiern; grüne Bohnen mit Eiern und manchmal auch mit Brathähnchen, die aus irgendeinem Grunde ebenfalls als Fastenessen galten. Zu den Fasten wurden die Fässer mit den eingesalzenen Dshondsholiknopsen geöffnet, die etwa den Kapern im Norden entsprechen. Auch die Gläser mit den gesalzenen Blütenstielen eines Zwiebelgewächses, ähnlich den Schneeglöckchen des Nordens, wurden aufgemacht, und wir schnitten gern das Fädchen durch, mit dem die Stiele in der Salzlake akkurat zusammengebunden lagen. Dazu gehörten unbedingt auch alle möglichen Marinaden, die im Kaukasus mehr Speise als Zutat und vielleicht durch die Verwendung ausschließlich hausgemachten Weinessigs nicht schädlich für die Gesundheit waren. Die Teller mit den großbeerigen Weintrauben, den Pfirsichen, Birnen, Kirschen, die bei uns besonders beliebten eingelegten »Tannenzapfen«, d. h. die Muschmula, und anderen eingelegten Früchten waren uns als etwas Nichtalltägliches sehr willkommen. Von dem Eingesalzenen und Marinierten schätzte ich die Steinpilze am meisten, Steinpilze, die im Kaukasus damals eine Seltenheit waren und aus dem Norden herbeigeschafft werden mußten. Wegen meiner Kränklichkeit durfte ich diese Pilze fast nie essen, man ließ sich dabei vor allem von der im Kaukasus verbreiteten Angst vor Pilzen leiten. Papa hielt nichts von einer allzu absichtsvollen Hygiene, sein Leben lang verweigerte er sich den Ärzten, obwohl er unter den Ärzten persönliche Freunde hatte, ließ er sich nicht behandeln, außer während der Krankheit kurz vor seinem Tod, als er seinen Willen nicht mehr durchsetzen konnte; was die Medikamente betrifft, akzeptierte er ausschließlich Chinin, das er in Wasser aufgelöst jeden Tag einnahm. Dafür gab Papa etwas auf die Stimme des Volkes und meinte, die volkshygienischen Anschauungen, die sich in einer Gegend in Jahrhunderten herausgebildet haben, seien die akzeptabelsten, da sie der Anpassung der »Eingeborenen« an das Klima entsprungen sind. Das Wort »Eingeborener« klang im Munde meines Vaters sehr besonders, oder schien mir jedenfalls so zu klingen, es war für mich so bedeutungsvoll, daß ich es lange Zeit nur auf die mir sympathischsten, die Polynesier und andere Inselbewohner, anwendete, die Cook entdeckt hatte und die ihn schließlich aufgefressen haben. Die Macht der Obertöne der kindlichen Gedanken ist so groß, daß ich es auch heute noch als eine Verletzung der sprachlichen Korrektheit empfände, wenn ich dieses lockende Wort auf »u« [tusemzy][40] auf bekleidete Menschen weißer Hautfarbe anwendete. In meiner Vorstellung waren uns die Kaukasier schon zu ähnlich, meinen Vater aber trennte von ihnen ein Gefühl von Exotik, und er verwendete daher das Wort mit dem Timbre des Exotischen, ein Wort, das er auf den russischen Bauern nie angewandt hätte. So ließ er sich also durch den Glauben an die exotische Weisheit der Kaukasier bestimmen, auch hygienisch ihrer Überlieferung zu folgen, deren eine Regel alle Pilze außer Champignons und Trüffeln verbietet und deren andere, noch bekanntere, vor dem Genuß von Wasser nach dem Essen, besonders nach Fett, Fisch, frischem Gemüse und Obst, warnt.

Eine leckere Fastenspeise waren die in Wasser gekochten weißen *Swintri*wurzeln[41] und andere Gräser und Wurzelgemüse. Zur Fastenzeit gab es endlich auch die im Kaukasus unerläßlichen Kräuter – Radieschen, Kresse, Dill, Tarchun (Estragon) und *Kindsa*,[42] das ich übrigens wegen seines Graswanzengeruchs nicht ausstehen konnte.

Das hatte natürlich alles mit Fasten wenig zu tun, hob aber Ostern, das im Kaukasus ausgiebig gefeiert wurde, in gewisser Weise heraus. Wir liebten diese Vorbereitungen in den vorösterlichen Tagen über alles und waren aufgeregt wie in Erwartung von etwas *Besonderem*, umso mehr, als wir die Symbolik der Osterspeisen zwar nicht verstanden, aber doch dunkel ahnten. Ein Teil der Vorbereitungen wurde offenbar auf Betreiben meiner Tante mit unserer Hilfe von ihr selbst bestritten und, dem Grad ihrer Heiligkeit entsprechend, nicht dem Koch überlassen. Wir färbten Eier, indem wir sie mit gezupfter farbiger Scharpie marmorierten, die aus irgendeinem Grund unbedingt aus Seide sein mußte; wir quetschten Quark und hartes Eigelb durch das Sieb und staunten über die Würmer, die auf der anderen Seite herauskamen; wir zogen in heißem Wasser gebrühte Mandeln ab, holten Pistazien aus der Schale, zerstießen Gewürze, schlugen Eiweiß mit Zucker, manchmal wurden wir auch mit verantwortungsvolleren Aufgaben betraut – mit dem Rühren der Quarkmasse für den Osterkuchen, des dünnen Teigs für Mandel- und anderes Kleingebäck, manchmal sogar mit der feierlichen Zugabe der Eier zum Teig. Diese Vorbereitungen betrieb meine Tante mit großer Liebe, bemüht, auf diese Weise den Mangel an unmittelbarer Kirchlichkeit auszugleichen, sie bezog dabei zum Teil auch Mama und die anderen mit ein. Einige Bestandteile der Ostervorbereitung, Kulitsch,[43] der obligatorische Hammelbraten, das ebenso obligatorische Spanferkel und der Schinken, wurden der Küche anvertraut, aber zum Schluß trotzdem sorgfältig geprüft. So lösten wir von dem Schinken, der einige Tage vorher in Kleiewasser gelegt und dann in Teig gebacken worden war, unbedingt selbst die geröstete Kruste ab. Auch das Spanferkel, das mit Kräutern umrahmt war und ein Sträußchen Petersilie oder Kresse im Maul trug, und das Osterlamm, das man kindlich naiv mit rosa und weißen Papiermanschetten geschmückt hatte, wurden begutachtet. Wenn so etwas wie Gogol-Mogol[44] geschlagen wurde, machte man jedesmal darauf aufmerksam, daß die Rührbewegung der Hand immer in ein und derselben Richtung zu erfolgen hätte; jede Zutat hatte ihre eigene Richtung, jetzt habe ich vergessen, welche Richtung wofür vorgeschrieben war. Schließlich sind alle Vorbereitungen abgeschlossen, die Tische sind gedeckt, die Teller und die Speisen müssen nun mehrere Tage, ja sogar eine ganze Woche stehenbleiben. Um der Dienerschaft etwas Ruhe zu gönnen, wird in den ersten drei Ostertagen das Kochen eingestellt, außer höchstens einer heißen Brühe für die Kinder. Im Hause herrscht jetzt die geliebte feiertägliche Unordnung, man muß nicht an einem langweiligen Mittagessen teilnehmen, man kann den ganzen Tag über nebenbei etwas knabbern, was einem gerade in die Hände fällt, in beliebigem Wechsel. Papa, der sowieso immer unser Recht auf Unordnung verteidigte, jedenfalls was das Essen anging, stand jetzt erst recht auf unserer Seite, und mit Vergnügen hörten wir ihn mehrere Male am Tage »laisse-le«[45] oder »laisse-la«[46] zu Mama oder zu meiner Tante sagen, wenn wir in der Pas'cha[47] nach Rosinen oder Mandeln bohrten, aus dem Teig ein Stückchen Lammfleisch zogen, die verführerische Schinkenkruste zu kauen versuchten – vergeblich – oder uns am Senf gütlich taten.

Zu Ostern wie auch an anderen allgemeinen oder Familienfeiertagen waren noch weitere Vorbereitungen nötig. Erstens – die Kleidung, die zu den Feiertagen genäht wurde; aber das beschäftigte uns verhältnismäßig wenig. Ich war davon überzeugt, daß mich meine Eltern nicht in abgetragenen Kleidern und Schuhen herumlaufen lassen würden, und meinte daher, es sei ihre Angelegenheit, daß ich sauber und adrett aussähe, und nicht meine; wenn es mich auch nichts anging, so ließ ich diese Anstalten der Feiertagsschneiderei als etwas »Unvermeidliches« über mich ergehen. Das Maßnehmen langweilte mich, und überhaupt zog ich nicht gern etwas Neues an, ich war bockig und heulte. Das heißt aber nicht, daß ich schöne Sachen nicht schätzte. Vielleicht verhielt ich mich deshalb geringschätzig meiner Kleidung gegenüber, weil ich sie im Grunde so sehr liebte und mir das Schicksal in der Kindheit eine schmerzliche Wunde beigebracht hatte, indem es mich einen Jungen werden ließ. Was mich am stärksten anzog, war Schönheit, aber Schönheit war eine Eigenschaft, war Besitz und Vorrecht der Frauen. Als mir endgültig klargeworden war, daß ich kein Mädchen sein konnte, und, gewissermaßen um mich zu ärgern, auch noch Ljusja heranwuchs, wandte ich mich mit zusammengebissenen Zähnen von meiner Kleidung ab, die nun meiner Meinung nach niemals schön sein konnte: Ich wünschte mir durchscheinende Seide, schöne Falten, Spitzen, Bänder, einen Hut mit Kolibri, Parfüm und Schmuck, alles in sanften hellen Farben. Meine Streitigkeiten mit Ljusja wurzelten in dem Gefühl meiner Benachteiligung durch die Natur. Ljusjas Kleider erregten meinen Zorn, nicht aus Neid, sondern vor allem, weil die Erwachsenen mir ständig beizubringen versuchten, Jungen liebten »Fetzen« nicht, das sei eine Besonderheit der Mädchen, wo ich doch aus eigener Erfahrung wußte, daß ich Kleider liebte und mehr davon verstand als Mädchen, als Ljusja.

Ich war also über meinen Anzug keinesfalls erfreut; im Gegenteil, jedesmal war er der Wermutstropfen in der Feiertagsfreude. Zu Geschenken verhielten wir uns völlig anders. Ein Feiertag ohne Geschenke wäre uns wie eine Mißachtung jeglicher Gerechtigkeit erschienen, diese Geschenke beschäftigten uns lange, und wir waren lange vorher aufgeregt. Ich meine aber hier nicht nur, eigentlich gar nicht die Geschenke, die wir erhielten, sondern unsere Überraschungen für die Eltern und die anderen Erwachsenen.

Schon lange vor den Feiertagen beredeten wir flüsternd in verschwiegenen Winkeln, was wir jedem schenken wollten. Die Erwachsenen, besonders Papa, ermunterten uns zum Schenken und freuten sich aufrichtig, wenn sie etwas geschenkt bekamen, aber hoben immer hervor, daß es etwas Selbstgemachtes sein sollte. Man mußte sich folglich für jeden eine Kleinigkeit ausdenken, deren Nützlichkeit nicht ganz unwahrscheinlich war. Und Papa empfing unsere Geschenke immer so, als ob er sie in diesem Moment dringend brauchte. Nachdem Ljusja und ich uns ausführlich beraten hatten – in solchen Zeiten herrschte immer volles Einverständnis zwischen uns –, verhandelten wir mit jedem Erwachsenen einzeln hinsichtlich aller anderen. Dann gingen wir an die Ausführung unserer Pläne, manchmal mit Tante Julias Hilfe, manchmal allein, malten, nähten, stickten und strickten, klebten, begannen allmählich auch zu schreiben. Ich malte ausschließlich Blumen, häufig nach der Natur. Sie schienen mir der einzige Gegenstand zu sein, der meines Bleistifts und meines Pinsels würdig war; ganz selten kamen Kolibris und andere Vögel hinzu, aber nicht bei Geschenken. Allerdings interessierten mich, als ich ganz unerfahren war, auch Bräute als Thema, vor allem wegen des Tüllschleiers und wegen der Krone. Ein inneres Gefühl sagte mir, daß das Thema nicht erlaubt sei. Aber eines Abends versammelte ich wie in einem Brennpunkt kühn alles Erhabene und stellte auf einem Blatt herrlichsten Bristolkartons eine Prinzessin-Braut dar, die sich zur Hochzeit schmückt (ich wußte nicht, was dieses Wort eigentlich bedeutet, erriet aber richtig, daß sich darin die Vereinigung des Schönsten im Leben ausdrückt). Diese Prinzessin trug einen Schleier über ihren Locken, und ihr wallendes Haar zierte eine hohe Krone. Dieser Pracht entgegen stand ein mächtiges Kuvert in ihrer Hand, ein Brief mit Trauerrand und schwarzem Siegel: Die Prinzessin hatte soeben die Nachricht vom

Tode ihres Bräutigams, des Prinzen, erhalten. Über das Gesicht der Prinzessin und über ihr Kleid kullerten große runde Tränen, größer als Walnüsse, sie glichen den Perlen ihres Geschmeides. Ich erinnere mich genau, daß nicht Mitleid mich zu diesem Sujet veranlaßt hatte, sondern ausschließlich die künstlerische Möglichkeit, das Freudige und das Traurige zu vereinen und einzelnen dazwischenliegenden Themen eine gewisse Abrundung zu geben; meine Prinzessin war für mich ausschließlich etwas Schönes.

Als ich im schönsten Malen war, kam Mama in Papas Arbeitszimmer und bestätigte mir nach einem Blick auf meine Arbeit durch einen bestimmten Ton in ihrer Stimme für mein ganzes Leben, was ich schon geahnt hatte: das entschieden Unerhörte meines Tuns. Nicht nur ich selbst, sondern alle Bräute in mir, alle Prinzessinnen, Kronen, Tode und alles, was dazugehörte, waren vor Scham in wenigen Sekunden verbrannt, so restlos verbrannt, daß später nichts mehr davon in mir widerhallte und auch nicht die geringste innere Anerkennung fand. In wenigen Sekunden waren meine inneren Beziehungen zum weiblichen Prinzip abgerissen, ohne sich je wieder zu erneuern. Meine Mutter ging hinaus und hat nie erfahren, was sie angerichtet hatte. Allerdings hätte sich wahrscheinlich irgendwann ohnehin so etwas ereignet, auch ohne Mama, weil man sich den geschilderten Vorfall schwerlich ohne eine innere Bereitschaft denken kann; vielleicht wären gewisse Empfindungen gereift und hätten sich von selbst abgelöst. Ich kann nicht umhin zu glauben, daß ich so werden sollte, wie ich geworden bin, und in diesem Sinne war der schmerzliche Bruch mit etwas für mich so Lebendigem wahrscheinlich zweckmäßig, indem er mich bewußter und härter machte auf dem mir vorgezeichneten Weg. Daß ich das Psychologisieren und alles geistig Amorphe nicht nur ablehnte, sondern ihm innerlich feind war und einen beinahe körperlichen Abscheu vor jeder Unklarheit und Verschwommenheit empfand, liegt auf der Linie dieser Distanz zum weiblichen Element; an diesem denkwürdigen Abend wurde ich nachdrücklich darin bestärkt.

Einstweilen aber änderte dieser Bruch nichts an dem weiblichen Charakter meiner Geschenke: Das waren Riechkissen mit Veilchenwurzel, von mir genäht und bestickt, kleine Servietten, Federwischer, Kästchen, Rähmchen, Notizbüchlein und Stecknadeldöschen, Lampenschirme – alles bemalt, benäht und bestickt, mit getrockneten Pflanzen verziert oder mit Steinchen vom Meeresstrand und vergoldeten Zypressenzweigen beklebt usw.

Es war interessant, aber auch peinlich, ein Geheimnis zu bewahren, das alle kannten. Wir waren zu völliger Aufrichtigkeit erzogen, was in seiner Übertriebenheit später im Leben viele Unannehmlichkeiten und Beschwernisse mit sich brachte. Unser Familienleben erzeugte für das ganze Leben in uns eine panische Angst, nicht immer und überall die volle Wahrheit zu sagen, das kleinste Verschweigen oder die geringste Ausflucht unterschied sich in nichts von einer wirklichen Lüge, und etwas Schlimmeres als eine Lüge war nicht vorstellbar. Das Wort »Lüge« selbst als etwas absolut Verurteilendes vermieden die Erwachsenen übrigens in unserer Gegenwart, uns war nur die Bezeichnung »Unwahrheit« bekannt. »Du hast die Unwahrheit gesagt«, war eine schwere, kränkende Beschuldigung, die in meiner ganzen Kindheit dreimal gegen mich erhoben wurde, allerdings zu Unrecht. Da Kinder, wenn sie sich erst einmal etwas zu eigen gemacht haben, unweigerlich bis an die Grenze gehen und die Dinge absolut nehmen, so übertrafen wir mit unserer Auffassung von formaler Wahrhaftigkeit die Forderungen und Absichten der Erwachsenen noch. Wenn unserer Hausangestellten an Feiertagen gesagt wurde, Besucher seien nicht zu empfangen, weil »niemand zu Hause sei«, litten wir qualvoll unter dieser Unwahrheit, als die uns das erschien.

Dieses Gebot blieb nicht ohne Folgen. Es entwickelte sich ein empfindliches, überscharfes Gefühl der Wahrhaftigkeit, die kleinste Abweichung von der vollen und genau ausgedrückten Wahrheit schien ein Verbrechen zu sein. Ein so eifriger Verfechter der Wahrheit wie Kant verkündet, daß, wenn auch niemand die Unwahrheit sagen dürfe, deshalb noch niemand verpflichtet sei, die ganze ihm bekannte Wahrheit zu sagen. Dieses Verschweigen, dieses Ausweichen setzten wir von Kindheit an direkt mit der Unwahrheit gleich, immer schien es nötig, alles zu sagen, was man denkt, nicht weil man etwas zu sagen wünschte, sondern weil einen die Angst quälte, einen Fehler zu verschulden. Niemals kam es uns in den Sinn, sich einem solchen Fehler gegenüber gleichgültig zu verhalten und sich etwa der Schuld eines Gedankens zu entledigen, indem man sie dem Gesprächspartner aufbürdete. Daher war es unerträglich, ein Geheimnis zu bewahren. Nicht von dem Geschenk zu sprechen, war in meinen Augen fast gleichbedeutend mit einer Unwahrheit, die in diesem Falle die Liebsten und Nächsten betraf. Wir hielten das vor den Feiertagen durch, aber es kostete uns viel Kraft.

Es gab Berührungen mit der Kirche, die, wie mir schien oder wie es vielleicht wirklich war, meine Eltern notgedrungen und nur ungern akzeptierten. Ich meine die Taufe meiner Schwestern und Brüder. Gewöhnlich wurde dieses Ereignis hinausgezögert, bis das Kind schließlich so groß war, daß man es unmöglich länger ungetauft lassen konnte; die Taufe wurde durch die Größe und Selbständigkeit des Kindes ziemlich erschwert. Meist verging ein ganzes Jahr, bevor es zur Taufe kam. Hier machte sich übrigens offenbar auch der Einfluß der kaukasischen Gewohnheiten geltend, im Kaukasus werden nämlich die Kinder allgemein spät getauft. Die Gespräche und Verhandlungen über die Taufe blieben mir zwar verborgen, aber ich erriet, was bevorstand, und mir war beklommen zumute, denn teils ahnte ich, teils begriff ich, daß ich an der Zeremonie teilnehmen mußte. Man fürchtete bei uns so sehr, durch diese Taufe in einem falschen Licht zu erscheinen, daß man sie so unbemerkt wie möglich, nur im häuslichen Kreise abzuwickeln versuchte, um ja nicht die Aufmerksamkeit Außenstehender auf sich zu lenken. So kam es, daß man mich zum Taufpaten machte. Vielleicht betone ich damit zu stark die äußeren Beweggründe dieser Wahl; heute halte ich auch ein anderes Motiv für möglich, über das mein Vater nicht sprach, mich nämlich auf diese Weise näher mit meinen Brüdern und Schwestern zu verbinden. Doch geschah das zwangsweise und ohne jede Erklärung, wozu ich da eigentlich berufen wurde, und *ohne* daß man mir die Rechte eines Taufpaten zuerkannte. Daher war die Teilnahme an der Taufe für mich nur eine Last und beförderte meine Beziehungen zur Kirche nicht im geringsten. Ich war ohnehin krankhaft schüchtern und hatte eine unüberwindliche Abneigung, vor so vielen Leuten zu erscheinen. Hier nun zwingt man mich, an einem Ereignis teilzunehmen, dessen Bedeutung ich stark empfand und das, wie ich spürte, meine Eltern einesteils fürchteten und dessen sie sich andernteils schämten. Ich fürchtete und schämte mich zugleich und versuchte daher vorsorglich Maßnahmen zu ergreifen, um den mir zugedachten Pflichten irgendwie zu entgehen. Doch es half alles nichts, und die Unausweichlichkeit vor Augen, packte mich Verzweiflung. Ich weiß noch, als Lilja, oder war es Schura, getauft werden sollte, bin ich, als ich in der Ferne den Abgesandten der Kirche kommen sah, ohne Mütze, wie ich war, zu unseren Nachbarn, den Passeks, gelaufen. Damals war so eine Flucht ohne Mütze in unserer Familie ein so ungewöhnliches Ereignis wie in den meisten anderen Familien die Flucht der Kinder nach Amerika, deshalb kam es niemandem in den Sinn, mich bei Passeks zu suchen. Man durchforschte das ganze Haus, aber konnte mich natürlich nicht finden, der Kir-

1 Vater und Tante Pawel Florenskis, Alexander Iwanowitsch Florenski und Julia Iwanowna Florenskaja

2 *Mutter Pawel Florenskis, Olga Pawlowna Florenskaja, geb. Saparowa*

3 *Pawel Florenski mit seiner Schwester Julia (Ljusja),*
   Mitte der 80er Jahre in Batum

4 *Pawel Florenskis Vater mit seinen beiden Kindern
Alexander (Schura) und Olga (Walja)*

5 *Die Eltern mit den beiden Kindern Julia (Ljusja) und
Pawel und der Schwester des Vaters, Tante Julia,
späte 80er Jahre in Batum*

6 *Julia (Ljusja), Pawel und Jelisaweta (Lilja) mit der*
  Schwester der Mutter, Tante Remso,
  Ende der 80er Jahre in Batum

7 *Pawel Florenski (links) mit seinem Bruder Alexander (Schura)*

8 *Pawel Florenski mit der Schwester der Mutter, Tante Lisa, und ihrem Mann, Sergej-Bek Tejmurasowitsch Melik-Begljarow, Bonn 1897*

9 *Pawel Florenski als Gymnasiast um 1898*

10 Pawel Florenski im Kreis der elterlichen Familie

11 Pawel Florenski (rechts) neben seinem Hochschullehrer, dem Mathematiker Nikolai Bugajew

12 *Pawel Florenski (links stehend) vor der Kutsche nach Kodshory oder Maglis, um 1898*

13 Straße in Tiflis zur Zeit von Pawel Florenskis Jugend

Батумъ — **Batoum**   Портъ — Port de Mer

14 Hafen von Batum

№ 105 Окрести. Батума. Артвинскій каюкъ на рѣкѣ Чорохъ.
Ĉirkŭûajo de Batum. Artvina kajuko Sur la rivero Ĉoroh

15 In der Umgebung von Batum, am Tschoroch

16 Hafen von Poti

chendiener saß verlegen da und wartete. Die Passeks nahmen mich freundlich auf, mein Besuch kam ihnen aber wohl doch etwas eigentümlich vor, und sie schickten vermutlich eine Hausangestellte zu uns, um Bescheid zu sagen. Man kam mich holen und vergaß über der Freude, mich wiedergefunden zu haben, mir zu zürnen. Kaum hatte man mich aber nach Hause gebracht, erfaßte mich eine solche Verwirrung und Angst, daß ich mich den Händen der Erwachsenen entwand und in einem der hinteren Zimmer unter das Bett kroch, in eine staubige Ecke. Das Suchen beginnt von neuem, ich krümme mich unter dem Bett zusammen und höre mit angehaltenem Atem, wie die Suchenden näherkommen. Endlich findet man mich und zieht mich unter dem Bett hervor, entsetzlich, was soll man nun mit meinem verschmutzten Anzug anfangen; wütend werde ich umgezogen und gewaschen, und dann geht es los. In meiner Verzweiflung werde ich gleichgültig, ich lasse alles über mich ergehen und kriege die Taufe gar nicht richtig mit, bis nachher der Tee serviert wird. Ich erinnere mich gut der neuerlichen Peinlichkeit dieses Tees und der Verlegenheit auf unserer Seite wie auf der Seite der, wie man bei uns sagte, »Geistlichen«, obwohl nur ein richtiger Geistlicher anwesend war. Zu diesen Taufen wurde immer ein reichliches Mahl vorbereitet, das wahrscheinlich, um es so gut wie möglich zu machen, fast ausschließlich aus Fleischgerichten bestand und mit Butter zubereitet war. Wie zum Hohn fiel die Taufe gewöhnlich auf einen Fastentag, und für die Geistlichen blieb nichts, was sie essen durften. Das war umso widersinniger, als wir sonst meist Fisch aßen und Pflanzenöl verwendeten.

In kirchlicher Hinsicht wuchs ich völlig wild auf. Man ging nie mit mir zur Kirche, mit niemandem sprach ich über religiöse Dinge, ich wußte nicht einmal, wie man sich bekreuzigt. Dabei sagte mir mein Gefühl, daß es einen ganzen Lebensbereich voller Bedeutung und Geheimnis gäbe und besondere

Handlungen, die vor Ängsten bewahrten. Insgeheim fühlte ich mich davon angezogen, wußte aber nichts und wagte nicht zu fragen. Verstohlen beobachtete ich, was ich konnte, um dann das Beobachtete heimlich, so gut es ging, anzuwenden. Hinter scheinbarer Gleichgültigkeit war mein Verhältnis zur Religion heftigen Schwankungen unterworfen, und gleichgültig hätte man es am allerwenigsten nennen können. Ich wurde zwischen leidenschaftlicher Hinneigung zur Religion und Anfällen von Aufruhr gegen sie hin und her gerissen, von einem Aufruhr gegen etwas, was ich nicht kannte, dessen Wirklichkeit mir aber von sich aus machtvoll entgegentrat. Ich hatte das Empfinden, daß diese mir unbekannte Sache dringend geklärt werden müßte und ich Gott in mir bestätigen mußte, mit allen Konsequenzen oder... und was dieses Oder bedeutete, wußte ich nicht, weil die Möglichkeit einer einfachen Leugnung nicht für mich in Frage kam. Wie hätte ich auch Den leugnen können, der meinem Bewußtsein mit dem Licht seiner Wirklichkeit leuchtete? Der einzige Ausweg war der Kampf gegen Gott. Ich wußte um die Wirklichkeit Gottes, doch ich wußte auch um die Liebe und Würde der Eltern und noch mehr um meine eigene Würde als Mensch. Und da gab es Augenblicke, in denen ich gegen Gott aufstand, nicht daß ich ihn geleugnet hätte, doch ich wollte mich nicht unterwerfen. Ich erinnere mich gut des pantheistischen Sinnes dieses Aufruhrs.

Ich bin ein Teil des Teils, der anfangs alles war,
Ein Teil der Finsternis, die sich das Licht gebar...

Gott ist die Wirklichkeit und das Licht. Er ist groß; aber ich bin auch eine Wirklichkeit und auch nicht Finsternis – ich hatte den Stachel der Sünde noch nicht empfunden und wußte nichts vom Tod und begriff mich folglich noch nicht als Geschöpf. »Ich leugne Gott nicht, aber ich, ein Mensch, bin auch ein Gott, und ich möchte über mich selbst bestimmen.« Das war der Sinn meines Erlebens. Ich wiederhole: Daß ich mich nicht sündig fühlte und alles um mich her und in mir als makellos empfand und gewissermaßen als absolut und vollendet, machte den Gedanken an den Tod für mein Bewußtsein unvereinbar mit der gesamten Lebensordnung. Von Wohlwollen umgeben und ekstatisch bebend in inneren Klängen fühlte ich mich fast wie im Paradies, und dieses »fast« verstellte mir den Blick für die Vergänglichkeit und Nichtigkeit aller Existenz. Ich konnte mich mir nicht als ein nichtiges Geschöpf vorstellen und war, wenn auch ein kleiner, so doch ein Gott. Doch gewisse unterirdische Stöße des Schicksals und ein entferntes Dröhnen aus unterirdischen Tiefen drangen bei all meiner Welttrunkenheit matt an mein inneres Ohr. Solange das unpersönlich und formlos blieb, krampfte sich mein Herz erschrocken zusammen, und ich zog mich wartend zurück. Mit großer Überzeugtheit sagte ich zu mir und zu anderen, daß Papa, Mama, die Tante und alle, die zu uns gehörten, niemals sterben würden, und tatsächlich, der Gedanke an ihren Tod vertrug sich mit meinen übrigen Gedanken nicht. Das sagte ich; aber im Tiefsten fühlte ich, ungeachtet meiner ganzen Überzeugtheit – irgend etwas stimmte nicht, es ist da ein unaussprechlicher sinnloser Schrecken, so grauenhaft, daß das Denken erstarrt und ihn nicht denken kann. Dieser Schrecken stieg aus einem Abgrund herauf und schien in seiner Unfaßbarkeit mächtiger zu sein als alles, mächtiger als Gott, mächtiger als die Tante, mächtiger als Papa und Mama. Im Angesicht dieses Verderbens wurde alles gleich, doch das geschah so tief im Unterbewußtsein, daß ich damals nicht gewagt hätte, auch nur mir selbst solche Worte zu sagen.

Aber da hebt ein äußerer Anlaß Gott als allmächtig und den Menschen unendlich überragend heraus. Entweder ist das nicht wahr, oder Er verantwortet alle Schrecken, von denen ich nicht zu sprechen wagte. Natürlich – Er: Nicht ich, der ich schwach bin und nichts Schlechtes tue. Das empörte mich maßlos. Auf kindliche Weise behandelte ich damit unmittelbar das Problem der Theodizee, das ich nicht so sehr über meinen Verstand als vielmehr gleichsam mit dem ganzen Leib erfahren hatte. Ich lehne mich auf und bin außer mir vor Empörung. Der auf den ersten Blick unschuldige Pantheismus mit all seinem Zauber mündet unweigerlich in Aufruhr, in Kampf gegen Gott, in Titanismus und Presbyterianertum und, wenn er bis zum äußersten geht, in wirkliche dämonische Besessenheit. Das Wissen hatte mich zuviel innere Anstrengung gekostet, als daß ich es einfach aufgeben konnte. Ja, ich weiß, was das ist, Beethoven. Ohne dieses göttliche Selbstbewußtsein gibt es keinen Lebensimpuls, und das Schöpfertum atmet diesen Sauerstoff. Wenn er allen Anstrengungen zum Trotz dennoch in uns eindringt, fühlen wir uns schuldig und ergeben uns. Aber der geistige Strom, der mich trug, war etwas ganz anderes, das menschlich Edle drang hier nicht in das göttliche Gesetz ein, es trat an die Stelle des göttlichen Gesetzes. Das war es, wozu meine Eltern neigten. Ich nun, der nie etwas halb tun konnte und meinem Namen gehorchend den Wunsch verkörperte, jedes Hindernis auf meinem Wege beiseite zu räumen, hatte den Kult der Menschlichkeit früh als Selbstvergöttlichung des Menschen begriffen und in Beethoven dieses mir so unendlich vertraute Element des Titanismus vernommen. Ich hätte natürlich damals diese Worte nicht gebraucht, ich hätte es nicht so ausgedrückt, wie ich es jetzt ausdrücke, aber doch auch nicht so viel anders, denn Prometheus und die Titanen empfand ich von Kindheit an als zu *mir gehörig*. Deshalb brachte mich der Name Gottes, als er mir als eine äußere Grenze und als Beschränkung meines Menschseins gesetzt wurde, zum Explodieren; der ganze Stolz auf das Menschsein, auf die Familie, auf mich wurde hinweggefegt, und ich, der ich keine Ahnung von Theologie hatte und ihr scheinbar ganz gleichgültig gegenüberstand, erwies mich plötzlich als in ihr wunderbar beschlagen, ich hatte keineswegs aus Verzweiflung mit meinen kindlichen Schlägen die wundesten Stellen der Theologie getroffen. Eine dieser Auseinandersetzungen hatte ich mit den Kindern der Schauspieler Lilejew, mit denen wir auf einem Hof wohnten, dem Jungen Sascha und dem Mädchen Shenja, die mir gegenüber die Allmacht und Güte Gottes verteidigten; sie endete von meiner Seite mit einem Ausbruch wütender Gotteslästerung. Besonders böse Worte konnte ich natürlich nicht sagen, einfach weil ich keine kannte; ich war durchaus willens, bis zum äußersten zu gehen, und ich hatte, als mein ärmlicher Schatz an Beschimpfungen Gottes durch vielmalige Wiederholung erschöpft war, außerstande, das entscheidende Wort zu sagen, das Gefühl, am Ersticken zu sein. Ich hatte mich mit den Kindern in einen Streit eingelassen, und ich war aufgebracht darüber, daß sie sich auf ihre Eltern beriefen, während ich das nicht konnte. Es war mir plötzlich aufgegangen, daß es hier um etwas ganz Wesentliches ging und daß man sich infolgedessen das alles entweder ganz anders vorzustellen hätte als die Lilejews oder daß meine Eltern selbst in einem tiefen Irrtum befangen waren, wenn sie zu mir von diesem Wichtigsten nicht sprachen. Plötzlich sah ich mich vor die Notwendigkeit gestellt zu wählen: Entweder Gott und mit ihm die nichtswürdigen, banalen Lilejews, diese Bohèmefamilie, seichte Operettenkünstler, oder das menschlich Edle in Gestalt meiner Eltern und dementsprechend die Richtigkeit ihrer Überzeugungen (denn was wäre das für ein Edles, das nichts von dem Wichtigsten wüßte), d. h. Selbständigkeit in Beziehung zu Gott und die Weigerung, mit ihm zu rechnen. Es war mir sofort klar – und ich erinnere mich ganz genau an diesen Augenblick –, daß das eine mit dem anderen, Gott mit dem Menschen, nicht zu vereinen sei und sich mein Zorn entweder gegen die eine oder andere Seite richten müßte. Schließlich erschienen meine Gotteslästerungen den Kindern so furchtbar, daß sie aufschrien, nichts mehr hören wollten, sich die Ohren zuhielten und wegrannten, um sich bei ihrer Mutter zu beschweren. Kurze Zeit später kam die Schauspielerin Lilejewa zu meiner Mutter, um über mich Klage zu führen. Ich weiß nicht, mit wem sie sprach, aber man hielt es bei uns nicht für angebracht, mich mit diesen, für die Erwachsenen nicht weniger heiklen Fragen zu behelligen. Viel zu hören oder zu sehen war nicht, aber ich merkte doch, daß die Älteren diesen Vorfall untereinander besprachen, und war schon auf Unannehmlichkeiten gefaßt, doch keiner sagte ein Wort zu mir. Es vergingen einige Tage. Ich hielt die Sache für abgetan, als eines Abends Tante Julia mitten in einem spannenden Gespräch über Pflanzen im Zusammenhang mit dem Buch von Wiskowatow »Aus dem Leben der Pflanzen«, das mich begeisterte und aus dem sie mir vorlas, plötzlich in einem ganz anderen Ton sagte, sie wolle mit mir in Papas Auftrag über die Beschwerde der Lilejews sprechen. »Du hast häßliche Worte über Gott gesagt und Sascha und Shenja damit in Verlegenheit gebracht. Papa und ich meinen, daß jeder den Glauben haben kann, den er möchte. Auch du kannst über Gott denken, was du möchtest, das ist deine Sache. Aber man muß den Glauben der anderen Menschen achten, und es ist nicht recht, andere in Verlegenheit zu bringen. Wir hoffen, daß du das aus Unverstand getan hast und daß es nie wieder vorkommt.«

1923. Mai. Ausgießung des Heiligen Geistes

Tatsächlich ist es nicht wieder vorgekommen, doch nicht allein deshalb, weil meine Tante es verboten hatte, sondern vielmehr aus innerer Veranlassung: Ich habe nämlich starke innere Bewegungen nie wiederholen können noch auch wiederholen wollen. Wiederholung und Vervielfältigung waren mir, ich weiß nicht kraft welcher Erschütterungen in frühester Kindheit, unerträglich und als falsche Unendlichkeit ein Gegenstand der quälendsten Langeweile, des Abscheus und des Schreckens. Von Kindheit an war mir der Gedanke vertraut, der erst später diese Formulierung fand: Es gibt nichts Gutes, das in der Verbindung mit dem Wort »viel« nicht unerträglich würde. Die innere Bestimmtheit einer Erscheinung ließ für mein Denken eine Wiederholung in der Vervielfältigung nicht zu. Überfluß hatte für mich immer etwas Quälendes: Luxus mag erlaubt sein, aber in sich geschlossen, ohne die Öffnung eines »Mehr und Mehr«, immer nur alles einzig in seiner Art. Der allmählich in mir wachsende starke Haß auf den Evolutionismus, auf die grenzenlose Erweiterung der astronomischen Räume und geologischen Zeiten, auf das Eindringen einer falschen Unendlichkeit in die Welt wurzelte in dieser kindlichen Furcht vor dem Wort »viel«. Hatte ich einmal den Gipfel meiner inneren Bewegung erreicht und den angemessenen Ausdruck dafür gefunden, so wollte ich dazu nicht mehr zurückkehren und konnte es zum Teil wohl auch nicht: Wenn etwas wirklich gesagt ist, kann es nicht wiederholt werden, ich habe es aus mir heraus geboren, und es ist nun nicht mehr in mir. Ich kann etwas anderes, vielleicht sogar Deutlicheres sagen, aber nicht das wiederholen, was ich schon gesagt habe.

So hatte ich in dem oben beschriebenen Fall meinen Zorn schon ausgedrückt, und mehr war in dieser Sache nicht zu sagen. Doch bedeutete das keinesfalls, daß ich mich allen Normen beugte. Wenn ich auch ungewöhnlich folgsam alle Verbote und Gebote beachtete, und zwar wenn sie von Menschen kamen, die ich anerkannte, so war ich doch immer bereit, mich auf jede Norm zu stürzen, die mir unversehens begegnete, und sie auf ihre Güte zu prüfen. Daß meine Eltern viele Fragen mit Stillschweigen übergingen, hat nicht dazu geführt, daß die Möglichkeiten für gewisse Gedanken in mir in der Wurzel erstickt worden wären, im Gegenteil, dadurch wurde der Boden für völlig unvorhersehbare Handlungen bereitet.

Auf unserem Hof wohnte im Seitenflügel außer den beiden Brüdern Lilejew, die mit zwei Schwestern verheiratet waren, eine jüdische Familie, an deren Namen ich mich nicht erinnere. Einen Vornamen habe ich aber noch ganz genau im Ohr. Er enthielt die giftigen Laute *Jankel*. Es waren Schmuggler und Geldfälscher. Als sie, offenbar von der Polizei ertappt, einen großen Teil ihrer Habe zurücklassend, Hals über Kopf geflohen waren, stießen wir in ihrer Wohnung auf Lötkolben und -lampen, galvanische Elemente, einen Setzkasten, ein Kästchen mit hebräischen Lettern aus Gummi und irgendwelchen geheimnisvollen Zeichen für den Satz und den Druck, auf alle möglichen chemischen Ausrüstungen und Schlosserwerkzeuge, viele chemische Stoffe und andere merkwürdige Gegenstände, deren Bestimmung uns die Älteren auch nicht erklären konnten. Es war eine richtige Hexenküche, die ich damals als ganz hoffmannsch empfand.

Aber nicht darüber wollte ich eigentlich sprechen. Bis zu ihrer Flucht hatte diese Familie sehr verborgen gelebt, am Tage saßen sie bei verschlossenen Türen und herabgelassenen Vorhängen zu Hause, wahrscheinlich schliefen sie und arbeiteten nachts. Wir hatten die Männer, die dort lebten, eigentlich nie zu Gesicht bekommen, nur eine Frau von etwa dreißig Jahren war manchmal aus der geheimnisvollen Wohnung an unserem Balkon vorbei über den Hof zum Tor gegangen, schreiend grell gekleidet, aber mit einem Strohhut, der deutlich ihr Gesicht verdecken sollte. Sie ging Lebensmittel einkaufen, kehrte bald wieder zurück und schloß sich in ihrem Seitenflügel ein. Ich weiß nicht mehr genau, ob die Ecke des Hofes, in der sich dieser Seitenflügel befand, im Schatten der Bäume lag, aber in meiner Erinnerung ist der ganze hintere Teil des Hofes und besonders diese Ecke in ein Halbdunkel getaucht wie an späten Abenden. Bei der Sonne von Batum ist eine solche Düsternis schwer vorstellbar, mein Gedächtnis hat offenbar die geistige Färbung unseres Hofes auf die visuellen Eindrücke übertragen, da war etwas Bodenloses, Geheimnisvolles voller Unbekanntem und voller Ängste, das sich in tiefem Dunkel verlor. In diesem Dunkel nisteten unsere Schmuggler. Das Geheimnisvolle an ihnen zog mich natürlich an, obwohl ich mich doch fürchtete, dem Seitenflügel zu nahe zu kommen. Aber eines Tages vermehrte sich das Interesse noch stark durch die Mitteilung von Sascha Lilejew, daß diese Leute »Jidden« seien. So ein Wort hatte ich bei uns zu Hause natürlich nie gehört, es klang gleich irgendwie unheimlich und gespannt und kam mir deshalb bedeutungsvoll vor. Mich kam die Lust an, dieses Wort auszusprechen, aber Sascha warnte mich, er berief sich auf seinen Vater, so etwas sage man nicht, weil die Jidden dieses Wort gar nicht liebten und ungeheuer böse würden. An dem stumpfen, dicken Laut, der mich angezogen hatte, spürte ich, daß Sascha sicher recht hatte, aber ich hielt es doch für nötig, an der Richtigkeit dieser Auskunft zu zweifeln, da sie nicht von meinen Eltern kam; Sascha beteuerte erschrocken, das stimme aber. Da sagte ich, ob es die Wahrheit ist, werde ich gleich ausprobieren, obwohl ich selbst Angst hatte und ihm eigentlich glaubte. Der Zufall wollte es, daß aus dem geheimnisvollen Seitenflügel eben die Frau auf den Hof trat, um auf den Markt zu gehen. Versteckt hinter dem Geländer wartete ich unbeweglich, bis sie vorbeikam; als sie auf gleicher Höhe mit uns war, sprang ich aus dem Versteck hervor und sagte laut und vernehmlich: »Sieh mal, Sascha, dort geht das Jiddenweib«, und verkroch mich wieder in meinem Versteck. Die Wirkung dieser Worte übertraf all meine Erwartungen. Die Frau war außer sich, sie blieb stehen, sprachlos vor Wut, dann schrie sie: »Und du bist ein böser Junge«, und ging schnellen Schrittes weiter. Bei der außerordentlichen Zurückhaltung unseres Hauses im Umgang mit Worten war ihre Bemerkung niederschmetternd, eine unerhörte Beleidigung. Aber ich hörte aus ihrer Wut heraus, daß das Wort »Jiddenweib« tatsächlich ein besonderes Wort war, ein Wort von magischer Kraft und Furchtbarkeit. Die Empfindung ist damals so tief in mich eingedrungen, daß ich noch bis zum Abschluß der Universität dieses Wort nicht ertragen konnte, aber nicht seines Sinnes wegen, sondern rein lautlich, und bis heute passiert es nicht so ohne weiteres mein Ohr wie andere Worte, und seien es Schimpfworte. Wie meine Kindheitserfahrung auf Gogols Anhäufung von allerhand Schwarzkunst, Nekromantie und jene dicke schwarze Flüssigkeit, die der Zauberer bei ihm trinkt, geantwortet hatte, so ging es ihr hier auch wieder mit der Anhäufung von Dingen um das Wort »*Jidden*«. Natürlich nicht um das Wort Hebräer! In diesen Laut legte man nicht die Schwärze der Finsternis, der Zauberei und des Greuels. Die Zusammenmischung von Verbrechen und Geheimnis – halb Magie, halb Chemie –, der schreiend fremdartigen Gewänder und der kehligen fetten Aussprache unserer Schmuggler verband sich in meiner Phantasie wie von selbst mit den Gogolschen Zauberern, und all das drückte sich für mich ganz natürlich in den Lauten des Wortes »Jidden« aus.

Und so war ich hin- und hergerissen zwischen meiner Neigung zu Normen, die ich gar nicht kannte, und dem Aufruhr gegen sie. Ich versuchte, mit meinem Verstand zu dem Kirchlichen vorzudringen, und fürchtete doch nichts mehr, als daß etwas Kirchliches laut gesagt würde. Ich sah und hörte wohl, daß Menschen sich bekreuzigten; aber es gelang mir nicht zu beobachten, wie es wirklich gemacht wurde, ich war nicht so »schamlos«, genauer hinzusehen, wieviel weniger zu fragen, ob sie sich mit einem Finger bekreuzigten oder mit zwei, drei oder fünf Fingern, die sich in einem Punkt berührten. Ich schwankte zwischen zwei und fünf, beim ersten Mal versuchte ich es mit Zeige- und Mittelfinger, dann machte ich es vor dem Einschlafen mal so und mal so, ganz im geheimen, im fast dunklen Schlafzimmer, die Decke über den Kopf gezogen. In unserem Sommerhaus in Borshom lebte ich ziemlich ungebunden, den Weg zu den Androssows, eine kleine Straße, ging ich ganz allein. Unterwegs bekreuzigte ich mich in der von mir erfundenen Weise und nahm dabei den Hut ab: Ich fürchtete, Hunden wie auch unbekannten Schrecknissen zu begegnen. Ich flehte zu Gott, den ich nicht kannte, und mein Herz war voll Furcht, Sehnsucht und Hoffnung auf wunderbare Hilfe. Wenn ich je an etwas gezweifelt hatte, an dem Wunder der Hilfe zweifelte ich nicht. Und in meinem tiefsten Innern glaubte ich damals schon ganz fest, daß Gott mich hört und nicht verläßt. Aber von der Religion hatte man mich so sehr ferngehalten, daß ich, selbst als ich die Möglichkeit gehabt hätte, etwas darüber zu erfahren, erschrak und diese Möglichkeit in meiner Verwirrung nicht nützte. Einmal kramte ich in Tante Julias Kommode und stieß, als ich kleine Kästchen mit Knöpfen und anderen Sächelchen herauszog, auf ein schwarzes Büchlein mit einem Kreuz darauf. Bei seinem Anblick war ich bestürzt und erschrocken. Meine Tante erklärte mir, es sei ein heiliges Buch, das Evangelium, und bot mir an, es zu lesen (Lesen habe ich allein so früh und so nebenbei gelernt, daß ich mich nicht erinnere, wann das war). Ich hatte ein viel zu großes Verlangen, in das Buch hineinzusehen, als daß ich auf den Vorschlag meiner Tante hätte eingehen können, ich lehnte also schroff ab. Meine Tante ging kurz aus dem Zimmer, und ich nutzte die Zeit und begann zu lesen. Es handelte sich um wenige Minuten. Die Herkunft Christi im Matthäus-Evangelium erschien mir geheimnisvoll und zu dem schwarzen Einband des kleinen Büchleins genau zu passen; ich hätte so gerne mehr gewußt. Aber da kam Tante Julia zurück. Ich wollte meine Ablehnung zurücknehmen, mein Interesse aber nicht eingestehen und sprach daher lachend in absichtlich leichtfertigem Ton von der Herkunft Christi, obwohl ich in Wirklichkeit erschrocken und mir nach Lachen gar nicht zumute war. Das sollte heißen, daß ich schon zu lesen begonnen hätte und nun ebenso gut fortfahren könnte.

Aber meiner Tante schien der Ton unangemessen, vielleicht merkte sie auch, daß sie zu eigenmächtig gewesen war und die Eltern nicht gefragt hatte. Das Buch wurde mir weggenommen und eingeschlossen, und die Tante fügte hinzu, es sei für mich vermutlich noch zu früh, das Evangelium zu lesen. Danach ist es mit ihr nie wieder zu einem Gespräch über das Evangelium gekommen.

Die Zeit verging, ich kannte nicht ein Gebet, hatte nie das Hl. Evangelium gelesen und war nie zum Abendmahl gegangen, ja wußte nicht einmal, daß es so etwas gab. Ich zwar inzwischen sieben Jahre alt. Der Eintritt in das Gymnasium stand bevor. Meine Kirchenferne hätte zu Unannehmlichkeiten führen können. Vielleicht schämten sich meine Eltern auch, mich der Kirche so ferngehalten zu haben, zumal der Eifer ihrer jugendlichen Ablehnung der Kirche schon verflogen war. Wie immer das sei, es wurde beschlossen, mich ein wenig auf die Beichte vorzubereiten oder genauer auf ein eventuelles Examen zu Beichte und Abendmahl. Dieser Sache nahm sich Tante Julia an; vermutlich war sie es auch, die das für notwendig erachtete. Ich erinnere mich, wie sie sich mir eines Morgens, als wir beide allein im Zimmer waren, zuwandte und mir weitausholend den Entschluß mitteilte, daß wir uns mit dem Gesetz Gottes beschäftigen und dann auch zum Abendmahl gehen würden. Ich war fassungslos. Ich weiß nicht mehr, ob vor Freude oder vor Schreck, vermutlich war es das letztere. Aber gespannt war ich über alle Maßen. Ungefähr eine Woche oder zwei Wochen lernte ich bei ihr die ersten Gebete und die Gebote, anschließend gingen wir in die Kirche (das war in Batum) zu den Großen Fasten. Schließlich gingen wir auch zum Abendmahl. Ich erinnere mich an das große Gedränge, die Menschenmenge … Zum ersten Mal aß ich eine Hostie.

Wie sehr man auch bemüht war, meine innere Welt vor Schrecknissen zu bewahren, sie verdunkelten dennoch die Wolkenlosigkeit meines kindlichen Entzückens. Wie ich wuchs, wuchsen auch die geistigen Wesen, die die Natur bevölkerten, oder wurden von anderen Wesen verdrängt, an die ich früher nicht gedacht hatte und die ich auch nicht genau kannte. Elfen beschäftigten mich jetzt weniger, Waldteufel dafür umso mehr. Die Wassernixen mit ihren langen grünen Haaren hatte ich früher nur bezaubernd gefunden, jetzt begann ich auch, ihre Gefährlichkeit zu ahnen. Dem Dunkel jenseits der Mauer meines Eden entkrochen die verderbenbringenden Geister der Natur, und ich fühlte, wie sie zudringlicher wurden und ihre Gutmütigkeit einbüßten. Jeder Strauch, jede Mulde, jede dunkle Region wurde jetzt gefährlich und beunruhigend. Manchmal überfiel mich mitten am Tage in meinem Zimmer eine plötzliche Angst, und am meisten sogar in der grellen Sonne um Mittag, wenn ich ganz allein war.

5. Das Besondere

1920.25.VI. Sergijew Posad (1916.15.X.)

Alles Besondere, alles Ungewöhnliche erschien mir wie ein Bote aus einer anderen Welt und fesselte mein Denken, richtiger meine Einbildungskraft. Aber mein Denken wurde immer beflügelt von meiner Einbildungskraft, die ihm erlaubte, weit vorauszueilen, um sich dann auf dieser Spur zu bewegen. Das Unbekannte war für mich nicht das unbekannte Gewöhnliche, sondern eher umgekehrt etwas Bekanntes, doch *Ungewöhnliches*, ein Einbruch aus dem transzendenten Bereich in das Gewöhnliche, ein Überfall auf das gewöhnliche Unbekannte von seiten des Ungewöhnlichen, dennoch lustvoll Bekannten, Vertrauten, eine Offenbarung aus verwandten Tiefen. Nur das schien Erkenntnis zu verdienen, ein würdiger Gegenstand der Erkenntnis zu sein, während das Nicht-Besondere nur wie ein blasser Schatten vorüberhuschte. Das Unbekannte nährte den Verstand, alles was nicht staunen machte, was kein Erstaunen hervorrief erschien wie trockene Spreu, die keine Nährstoffe enthielt. Übrigens gab es sehr wenig Nicht-Erstaunliches, Nicht-Besonderes; und vieles, woran die Erwachsenen gleichgültig vorübergingen, bewegte meinen Verstand und prägte sich mir als Urbild ein. Dieses Urphänomen wurde später zum Werkzeug der Erkenntnis, zur Kategorie, zum philosophischen Grundbegriff, um den sich alles gruppierte und ordnete, um den sich die gesamte Erfahrung kristallisierte. Auf diese Weise bildeten sich in meinem Verstand von früh an die Kategorien des Wissens und die philosophischen Grundbegriffe. Das spätere Denken hat sie dann nicht nur nicht gefestigt und vertieft, sondern im Gegenteil, das Studium der Philosophie hat sie erschüttert und verdunkelt, ohne etwas anderes dafür zu geben als ein Gefühl von Bitterkeit. Als ich mich aber allmählich in die Grundbegriffe eines allgemeinen Weltverständnisses hineindachte und sie logisch und historisch durcharbeitete, gelangte ich wieder auf festen Boden, und als ich mich umsah, stellte sich heraus, daß dieser feste Boden kein anderer war als der, auf dem ich seit frühester Kindheit stand: Nach langen Wanderungen im Denken hatte sich der Kreis geschlossen, und ich befand mich am alten Ort. Wahrlich, ich hatte nichts Neues erkannt, es war lediglich ein »Erinnern«, ein Erinnern an die Grundlagen meiner Persönlichkeit, die sich seit meiner Kindheit herausgebildet hatten, oder besser gesagt: es war das Samenkorn, aus dem seit dem ersten Aufblitzen meines Bewußtseins alle geistigen Hervorbringungen keimten.

Im Grunde habe ich mein ganzes Leben lang über eines nachgedacht: Über das Verhältnis von Erscheinung und Noumen, über das Auffinden des Noumens in den Phänomenen, seine Darstellung, seine Verkörperung. Es geht um die Frage nach dem Symbol. Mein ganzes Leben habe ich nur über dieses eine Problem nachgedacht, das Problem des

SYMBOLS.

Mein geistiger Blick ging in verschiedene Richtungen; die verschiedensten Gegenstände zogen an mir vorbei. Doch ich zog nicht an ihnen vorbei, denn ich suchte immer das eine, nur das eine, ich war innerlich nur mit einem, immer dem einen beschäftigt. Ich suchte die Erscheinung, deren Struktur von den sie formenden Kräften am lebendigsten durchwirkt war, die den Leib der Welt durchlässig, die Haut der Dinge dünner machte und so die geistige Einheit durch sie hindurchstrahlen ließ. Vielleicht habe ich mich nicht genau genug ausgedrückt. Es geht darum, daß das Verhältnis dessen, was strahlt, zu dem, was durchstrahlt wird, des Dings zur Haut,

für mich nie etwas *Äußerliches* war. Diese geistige Einheit
habe ich nie *außerhalb* und *unabhängig* von ihrer Erscheinung zu betrachten gesucht. Die Kantsche Trennung der
Noumena und Phänomena habe ich immer mit meinem ganzen Wesen abgelehnt, selbst als ich noch gar nicht ahnte, daß
es eine der hier aufgezählten vier Bestimmungen gibt – »das
Kantsche«, »die Trennung«, »die Noumena« und »die Phänomena«. Im Gegenteil, in dieser Hinsicht war ich immer
Platoniker, Namensrühmer: Die Erscheinung war für mich
die Erscheinung der geistigen Welt, und eine geistige Welt
außerhalb ihres Erscheinens hielt ich für nicht erschienen, in
sich und für sich seiend, *nicht* für mich. Die Erscheinung ist
das Wesen selbst (indem sie erscheint, ist damit gemeint), der
Name ist der Benannte (d. h. soweit er in das Bewußtsein zu
dringen und zum Gegenstand des Bewußtseins zu werden
vermag). Aber die Erscheinung, zwei-einig, geistig-stofflich,
Symbol, war mir immer teuer in ihrer Unmittelbarkeit, in ihrer Konkretheit, mit ihrem Leib und mit ihrer Seele. In jeder
Faser ihres Leibes sah ich die Seele, das einige geistige Wesen,
wollte es sehen, suchte es zu sehen, glaubte, es sehen zu können; und so fest meine Überzeugung war, daß der Leib nicht
nur der Leib ist, nicht toter Stoff, Äußerliches, so fest war
umgekehrt meine Überzeugung, daß es unmöglich, unnötig
und hoffärtig sei, diese Seele ohne Leib und ihrer symbolischen Hülle entblößt sehen zu wollen. Ich schämte mich einfach, sie entblößt zu sehen, und wäre nicht dazu zu bringen
gewesen, sie in ihrer Blöße zu betrachten. Ein so verstandener
Gnostizismus war mir immer zuwider, mein Geist war immer
mit der Erkenntnis des Konkreten befaßt. Übrigens kam mir
der Gedanke an die Entblößung der Seele der Dinge gar nicht
in den Sinn, und hätte man ihn mir damals nahegelegt, wäre er
mir leer, klanglos und gekünstelt vorgekommen. Der Positivismus stieß mich ab, aber die abstrakte Metaphysik nicht weniger. Ich wollte die *Seele* sehen, ich wollte sie *sehen*, aber

verkörpert. Wenn einem das als Materialismus erscheint, einverstanden. Nur ist es kein Materialismus, sondern das Verlangen nach Konkretheit, nach Symbolismus. Und ich bin immer Symbolist gewesen. Die Hüllen des Stoffes deckten in meinem Bewußtsein die geistigen Wesensinhalte nicht zu, sondern auf; ohne diese Hüllen wären die geistigen Inhalte unsichtbar, nicht wegen der Schwäche des menschlichen Auges, sondern weil es nichts zu sehen gibt; alles hängt davon ab, *wie* man Stoff vesteht. Die Dinge an sich waren für mich immer unerkennbar, doch nicht wegen meiner skeptisch-pessimistischen Beurteilung der Erkenntnisfähigkeit des Menschen, sondern weil da *nichts zu erkennen* ist. Ich wiederhole, was ich am Anfang gesagt habe, das Unbekannte war nicht unbekannt, weil man es nicht kannte, sondern weil es erst *erkannt* werden mußte, erkannt an seinen Einbrüchen in das Erkennbare, wobei sich seine Zugehörigkeit zu einer anderen Welt, zu einer anderen Natur erhielt und es für das gewöhnliche Verständnis eigentümlich und seltsam blieb. Aber das Merkmal, das Zeichen seiner Unbekanntheit, das war der in mein Bewußtsein eingeprägte Unterschied von »es scheint« und »es ist«. Etwas *scheint* so und so zu sein, aber *in Wirklichkeit* ist es ganz anders, sogar umgekehrt, das völlige Gegenteil von dem, was es zu sein scheint. Doch hatte diese Entgegensetzung mit Kantianismus nichts gemein. Im Kantianismus wird das Ding seiner Erscheinung entgegengesetzt. Aber wie kann man etwas entgegensetzen, wo ein Vergleich unmöglich ist, wo es keine Erkennbarkeit des Dings gibt, wo der eine Terminus dieses Entgegengesetzten vollkommen immanent, der andere vollkommen transzendent ist? Ich habe mir seit meiner frühesten Kindheit vorgestellt, daß die Erscheinung ein Erscheinen ist, ein Sichtbarwerden, ein Hervortreten des Dings, von dem Ding nicht zu trennen, und daß sie deshalb ebenso »hier« wie »dort« ist. Das Ding schien sich mir in seinen Erscheinungen zu offenbaren und deshalb ebenso »dort«

wie »hier« zu sein. Der Gegensatz von »es scheint« und »es ist« lag für mich im Erscheinen selbst, im Hervortreten. Es gibt das Hervortreten an der Oberfläche und das Hervortreten in der Tiefe. Beides tut sich als solches jeweils von selbst kund. Man blicke in eine Erscheinung und man wird sehen, daß sie die Hülle einer anderen, tieferliegenden Erscheinung ist. Was tiefer liegt, ist das »Noumen« in Beziehung zu ersterem, dem »Phänomen«. Vertieft man sich genauer in eine Erscheinung, so wird man etwas entdecken, was man ursprünglich dort nicht wahrgenommen hat, und es wird sich sogar als Gegenteil davon erweisen. Das ist das eigentliche Verhältnis von *es ist* und *es scheint*.

Aber das *es ist* läßt sich auf eine ebenso sensible Weise erfassen wie das *es scheint*, und hier, in der Tiefe, wenn man sich dem »es ist« nähert, sieht man außer ihm das, was es »zu sein scheint«, indem es zugleich sein Gegenteil ausdrückt, d. h. das wahre »ist«. Das jedenfalls war meine Überzeugung von frühester Kindheit an. Und ich wiederhole, diese Überzeugung wurde zum Samen aller anderen Überzeugungen. Anders kann ich nicht denken, gegen eine andere Art zu denken sträubt sich mein ganzes Wesen.

Philosophisch gesehen und der Terminologie der Kantschen Kritik folgend kann die Grundfrage meines Lebens als die Frage nach dem »Schematismus der reinen Vernunftbegriffe« bezeichnet werden, natürlich im weiteren Sinne dieser Begriffsverbindung. Wie verbindet sich das Allgemeine mit dem Einzelnen, das Abstrakte mit dem Konkreten, das Geistige mit dem Sinnlichen? Wodurch kann eine Erscheinung in ihrer Bedeutung so unendlich weit über sich hinausreichen, inwiefern Perspektiven auf weitere Reihen von Erscheinungen eröffnen, sie zum Typus machen und so den Verstand von den Phänomenen zum Urphänomen führen? Wodurch kann das Sinnliche zum *Schema* des Übersinnlichen werden? Das Problem dieses Schematismus war *mein* Problem, noch ehe ich den Namen Kant gehört hatte. Ich weiß noch, wie mein Vater vor vielen Jahren, als ich noch in eine der mittleren Klassen des Gymnasiums ging, zu mir sagte, daß meine Stärke nicht in der Erforschung des Einzelnen und nicht im Nachdenken über das Allgemeine, sondern im Zusammendenken von beidem liege – in einem Denken auf der Grenze zwischen dem Allgemeinen und dem Einzelnen, dem Abstrakten und dem Konkreten. Vielleicht hat mein Vater noch hinzugefügt »auf der Grenze zwischen Poesie und Wissenschaft«, aber daran kann ich mich nicht genau erinnern. Damals verstand ich ihn schlecht und war etwas beleidigt von diesem Urteil über mich, weil ich der Meinung war, daß ein wahrer Mensch, d. h. ein Mensch, der im abstrakten Denken lebt, nur der reine Gelehrte sein könne, der für mich das wissenschaftliche Denken verkörperte. Mein Denken mit dem Bereich der Poesie in Verbindung zu bringen, schien mir herabsetzend. Aber Papa bestand auf seiner Meinung, wie ich mich erinnere, und erklärte sogar, daß er meine künftige Arbeit gern auf diesem Grenzgebiet angesiedelt sähe. Zu der Zeit war ich theoretisch wie psychologisch am weitesten von meiner Kindheitsauffassung entfernt, und deshalb war so ein Urteil über mich so unzeitgemäß wie nur möglich. Offenbar war auch hinsichtlich dieses Versiegens der Kindheitsquellen das väterliche Urteil über mich richtig, wenn ich auch nicht wollte, daß es so war. Mein Vater, der mich liebte und meine Entwicklung bewegt verfolgte, mußte mich kennen und Grund zu dieser Prognose haben. Übrigens kann ich nicht sagen, daß mein Protest in diesem Fall von innen kam, *im Innersten* wußte ich, daß mein Vater recht hatte.

Nach diesem Gespräch kam mein Vater zu verschiedenen Zeiten, besonders als ich auf der Universität war, auf die Sache zurück: Meine Bestrebungen, eine Brücke von den mathematischen Schemata der Funktionstheorie zu den anschaulichen Beispielen der Geometrie und zu den Naturerscheinungen zu schlagen, hieß er gut; hier, meinte er, sei mein Platz. Er bat mich mehrfach, meine Arbeit über die Diskontinuität als Element der Weltanschauung zu drucken. Mein Vater meinte, daß die Idee der Diskontinuität einem Abgrund gleich zwischen der Weltanschauung seiner Generation und der meinen läge, der Weltanschauung des Wunders, des Märchens, der ich zustrebte. In den Naturerscheinungen die Diskontinuität nachzuweisen, hieße, so meinte mein Vater, den Positivismus zu zerschlagen und dem Gegenteil zum Leben zu verhelfen. Er sagte, diese Idee der Diskontinuität sei gegen das gerichtet, was er vertrete, er hielte es aber für sehr wichtig, sie zu begründen, und glaube, daß meine abstrakt-konkreten Verfahrensweisen den Bedürfnissen unserer Zeit am besten entsprächen. Obwohl ich wußte, daß er recht hatte, d. h. in bezug auf die Art meines Denkens, versuchte ich doch, ihm zu widersprechen, weil ich in seinen Worten eine Geringschätzung des *reinen* Denkens spürte, worunter ich die Untersuchung der Begriffe und Kategorien verstand, die die Voraussetzung für einen richtigen Aufbau der gedanklichen Konstruktionen waren. Natürlich sehe ich jetzt, daß nicht nur mein Vater in bezug auf mich recht hatte, sondern auch ich mit meinem Verdacht, daß nämlich, wenn er den Charakter meines Denkens nicht nur *definiert*, sondern auch gutheißt, damit auch ein Schatten auf das reine Denken fällt. Auch bei ihm selbst handelte es sich um ein Denken zwischen dem Konkreten und dem Abstrakten: Nicht ohne Grund war Goethe sein Lieblingsschriftsteller und Lieblingsdenker. Letzten Endes bestätigte sich in meinem Vater eine Eigenschaft unseres Geschlechts, denn mein Großvater Ivan Andrejewitsch Florenski war von der gleichen Art, und mein anderer Großvater, Pawel Gerassimowitsch Saparow, zeichnete sich, nach seiner Leidenschaft für Stoffe, Parfüms und schöne Dinge zu urteilen, durch eine noch größere Konkretheit des Denkens aus. Diese Leiblichkeit des Denkens hat sich auf mich vererbt. Ob das gut ist oder schlecht, habe nicht ich zu beurteilen, aber mein Vater hatte recht, wenn er diese Eigenschaft bei mir feststellte. Zu neun Zehnteln, wenn nicht mehr, waren meine nie ruhenden, immer brodelnden und lodernden *Gedanken*, war meine ständige *intellektuelle Erregtheit* der Inhalt meines inneren Lebens. Mein Denken hatte keinen systematischen Verlauf, sondern erregte und überwältigte mich. Es war diskontinuierlich, bald verbarg es sich tief im Unterbewußtsein, bald blitzte es in blendender Helligkeit auf, um sofort wieder in das Dunkel des Unterbewußtseins zurückzutauchen. Das war keine fortlaufende, eher eine punktierte Linie, und das Bild unterirdischer Flüsse, die die Erdoberfläche durchbrechen, war mir immer besonders nahe. Der Gegenstand meiner Gedanken und Erregtheiten war immer das Problem des SYMBOLS, manchmal in seinem einzelnen Gebrauch und bei einzelnen Anlässen, die mich immer stark ergriffen, manchmal ganz direkt, sozusagen als logische Anstrengung, und dies mit der Zeit immer direkter und definitiver.

Wenn ich von meiner primären Intuition spreche, dann war das und ist das jene geheimnisvolle *Erleuchtung* der Wirklichkeit durch andere Welten, das Leuchten anderer Welten durch die Wirklichkeit hindurch, das man wahrnehmen, sehen, riechen, schmecken kann, so deutlich ist es, das sich freilich immer einer endgültigen Analyse, einer endgültigen Festlegung, einem endgültigen »verweile doch« entzieht. Sich entzieht, weil es lebt; es nährt den Verstand und hält ihn wach, aber ist durch die Konstruktionen des Verstandes niemals auszuschöpfen. Ich liebte es, gerade weil es lebendig war, es war mir angenehm, wenn es vor meinen Augen spielte, und mein Herz schlug in wilder Freude, wenn es gelang, es doch irgendwie zu fassen, es durch Einhüllen in neue Symbole zu enthüllen; aber nie ist mir seine Entblößung in den Sinn gekommen und nie der Gedanke an ein Abtöten, Anhalten, an Analyse. Zudem war mein Verstand trotz seines ständigen Entzückens sehr nüchtern und gar nicht eitel und begriff die Unmöglichkeit einer solchen Entblößung. Es war mir klar, daß diese Analyse ein *Selbstbetrug* gewesen wäre. Der Verzicht darauf brachte mir nicht Verdruß, Bitterkeit und Schmerz, er verlangte nicht einmal Selbstzügelung, sondern bedeutete einfach das ruhige und klare Gefühl, ja, zuerst *Gefühl*, dann erst Gedanke, daß Analyse nicht nötig sei, daß sie Verzicht auf Kenntnis sei und nicht eine bedauerliche Kapitulation vor dem Unbekannten, im Gegenteil – *wahre Erkenntnis*, denn das Unbekannte ist vor allem das Unbekannte in seiner besonderen Qualität, und eine Erkenntnis, die es zum *Nicht*-Unbekannten machte, die es seiner Qualität der Unbekanntheit beraubte, wäre keine Erkenntnis, sondern eine ganz große Verirrung. Ich möchte gern, daß ihr, meine Kinder, dieses mein grundlegendes Weltgefühl versteht. Es ging mir darum, die Welt in ihrer Lebendigkeit zu erkennen, in ihren wirklich existierenden Beziehungen und Bewegungen. Daß es in der Welt *Unbekanntes* gab, war, wie ich erfuhr, nicht ein zufälliges Unvermögen meines bis dorthin noch nicht vorgedrungenen Verstandes, sondern eine wesentliche Eigenschaft der Welt. Unbekanntheit ist das Leben der Welt. Daher war es mein Wunsch, die Welt als eine *unbekannte* zu erkennen, ihr Geheimnis nicht anzutasten, aber doch dahinter zu schauen. Das Symbol war das Erschauen des Geheimnisses. Denn das Geheimnis der Welt wird durch Symbole nicht zugedeckt, sondern aufgedeckt, und zwar in seinem eigentlichen Wesen, d. h. *als Geheimnis*. Ein schöner Leib wird von Kleidern nicht verhüllt, sondern enthüllt, er wird schöner, denn er zeigt sich in seiner keuschen Schamhaftigkeit. Umgekehrt verschließt sich ein schamlos entblößter Leib der Erkenntnis, denn er verliert das Spiel seiner Schamhaftigkeit, und dieses ist die geheimnisvolle Tiefe des Lebens und das Licht aus der Tiefe. Jetzt, da ich zurückblicke, verstehe ich, warum ich seit meiner Kindheit, eigentlich seit ich lesen kann, Goethe in den Händen hatte, »Goethe und kein Ende«, d. h. natürlich nicht die Broschüre von Du Bois-Reymond, sondern Goethe selbst. Er war meine geistige Nahrung. Mit dem Verstand habe ich ihn wohl weniger erfaßt als mit dem Gefühl – es war etwas mir sehr Verwandtes. Das, wonach ich strebte, war Goethes Urbild, aber Plato folgend wahrscheinlich in einer noch stärkeren ontologischen Leiblichkeit. Es war das

URPHÄNOMEN.

Höchste Zeit, es auszusprechen und sich die Seele zu erleichtern.

1920. 8. VIII. Tag der Kasaner Gottesmutter

So weit das Weltverständnis. Was aber die unmittelbare, lebendige *Beziehung* zur Welt betrifft, so war hier die Suche nach den Orten ausschlaggebend, an denen der Puls der Welt am stärksten zu spüren ist, an denen die jenseitigen Stimmen der Natur am deutlichsten zu vernehmen sind.

Ich war nie neugierig; aber mein Verhalten veranlaßte meine Umgebung, mich für neugierig zu halten, und zwar für im höchsten Grade neugierig. Zu erfahren, was mich nicht betrifft, hat mich nie gereizt. Aber mit unwiderstehlicher Gewalt wurde meine Aufmerksamkeit von allem angezogen, was deutlich Urbildlichkeit ausstrahlte. Das Ungewöhnliche, das nie Gesehene, das Seltsame nach Form, Farbe, Geruch oder Laut, alles sehr Große oder sehr Kleine, alles Ferne, alles, was die enggezogenen Grenzen des Gewöhnlichen sprengte, was in das Vorgesehene einbrach, wirkte wie ein Magnet – ich sage nicht, auf meinen Verstand, denn es lag viel tiefer: auf mein ganzes Wesen. Denn mein ganzes Wesen warf sich diesem *Besonderen*, sobald ich es spürte, entgegen, und weder Warnungen noch Schwierigkeiten noch Furcht vermochten mich zurückzuhalten, wenn sich mir etwas als ein Urbild darbot. Der *Wunsch*, einmal entstanden, ließ alle Hindernisse wegschmelzen wie durch das schwarze Feuer des Knallgases, um durch das Schauspiel des Urbildes befriedigt zu werden. Manchmal hörst du etwas, bei dem du spürst, hier habe sich dir das Geheimnis des Seins eröffnet, oder du siehst eine Abbildung, und dein Herz beginnt stark zu schlagen, so qualvoll stark, daß es dir die Brust zu zerreißen scheint; dann bist du einzig von dem quälenden Wunsch beherrscht, uneingeschränkt zu sehen und zu hören, dich an das Geheimnis zu schmiegen und so in verzehrender, selbstvergessener Vereinigung zu verharren. Ich wiederhole, das war keine aufflammende Neugier, die ja nur etwas Oberflächliches ist, sondern ein viel tieferes und stärkeres Verlangen, eine Erschütterung des ganzen Wesens, gefangengenommen von dem Unbekannten und im Aufbruch zu ihm. Ein schreckliches, verzehrendes, ermattendes Verlangen. Der Gedanke an das Geheimnis ist wie ein Sonnenstrahl, der ins Gehirn dringt und einen Lichtfleck bildet; ich sage absichtlich, in das *Gehirn*, denn dieses Verlangen erfaßte in seiner Macht und Unüberwindlichkeit den ganzen Organismus wie ein Reflex, physiologisch.

Es war das Verlangen, zu wissen, sich am Erkennen des Geheimnisses zu laben, ·sich ganz mit den geheimnisvoll leuchtenden Noumena zu vereinigen. Vor diesem Verlangen traten alle anderen Bestrebungen, alle anderen Neigungen in den Hintergrund, vor dem Verlangen einer allesverzehrenden Leidenschaft zur NATUR. Alles, was man gewöhnlich als »geheim« und »Geheimnis« bezeichnete, die gesellschaftlichen und die allgemein menschlichen Beziehungen, den ganzen menschlichen Wirrwarr, die Rätsel der Geschichte, das berührte mich sehr wenig. Es war einzig die Natur, die mich mit allen ihren Äußerungen, allen Ereignissen ihres verborgenen Lebens gefangennahm.

Was man die Naturgesetze nennt, erschien mir immer nur als zeitweilige Maske. Andere Kräfte beherrschen die Welt, und andere Ursachen lenken das Leben als die Wissenschaft annimmt. Diese Kräfte und diese Ursachen lüften gelegentlich die angelegte Maske und blicken wie durch einen Spalt aus der wissenschaftlichen Weltordnung hervor. Die Natur verspricht sich manchmal, und der selbsteingeübten Worte überdrüssig sagt sie plötzlich etwas ganz anderes, ein Wort, scharf und durchdringend, das zum Forschen reizt und auffordert. Dies ist der Augenblick, nütze ihn, erschaue und erlausche das Geheimnis der Welt. Da, wo es eine Abweichung vom Gewöhnlichen gibt, da suche das Selbstbekenntnis der Natur. So war mein Verstand von frühester Kindheit an von ungewöhnlichen Erscheinungen gefesselt. Sobald der Blick sich darauf richtet, spürt man schon an der Beschaffenheit des Gewöhnlichen (*wenn* man überhaupt an eine endgültige Wirklichkeit des Gewöhnlichen glauben will) unzweifelhaft die Beimischung von *Ungewöhnlichem*, von etwas größerem als dem gewöhnlichen Selbstzeugnis der Natur. Der Koloß des Memnon, der bei Sonnenaufgang einen Laut ertönen läßt, der singende Sand, Höhlen mit herabhängenden Stalaktiten und ihnen entgegenwachsenden Stalakmiten, Geysire, die von Zeit zu Zeit Wasserfontänen emporschleudern, feuerspeiende Berge und Schlammvulkane, menschenförmige Felsen, Giftpflanzen und aromatische Gewächse usw., usw. – das alles drängte sich in meinem Kopf und gab keine Ruhe. Anlässe für immer neue Aufregung gab es genug; in der russischen Zeitschrift »Priroda« und in der französischen »La Nature«, die wir seit ihrer Gründung durch Gaston Tissandier bis zum Tode meines Vaters bezogen. Am meisten aber fesselten mich in der »Priroda« die Aufsätze über Riesen und Zwerge, über Meteoriten und ganz besonders über Mißbildungen.

Körperliche Mißbildung, Wahnsinn, Gifte, tödliche Krankheiten, die verschiedenen zerstörerischen Kräfte der

Materie, das schien mir unerhört interessant und anziehend; wenn sich die Natur irgendwo verspricht, dann bestimmt hier, dachte ich. Sie verbirgt sich, schweigt oder spottet, sie spielt mit mir, um mich zur Tätigkeit anzureizen, sie will von mir erkannt sein. Manchmal kommt sie mir entgegen, indem sie wie zufällig ihren Vorhang ein wenig zur Seite schiebt. So ist es mit den Mißbildungen. In dieser Hinsicht stieß und stoße ich in meiner Umgebung auf wenig Gegenliebe, mit verächtlichem Stirnrunzeln wandte man sich von den Zeichnungen ab, die ich unzählige Male betrachtet habe und die mir nie über geworden sind. Für mich waren sie unsagbar anziehend und aufregend wegen des geheimnisvollen, eigentlich nicht erlaubten Gefühls, durch einen Türspalt zu blicken. Aber dann fand ich dieses Gefühl bei meinem Liebling E. Th. A. Hoffmann in Cyprians Worten aus den Serapionsbrüdern ausgesprochen: »...immer glaubt ich, daß die Natur gerade beim Abnormen Blicke vergönne in ihre schauerlichste Tiefe, und in der Tat selbst im Grauen, das mich oft bei jenem seltsamen Verkehr befing, gingen mir Ahnungen und Bilder auf, die meinen Geist zum besonderen Aufschwung stärkten und belebten.« Wohl hundert Mal habe ich die Zeichnungen von den Händen mit sechs Fingern, den Füßen mit sechs Zehen, von den zusammengewachsenen Zwillingen, von Menschen mit zwei Köpfen, von zyklopischen Mißbildungen mit nur einem Auge auf der Stirn, von über und über behaarten Menschen und anderen Monstrositäten betrachtet, und das hat sich mir so sehr eingeprägt, daß ich jetzt noch jede Zeichnung wiedergeben könnte. Jede dieser Mißbildungen war für mich gleichsam ein metaphysisches Loch in der Welt, Zugang zu einem anderen, einem Ur-Sein, und mit vor Erregung klopfendem Herzen drängte es mich zu diesen Durchbrüchen im Weltgebäude, und ich blickte begierig in die sich hinter ihnen auftuende schwarze Nacht. Als ich dann lesen gelernt hatte, fand ich bei Puschkin, in der Ausgabe von Pawlenkow, wohl einem der ersten Bücher, auf das ich gestoßen war und von dem ich mich nie mehr trennte, eine Stelle, die mir sehr vertraut vorkam.

Ganz gleich, wo Untergang uns droht,
Das Herz des Menschen reizt der Tod
Mit unerklärlichen Genüssen –
Pfand der Unsterblichkeit – vielleicht!
Und glücklich ist, wer in den Wirren
Genuß gefunden und erreicht.

1920. 9. VII.

Dort, wo der ruhige Gang des Lebens unterbrochen war, das Gewebe der gewöhnlichen Ursächlichkeit zerrissen, dort sah ich die Gewähr für die Geistigkeit des Seins, vielleicht auch der Unsterblichkeit, von der ich übrigens so fest überzeugt war, daß sie mich wenig beschäftigte, wie sie mich auch später nicht beschäftigt hat und sich von selbst verstand.

Die ganze Welt war ein Märchen, das sich an manchem Ort verbarg, an anderem offenbarte. Aber auch dort, wo das Märchen zu schlafen schien, sah ich, daß es nur so tat: Wartend blickten seine Augen durch die halbgeschlossenen Lider.

Märchen. Meine Eltern begegneten meinem angeborenen, dem Märchen zugeneigten Weltgefühl damit, daß sie mich von der Welt der Märchen möglichst fernhielten. Einer der Gründe dafür war wohl meine übergroße Sensibilität; meine Eltern glaubten, daß es meiner ohnehin schwachen Gesundheit vielleicht schaden könnte, wenn sie mich in die Welt der »Phantasie« einführten, weshalb sie mein außerordentlich reizbares Nervensystem vor allen Eindrücken bewahrten, in denen sie nicht ohne Grund eine reiche Nahrung für Ängste und das Gefühl des Geheimnisvollen in der Natur vermuteten. Außerdem schien es meinen Eltern ratsam, mich davor in Hinblick auf die Weltanschauung zu bewahren, damit von

Kindheit an naturwissenschaftliche Auffassungen in mich einflössen und den Zugang zu Gedanken über das Jenseits versperrten.

Mein Vater, der skeptischer und deshalb toleranter war als meine Mutter, wäre auch in dieser Hinsicht zugänglicher gewesen und hätte mir die Märchen eher gestattet. Er kaufte mir, allerdings als ich schon etwas älter war, Märchenbücher, obwohl meine Mutter damit offensichtlich unzufrieden war. Meine Mutter verweigerte uns Märchen strikt. Uns Kindern wurden keine Märchen erzählt oder vorgelesen, keine Märchenbücher geschenkt, und selbst die Begriffe aus der Volksmythologie sollten uns fremd bleiben. Das war das Programm – den Verstand zu schulen, frei von Atavismen der Menschheitsgeschichte, gegründet auf eine wissenschaftliche Weltanschauung. So wurden uns Kindern, besonders mir, dem ältesten, zoologische, botanische, geologische, anatomische usw. Darstellungen gezeigt. Von Kindesbeinen an standen vor mir die verschiedensten Erscheinungen der organischen und nichtorganischen Natur, die sich mir scharf ins Gedächtnis eingeprägt haben. Mein Vater, Tante Julia, seltener meine Mutter erzählten und erläuterten unermüdlich und trieben alles Übernatürliche erbarmungslos aus: Für alles fand sich eine naturwissenschaftliche Erklärung, schematisch einfach und durch und durch verständlich. Dabei wurde immer die strenge Gesetzmäßigkeit in der Natur und die Kontinuität aller Erscheinungen hervorgehoben. Wenn ich mich aufgewühlt am Ende des Tages schließlich hinlegte nach allen Hinauszögerungen und Protesten und mich noch lange unruhig hin und her wälzte und die Muster des Teppichs oder der Tapeten mit den Augen verfolgte, die ich bis in die letzte Windung kannte, erbarmte sich Papa meiner, kam ins Schlafzimmer, setzte sich auf den Rand meines Bettes und begann zu erzählen, manchmal von Reisen, von Livingstone, Stanley oder Cook, von wilden Volksstämmen, unter denen mich besonders die Menschenfresser anzogen, von der Steinzeit und von der Bronzezeit, von Bergwerken und Fabriken, von den Erdzeitaltern, dem Sonnensystem und den Sternenwelten, von der Kant-Laplaceschen Hypothese der Weltentstehung, von der Theorie der Schall- und der Lichtwellen, den Grundlagen der Thermodynamik, vom Darwinismus, als dessen Wesen mein Vater die Kontinuität ansah. »Unendlich kleine Ursachen, die Jahrhunderte hindurch wirken und sich im Laufe sehr langer Epochen ansammeln können, schließlich zu einer Veränderung führen, das hat Darwin entdeckt«, sagte mein Vater mir. Ich gehe deshalb darauf ein, weil für meinen Vater die *Idee der Kontinuität* Grundlage und Mittelpunkt der wissenschaftlichen Weltanschauung, der Wissenschaftlichkeit war, während er das innerste Wesen einer märchenhaften Anschauung in der entgegengesetzten Idee, in der Idee der *Diskontinuität* ausgedrückt fand.

Mein wahrscheinlich größtes Interesse erregten die Kometen. Mit einem Verlangen, das man nur mit einem großen Durst vergleichen kann, an dem ich in meiner Kindheit ständig litt, sehnte ich mich danach, einen Kometen mit eigenen Augen zu sehen, und in Ermangelung eines Originals entzündete sich meine Phantasie an den Kometenzeichnungen in Meyers Konversationslexikon und in den Lehrbüchern der Astronomie. In gewisser Weise wurde mein Verlangen dadurch gestillt, daß mein Vater davon erzählte, wie er Kometen gesehen hatte: Bei der Verbundenheit zwischen meinem Vater und mir waren seine Augen beinahe die meinen, und ich hatte den Kometen, den mein Vater gesehen hatte, gewissermaßen selbst gesehen. Papa erzählte mir von dem Kometen, den er in seiner Jugend gesehen hatte, das war wahrscheinlich der Komet vom August 1876, und von einem zweiten im Jahre meiner Geburt, dem Kometen vom September 1882, dem nach Newcombs Worten »bedeutendsten Naturschauspiel in unserem Jahrhundert«.

Dies und ähnliches hat mein Vater viele Male erzählt. Es war allgemein anerkannt, daß er über große pädagogische Fähigkeiten verfügte; da er alles, was er erklären wollte, beherrschte und eine klare Vorstellung davon hatte, konnte er so gut erzählen, daß selbst schwierige und langweilige Gegenstände spannend wurden und sich wie von allein einprägten. Nie tat er etwas obenhin, unlustig und ohne Genuß; was immer er anfaßte, es wurde unter seinen Händen und in seinen Worten lebendig. Alles wurde veredelt, wurde interessant und bedeutend, jede Sache begeisterte ihn auch selbst, er erhellte sie durch seine exakten Kenntnisse und sah sie in weiten Perspektiven. Er liebte uns über alles, und wir ihn ebenfalls, außerdem brachte mich auch die nächtliche Dunkelheit und die bevorstehende quälende Schlaflosigkeit dazu, mich an die nächtlichen Erzählungen des Vaters zu klammern. Verständlich, daß seine Worte, die eigentlich meiner Neigung zuwiderliefen, Spuren hinterließen, in mein Bewußtsein Eingang fanden und ihre Wirkung taten. Über meinem eigenen Weltverständnis, dem eines magischen Idealismus, bildete sich eine dünne Schicht, die mich hinderte, frei zu atmen; es war die Idee der Kontinuität, die ihrem Wesen nach das Wunderbare ausschloß und meinen Verstand zu durchdringen versuchte. In meine Seele drangen Begriffe ein, die ihr fremd waren, ja ihrem Wesen feind, doch indem sie sie bedrängten, verwandelten sie sich zugleich in etwas, was, glaube ich, wiederum den Absichten meines Vaters fremd war. Meine Eltern wollten mich vor zu starker nervlicher Aufregung bewahren; aber alle diese Milchstraßen und Nebelflecken, die Lichtjahre, Spektroskope und Teleskope, die Saturnringe, die Jupitermonde und Venusphasen, die Erdzeitalter, das unendlich Kleine und das unendlich Große, Bakterien und Plesiosaurier, die konische Lichtbrechung und das Nordlicht usw., usw. bewegten und erregten den Verstand viel mehr als die der Menschheit und allen Kindern natürlichen gemeinsamen

Vorstellungen von Wassernixen und Waldteufeln, und dies zudem in ganz unnatürlicher Weise in einer ungesunden Erregung, da sie mich von mir selbst losrissen und mein seelisches Leben in eine Richtung lenkten, die ihm gar nicht eigen war. Die Tatsachen und Fiktionen der Wissenschaft waren für mich weit weniger natürlich als die mystische Fauna der Märchen. Meine Eltern, besonders mein Vater, wollten mich zum kritischen Denken erziehen, sie wollten alles tun, um mich vor jeder Art religiösem Dogmatismus zu bewahren und damit vor Fanatismus und Unduldsamkeit, denn eine gefährlichere Leidenschaft gab es nach der festen Überzeugung meines Vaters nicht. Um sich und die anderen gegen jeden Fanatismus zu feien, löschte er das Feuer der Überzeugungen mit dem Axiom von der Relativität allen Wissens und aller Urteile. »Es gibt nichts Absolutes auf der Welt«, war seine ständige Rede. Ich staune darüber, daß er den für ein Kind so natürlichen wissenschaftlichen Protest gegen die Relativität unserer Kenntnisse nicht bemerkte. An die Stelle des allgemeinmenschlichen religiösen Dogmatismus und der ebenso allgemeinmenschlichen religiösen Unduldsamkeit trat bei mir ein wissenschaftlicher Dogmatismus, der Katechismus eines wissenschaftlichen Weltverständnisses, der imgrunde widernatürlich ist, denn das Wesen der Wissenschaft ist das genaue Gegenteil, nämlich Kritik; auf dem Boden des wissenschaftlichen Dogmatismus gediehen ebenso wissenschaftlicher Fanatismus und wissenschaftliche Unduldsamkeit. So entwickelte sich ein Wissenschaftshochmut, ein mörderischer Hochmut, muß man sagen, denn von dem wissenschaftlichen Dogmatismus aus gesehen galt einer, der ihm nicht beipflichtete, kaum noch als Mensch. Laplace und Lyell, Darwin und Haeckel nahmen einen Platz in der Seele ein, der ihnen eigentlich nicht zustand, und bekleideten sich mit den Attributen der Heiligen Väter und der Kirchenlehrer. Das schlimmste war, daß alle diese Auffassungen, die mir den Kopf heiß machten und mein Denken antrieben, wild und mit größtem Nachdruck auf Anwendung ad extra aus waren, in meiner Seele, wo sie eigentlich wirken sollten, aber keinen Widerhall fanden; obwohl ich sie nach außen hin heftig vertrat, blieben sie an der Peripherie der Seele.

Ein umgekehrter Seminarbetrieb. Dort bleiben die dogmatischen Begriffe der Kirche an der Peripherie, und das tiefere seelische Leben wird von Materialismus, Evolutionismus und Mechanizismus beherrscht. Hier geschieht das Gegenteil, doch mit einem gefährlichen Unterschied: Das Vertrautwerden mit den kirchlichen Begriffen von Kindheit an, wenn es auch etwas anders vor sich geht als in den geistlichen Seminaren, entspricht den Bedürfnissen der Seele, während die Anerziehung einer wissenschaftlichen Weltanschauung ihnen zuwiderläuft. Die Aufnahme der Welt als etwas Lebendiges und Geistiges, die ganze naturgegebene Symbolik der Natur, alle sittlichen und zärtlichen Gemütsbewegungen verbargen sich tief in der Seele. Dafür war im Reich des Denkens kein Platz, der wissenschaftliche Anstand gebot, darüber nicht zu sprechen, man rechnete nicht damit und verhielt sich dazu wie zu etwas, das gar nicht da ist. Aber es hörte nicht auf, da zu sein, es war in den Untergrund gegangen. In meinem seelischen Leben entstand ein Riß, kam es zu einer Spaltung, der Riß wurde immer breiter, und das führte zu einer großen Krise, von der an gegebenem Ort zu sprechen sein wird.

Aber zurück zu meiner rationalen Erziehung. In dem Wunsch, mich vor der »Mystik« zu bewahren, erreichten meine Eltern das Gegenteil, indem sie nämlich in meiner Kindheit nichts an mich heranließen, was die Haut der Seele abgehärtet und sie vor zu großer mystischer Empfindsamkeit geschützt hätte. Mein Organismus wurde gegen die Mystik nicht immun gemacht. Da ich so ohne die natürliche, allen gemeinsame Nahrung blieb, suchte ich umso begieriger und leidenschaftlicher nach ihr, ich entdeckte selbst auf *eigenen*

Wegen die mir verbotenen Vorstellungen und schuf mir meine eigene Mythologie, mit Feuereifer rekonstruierte ich, so gut es ging, die Volksmythologie aus jenen Bruchstücken und Hinweisen, die unabsichtlich jedes Buch, die Sprache selbst und schließlich bestimmte unfreiwillige Andeutungen meiner Eltern enthielten. Wie sehr mich auch meine Eltern vor der mystischen Fauna zu bewahren suchten, bin ich doch bald kraft eigener geistiger Anstrengung zu den Waldteufeln, Wassernixen und Hausgeistern und besonders zu den Feen, Genien, Elfen und ähnlichen anmutigen leichten und lichten Gestalten gelangt. »Nie würden jene Geschichten«, las ich später in E. Th. A. Hoffmanns »Der unheimliche Gast« und fand darin meine innere Erfahrung vollauf bestätigt, »die uns als Kinder doch die allerliebsten waren, so tief und ewig in unserer Seele widerhallen, wenn nicht die widertönenden Saiten in unserm eigenen Innern lägen. Nicht wegzuleugnen ist die geheimnisvolle Geisterwelt, die uns umgibt, und die oft in seltsamen Klängen, ja in wunderbaren Visionen sich offenbart. Die Schauer der Furcht, des Entsetzens mögen nur herrühren von dem Drange des irdischen Organismus.«

Ich finde Hoffmanns Worte durch meine Erfahrung bestätigt, allerdings mit dem Unterschied, daß meiner mystischen Welterfahrung damals nichts Düsteres anhaftete, die dunklen Mächte mich wenig kümmerten und mein Blick vorwiegend auf die reizenden und edlen Geschöpfe gerichtet war, auf die Seelen der Blumen, der Vögel und der Bäche, auf Feen und Elfen, die mich zu ihrer und meiner Freude wie Kolibris umflatterten. Die lastendere und drohendere Welt spürte ich auch, aber sie blieb im Hintergrund und ließ nur manchmal ein fernes Donnergrollen hören, sie trat erst später in Erscheinung: Damit begann die Periode der Ängste und Schrecken.

Die Märchen hinterließen äußerlich nicht die geringste Spur in meiner Seele, aber aus ihren Tiefen stiegen von selbst Märchenlüfte auf und verkörperten sich in Gestalten, die den alten Gestalten des Volksglaubens ähnlich waren. Das Geheimnis der Natur klang auf den Saiten meiner Seele wider, aber der Klang brach sich, da er keine, den Übergang in allgemeinmenschliche Gestalten erleichternden Durchlässe vorfand, nur mit Mühe und unter Schmerzen Bahn, vielleicht viel zu klobig bei seiner Suche nach dem Übergang, der Suche nach einer das Geheimnis umhüllenden Form. Dieses Bedürfnis nach Mystik, dieses Verlangen nach dem Wunderbaren wandte sich dorthin, wo es wenigstens den Schein eines Wunders erhoffen durfte.

Das *Zaubern* war es, das meine Phantasie beschäftigte, es gab mir die Möglichkeit, in der scheinbar leicht durchschaubaren Kombination von Handlungen und Verfahrensweisen, die man mir erklärte und die ich perfekt beherrschen lernte, einen irrationalen Rest zu entdecken: *durchschaubar* und doch etwas mehr als eine einfache Kombination geschickt gehandhabter Verfahren. Ich wußte, wie man ein Zauberkunststück macht, genauso wie ich spürte, warum es eine bestimmte Naturerscheinung gab; doch dahinter zeigte sich – beim Zauberkunststück genauso wie bei der Naturerscheinung – etwas Geheimnisvolles, das keine gegenteilige Versicherung der Erwachsenen zu zerstören vermochte. Allein der *Schein des Wunders* war das Wunderbare. Nicht ohne Grund hatte Magie immer auch mit Taschenspielerei zu tun, was allerdings die Magier nicht daran hinderte, an die Macht der Magie zu glauben.

1920. 10. VII. Sergijew Posad

Und nicht ohne Grund bestand die Thaumaturgie der Alten und die »weiße Magie« des Mittelalters und der Renaissance im wesentlichen aus Zauberkunststücken. Dort, wo das Wunderbare ausgeschlossen ist, ist das Zauberkunststück natürlich *nur* Kunststück, leerer Schein des Nichtvorhandenen, des Unmöglichen. Aber wenn das Wunderbare *überhaupt* anerkannt wird, kann sein Einbrechen nicht nur auf bestimmte, genau festgelegte Durchlässe in der Welt beschränkt gedacht werden; wie ein Duft durchzieht es alles, wenn es auch Orte stärkeren und geringeren Wohlgeruchs gibt. Das Wunderbare läßt sich als musikalische Begleitung denken. Es bildet den Hintergrund allen Geschehens, ist aber einmal mehr, einmal weniger zu vernehmen, und der mächtige Schall der Posaune ist in seinem Wesen nichts anderes als der zarteste Flötenton. Alles ist wunderbar, alles ist von geheimnisvollen Kräften und ihrem Wirken durchwebt, in dem einen Fall offenkundiger als in dem anderen. Wie die Wellen im Ozean, an einer bestimmten Uferlinie zurückgeworfen, sich gegenseitig außerordentlich verstärken, so gleichen manche Erscheinungen in bezug auf das Wunderbare einem gekrümmten Spiegel. Alles ist wunderbar. In diesem Sinne ist auch das Zauberkunststück, so verständlich es immer sein mag, im Grunde wunderbar. Da aber, wo der *Wille* vorhanden ist, das *Wunderbare* oder wenigstens den Schein des Wunderbaren absichtlich zu erzeugen, muß man der Verstärkung des Wunderbaren gewärtig sein, das alles durchdringt. Denn dieser Wille bringt das Zauberkunststück erst hervor. Wenn er dadurch, daß er das Wunderbare vorspielt, indem er es nachahmt und darstellt, den Zuschauer nur für einen Augenblick, für ein sich ihm entringendes Ach dazu bringt, an das sichtbar eingetretene Wunder zu glauben, dann muß es da auch eine *Welle* geben, eine momentane Erhebung, es muß sich etwas ereignen, was eben *mehr* ist als die eingesetzten physischen Mittel und reine Geschicklichkeit. Der Schein ist wunderbar, wenn auch Schein; er enthält tatsächlich so etwas wie ein momentanes Wunder und fordert dadurch die Natur zur Nachahmung heraus. Das Zauberkunststück ist gar nicht so »einfach« wie die Erwachsenen denken, sondern ein Verfahren nachahmender Magie; alle Magie beruht letzten Endes auf einer ausgesandten Welle des Willens, auf Konzentration, die durch bestimmte Rituale erreicht wird, und auf der scheinbaren – poetischen, malerischen, bildhauerischen, dramatischen, choreographischen usw. – Erzeugung jenes Wunders, das man erwartet und das man sucht. Nicht in diesen Worten, aber in dieser Richtung dachte ich in meiner frühen Kindheit über das Zauberkunststück nach. Ich kann meine damaligen Gedanken durch eine interessante Auskunft belegen.

Der durch seinen leidenschaftlichen Kampf gegen den Spiritismus und den Aberglauben überhaupt bekannt gewordene Lehmann veranstaltete zur endgültigen Entlarvung der Zauberer und Medien mehrere Seancen, bei denen er, wie er berichtet, selber als Medium auftrat, d. h. als Provokateur, und in öffentlichen Veranstaltungen führte er bewußt verschiedene Zaubertricks vor. Er hatte Erfolg, viele ließen sich durch seine Zauberkunststücke täuschen. Aber der Getäuschte war imgrunde er: Die von ihm selbst vorgeführten Zauberkunststücke, der von ihm erzeugte Schein eines spiritistischen Wunders rief selbst bei fehlendem magischen Willen, jedenfalls auf Seiten Lehmanns, auf dem Wege der Nachahmung wirkliche spiritistische Erscheinungen hervor, ganz gegen die Überzeugung und gegen die Absichten des zaubernden Gelehrten. »Es steht fest, daß Davey wie auch ich unsere schönen Resultate hauptsächlich durch Zauberkunststücke erzielt haben«, schreibt er und fährt fort: »Bei meinen eigenen mediumistischen Versuchen traten andeutungsweise einige höchst bemerkenswerte psychische Phänomene auf, die bis zu einem gewissen Grade die Ursache des glücklichen Ausgangs meiner Versuche waren. Ich zweifle daher nicht, daß es das Auftreten solcher Erscheinungen ist, die ein physisches Medium von einem gewöhnlichen Zauberkünstler unterscheidet.« Des weiteren äußert Lehmann die Überzeugung, daß bei dem berühmten Zauberer Davey, der spiritistische Erscheinungen hervorrief, nicht alles nur Zauberkunststück war. Folglich bestand die Ablenkung beim Zaubern durch

Lehmann, Davey und den anderen nicht, wie sie selbst glaubten, statt in Spiritismus in gelungenen Tricks, sondern die berüchtigte Pfiffigkeit bei ihren Tricks war wirklichem Spiritismus gewichen, freilich nicht vollkommen, wie ja auch bei den authentischen Medien nicht alles Magie ist. Als Zuschauer, die Eintritt zahlen, um Zauberkunststücke zu sehen, haben wir häufig Grund, uns wie die Königin aus Andersens Märchen zu empören, daß man uns eine wirkliche Nachtigall, eine wirkliche Rose und echtes Wangenrot zeigt, wo wir doch gekommen sind, eine Imitation zu sehen. Aber das ist es gerade, es gibt keine feste Grenze zwischen Scharlatanerie und Okkultismus, zwischen Zauberkunststück und Magie, eins geht in das andere über, das eine ruft das andere hervor. Es gibt kein Zauberkunststück ohne Wunder, wie es auch kein Wunder der Magie ohne Zauberkunststück gibt.

Bei all seiner Verständlichkeit sah ich auch in dem einfachsten Zauberkunststück ein *magisches* Verfahren, und ich beobachtete es oder dachte darüber nach mit gespanntester Aufmerksamkeit, aber auch mit abergläubischer Furcht: Ich saugte mich mit den Augen an ihm fest und erstarrte fast vor mystischem Schauder. Die Erwachsenen verstanden das Zwiespältige meiner Haltung nicht und dachten vermutlich, die Bekanntschaft mit den – natürlich zu entlarvenden – Zauberkunststücken würde meine Hinneigung zu dem Wunderbaren an der Wurzel treffen.

Eines Tages nun verkündete mein Vater, als er aus der Stadt nach Hause kam, feierlich – ihr müßt euch vorstellen, daß Batum ein kleines Städtchen war, in dem sich selten etwas Besonderes ereignete –, daß ich und Ljusja heute Abend zu der Zauberschau des in Batum gastierenden berühmten Zauberers Robert Lenz gehen würden. Und er überreichte der Tante eine Logenkarte für jenen Schuppen aus Wellblech, der in Batum Theater genannt wurde, und zwei Exemplare des Programms mit den Zauberkunststücken. Allein das Äußere dieser Programme war aufsehenerregend: Auf Zigarettenpapier gedruckt, umrahmt von Blumen, die uns der Gipfel des Schicks zu sein schienen, waren diese Programme auch noch parfümiert. Meine Tante suchte uns die allerungewöhnlichsten Wunder heraus. Es gab sogar eine Nummer »Surprise«, bei der etwas verteilt werden sollte, die mir schon wegen des Wortes »Surprise« gefiel. Die letzte Abteilung: »Abtrennung des Kopfes bei lebendigem Leibe«. Ströme von Blut schossen in meiner Phantasie aus dem Stumpf des Halses, liefen über den Fußboden und überschwemmten alles ringsumher. Blut, hellrotes Blut, das in der Sonne aus sich leuchtet und das ganz und gar lichtdurchtränkt ist, war schon immer für mich ein geheimnisvoller »ganz besonderer Saft«.

Dieses Programm erregte mich aufs äußerste, und mein ganzes Aussehen verriet meine krankhafte Angespanntheit; wie sehr ich mich auch zu beherrschen versuchte, ich zitterte vor Erwartung und Schreck wie im Fieber. Da entschieden die Erwachsenen, daß wir nur bis zur vorletzten Abteilung im Theater bleiben und dann nach Hause fahren sollten, weil uns die Vorführung einer Hinrichtung zu stark erschüttern könnte. Ich selbst war über diese Entscheidung auch froh, weil ich fürchtete, diese blutige Szene nicht ertragen zu können; ich war schon bis zum äußersten gespannt. So neugierig ich auf diese Hauptattraktion war, fürchtete ich sie doch so sehr, daß ich gegen die getroffene Entscheidung nicht protestierte. Die merkwürdigen Programme steckten in besonderen kleinen Umschlägen, und ich habe meines lange aufgehoben, vielleicht befindet es sich noch heute irgendwo unter meinen Papieren. Voller Spannung und Aufregung verging der restliche Tag. Man versuchte, uns mittags schlafen zu legen, aber ich konnte natürlich kein Auge schließen und sprang immerfort auf. Feiertäglich gekleidet brachte man uns am Abend in den Blechschuppen, unser Entzücken war grenzenlos. Meerschweinchen wurden geteilt, so daß sie sich verdoppelten, und wieder geteilt, so daß sie sich wieder verdoppelten usw. – mehrere Male hintereinander. Einen Papierrubel, an dessen gelbbraune Farbe ich mich genau erinnere, zog Lenz bis zur Größe einer riesigen Fahne auseinander. Ein von unten mit einem absichtlich knirschenden Schlüssel aufgezogener spiritistischer Tisch schwebte über die ganze Bühne. Eine mit einem Kupferstößel zu Pulver zermahlene Uhr wurde als Ladung in einen Revolver gestopft; der Gehilfe von Lenz schoß, und die Uhr fand sich bei jemandem aus dem Publikum unter der Nase wieder, zum Verdruß des Betreffenden und zum Vergnügen der Umsitzenden. Nach einem der Zauberkunststücke wurde auf Lenz geschossen, aus seiner Hand floß Blut; nachdem er die Wunde in einer Schüssel mit Wasser gewaschen hatte, schüttete Lenz den Inhalt der Schüssel ins Publikum, und statt des Wassers ergossen sich über das Publikum Künstlerfotos von Lenz, das war die versprochene Surprise. Und noch vieles andere dieser Art, was mir wirklich wie Magie vorkam, obwohl ich genau wußte, daß das eine Sache der Geschicklichkeit und bestimmter Apparate war, und obwohl Lenz eines dieser Zauberkunststücke auf der Bühne selbst erklärte. Die Erklärung, die er gab, erschien mir übrigens überflüssig und etwas taktlos, da sie die Atmosphäre des Wunderbaren in unziemlicher Weise verletzte. Lenz entsprach in *allem* meinen Vorstellungen, außer in der Aufdeckung des eigenen Zauberkunststücks. Im Innersten glaubte ich ihm keineswegs, daß das so einfach sei (obwohl ich das aufgeklärte Zauberkunststück selbst ausführte), und hielt seine Erklärung für ein Manöver, bestimmt, davon abzulenken, daß sich in dem Augenblick etwas wirklich Magisches ereignete. Von dem Wunderbaren erlabt, ließ ich mich vor der letzten Abteilung ohne Murren nach Hause bringen: Da wirkte mein gewöhnlicher Gehorsam und das Bewußtsein, daß ich genug von den Geheimnissen der Natur zu sehen bekommen hatte, sogar mehr als mir zustand, vor allem aber hatte mich das kalte Grausen gepackt bei dem Gedanken, etwas so Schreckliches mit ansehen zu sollen. Ohnehin war ich schon einem Nervenschock nahe, noch ehe wir weggingen. Einer von den Erwachsenen, der bis zum Schluß geblieben war, sagte später, wir seien zur rechten Zeit gegangen und es sei nur gut gewesen für uns, daß wir die tatsächlich schlimme Szene und das vergossene Blut nicht mit angesehen hätten.

1920. 11. VII.

Diese Vorstellung von Lenz hinterließ eine unauslöschliche Spur in meinem Gedächtnis. Beim Zuschauen und dann auch beim Nachdenken darüber verbanden sich die einzelnen getrennten Momente der Zauberkunststücke durch sie einende Zwischenglieder. Ich *sah* tatsächlich, wie der Rubelschein sich in den Händen des Zauberkünstlers streckte und zur Größe eines Lakens anwuchs, wie ein Meerschweinchen sich in zwei Meerschweinchen teilte und jedes von ihnen wieder in zwei. Der Schein des Wunders im Zauberkunststück bestärkte mich in der Überzeugung, daß das Wunder überhaupt möglich ist, mehr noch, daß alles, was nach Meinung der Erwachsenen auf »natürliche« Weise geschieht, in Wirklichkeit ebenso wunderbar ist und manchmal vielleicht ein Zauberkunststück.

Eins ist wirklich, das andere Schein. Wirklich sei die Geschicklichkeit, das Wunderbare Schein, meinten die Erwachsenen. Doch geht es nicht auch umgekehrt? Schein ist die Geschicklichkeit, und wirklich ist das Wunder. Schein ist die Kontinuität des Verwandlungsprozesses, wirklich ist die Folge wunderbarer Sprünge, diskontinuierlicher Sprünge der Realität, wirklich sind Anstoß und überraschendes Erscheinen. Aus einer verschlossenen Kiste verschwindet das Ding, das man hineingelegt hat – »scheint« zu verschwinden, meinen die Erwachsenen. Aber vielleicht ist es umgekehrt; es scheint, als liege die ganze Zeit etwas in meiner Kiste, während es in Wirklichkeit vielleicht immerfort verschwindet, viele Male in einer Sekunde verschwindet und wieder auftaucht, hier liegt und noch woanders, an einem ganz anderen Ort. Die Uhr sei in Wirklichkeit ganz geblieben, meinen die Erwachsenen, es scheine nur, als sei sie zertrümmert worden und dann wieder zusammengewachsen. Ist es aber nicht umgekehrt? Den Erwachsenen scheint es, als sei die Uhr ganz geblieben, während sie in Wirklichkeit bald zerfällt, bald zusammenwächst.

Die Schlüsse, die mein Verstand zog und die ich nachdrücklich, vielleicht nicht sehr deutlich äußerte, entwickelten sich unwillkürlich und unaufhaltsam weiter, sie nahmen an Kompliziertheit und Umfang zu. Ein Zauberkünstler scheint ein Zauberkünstler, eine Art Betrüger zu sein; er wird für einen Zauberkünstler gehalten. In Wirklichkeit ist er aber vielleicht gar kein Zauberkünstler, sondern ein wirklicher Zauberer; und das, was als Zauberkunststück erscheint, ist es am Ende gar nicht, sondern wirklich Magie. Hält man die Zauberkunststücke für Betrug, dann bleibt zu fragen, wer eigentlich der Betrogene ist. Vielleicht betrügt sich der Zauberkünstler selbst.

In meinen Gedanken begann die Überzeugung Fuß zu fassen, daß das »Einfache« durchaus nicht so einfach ist, wie man es hinstellt, daß das »Erklärte« keinesfalls erklärt ist, wie sich die Erklärer schmeicheln. Das Kontinuierliche ist durchaus nicht kontinuierlich, das Identische nicht identisch, sondern verschieden, und das Verschiedene ist nicht verschieden, sondern identisch. Ich kam zu der festen Überzeugung, daß, mit meinen heutigen Worten gesagt, im innersten *Wesen*, in der geheimnisvollen Tiefe, in die die Erwachsenen sich zu blicken fürchten, in die sie nicht blicken wollen und wohin sie mich nicht blicken ließen, daß dort die Gesetze der Identität und des Gegensatzes machtlos sind und ganz *andere* Gesetze gelten: die Identität des Gegensätzlichen und die Gegensätzlichkeit des Identischen; ein Ding ist *nicht* es selbst, sondern ein anderes Etwas ist dieses Ding.

Mit Feuereifer nahm ich alle möglichen Erklärungen des Lebens, selbst die rationalsten, in mich auf, ich sog sie förmlich ein; im Innersten behielt ich mir aber doch das Recht vor, das Entgegengesetzte zu denken, indem ich eine gewisse pragmatische Nützlichkeit der rationalen Erklärungen als Arbeitsgrundlage anerkannte, aber zugleich das Sekundäre, Bedingte und Leere daran vor Augen hatte. Ich lernte bald, mit zweierlei Verstand zu leben: an der Oberfläche mit dem Verstand der Erwachsenen, indem ich mir mit Leichtigkeit die Gesetze der Logik aneignete, und in der Tiefe mit meinem *eigenen*, kindlichen Verstand, indem ich die Welt im Geiste des magischen Idealismus aufnahm, eine Bezeichnung, der ich erst viele Jahre später begegnete. An der Peripherie konnte ich hitzig und sogar fanatisch die eine oder andere wissenschaftliche Erklärung verteidigen, in meinem Herzen jedoch glaubte ich an wissenschaftliche Erklärungen nicht, ich hielt sie für bedingt (was sie auch tatsächlich sind). Ich spürte, daß ich über das andere Weltverständnis, mein Weltverständnis, nicht laut sprechen durfte und verbarg es als das Geheimnis meiner Seele. Es kam mir unanständig und naiv vor, vor anderen die Welt magisch zu erklären: Es gibt vieles, was man anderen nicht sagen darf. Ich *schien* »Wissenschaftler« zu sein, wo ich doch zuinnerst »Magier« war. Das war jedoch keine Heuchelei, sondern eine eigenartige Schamhaftigkeit, geistiger Anstand.

1920. 12. VII.

So sitze ich nun über diesen Erinnerungen. Im Nebenzimmer spielt ein leichter Wind mit den langen Glasröhrchen, den Fransen des großen Schirms der Hängelampe; die Glasfransen klingen leise, als ob sie ihre Stimme erhöben, als ob sie etwas miteinander zu besprechen hätten. Ein angenehmer, geheimnisvoller, etwas unheimlicher Klang. Er ruft mir meine kindlichen Empfindungen und meine kindlichen Gedanken in Erinnerung. Die mechanische Erklärung wäre zu billig. Schon meine Kinder wissen, daß »wissenschaftlich gesehen« der Wind den Klang erzeugt. Die mechanische Erklärung ist hier mehr als einfach, und man könnte meinen, wenn sie irgendwo genügte, dann hier. Aber ich *höre* das Geheimnisvolle dieses Wechselklangs, mein Ohr nimmt es wahr, und ich kann mich des momentanen Eindrucks nicht erwehren, daß in diesen zerbrechlichen, abreißenden Klängen ein *Sinn* steckt, der mir zwar nicht ganz zugänglich, aber doch im allgemeinen verständlich ist. Dieser Wechselklang hat die Färbung des Geheimnisvollen, Sorglosen, Unschuldigen; und hat er das, dann muß es auch möglich sein, seinen Gegenstand zu erkennen – sein geistiges Wesen. In diesem Fall ist dieser Gegenstand zwar geheimnisvoll, aber ungefährlich und von zerbrechlicher Grazie. Es sind unschuldige und sorglose kleine Wesen, die sich mit feinen Stimmchen unterhalten oder kleine Verschwörungen anzetteln. In anderen Fällen pflegt die geistige Atmosphäre drohend und unheimlich zu sein. Hört man nicht im Brüllen des Automobils den Minotaurus? Das tiefe sonore Tuten der alten Lokomotiven – hört es sich nicht an wie die Stimme riesiger, aber gutartiger Tiere aus einer prähistorischen Vergangenheit? Mein Vater ging mit mir gern an Orte mit deutlich hörbarem mehrfachen Echo, unter anderem auf den Ker-Ogly in Kodshory und auf das Elisabeth-Plateau in Borshom, das sich über dem Kurpark mit den Mineralquellen befindet. Mein Vater versuchte, mich zur Furchtlosigkeit zu erziehen, aber wenn er rief, erschrak ich vor dem Echo so, daß ich seine Hand faßte und ihn flehentlich bat, nicht mehr zu rufen. Besonders erschrak ich einmal in Borshom, und zwar so, daß mir die Beine versagten und ich nicht mehr weiterkonnte. Mein Vater erklärte mir die physikalische Ursache des Echos, ich machte mir seine Erklärung ganz und gar zu eigen und verstand es sogar, den Abstand zu der das Echo zurückwerfenden Fläche zu berechnen. Ich machte mir das alles zu eigen, erklärte es auch anderen, lachte vielleicht sogar über die Furcht der anderen, jedenfalls über ihre Unkenntnis der Ursache des Echos, und doch wurde mir bei all dem immer klarer, daß es mit der physikalischen Erklärung nicht getan sei, daß es geheimnisvolle Kräfte oder besser geheimnisvolle Wesen gäbe, die das Echo hervorriefen, daß diese Geister schaurige Geister seien, mit denen in Verbindung zu treten riskant, die zu necken gefährlich sei, die sich, hinter der Maske physikalischer Verständlichkeit versteckt, aufführten, als gäbe es tatsächlich nur den mechanischen Widerhall eines Lautes, die aber zu Zeiten, da sie mit eigener Stimme schrien und und etwas eigenes riefen, durchaus nicht das, was wir ihnen zugerufen haben, sich so sehr in ihrer furchterregenden Echtheit offenbarten, daß du allein durch ihr Erscheinen auf der Stelle tot wärst. Meine unmittelbare Wahrnehmung bestätigte mir, daß natürlich die physikalische Erklärung möglich sei, daß man aber hinter all dem an das *Leben* zu denken habe, das sich unter der Maske des physikalischen Scheins verbirgt. Die Geister spielen Mechanik, doch nur für eine gewisse Zeit – so lautete meine Formel. Aber natürlich bin ich nicht so dumm, um nicht diesem Schein mit Verständnis zu begegnen und ihm etwas abzugewinnen.

Genauso ist es in vielen anderen Fällen. Der *Schatten*, bald länger, bald kürzer werdend, Grimassen schneidend und verunstaltend, bald die Nase, bald das Ohr in die Länge ziehend – wird er nicht als geheimnisvolles selbständiges Wesen empfunden?

Wenn du nachts alleine auf bist und sich beim Schein der
Kerze in den Ecken die Schatten regen, sich an unerwarteten
Stellen erheben, als ob sie unter dem Tisch hervorwüchsen –
ist das etwa nicht schaurig, und empfindest du da nicht eine
Anwesenheit, die Anwesenheit fremder geheimnisvoller Wesen, die dich im Innern zusammenfahren und aufmerken lassen, allein schon deshalb, weil sie hier neben mir sind, wenn
sie auch nichts Böses vorhaben? Die bloße Anwesenheit von
etwas Geheimnisvollem bleibt, wird sie einmal bemerkt,
nicht ohne Folgen und erregt die Seele schmerzlich, und in
diesem Schmerz liegt eine eigene Tiefe und Bedeutsamkeit.
Den Schatten empfand ich als Doppelgänger des Menschen,
als einen Teil von ihm, den er in sich oder an sich trägt, aber
nicht beherrscht, Kraft und Quelle einer Bewegung, die seinem Willen nicht unterliegt und deshalb wie ein Gespenst des
Wahnsinns vor ihm aufsteht. Auch die Dinge haben ihre
Doppelgänger, schmeichelnde, lautlose, elegante Schatten.

   Das *Spiegelbild* kam mir auch wie ein Doppelgänger vor.
Wenn du unverhofft dein Bild im Spiegel siehst, vor allem,
wenn du allein bist und dann noch nachts – ergreift dich da
nicht ein Gefühl von Geheimnis, Verwirrung, Verzagtheit?
Und wenn es dir nachts widerfährt, daß du dich lange im Spiegel siehst, geht da nicht die Verzagtheit in Grauen über, in die
nicht zu besiegende Unfähigkeit, dich vor dem Spiegel zu bewegen? Der Doppelgänger im Spiegel wiederholt mich; aber
er *tut nur so*, als ob er mein passives, mit mir identisches Ab-
bild sei, im nächsten Moment lacht er plötzlich auf, schneidet
Grimassen, wirft die Maske der Nachahmung ab und wird
selbständig.

   Das *scheint* natürlich zu sein, aber ob es das wirklich ist, ist
die große Frage: Das ist das Schreckliche. Kennen wir nicht
alle die physikalische Erklärung einer Spiegelung? Haben wir
nicht häufig genug von der Reflexion des Lichts gehört? Bei

Suworow ging die Angst vor Spiegeln so weit, daß er den bloßen Anblick der Spiegelfläche nicht ertragen konnte und davon Krämpfe bekam, weswegen in den Räumen, die er bewohnte, alle Spiegel zugehängt werden mußten. Daß die Maske des Körperlichen jeden Augenblick fallen kann, erwartet man nicht ohne Grund: Das Wahrsagen aus dem Spiegel beruht darauf – an Stelle des Abbilds erscheinen andere Bilder, und der mystische Schauder verwandelt sich in wirkliches Grauen. Hat man nicht immer Angst vor Spiegeln, vor dem Geheimnisvollen der Spiegel, denkt man nicht unwillkürlich immer an das offenkundig Mystische des Spiegels beim Wahrsagen? Und hat nicht die Ahnung, ja das Wissen darum den Spiegel bei den Chinesen zu einem heiligen Gegenstand gemacht?

1920. 15. VII.

Mein Verhältnis zur Welt stellte sich also folgendermaßen dar: Das Körperliche, das Physikalisch-Mechanische ist nur eine Seite der Welt, durchaus nicht das Ganze, eine Begleiterscheinung, etwas Sekundäres, das eher der *Gedanke* einer abstrakten Erscheinung ist als eine unmittelbar wahrgenommene Wirklichkeit. In der Tiefe des Körperlichen liegt ein Geheimnis, von dem Körperlichen halb verdeckt, selbst aber keineswegs etwas Körperliches, und das Körperliche des Geheimnisses hebt das Geheimnis nicht nur nicht auf, sondern kann zu gegebener Zeit selbst durch das Geheimnis aufgehoben werden. Jeden Augenblick, so dachte ich, könne das Geheimnis sich zu seiner vollen Größe erheben und die Maske des Körperlichen abwerfen. Wo aber die körperliche Erscheinung nur zum Schein aufgehoben wird, wo sich *scheinbar* das Antlitz des Geheimnisses zeigt, im Zauberkunststück, da entstehen günstige Bedingungen dafür, daß das Geheimnis tatsächlich seine Maske ablegt, sich aufrichtet, seine Glieder reckt und, unser Spiel mit ihm benutzend, seine Scherze mit uns treibt. Wo wir das Geheimnis necken, kommt es uns nur zu gern entgegen und vollbringt im Schutze des Zauberkunststücks wirklich ein Wunder, das wir aus eigener Schuld nicht erkennen. Zusammenfassend wiederhole ich, ich war überzeugt, daß das Zauberkunststück etwas Lebendiges sei, mehr als ein Zauberkunststück. Später fand ich, ebenfalls bei E. Th. A. Hoffmann, in den »Lebens-Ansichten des Kater Murr«, die Bestätigung meiner kindlichen Gedanken. Ich führe diese Stelle an, die mich sehr aufgeschlossen fand.

Hoffmann beschreibt das Kunststück mit der frei im Raum hängenden Glaskugel, die weissagt. Die Weissagungen kamen von einem somnambulen Mädchen, deren Stimme über einige Röhren in die Kugel gelangte. Es war eine Art Zauberkunststück, aber doch bedeutend mehr als das. Zur Einführung dieses Zauberkunststücks bringt Hoffmann dieses Gespräch: »Dem Menschen behagt das tiefste Entsetzen mehr, als die *natürliche Aufklärung* dessen, was ihm *gespenstig* erschienen, er will sich durchaus nicht mit dieser Welt abfinden lassen; er verlangt etwas zu sehen aus einer andern, die des Körpers nicht bedarf, um sich ihm zu offenbaren.

›Ich kann‹, sprach Kreisler, ›ich kann nun einmal, Meister, Euren seltsamen Hang zu solchen Foppereien nicht begreifen. Ihr präpariert das Wunderbare wie ein geschickter Mundkoch, aus allerlei scharfen Ingredienzien, und meint, daß die Menschen, deren Fantasie, wie der Magen der Schlemmer, flau geworden, irritiert werden müssen durch solches Unwesen. Nichts ist abgeschmackter, als wenn man bei solchen vermaledeiten Kunststückchen, die einem die Brust zusammenschnüren, dahinterkommt, daß alles natürlich zugegangen.‹

›Natürlich! – natürlich‹, rief Meister Abraham, ›als ein Mann von ziemlichem Verstande, solltet Ihr doch einsehen, daß *nichts in der Welt natürlich zugeht*, gar nichts! – Oder glaubt Ihr, werter Kapellmeister, daß deshalb, weil wir mit uns zu Gebote stehenden Mitteln eine bestimmte Wirkung hervorzubringen vermögen, uns die aus dem geheimnisvollen Organism strömende Ursache der Wirkung klar vor Augen liegt? – Ihr habt doch sonst vielen Respekt vor meinen Kunststücken gehabt, unerachtet Ihr die Krone davon niemals schautet.‹

›Ihr meint das unsichtbare Mädchen‹, sprach Kreisler.

›Allerdings‹, fuhr der Meister fort, ›eben dieses Kunststück – es ist wohl mehr als das – würde Euch bewiesen haben, daß die gemeinste, am leichtesten zu berechnende Mechanik oft mit den geheimnisvollsten Wundern der Natur in Beziehung treten, und dann Wirkungen hervorbringen kann, die unerklärlich – selbst dies Wort im gewöhnlichen Sinn genommen, bleiben müssen.‹«

So war also auch für mich das Zauberkunststück fast ein Wunder, eine Grenzerscheinung zwischen »hier« und »dort«, zwischen »Diesseitigem« und »Jenseitigem«, etwas Schwankendes, Unbeständiges, in seinem Fluß Trügerisches, nicht genau festzulegen, den Verstand reizend, die genaue Bestimmung fliehend, wahrhaftig weder »ja« noch »nein«.

Das Zauberkunststück war fast ein Wunder. Aber Wunder waren auch die ersten wissenschaftlichen Versuche, die mir mein Vater zeigte, freilich mit dem Unterschied, daß die Erwachsenen sie *anerkannten*, während sie dagegen den Zauberkunststücken verächtlich und mit Herablassung begegneten. Deshalb waren für mich die wissenschaftlichen Experimente noch aufregender als die Zauberkunststücke; sie erregten mich aufs äußerste, mich überrieselten kalte Schauer, der Atem stockte mir, und mein Herz klopfte, als wollte es mir aus der Brust springen. Sie waren für mich halb Wunder, halb Zauberkunststück, ganz entgegen dem, was meine Eltern damit beabsichtigten: dem reinen, von keinem Atavismus getrübten Bewußtsein, das auf einer einsamen Insel herangebildet wurde, anschaulich und überzeugend typische Beispiele von Erscheinungen der Natur zuzuführen, die in meinem Geist die Fundamente zu einer rationalen Weltanschauung legen sollten.

Mein Vater konnte Ringe aus Zigarettenrauch blasen, manchmal mehrere ineinander. Er lenkte unsere Aufmerksamkeit auf ähnliche Ringe, die aus dem Schornstein der Lokomotive aufstiegen. Ich beobachtete ein langsames Pulsieren dieser Ringe, die sich wie ein elastisches Band bald zusammenzogen, bald ausdehnten. Lange bevor ich die Wirbeltheorie von Kelvin kennenlernte, hatte ich die ungewöhnliche Elastizität von Rauchringen mit meinen Augen selbst gesehen und war so mit dem Gedanken der Elastizität von Lufterscheinungen schon vertraut. Ich überlegte aber dabei, daß das ja Rauch sei, Rauch, also fast nichts. Die Elastizität hängt hier also nicht mit der Materialität zusammen, sondern mit etwas anderem, Innerem. Wenn das aber so ist, dann wäre, allgemeiner gesagt, der elastische Widerstand der äußeren Welt kein Beweis für ihre Stofflichkeit im Sinne des Materialismus. Es ist eine besondere *Kraft*, die den Schein eines groben materiellen Mechanismus erzeugt. Wieder war da die Kluft zwischen dem körperlichen »Schein« und einem geheimen »Sein«. Das physikalische Experiment wurde so für mich zum metaphysischen.

Mein Vater goß Schwefelsäure in ein Reagenzglas mit Wasser. Das Wasser erwärmte sich. Es erwärmt sich ohne Feuer: Folglich muß die Wärme nicht unbedingt vom Feuer herrühren. Die Wärme ist eine Begleiterscheinung des Feuers, aber doch etwas anderes. Sie entsteht selbständig, unabhängig vom Feuer. Dann gibt es vielleicht auch Feuer ohne Wärme? Mein Vater bestätigte mir, daß das Licht meiner geliebten phosphoreszierenden Stoffe und das der Glühwürmchen fast keine Wärmewirkung hätte und daß eine Glühbirne, nach diesem Prinzip hergestellt, die wirtschaftlichste Form der Beleuchtung wäre. Einmal brachte mir mein Vater aus Tiflis Kerzen mit phosphoreszierenden Rosetten mit. Sie gefielen mir, ihre Leuchtkraft erschien mir aber ziemlich schwach, vor allem, wenn man sie mit den Glühwürmchen verglich, die ich im Sommer in ein Glas mit Gras eingefangen hatte, das ich mit durchlöchertem Papier zuband.

Das Geheimnis der Glühwürmchen mit ihrem wunderbaren smaragdgrünen Leuchten bei den Weibchen und dem apfelgrünen Leuchten bei den Männchen zog mich immer an, umso mehr, als Papa mir die Vollkommenheit dieses Lichtes, das fast keine Wärme ausstrahlt, geschildert hatte.

Die Kausalkette war also zerfallen. Das Licht ist etwas für sich, die Wärme ist etwas für sich. Es scheint doch, als seien sie – im Gegenteil – unzertrennlich. Ich erinnerte mich daran, wie einmal ein Lappen, als er mit Schwefelsäure übergossen wurde, im Kamin verkohlte und zerfiel. Und ich erinnerte mich auch, wie ein Gemisch aus Puderzucker und Berthollet-Salz sich entzündete, als mein Vater es mit einem Glasstäbchen, an dem etwas Schwefelsäure war, berührte. Folglich ist auch die Wirkung des Feuers vom Feuer, von der Glut getrennt, wie das vorher schon beim Licht war. Ein zusammengesetztes »es scheint« zerfiel in Licht, Wärme und noch andere Wirkungen, wobei alles sich als voneinander unabhängig erwies, und doch zusammengesetzt erschien. Wo ist die Grenze für den Zerfall? Wer kann sagen, daß eine bestimmte Wirkung diese und nicht jene Ursache hat und daß bei einer gegebenen Erscheinung eine bestimmte Eigenschaft nicht herausgehoben und isoliert werden könnte? Niemand?

Auf unserem Hof stand eine Holzkiste, in der ein Blüthner-Klavier direkt von der Fabrik im Ausland hierher geschickt worden war. Diese Kiste war innen mit Zinkblech und dickem Filz ausgeschlagen. Gelegentlich ging mein Vater mit mir auf den Hof, und mit einiger Mühe brachen wir ein kleines Stück von dem Zinkblech ab, um es dann im Ofen zu verbrennen. Häufiger zündeten wir einen Streifen Magnesium an, was sehr viel leichter ging; mein Vater bemerkte dabei, daß das Metall Kalium sich sogar selbst entzünde, und zwar in Wasser, dennoch sei es ein Metall. Wie kann man daraus Leuchter machen, fragte ich mich viele Male, und meine Bedenken brachten mich in Verlegenheit; in Gedanken sah ich den großen silbernen Leuchter vom Nachttisch meiner Mutter vor mir, eines der wenigen Stücke aus dem Besitz ihres Vaters, die übriggeblieben waren. Ein Leuchter aus Kalium würde sich doch entzünden, sagte ich verwundert. Mein Vater erklärte mir, solche Leuchter stelle ja auch niemand her, zumal Kalium weich wie Wachs sei. Metall brennt, Metall ist weich. So brennt etwas und ist weich, was als Synonym für Unbrennbarkeit und Härte gilt. Folglich ist der metallische Glanz eine Sache und die Eigenschaft Härte und Unbrennbarkeit eine andere. Wenn es so ist, worin besteht dann die Gewähr für die Untrennbarkeit dieser Eigenschaften bei den gewöhnlichen Metallen? Und dann brennt es auch noch im Wasser, wo man doch Feuer mit Wasser löscht. Mein Vater bestätigte meine Überlegung, indem er auf das griechische Feuer hinwies, das sich bei Berührung mit Wasser entzündet; das Interessanteste an diesem Feuer war, daß das Rezept seiner Zusammensetzung verlorengegangen und sein Geheimnis bis heute unenträtselt geblieben ist. Überhaupt hielt ich alles Verlorengegangene, Geheime, Vergessene, mit dem Verstand nicht zu Durchdringende, dem Verstand im wahrsten Sinne des Wortes Unzugängliche für bedeutungsvoll und der Aufmerksamkeit würdig. So bricht also die Vorstellung von der Unveränderlichkeit der Naturordnung zusammen. Vielleicht gab es an Stelle dieser zusammenbrechenden Vorstellungen andere, die sich als dauerhaft erwiesen? Doch wozu muß man sie kennen? Wenn das »es scheint«, was allen Menschen von Anbeginn der Zeiten so schien, sich von dem »es ist« als abgetrennt erweist, muß dann nicht das »es ist« eines kleinen Häufleins von Gelehrten, das »es ist« von gestern, selbst als ein »es scheint« entlarvt werden, das seinerseits von dem »es ist« auf die ungeheuerlichste Weise abgetrennt ist? Was ist, was scheint zu sein? Nur mit seinem inneren Sinn erfühlt man das lebendige, geheimnisvolle »es ist« der Natur. Alles übrige ist ein *es scheint*, eine Maske, etwas Äußeres, das sich das Leben anlegt.

Mein Vater mischte Soda mit Weinsäure, er goß ein wenig Essig über das Soda. Das Gemisch wallte heftig auf, blieb aber so gut wie kalt. Noch ein Beweis dafür, daß die Eigenschaften sich voneinander trennen lassen. Das Kochen ist nicht mit Wärme verbunden. Es ist eine eigene Größe. Ich überzeugte mich davon auch noch bei einem anderen Versuch.

1920. 15. VII.

Papa und ich stellten einen Franklinschen Röhrenkessel auf: Im Kolben erhitzten wir Wasser, und als es anfing zu kochen, verschlossen wir den Hals mit einem Korken. Das Wasser kochte ohne Feuer weiter, und nachdem es kalt geworden war, wallte es durch Kühlung des Bodens des umgewendeten Kolbens mit einem feuchten Taschentuch erneut auf. Also wieder: Kochen ist nicht die unmittelbare Folge von Wärme, sondern kann auch durch Abkühlung hervorgerufen werden. Andererseits – Papa goß mir Schwefeläther auf die Hand. Die Flüssigkeit in dem Fläschchen hatte Zimmertemperatur, was er mir davon auf die Hand gegossen hatte, kühlte aber außerordentlich, obwohl es sich, wie es scheinen könnte, auf der Hand hätte erwärmen müssen. Ich verglich es mit der kaukasischen Sitte, einen Tonkrug mit Wasser zur Abkühlung in den Wind zu stellen. Mithin: Kochen ist das eine, Wärmen das andere.

Hielt man die Klinge eines Messers in eine Kupfervitriollösung, so bildete sich ein kupferner Belag, obwohl in der Flüssigkeit kein Kupfer zu entdecken war. Veilchen und die violetten Blüten der Schwertlilie wurden in Salmiakgeist grün; Rotkohlsaft wurde beim Salatmachen von heißem Wasser blau und von Essig rot; das blaue Kupfervitriol wurde bei Erwärmung im Reagenzglas weiß; Gips, vermischt mit Wasser, wurde fest usw., usw. Diese und ähnliche Vorgänge nahm ich mit großer Verwunderung wahr, sie erschütterten mich, sie regten meinen Geist an und nährten das Gefühl für das Geheimnisvolle. Die Erwachsenen versicherten mir, das seien ganz natürliche Erscheinungen, doch ich konnte beim besten Willen nichts Natürliches darin erblicken und fuhr fort, über die geheimnisvollen Verwandlungen des Stoffes zu staunen. Das Staunen war immer verbunden mit einem Erbeben angesichts des sich ereignenden Mysteriums. Manchmal ging dieses Beben in unüberwindliches Grauen über, das mich trotz der leidenschaftlichen Sehnsucht nach dem Sichtbaren zwang, eben dieses Sichtbare zu fliehen. Ich weiß noch, wie Papa mir in früher Kindheit eine Ruhmkorff-Spule mit Geißler-Röhren schenkte. Die Batterie und die Spirale wurden in seinem Arbeitszimmer auf den Kamin gestellt. Papa rief mich zu sich. Schon der Anblick der spiralförmig gewundenen Drähte, die mit *grüner* ungezwirnter Seide umwickelt waren, ließ mich in meinem Innersten erbeben. Diese smaragdgrüne Farbe, diese schlangenförmigen Windungen erschienen mir vom ersten Augenblick an als etwas Unheilvolles, und ich wich ängstlich vor der Spirale zurück. Als mein Vater den Unterbrecher einschaltete und die Feder einen schrill-sirrenden Ton von sich zu geben begann wie eine Fliege, die in ein Spinnennetz geraten ist, und dann auch noch zwischen den Entladern ein kleiner Funke übersprang, rannte ich in panischer Angst wie von Sinnen aus dem Arbeitszimmer in den entferntesten Winkel des Hauses, aber ich hörte das Sirren weiter oder glaubte es zu hören. Ich beschwor meinen Vater, mit dem Versuch aufzuhören und das schaurige Gerät abzustellen, und war ungeachtet allen Zuredens nicht wieder in das

Arbeitszimmer zu bringen. Da schenkte mein Vater, wie es schien, leicht erzürnt, die Spirale und alles, was dazu gehörte, dem Sohn von Oberst Prochorow, dem Taufpaten von Ljusja, und ich sah die Spirale nie wieder. Jetzt bin ich doch eher geneigt anzunehmen, daß mein über die Maßen gereizter Zustand der Hauptgrund war, daß das Gerät aus dem Haus kam.

In einem anderen Fall, an den ich mich erinnere, war es genauso. Papa erzählte mir, daß sich die farblose Spiritus-flamme, die ich bei Sonnenlicht so interessiert beobachtete – man sieht kein Feuer, aber man verbrennt sich –, blau färbt, wenn man dem Spiritus etwas Kupfervitriol beigibt, und daß in diesem Licht jedes Gesicht bläulich erscheint; möglicher-weise war Papa so unvorsichtig, die Wendung »wie eine Lei-che« zu gebrauchen. Natürlich packte mich das Verlangen, diese schreckliche blaue Flamme zu sehen, in meinen Gedan-ken aber war aus dem »wie eine Leiche« bereits eine Leiche geworden, eine richtige Leiche. Papa versprach, es mir vorzu-führen. Ich erinnere mich an diesen Tag, ich war von morgens an aufgeregt und wie gelähmt. Wie üblich schlug mir das Herz bis zum Halse, und ich konnte nichts zu mir nehmen, jede Nahrung widerstand mir. Gegen Abend ging Papa in die Apotheke Triandopulo, Kupfervitriol kaufen, und ich war-tete ungeduldig und zugleich ängstlich auf Papas Rückkunft. Ich weiß noch, es war Spätherbst; draußen tobte ein Unwet-ter, weswegen Papa mich nicht mitgenommen hatte. Und ich weiß auch noch, wie die Erwachsenen darüber beratschlag-ten, ob Papa bei diesem furchtbaren Regen aus dem Haus ge-hen sollte, Mama und die Tante versuchten, ihn zum Bleiben zu bewegen. Schließlich siegte meine flehentliche Miene, Papa machte sich auf, und ich, nicht mehr in der Lage, die Alltagsumgebung weiter zu ertragen, verkroch mich im Ar-beitszimmer unter dem Tisch und blieb dort, meinen Ängsten zum Trotz, im Dunkeln sitzen. Vermutlich hatte Papa auch sonst noch etwas zu erledigen und ließ lange auf sich warten, jedenfalls schien es mir, als ob er unerträglich lange ausbliebe. Endlich klingelt es, Papa tritt ein, völlig durchnäßt. Ich bin ganz starr, ich wage nicht einmal zu fragen, ob er das Gewünschte mitgebracht hat; Papa sagt absichtlich kein Wort davon, sicher weil er sehen möchte, wie ich mich verhalte. Wie sich herausstellt, hat er einen ganzen Berg Päckchen mitgebracht, die er nun vorführt: Früchte und alles mögliche andere, was ich gar nicht sehen will, von dem Kupfervitriol kein Wort. Tante Julia, die sieht, wie ungeheuer aufgeregt ich bin, beruhigt mich schließlich: Papa habe auch das Kupfervitriol mitgebracht.

Ich weiß noch ganz genau, wie mir der Atem stockte, als das Päckchen mit dem Kupfervitriol ausgewickelt wurde und dann die geheimnisvollen blauen Stücke in den Spirituskocher getan wurden. Das war umso geheimnisvoller, als man mir erklärt hatte, wie giftig sie seien. *Jad* (Gift) - *Jankel – blaue Farbe – Kupfersalz – blaue Gesichter – Leichen –* das alles verknüpfte sich in meiner Vorstellung zu einem einzigen Netz des Grauens. Hinzu kam, daß sich die Apotheke von Triandopulo (allein der Name) am Hafen befand, das führte zur Verbindung von Meer und weiter – Bläue des Vitriols. All das knäulte sich zusammen, durchdrang sich gegenseitig und verstärkte noch das Geheimnisvolle, das auf sich aufmerksam machte, aber nirgends wirklich zu fassen war.

Am meisten faszinierten mich Versuche, bei denen man es mit *Funken* zu tun bekam. Mein Vater und ich stellten Sternchen her, indem wir ein Gemisch aus Pulver, zerstoßener Kohle und Eisenfeilspänen in Zigarettenpapier wickelten; wenn wir diese Sternchen anzündeten, sahen die schönen Funken, die kreisförmig auseinanderstoben und dann in einer gewissen Entfernung explodierten und ihrerseits kreisförmig Funkenströme aussandten, wie die Samen einer feurigen Pusteblume aus. Mich aber erinnerte dieser Anblick unweigerlich an jene mir zum ersten Mal erschienenen Feuerströme vom Rad des Scherenschleifers, die mich damals zuerst mystischen Schrecken hatten empfinden lassen. Jetzt hatte ich keine Angst mehr vor diesen Funken, sondern empfand Entzücken – gemischt mit der Süße eines mir seit langem eingeborenen Geheimnisses. In diesen Funken, die ausgelassen an meinen Augen vorüberschossen und ihr schönes elegantes Spiel trieben, sah ich jene fernen Funkenströme, nun aber meinem Herzen nahe, mir lieb und vertraut wie Freunde aus der Kindheit.

Manchmal stellten Papa und ich Schießpulver her, und ich überzeugte mich erneut davon, daß einfach durch Mischen den Stoffen eine Eigenschaft gegeben werden kann, die die einzelnen Bestandteile nicht haben und die nach den erkennbaren Eigenschaften der Bestandteile der Mischung weder vorauszusehen noch aus ihnen abzuleiten ist. Manchmal erzeugten wir bengalisches Feuer. Feuer habe ich immer geliebt, ich sah darin etwas Lebendiges. Und hier war das Feuer so farbenprächtig wie ein Edelstein. Es war schön, dennoch erschien mir das bengalische Feuer irgendwie tot, es wirkte etwas ausgedacht und unlebendig, allzu grob gegenüber meiner geliebten Flamme im Kamin. Ich glaube, hier erwachte in mir schon die Abneigung gegen alles *Mechanische*, dem die Halbtöne und das Spiel der Schattierungen fehlen. Feuerwerk gefiel mir schon besser, wir veranstalteten manchmal eines auf dem Hof, und auch die Raketen hatte ich gern, die die Batterie von Batum abfeuerte. Ihr Funkenschweif erinnerte mich an den Schweif eines Kometen, und die Kometen, unheilverkündende Verletzer der Ordnung des Sonnensystems, unerwartete Gäste, gehörten von Kindheit an zu meinen Lieblingen, durch ihren geheimnisvollen Schweif, der so ungeheuer groß und unbegreiflich war, zogen sie mich mächtig an.

Ich beschäftigte mich auch gern mit einem Hufeisenmagne-
ten: Ich magnetisierte Nähnadeln, erzeugte auf Papier ein
Magnetfeld, zog aus dem Meeres- und Flußsand die schwarzen Körnchen des magnetischen Eisenerzes hervor, die
schwärzer waren als Kohle. Papa zeigte mir, was da eigentlich
vor sich geht, und ich war tief befriedigt von dem offensichtlich Geheimnisvollen des Vorgangs, den auch Papa nicht zu
erklären wußte; er mußte das Ungeklärte sogar zugeben. Wie
kommt es, daß Eisen angezogen wird, Honig und Holz aber
nicht? Man weiß es nicht. Wodurch unterscheidet sich beim
Magneten der Nordpol vom Südpol? Dadurch, daß der
Nordpol vom Nordpol angezogen und vom Südpol abgestoßen wird. Aber wodurch in sich selbst? Hätten wir nur einen
Magneten, wie könnten wir dann entscheiden, welches sein
Nordpol, welches sein Südpol ist? Keine Antwort. Und mit
innerem Frohlocken blickte ich auf den großen Kompaß meines Vaters mit seiner Nadel auf einem Karneol, den ich zur
Erinnerung an ihn bis heute aufbewahrt habe. Aha, man weiß
es nicht..., d. h. man weiß nicht alles, das geben die Erwachsenen selber zu... Das Unbekannte war für mich nicht das
noch nicht Erklärte, sondern das seinem Wesen nach Uner-
klärbare. Ich versuchte, den Magnetismus von den Polen ab-
zuwaschen, Papa ließ mich gewähren; als es nicht gelang, erklärte er mir, das sei unmöglich. Mir erschien damals der Magnetismus als etwas Lebendiges. Ich beschäftigte mich auch
mit Bernstein, mit der Bernstein-Zigarettenspitze meines Vaters, und mit Siegellack, von dem mein Vater immer viele
Stängchen hatte: Ich rieb daran und zog mit ihnen Papier-
schnipsel und Strohhalme an.

Ich unterhielt mich sehr viel mit meinem Vater, aber ich
glaube, er sprach über nichts anderes als über die Wissenschaft; höchstens daß er etwas aus seiner Kindheit erzählte.
Doch mein Interesse und das Interesse meines Vaters stimm-

ten bei weitem nicht überein. Das Gesetz der Stetigkeit, die Festgelegtheit einer Erscheinung freuten mich nicht, sie bedrückten mich eher. Wenn ich etwas erfuhr, von dem ich bisher noch nichts gehört hatte, geriet ich aus dem Häuschen, ich war aufgeregt und ganz außer mir, besonders wenn es sich herausstellte, daß mein Vater oder jemand aus seinem Bekanntenkreis das selbst erlebt hatte. Wenn ich hingegen von einem neuentdeckten Gesetz erfuhr, von einem »immer so«, erfaßte mich eine unbestimmte, aber starke Unruhe, so etwas wie Verdruß, Kälte, ein Unbehagen: Ich fühlte mich beraubt, um eine Freude gebracht, geradezu beleidigt. Das Gesetz war für meinen Verstand wie ein stählernes Joch, ein schwerer Druck, eine Fessel. Und ich erkundigte mich begierig nach den Ausnahmen. Die Ausnahmen von den Gesetzen, die Unterbrechungen der Gesetzmäßigkeiten stellten eine geistige Anregung für mich dar. Kämpfte die Wissenschaft mit den Erscheinungen, um sie dem Gesetz zu unterwerfen, so kämpfte ich insgeheim mit den Gesetzen und brachte die wirklichen Erscheinungen gegen sie auf. Die Gesetzmäßigkeit war mein Feind; erfuhr ich von einem Naturgesetz, so war ich erst dann die quälende Unruhe meines Verstandes, das Gefühl der Gefangenschaft und schmerzlicher Bedrückkung los, wenn sich eine Ausnahme von diesem Gesetz gefunden hatte. Das Gespräch lief gewöhnlich nach dem gleichen Muster ab. Mein Vater unterrichtete mich angesichts einer bestimmten Erscheinung über das entsprechende Gesetz. Statt darauf einzugehen, fragte ich sogleich nach den Ausnahmen. Mein Vater, der in geistigen Dingen äußerst gewissenhaft war und zudem zu milder Skepsis neigte, fand sich so gezwungen, mir, wenn auch nicht sehr begeistert, die Ausnahmen zu nennen. Darauf sagte ich befriedigt: Aha...

Der positive Inhalt meines Denkens, sein fester Punkt, waren immer die Ausnahmen, das Unerklärte, das Unbotmäßige, die gegen die Wissenschaft aufbegehrende Natur; die

Gesetze dagegen waren für mich ein Vorübergehendes, das früher oder später verfällt. Gewöhnlich glaubt man an die Gesetze und hält das, was nicht unter sie fällt, für das Vorübergehende; für mich war nicht das authentisch, was Gesetzen unterliegt, Gesetze hielt ich für etwas, was sich aus Mangel an exakter Kenntnis hält. Und eine Erscheinung beschäftigte und interessierte mich nur so lange, wie ich sie als nicht erklärt, als Ausnahme, nicht aber als normal und als aus einem Gesetz ableitbar fand. Deshalb haßte ich von Kind auf die Mechanik, ich wollte und konnte mir ihre Grundgesetze nicht aneignen, und selbst später auf dem Gymnasium und auf der Universität zählte sie in meinem Innern nicht. Ich kannte freilich den lateinischen Text von Newtons axiomata sive leges motus auswendig, verstand die Axiome aber nicht und wollte sie nicht verstehen, mein Bewußtsein stieß sie von sich. Mein Verstand prallte von ihnen ab. Ich selbst dachte mir mechanische Prozesse immer abgeleitet von etwas Geheimem, wie die elektrischen Prozesse zum Beispiel, und ich beruhigte mich erst dann etwas, als sich die neue elektromagnetische Mechanik durchsetzte.

Was ich dagegen schätzte, war eine konkret anzuschauende ganzheitliche Erscheinung. Es war die Form ihrer Einheit, die mich anrührte; *Form war für mich Wirklichkeit*. Da mir solche Begriffe nicht geläufig waren, glaubte ich in erster Linie an die Substantialität der Form und erstrebte, wenn man das so sagen kann, eine Morphologie der Natur, eine ganzheitliche Morphologie aller Erscheinungen, d. h. die Erkenntnis der Formen in ihrer Ganzheit und Individualität. Die wissenschaftliche Weltanschauung zerstückelte diese Formen und führte zu nicht-individuellen, formlosen und daher äußerst langweiligen Elementen.

Erklären innerhalb der wissenschaftlichen Weltanschauung heißt in meinen Augen, die konkrete Ganzheit einer Erscheinung zerstören, heißt beweisen, daß Ganzheit etwas

Illusorisches ist. Wonach ich dagegen suchte, war die Konstatierung einer konkreten Ganzheit und die Bestätigung dafür, daß eine Erscheinung tatsächlich individuell sei und auf nichts anderes zurückführbar. Für mein Weltgefühl, wiederhole ich, war die Form die Wirklichkeit; die wissenschaftliche Weltanschauung ging, wie ich ganz genau spürte, allerdings im einzelnen nicht auszudrücken vermochte, von der Leugnung der Wirklichkeit aus. Deshalb sah mein kindlicher Verstand dort, wo man einen Mechanismus, d. h. eine Leugnung von Form erwarten und für sehr wahrscheinlich halten konnte, dennoch ein *Zauberkunststück*, das Zauberkunststück der Ganzheit des Lebens, welche sich als Mechanismus ausgab, so etwas wie die Mimikry eines Mechanismus. Wo hingegen die äußeren Verbindungsfäden und Hebel zu sehen waren, die den Schein des Nichtmechanischen erzeugten, sah ich dennoch Wirklichkeit, denn die Nachahmung von *Form*, so illusorisch sie auch sei, war doch ein Minimum an Wirklichkeit, die Ursache der Wirklichkeit der Form selbst.

Daher mein kindliches Interesse an Verkleidungen, an Schminken, an Maskerade. Das Kostümieren hatte in meinen Augen etwas Magisches, es war eine partielle Verwandlung des Menschen, wie das Zauberkunststück eine partielle Verwandlung der Natur war. Meine Schwester Ljusja und ich verkleideten uns leidenschaftlich gern, und wenn wir einfach die Kleider tauschten. Manchmal malten wir die Gesichter mit Aquarellfarben an, oder wir machten uns aus spanischem Moos oder aus getrockneten Maiskolbenbüscheln Kinn- und Schnurrbärte, manchmal verkleideten wir uns auch als Erwachsene. All das war aufregend, weil es der magischen Verwandlung nahe war, die jeden Augenblick perfekt sein konnte. Sonja Androssowa und mitunter ihr Bruder Wanja, von denen noch weiter unten die Rede sein wird, nahmen auch an diesen Verkleidungen teil, sie banden sich Kissen vor den Bauch und was sich sonst an Verkleidung improvisieren ließ.

Doch den Erwachsenen mißfielen diese Verkleidungen. Meinem Vater, einem Anhänger alles Natürlichen, war Theater organisch unerträglich, er sah darin nur die billige Aufmachung und das gezierte Gehabe, Kunst war es für ihn nicht; Schauspielerei – das war in seinem Munde ein vernichtendes Urteil. Ich erinnere mich, wie ich einmal, als ich schon auf der Universität war, eine gute Reproduktion von Böcklins Meeresbrandung nach Hause schickte. Mein Vater schätzte jede Aufmerksamkeit von unserer Seite und bewahrte unsere Geschenke in einem besonderen Schrank auf. In diesem Fall aber hatte er für mich statt eines Dankes nur ein hartes Wort, erst brieflich und, als ich dann nach Hause kam, mündlich: »Das ist keine Brandung, das ist ein posierender Schauspieler«, schrieb er und sagte er mir beinahe zornig und sandte mir im Gegenzug eine »wirkliche Brandung« – auf einer Ansichtskarte, die Reproduktion eines englischen Gemäldes, auf dem das Ufer der Insel Wight und über Wasserschleiern und Wellen dahinsegelnde Möwen dargestellt waren. Mein Vater hatte nicht so unrecht, das Bild von Böcklin gefiel mir selbst gar nicht so sehr, als ich es entdeckte, ich hatte es bei Avanzo nach langem Suchen aus Verlegenheit, weil ich nichts Passendes finden konnte, gekauft. Aber die Gegengabe gefiel mir noch weniger, sie war ein typisches Werk des Naturalismus, nicht weit von einer Fotografie entfernt, eine Momentaufnahme, ziemlich effektvoll. Doch das nur nebenbei, eigentlich wollte ich davon sprechen, daß mein Vater dem Theater feind war, dem Wesen des Theaters, und da war ich auf unsere Vorliebe für das Verkleiden und Anmalen gekommen. Meiner Mutter kamen diese Verkleidungen, glaube ich, so leer und abgeschmackt vor, daß sie ihre Mißbilligung noch weniger verbarg. Nur Tante Julia nahm unsere Maskeraden etwas leichter, gab uns sogar Ratschläge und half uns, wenn wir versuchten, eine Pantomime aufzuführen. Einmal wollten wir Krylows Fabel »Der Kuckuck und der Hahn« aufführen, die

Vogelkostüme machten wir aus Pappe, Buntpapier und diversen häuslichen Utensilien. Die Seele dieser Aufführung war die Tante, die den passiven Widerstand meines Vaters und besonders meiner Mutter zu brechen verstanden hatte. Sie stellte für uns die Kostüme her, lernte mit uns die Rollen, übte die Fabeln ein und richtete die Bühne her – aus zusammengestellten Kübeln mit Palmen, Apfelsinen- und Zitronenbäumen. Zwischen diesen Bäumen saß ich auf einer Stehleiter als Kuckuck mit einem riesigen Pappschwanz, der mit schwarzem Glanzpapier beklebt war, in das zuvor kleine runde Löcher geschnitten worden waren. Auf der Nase saß mir ein scharfkantiger Pappschnabel, und auf Kopf und Rücken trug ich irgend etwas Graues, an den Beinen ebenfalls. Unten an der Leiter stand Sonja Androssowa, als die Größere entsprechend in einen Hahn verwandelt: Ich war etwas neidisch auf ihr schönes Kostüm, ich erinnere mich gut an ihren krummen Schnabel, der aus Wachstuch genäht und mit Watte ausgestopft war, und an den üppigen Schwanz. Hinter den Bäumen sah Ljusja, die damals noch ganz klein war, als Spatz hervor. Wenn ich jetzt an diese Aufführung denke, verstehe ich vielleicht doch, warum die Eltern damit einverstanden waren: Hier kam uns der Vorwand, es handle sich um Zoologie, zu Hilfe, der Umstand, daß wir keine Menschen darstellten, so daß die Schauspielerei weniger offenkundig war. Ich glaube mich sogar einiger Unterhandlungen in diesem Sinne zu erinnern. Aber der wahre Sinn unserer Verkleidungen und unserer Vorliebe dafür blieb den Eltern verborgen, und vermutlich war er auch Tante Julia nicht klar.

1920. 17. VII.

Das Theater zog uns mächtig an, wenn wir auch nie hingingen; vielleicht zog es uns gerade deshalb an, weil wir nicht hingingen. Aber Tante Julia erzählte uns von den Petersburger und Moskauer Theatern und vom Theater in Tiflis. Ganz selten gingen Mama und die Tante bei uns in Batum ins Theater, um eine zufällig gastierende Truppe zu sehen. Mama herablassend-verächtlich, die Tante begeistert und wiederum enttäuscht. Wenn sie zurück waren, erfuhr ich gelegentlich etwas von dem, was sie gesehen hatten. Was mich am Theater anzog, war eigentlich nicht die Handlung und nicht die Darstellung, sondern gerade das, was die Erwachsenen zutiefst verabscheuten: die Kostüme, die Dekoration und vor allem die szenischen Effekte, das Verschwinden unter der Bühne, das Herabschweben von oben, Sonnenauf- und -untergang, Mondlicht, die Vorführung des Meeres, Theaterblitz und Theaterdonner, überraschende Verwandlungen (besonders Fausts aus einem Greis in einen Jüngling), die zweistöckige Bühne in Aida, die Wiedergabe von Naturlauten – Vogelgesang, Plätschern von Bächen, Meeresbrandung. Die Theatererscheinungen und allerlei Geister kamen mir in meiner Phantasie nach den Erzählungen der Tante natürlich viel bedeutender vor, als das bei meiner unmittelbaren Teilnahme der Fall gewesen wäre. Von Kindheit an war bei mir die Vorwegnahme, die Antizipation einer Erfahrung anhand kleinster Äußerungen stark ausgeprägt, es genügten einige schwebende, kaum faßbare Zeichen, um in meiner Vorstellung von selbst das Bild des Ganzen entstehen zu lassen, bei weitem klarer und künstlerisch vollendet, wie es die Wirklichkeit selbst gar nicht hervorbringen kann. Ich *erriet* die Gestalt der Wirklichkeit, genau darin und in nichts anderem bestand meine Befähigung zu exaktem Wissen: Ich erriet etwas, bevor ich es wußte, ich erfühlte es, bevor ich die direkte Erfahrung gemacht hatte, deshalb konnte ich meine Suche und meine Forschung bewußt in eine bestimmte Richtung lenken, sie war mir schon bekannt. Ich suchte in der Physik, in der Mathematik und auf allen anderen Gebieten, wie der Schauspieler auf der Bühne die sich verbergende handelnde Person sucht, wissend, wo sie zu suchen ist, und die Suche nur deshalb spielend, damit das Finden sich für die anderen und für ihn selbst erfüllt und gerechtfertigt ist. Genauso war es mit der Antizipation des Theaters in meiner Kindheit. Vielleicht war es die dunkle Ahnung einer möglichen Enttäuschung, die mich mit den Erzählungen und den Phantasiegestalten zufrieden sein und mich nicht ins Theater streben ließ, in das man mich nicht mitnahm. Ich unterwarf mich dieser Beschränkung mit vollem inneren Einverständnis, es wäre mir nie in den Kopf gekommen, mich den Erwachsenen aufzudrängen, nur um in eine Aufführung zu gelangen.

Wie dem auch sei, mein Interesse für das Theater lag auf der gleichen Ebene wie mein Interesse für Zauberkunststücke. Aber Berichte von Automaten und Zeichnungen von Automaten beschäftigten mich wohl noch mehr als das Theater. Illustrationen dieser Art, wie ich sie häufig in der Zeitschrift »La Nature« fand, interessierten mich außerordentlich, den Mechanismus der Automaten versuchte ich aber nur oberflächlich zu verstehen, denn ich fühlte, daß dahinter eine geheime unheimliche Kraft am Werke war, die sich mit Rädern, Hebeln und Fäden nicht erklären ließ. Wenn mir Tante Julia von dem Automaten Peters I. in der Eremitage erzählte, der sich erhob und dem Besucher entgegentrat, wenn dieser ein bestimmtes Dielenbrett berührte, dann erreichte die Faszination durch das Unheimliche ihren Höhepunkt. Mir wurde ganz kalt vor Schreck in dem Vorgefühl, auch mir könnte das Mannequin des wilden Imperators entgegentreten, und ich verstand sehr wohl, warum es nicht mehr aufgezogen wurde, nachdem es eine allerhöchste Besucherin der Eremitage furchtbar erschreckt hatte, ich verstand es, war aber doch enttäuscht. Einen mystischen Schauer höchsten Grades angesichts von Menschendarstellungen empfand ich bei meinem ersten Besuch im Kaukasus-Museum. Er gehört einer späteren Zeit an als der, die ich jetzt beschreibe, aber es ist angebracht, hier davon zu erzählen. Er prägte sich meinem Gedächtnis ein wie mit einem Meißel in Stein gehauen, und das ist auch ganz natürlich: Es war ein Schauspiel, in dem sich Eindrücke von allem, was mich interessierte und anzog, verbanden – Geheimnisse und Ängste, das Schöne und das Sonderbare. Dieser Besuch wühlte mich auf und nährte lange meinen Geist. Bis heute steht er mir in aller Deutlichkeit vor Augen, obwohl ich danach Dutzende von Malen in diesem Museum war und die Möglichkeit hatte, mich davon zu überzeugen, wie unbedeutend alles war, was mich damals überwältigt hatte.

Bei einer unserer Fahrten nach Tiflis, vielleicht auf dem Weg in unser Landhaus oder aus dem Landhaus zurück, kam Tante Julia plötzlich auf den Gedanken, daß ich mir das Kaukasus-Museum ansehen müßte. Tante Lisa, bei der wir gewöhnlich übernachteten, billigte das Unternehmen und schlug vor, uns zu begleiten. Als wir zu dritt auf der heißen Dworzowaja-Straße am Tor des Museums anlangten, lasen wir unangenehm überrascht auf der Tafel mit den Tagen und Stunden, an denen das Museum geöffnet war, das Verbot, Kinder unter einem bestimmten Alter mitzubringen, ich glaube unter fünf, es kann aber sein, daß ich mich da irre. Gleich darunter stand das Verbot, Hunde mitzubringen. Mir fehlte vielleicht ein halbes Jahr an dem vorgeschriebenen Alter. Da erklärte Tante Lisa, die überhaupt nicht gewöhnt war, etwas verboten zu bekommen, an der Kasse beim Eingang, daß ich schon das gesetzliche Alter erreicht hätte, und so passierten wir mit Hilfe eines Trinkgeldes für den Wächter die eiserne Tür – mir blieb fast das Herz stehen vor Angst, es könnte nicht gutgehen, erstaunt und verwirrt, wie ich war, von der zum ersten Mal vernommenen Unwahrheit: Hier muß ich sagen, daß wir zu einer vielleicht sogar übertriebenen Wahrhaftigkeit erzogen worden waren, so daß eine Unwahrheit, und sei es nur eine ganz geringe, rein formale, für uns organisch unerträglich war, was nicht nur uns selbst, sondern auch den Eltern den Alltag sehr erschwerte. Diese erste, von mir vernommene bewußte Unwahrheit brachte mich ganz aus der Fassung, wie eine Erscheinung aus einer fremden Welt.

Wenn auch mit Hilfe einer Unwahrheit, so befand ich mich nun aber doch in dem ersehnten Garten des Museums. Als ich die Steintreppe hinuntergegangen war, erblickte ich große Volieren und Käfige mit vielen verschiedenen Vögeln des Kaukasus, vor allem Raubvögeln, und anderen Tieren, die zu sehen schon lange mein Traum gewesen war.

1920.22.VII.

Mit größter Befriedigung betrachtete ich die verschiedenen Adler, Uhus, Eulen sowie einige langbeinige Vögel, an deren Namen ich mich jetzt nicht mehr erinnere. Dann ging es weiter, in das Museum selbst, und ich hatte erneut Angst, daß unser Betrug doch noch entdeckt und ich vom Pförtner hinausgeschickt würde.

Das Vestibül, das einem Saal des maurischen Palastes von Granada nachgebildet war mit seiner Decke, die wie ein Sieb oder wie geschliffener Basalt aussah und die mit tief dunkelroter Farbe ausgemalt war, übertraf alle meine Erwartungen. Die mineralogische und die geologische Abteilung zeigte eine Menge Gegenstände, die mir aus Erzählungen seit langem bekannt waren. Erdölindustrie, Steinsalzgewinnung, Erzverarbeitung – da waren mir schon viele Einzelheiten vertraut, ich sah mir daher die entsprechenden Ausstellungsstücke sehr bewußt an, dennoch war ich jedesmal stärker beeindruckt, als ich erwartet hatte, denn die Minerale waren in größeren Stükken vertreten als......*

* Hier bricht der Text ab.

262

6. Wissenschaft

1923.25.XI.

I. Ungefähr in der 6. Klasse des Gymnasiums oder etwas früher war mein wissenschaftliches Verhältnis zur Welt vollständig ausgebildet und hatte sogar den Charakter des Kanonischen angenommen. *Darunter*, ich wiederhole es, bewahrte ich für mich selbst und mit Worten fast nicht wiederzugeben das Märchen, das dem Quell des tief in der Seele vergrabenen Kindheitsparadieses entsprang. Dieses Märchen vergoldete die Spitzen der wissenschaftlichen Erfahrung und ließ das Herz beim Anblick mancher Naturerscheinungen oder schon bei dem Gedanken an sie höher schlagen. Dieses Märchen lenkte meine Gedanken und Interessen und war imgrunde der wahre Gegenstand meiner Bewegtheit. Aber im Wort wußte ich nichts davon oder wollte nichts davon wissen. Auf die Frage, wonach ich strebte, hätte ich geantwortet: »Die Naturgesetze zu erkennen«, und tatsächlich widmete ich meine ganze Kraft, meine ganze Aufmerksamkeit und meine ganze Zeit dem exakten Wissen. Physik, zum Teil Geologie und Astronomie, aber auch Mathematik waren die Fächer, über denen ich mit Hartnäckigkeit und Leidenschaft saß und welche sich gegenseitig steigerten. Obwohl, ganz aufrichtig, wäre meine Antwort doch falsch gewesen, was ich mir selbst natürlich nicht klarzumachen gewagt hätte. In Wirklichkeit bewegten mich durchaus nicht die Naturgesetze, sondern ihre Ausnahmen. Die Gesetze waren nur der Hintergrund, von dem sich die Ausnahmen vorteilhaft abhoben. Ich wollte die ehernen Gesetze des Stoffes kennenlernen. Ich prägte mir all die Beständigkeiten und Gleichartigkeiten ein, die die Naturwissenschaft mir als Gesetze anbot. Bis zu einer gewissen Grenze war da auch Vertrauen, d. h. Glauben, daß sie tatsächlich unerschütterlich seien. Sonst wäre auch kein Interesse da gewesen. Jedenfalls wurden sie nicht leichthin verworfen: Die Grundlage meiner geistigen Verfassung war ja seit meiner Kindheit das Vertrauen in das Zeugnis anderer und die Abneigung dagegen, andere eines Fehlers zu verdächtigen oder einer Unwahrheit zu zeihen. Und je eherner dieses oder jenes Gesetz sein sollte, desto ehrfürchtiger umkreiste ich es mit dem geheimen Empfinden, daß dieses allem Anschein nach so rationale Gesetz letzten Endes die Offenbarung anderer Kräfte sei. Dieses Empfinden hätte ich mir selbst niemals eingestanden, aber es führte einen Kampf in mir herauf. Mit innerer Unruhe suchte ich nach Ausnahmen, auf die das gegebene Gesetz nicht paßte, und wenn ich endlich Ausnahmen fand, die dem Gesetz nicht unterlagen, blieb mir vor Aufregung fast das Herz stehen: Ich hatte das Geheimnis berührt. Es ist nicht leicht, meine Vorliebe für die Ausnahmen genau zu beschreiben. Sie hatte nichts zu tun mit dem Wunsch, das Gesetz als solches zu widerlegen und an seine Stelle ein neues, erweitertes zu setzen, sie hatte mit der rationalen Erkenntnis der Natur überhaupt nichts zu tun. Im Gegenteil, mit den vorhandenen Gesetzen war ich an sich zufrieden und um eine Bestätigung ihrer Geltung bemüht; eine methodologische und logische Unterwanderung der wissenschaftlichen Begriffe und Prämissen kam mir eher wie kleinliche Schikane vor, höchstens wie scharfsinnige Gedankenspielerei, die nichts Wesentliches zur Wissenschaft beitrug. Rational waren *sie* wohlbegründet, diese Begriffe, Prämissen und Gesetze; nichtsdestoweniger wirft die Natur jedes Gesetz um, so verläßlich es auch sein mag: Da ist noch das Irrationale. Das Gesetz ist eine wirkliche Begrenzung der Natur; aber die dickste Mauer hat ihre feinen Risse, durch die das Geheimnis sickert.

Ich war an der Verstärkung dieser rationalen Begrenzung interessiert; doch meine Anstrengungen galten hier allein der Gewißheit, daß das, was durch sie hindurchdrang, auf jeden Fall irrational war. Deshalb bemühte ich mich besonders darum, diese Gesetze genau kennenzulernen. In ihrer Gesamtheit stellten sie mein wissenschaftliches Weltverständnis dar. Das Geheimnis barg ich in mir, verkündet habe ich vor mir selbst und vor anderen die Gesetze.

II. Das war die wissenschaftliche Weltanschauung, die sich bei mir im Alter von fünfzehn, sechzehn Jahren herausgebildet und zu einem unerschütterlichen System entwickelt hatte. Vermutlich wird der Leser in dieser Behauptung eine metaphorische Wendung erblicken oder sie Selbstüberhebung nennen. Aber ich sage das hier ganz bewußt und gewiß nicht um des Eigenlobs willen, sondern mit Trauer: Besser als jeder andere weiß ich um die Zyklopenarbeit, die zuerst auf die Errichtung dieser Mauern und dann auf ihre Zerstörung verwendet wurde, und wenn man bedenkt, wieviel wirklich Großes bei solcher Anstrengung hätte geleistet werden können, kommt es einem nicht in den Kopf, sich zu rühmen. Nichtsdestoweniger muß ich bei meinem Blick zurück auf das, was gewesen ist, das Gesagte wiederholen. Außer meinen persönlichen Anstrengungen gab es natürlich günstige Bedingungen für diese Wissenschaftlichkeit: erstens die über mehrere Generationen vererbte Neigung zu wissenschaftlichem Denken, das gesamte Geschlecht in seinen vielen Verzweigungen hatte viele Denker hervorgebracht. Es waren keine Denker ersten Ranges, und man hat den Eindruck, daß bei der Vererbung weniger außergewöhnliche persönliche Eigenschaften ausschlaggebend waren als vielmehr allgemeine Merkmale des Geschlechts, nämlich eine gesteigerte Denktätigkeit, die mit dem Geschlechtsplasma weitergegeben wurde. In dieser Hinsicht war mein persönliches Empfinden von Kindheit an immer gewesen, daß ich auf dem Gebiet der allgemeinen Begriffe eigentlich nichts zu lernen, sondern mir lediglich etwas Halbvergessenes in Erinnerung zu rufen und etwas nicht ganz Klares bewußt zu machen hätte. Ein halbes Wort, ja weniger noch genügte, und ich war mir über das Allgemeine im klaren, deshalb gab es nur ganz wenige Fälle, wo ich auf dem Felde des Denkens das Gefühl hatte, etwas Neues zu erfahren. Doch halte ich meine persönlichen Fähigkeiten für verhältnismäßig gering, sie sind vielleicht unter Mittelmaß. Alles, woran ich mich nicht nur zu erinnern brauchte, sondern was tatsächlich zu lernen war – Vokabeln fremder Sprachen, Geschichtsdaten, geographische und ähnliche Angaben, selbst die Daten der Physik, mit der ich es ständig zu tun hatte –, bewältigte ich nur mit größter Mühe, ich lernte unvergleichlich viel schwerer als z. B. meine Kameraden, und dann sprang das alles in allerkürzester Zeit auch noch aus dem Kopf wieder heraus. Die mich kennen, unterschätzen die Mühe, die ich mir, ungeachtet meiner Neigung ihr zu entkommen, in meinem Leben immer gemacht habe.

Die andere günstige Bedingung für die Wissenschaftlichkeit war meine Erziehung, von der schon früher die Rede war, und die Abgeschiedenheit unseres häuslichen Lebens, die für wissenschaftliches Denken und Studium wie geschaffen war. Teils durch wirkliche Kenntnis, teils durch Erraten, ohne die erforderlichen Bücher zu besitzen und ohne die mathematische Analyse ausreichend zu beherrschen, eignete ich mir die Grundbegriffe und Voraussetzungen des wissenschaftlichen Denkens an, einer wirklichen und exakten physikalischen Weltanschauung, und, was das Entscheidende war, machte mir seinen Stil vollkommen zu eigen. Eine verhältnismäßig kleine Zahl von Büchern erstrangiger Physiker hatte ich nicht nur durchgearbeitet, sondern beinahe auswendig gelernt. Auf meine Weise befand ich mich damit auf dem Gipfel des physikalischen Denkens, seither bin ich nur noch abgestiegen. Später habe ich mich nicht mehr mit Physik beschäftigt, die Universtitätsvorlesungen gaben mir nichts, sie kamen für mich nicht in Betracht. Im weiteren hatte ich keine Berührung mehr mit der Physik, und wenn ich an sie dachte, dann ohne Anteilnahme, ja mit Widerwillen. Als ich mich sechsundzwanzig Jahre später wieder mit derartigen Fragen zu beschäftigen gezwungen sah und unter Mühen die vergessene Physik aus meinem Gedächtnis hervorholte, geschah das auf der Grundlage jener Physik meiner fünfzehn, sechzehn Jahre.

1923.26.XI.

III. Meine Umgebung verstand sich auf diese Gegenstände weit weniger gut als ich, vor allem beschäftigte man sich nicht mit ihnen und war von ihnen nicht im geringsten berührt. Das bestärkte mich in dem Gefühl, für das Wissen verantwortlich zu sein. Immerhin muß man bedenken, daß ich in der Provinz aufwuchs, wenn sich diese auch Hauptstadt des Kaukasus nannte. Es wurde zwar viel über Wissenschaft gesprochen, aber ich sah in meiner Umgebung niemanden, der dem Wissen, effektiver wissenschaftlicher Arbeit wirklich ergeben gewesen wäre (ausgenommen unsere Familie). Umso mehr fühlte ich diese Last mir auferlegt, und mir schien es ein ungeheurer Verlust zu sein, wenn ich auch nur einen Tag oder eine Stunde in meinen Anstrengungen nachließe und meine Zeit sorglos hinbrächte. Es handelte sich für mich nicht einfach um ein interessantes oder nützliches Studieren, sondern erinnerte eher an die Anstrengungen des Atlas, der die Weltkugel trägt. Bei dieser Sorge um meine Studien konnte ich mich ihnen doch selten voll hingeben, sie waren vom Dienen überdeckt. Ein Tag, an dem nicht wenigstens einige Paragraphen meiner »Experimentellen Untersuchungen« niedergeschrieben wurden, wie ich meine Hefte, dem Beispiel des vergötterten Faraday folgend, zu nennen liebte, ein Tag, an dem nicht Naturbeobachtungen in spezielle Notizhefte eingetragen,

nicht einige fotographische Aufnahmen geologischer, meteo-
rologischer oder archäologischer Art gemacht oder nicht ein
paar Seiten geschrieben worden wären, auf denen ich meine
Versuche und Überlegungen darstellte und die ich nach dem
Beispiel der französischen Physiker am Ende des 18. und in
der ersten Hälfte des 19. Jahrhunderts »Mémoires« nannte –,
so ein Tag schien mir verloren, geradezu freventlich vertan,
und am Abend folgte unweigerlich die Vergeltung: Ich verab-
scheute mich selbst, und meine Seele kam mir beschmutzt
vor. Das mindeste, was getan werden mußte, war, bestimmte,
für mich neue Daten, vornehmlich physikalischer oder geologischer Art, aus den Büchern, die ich gelesen hatte, aufzuschreiben. Ich las viel zur Physik und zu verwandten Wissenschaften, alles, was ich irgend bekommen konnte. Besonders
schätzte ich Bücher, die englischem Boden entsprossen waren, und französische. Becquerels »Traité de l'Electricité et
de Magnétisme« in einer Ausgabe von vielen dicken Bänden,
Petruschewskis »Lehrbuch der beobachtenden Physik«, die
Zeitschriften »La Nature« und »Revue Rose«, die wissenschaftlichen Berichte in der »Revue des deux Mondes«,
Jamins »Cours de Physique«, Mendelejews »Grundlagen
der Chemie«, Muschketows »Dynamische Geologie« und
Inostranzews »Geologie«, Whewells »Geschichte der induktiven Wissenschaften«, Rosenbergers »Geschichte der Physik«, die »Wissenschaftliche Rundschau« und unzählige En-
zyklopädien in allen Sprachen usw., usw. waren die ständigen
Begleiter meiner Jugend. Es ist hier nicht der Ort darzustellen,
was ich im einzelnen las. Wichtig ist, daß meine Lektüre nie ein
passives Aneignen war; im Gegenteil, ich ging mit einem
Buch wie mit meinesgleichen um, ich suchte darin, was *für*
mich von Nutzen war, vornehmlich Fakten, ich hatte immer
eine bestimmte Frage im Auge, auf die ich eine Antwort zu
finden bemüht war. Das war meine Stärke, aber zugleich auch
meine Schwäche. Meine Schwäche, weil ich mich dem allge-

meinen Strom des wissenschaftlichen Denkens nicht ergeben konnte noch wollte, ohne Anstrengung und Kritik von meiner Seite wollte ich mich von ihm nicht tragen lassen; ich war deshalb immer ungebildet, ja sogar der Gebildetheit feind. Daher kam es auch, daß vieles, was den anderen leicht fiel und ein Kleines für sie war, mich unendliche Anstrengung kostete und daß ich manches überhaupt nicht bewältigte. So habe ich z. B. die Grundlagen der Mechanik nie verstanden, und da ich sie nicht verstand, auch nicht akzeptiert: Alle drei Newtonschen axiomata sive leges motus schienen mir nicht nur unbewiesen und uneinleuchtend, sondern schlicht falsch. Völlig unverständlich war mir der Sinn der inertialen Bewegung, und es schien mir dem gesunden Menschenverstand zu widersprechen, daß Bewegung und Gegenbewegung gleich groß und Unabhängigkeit der Beschleunigung von einer gegebenen Geschwindigkeit unmöglich sein sollte. In meinem Märchen-Weltverständnis fand ich ganz andere Vorstellungen über Raum und Zeit und ganz andere Voraussetzungen für den Aufbau der Welt vor. Rein rhetorisch beherrschte ich natürlich den simplen Mechanismus der Renaissance-Mechanik, und an meiner Handhabung der mechanischen Orthodoxie im Kreise der anderen war nicht das geringste auszusetzen. Ich wußte die Prinzipien von Lagrange und D'Alembert wohl zu explizieren. Doch ich gestehe, ich habe sie nie begriffen, wie ich sie auch jetzt nicht begreife. Unter der Schutzschicht der geläufigen wissenschaftlichen Begriffe lebten in mir andere Begriffe, die sich in ihrem vollen Umfang bis heute nicht offenbart haben. Ich war aber damit so allein, daß ich mich nicht entschließen konnte, darüber zu sprechen, und vermutlich auch nicht die angemessenen Worte gefunden hätte. Als im ersten Jahr des 20. Jahrhunderts die ersten Nachrichten über die Versuche von Kaufmann, wenn ich nicht irre, eintrafen, der in Kathodenstrahlen die Existenz einer von der Geschwindigkeit abhängigen zusätzlichen elektromagnetischen Masse nachwies, blitzte etwas mir längst Bekanntes auf, denn genau das hatte ich erwartet. Die weitere Entwicklung dieser Art von Vorstellungen führte zum Relativitätsprinzip, das anzuerkennen es durchaus nicht erst langer Erörterungen oder gar eines besonderen Studiums meinerseits bedurfte, und zwar deshalb, weil es der schwache Versuch war, ein anderes Weltverständnis auf den Begriff zu bringen. Das allgemeine Relativitätsprinzip ist gewissermaßen mein Märchen von der Welt, aber ausgelichtet und vereinfacht. Doch in die Mechanik war eine Bresche geschlagen, und jetzt standen meinen geheimsten Bestrebungen die Türen offen. Ich allerdings brauchte diese Türen nicht mehr, denn ich hatte mich viel einfacher und ohne wissenschaftliche Entschuldigungen auf den Weg gemacht. So verhalf mir also meine Selbständigkeit bei der Lektüre, ungeachtet meines außerordentlichen Vertrauens in die mitgeteilten Tatsachen, stets dazu, mich gegen alle mir fremden Theorien zur Wehr zu setzen, ich eignete sie mir nicht an, ich verhielt mich zu ihnen wie zu ewas Fremdem, bestenfalls Gleichgültigem, ich gab mir keine Mühe, in das pro und contra einzudringen, und blieb daher trotz meines Umgangs mit den seriösesten Büchern, wie schon gesagt, ungebildet.

Doch das hatte auch seine Vorteile, natürlich nicht, soweit es meine naturwissenschaftliche Bildung anging, aber es war generell von positiver Bedeutung für meine geistige Stählung. Ich lernte es, mir hinsichtlich der Begriffe die notwendigen Instrumente zu schaffen, sowohl in direktem, als auch in übertragenem Sinne, und ob nun meine wissenschaftlichen Begriffe gut oder schlecht waren, ich wußte, wie sie überhaupt zustandekamen. Die meisten Menschen, selbst unter den Gebildeten, nehmen sich oder besser bekommen die Instrumente des wissenschaftlichen Denkens fix und fertig aus dem Ausland und versklaven so das Denken, das sich nicht in der Lage sieht, ohne diese Instrumente auszukommen, und sie machen sich höchst mangelhaft klar, wie sie eigentlich beschaffen und wie solide sie wirklich sind. Daher die Neigung zu Wissenschaftsfetischismus und die Schwerfälligkeit und Unbeweglichkeit, wenn es darum geht, ihre Voraussetzungen der Kritik zu unterwerfen. Wenn die Mehrheit bestimmte Begriffe ablehnt, so nur deshalb, weil sie mehr Vertrauen in die ihnen entgegengesetzten setzt, d. h. so sehr von ihnen unterjocht ist, daß sie ohne sie absolut unfähig ist zu denken. Die positive Seite meiner Ungebildetheit bestand also darin, daß ich weitgehend von den herrschenden Begriffen unabhängig war – es war ein Verhältnis wie das des Schmieds zu einem Nagel oder Hufeisen, die er notfalls selbst schmieden kann, nicht aber wie das des Histologen zu seinem Mikroskop, das er weder selbst herstellen noch reparieren kann, ja von dessen physikalischen Grundlagen er keine klare Vorstellung hat. Natürlich ist die Arbeit des Histologen unvergleichlich feiner als die des Schmieds, dafür verfährt jener selbständiger und kühner auf seinem Gebiet – er hat das Gefühl, festen Boden unter den Füßen zu haben. So auch ich: Von Kindheit an daran gewöhnt, alles selbst zu bauen, flößte mir das wissenschaftliche Weltverständnis keine Angst ein, und ich schaltete und waltete darin wie zu Hause. Daß das für die Physik vielleicht nicht ganz so nützlich war, will ich nicht bestreiten; und daß unter diesen Umständen, wenn ich so weitergemacht hätte, meine Karriere in der Physik wenig erfolgreich gewesen wäre, scheint auch sicher. Aber darum braucht man sich keine Gedanken zu machen, weil mit einer Karriere dieser Art bei mir längst Schluß ist und meine spätere, erzwungene Beschäftigung mit der Physik hier nicht ernstlich in Betracht kommt. Das Wesen meines Verhältnisses, allgemein menschlich gesehen, zum wissenschaftlichen Weltverständnis, d. h. Unabhängigkeit, eine gewisse Ungeniertheit im Umgang mit den Begriffen, die gewöhnlich heilige Schauer verursachen, ihre Einstufung ausschließlich als Werkzeuge des Denkens –

das war wichtig für meinen Lebensweg, es war geistig betrachtet die Rechtfertigung und der Sinn meiner Beschäftigung mit den Wissenschaften. Um es direkt zu sagen: Den meisten bedeuten die physikalischen Erscheinungen wenig, physikalische Theorien und Schemata aber lassen sie erschauern; mich hat die VORSEHUNG im Erschauern vor den Erscheinungen erzogen, und sie hat vor meinen Augen von den Theorien den poetischen Nebel weggeblasen und ihnen die mystische Aureole genommen. Was blieb, war Menschliches, allzu Menschliches, was ich in geheimer Fehde befestigen half.

IV. Als aber diese Arbeit ihre Resultate zeitigte und ich nach einer äußerlich wie innerlich ungeheuren Anstrengung zu mir befriedigt, vielleicht sogar selbstzufrieden sagen konnte: »Ruhe nun aus«, da erschütterten unterirdische Stöße die gesamte bisher geleistete Arbeit und ließen sie zusammenstürzen, und die Fehde war plötzlich überflüssig und mir unendlich fern. Überhaupt hat es sich in meinem Leben so gefügt, daß ich bis heute nicht weiß, ob ich zu Selbstzufriedenheit neige oder nicht: Jedesmal, wenn sich in einem Lebensabschnitt Arbeitsresultate zu zeigen begannen und es objektive Gründe zur Selbstzufriedenheit gab, ereignete sich entweder ein inneres oder ein äußeres Erdbeben, nach dem man nicht mehr auf den Gedanken kommen konnte, etwas geleistet zu haben. So war es, so war es in besonders hohem Grade, als ich fünfzehn, sechzehn Jahre alt war und es ausgesprochen günstige äußere und innere Bedingungen für Selbstzufriedenheit gab. Wenn man sehr genau untersucht, was da vor sich ging, dann kann man darin vielleicht die plötzliche Öffnung des Tores in eine andere Welt erblicken, an das ich die Jahre zuvor nur halb bewußt geklopft hatte, oder den Einsturz einer Mauer, an deren Zerstörung ich nicht mit vollem Bewußtsein, aber doch mit aller Kraft gearbeitet hatte ohne Rast und Ruh. Dann verstünde man auch mein ursprüngliches Gefühl für das Mystische vieler Erscheinungen, meine anschließenden Bemühungen um die Ausnahmen von den Regeln als den für mich noch undeutlichen Ruf der EWIGKEIT, der aber überall hindurchdrang und sich die Risse und Spalten im Gebäude des wissenschaftlichen Rationalismus suchte. So gesehen war, was mir geschah, nichts Unerwartetes. Und das war es in der Tat nicht. Trotz der verstopften Verbindungswege zu meinem Kindheitsparadies drang ein Hauch von ihm dennoch zu mir und weckte tief verborgene Erlebnisse, bis endlich, von beiden Seiten angegriffen, die Verstopfung beseitigt war. Und da erblickte ich etwas, was mir in meiner Kindheit nicht bewußt oder, wenn ich sehr tief in mich hineinschaue, doch bewußt geworden war, aber in einer sehr, sehr frühen Zeit, auf die Eltern projiziert und mit ihnen zu einem Bild verschmolzen.

Für meine Erzählung scheint es mir jedoch nicht günstig zu sein, auf dem Wesen dieser inneren Wendungen zu beharren, sondern nützlicher, ohne sich allzusehr in sie zu vertiefen, die näheren Begleitumstände zu beschreiben. Sie verdecken ein wenig den Abgrund, der sich da aufgetan hatte, und tragen auf diese Weise zum Verständnis des Vorgangs bei. Wie immer auch dieses Verständnis beschaffen sei, es darf nicht das wichtigste in meinem Selbstgefühl überdecken, daß es nämlich zu einem Bruch kam, zu einem Riß in der Biographie, zu einem plötzlichen inneren Einsturz, dessen Plötzlichkeit in nichts durch den Hinweis auf seine allmähliche Vorbereitung zu mildern ist. Wenn ein Haus einstürzt, dann ereignet sich dieser Einsturz in einem Augenblick, und in diesem Augenblick offenbart sich, verglichen mit Früherem, etwas Neues: Das Haus ist eingestürzt, vorher hat es gestanden. Berstend und verfallend war es doch ein Haus; von einem bestimmten Moment an aber ist es kein Haus mehr. Für mein Erleben war das Wichtigste das Unerwartete und Katastrophale an dem Vorgang. Ein Abschnitt meines Lebens, der arbeitsreichste von allen, der hingebungsvollste und leidenschaftlichste, der, wie mir wenigstens schien, uneigennützigste, brach plötzlich ab. Oh, mit welcher Schärfe empfand ich damals die Eitelkeit allen menschlichen Tuns! Und wie matt im Vergleich damit war der Widerhall der Zerstörung Rußlands in mir und der schon im voraus durchlebten Zerstörung Europas und seiner Kultur. Und zwar nicht deshalb, weil es um mich persönlich ging. Im Gegenteil, ich wußte vielleicht damals besser als jetzt, daß das wissenschaftliche Weltverständnis die Seele der westlichen Kultur ist, das Herz Europas. Als dieses Herz plötzlich vor meinen Augen stehenblieb, als ich sah, daß es kein Herz war, sondern ein Ding aus Gummi, da wußte ich und wünschte es vielleicht sogar insgeheim, daß alles, was nun in der Welt vor sich ging, genau so vor sich gehen mußte. Was ich an mir erlebte, war ein Riß in der Weltgeschichte. Mir wurde jäh klar, daß »die Zeit aus den Fugen ist« und daß also etwas sehr Wichtiges, nicht nur für mich, auch für die Geschichte, zu Ende gegangen war. Es war die Empfindung einer tödlichen Trauer und eines brennenden Schmerzes und des unerträglichen Bewußtseins, daß etwas zerstört wird, was mit der größten Anstrengung errichtet worden war – ich spreche da nicht von meiner Anstrengung, sondern von der allgemeinen, der europäischen. Aber in diesem, bis zum Aufschrei brennenden Schmerz empfand ich doch auch den Beginn einer Befreiung und einer Auferstehung, die auch nicht nur meine, sondern eine allgemeine war.

1923.2.XII.

V. Es gab eine Reihe von Umständen, die diesen inneren Zusammenbruch unmittelbar vorbereiteten oder genauer: beschleunigten.

Bedenkt man den Eifer, mit dem ich mich der Physik widmete, und den Grad meiner Kenntnisse, so waren die Bedingungen für meine Studien wenig günstig und zu der Zeit, die ich jetzt schildere, völlig unzumutbar. Ich hatte weder einen Lehrer noch auch nur einen annähernd Gleichgesinnten, was den Eros hinsichtlich der Physik anging, von dem ich mich hätte verstanden fühlen können. Auch die erforderlichen Bücher und Zeitschriften hatte ich nicht. Und was den Hauptgegenstand meiner Aufmerksamkeit angeht, das physikalische Experiment, so war, ungeachtet meines Geschicks, mit Schwierigkeiten fertig zu werden und mir meine Geräte selbst zu bauen, alles meinen Kräften Entsprechende schon längst ausgeschöpft; um die Aufgaben, die ich mir stellte, experimentell lösen zu können, hatte ich weder die finanziellen noch die technischen Mittel. Mein Sinnen und Trachten stürmte unaufhaltsam voran, aber die Möglichkeit, etwas zu verwirklichen, war fast gleich Null. Da ich in der Physik nicht weiterkam, suchte meine schöpferische Energie andere Wege, obwohl mir das Qual bereitete. Die Arbeitsbedingungen auf dem Gebiet der technischen Kenntnisse haben mich Resignation gelehrt und dadurch eine umso gründlichere Abkehr von ihm vorbereitet. Ich konnte nicht frei atmen, bildlich gesprochen war mein Brustraum schon zu weit entwickelt zu dieser Zeit. Diese Atemnot hatte aber auch weniger vermeidbare Ursachen als die provinzielle Ärmlichkeit. Ungeachtet ihrer Erfolge spürte man in der Physik Ende des 19. Jahrhunderts ein Eintrocknen der Leitprinzipien und die Kluft zwischen dem System des physikalischen Wissens, das kanonisiert, als ein fast fertiges Gebäude dastand, und dem physikalischen Experiment. Der Kreis der Grundbegriffe hatte sich schon geschlossen, die möglichen Schlüsse waren gezogen, dem Forscher stellten sich entweder Aufgaben des Messens oder der formalen Analyse, beides so schwierig wie undankbar und keine neuen Horizonte verheißend. Als Lohn für seine Mühen konnte der Forscher lediglich eine quantitative Erweiterung des Wissens erwarten, verlangt wurde von ihm

entweder experimentelle oder formal-analytische Virtuosität
– die Tugend des Alters der Wissenschaft wie des Wissen-
schaftlers. Resultate erzielte man hier, wenn man von sich
überzeugt war, wenn man eine sichere Hand hatte, ein ge-
sichertes Denken und genügend Einfluß in der Gesellschaft;
die Resultate würden ein weiteres Mal die innere Abgeschlos-
senheit des Systems bekräftigen, das ohnehin von allen als
abgeschlossen erkannt wurde, das ein wissenschaftliches
Glaubensbekenntnis war und das zu kritisieren als Ketzerei
und Majestätsbeleidigung galt.

So viel war klar, alles, was sich an Positivem und Negati-
vem bei mir fand, war dem damals dominierenden Charakter
des physikalischen Wissens entgegengesetzt und erzeugte in
mir ein Gefühl der Beengtheit und ein Unbefriedigtsein. Ich
verfügte weder über eine gesellschaftliche Stellung, die mir
die Türen zu den Bibliotheken und Laboratorien öffnete,
noch über Erfahrungen in der exakten Messung oder der mathematischen Analyse. Im Gegenteil, Eros und Puls meines
Denkens, die Kritik der Grundlagen, das physikalische Ah-
nungsvermögen und die lebendige Empfindung der kommenden Katastrophe für das physikalische Wissen, schließlich meine ausgesprochene Abneigung gegen den deutschen
Systemgeist, von dem damals die Mehrzahl der Geister erfaßt
war, wohingegen ich mich innerlich der englischen Unmittelbarkeit verwandt fühlte – all dies war es, was mich die zeitgenössische Physik als ein schlechtsitzendes fremdes Kleid
empfinden ließ. Ich beherrschte die Physik so weit, daß ich
nichts Dummes sagte und nicht in die Klemme geriet, aber
ihre Begriffe waren nicht meine Begriffe und ich gebrauchte
sie wie eine Fremdsprache.

1923.4.XII.

VI. Ich verfügte selbst über einen Zugang zu den physikalischen Erscheinungen, der mich hinderte, offenen Herzens

den schulmäßigen Zugang jener Zeit, seine Sprache und seine Methoden anzunehmen. Aber auch mein Zugang war noch ungewiß oder besser gesagt undifferenziert: Mir fehlte eine angemessene Sprache, und sie fehlte mir, weil ich keinen Gesprächspartner hatte, und sei es einen gedachten. Bei dem schwankenden Stand der neuen Weltauffassung war sie doch stark genug, die Schulphysik zu überfluten und hinwegzuschwemmen; aber die Kraft und vor allem die Zeit reichten nicht aus, ein definitives System neuer Begriffe entstehen zu lassen. Ich war zu tief in die Physik eingedrungen und bis zu den Quellen ihrer Entstehung gelangt, um nicht die Bedingtheiten der Schulphysik mit ihrem Rationalismus und ihren Vereinfachungen zu sehen, aber um meine Empfindung auszudrücken, daß man viel tiefer in dieses Gebiet eindringen kann und muß, dazu fehlte mir die Kraft. Vielleicht ist diese letzte Bemerkung nicht ganz richtig: Es fehlten wohl eher die Impulse oder Anlässe, diesen Versuch zu unternehmen. Was ich empfand, verbarg ich tief in mir, denn ich begriff, daß der Versuch, darüber zu sprechen, zum völligen Bruch mit meiner Umgebung führen und mein Stammeln als Fieberwahn gedeutet würde. Seither ist mehr als ein Vierteljahrhundert vergangen, schwindelerregend das Tempo, mit dem auch in den oberen Schichten des Denkens die Katastrophe in der Physik heraufzog und sich ereignete; einiges von dem, was ich in jenen Zeiten vorausgefühlt hatte, wurde offenbar und ist zum Teil auch ausgesprochen worden; ohne Zweifel ist die Wende schon eingetreten, und die Physik ist in eine neue Richtung gegangen, sie entspricht zwar nicht der, die ich damals meinte, kommt ihr aber schon bedeutend näher als die frühere Schulphysik. Und doch, könnte man es sich denn jetzt erlauben, von dem zu sprechen, was man *selbst* meint, von der zu ahnenden Zukunft der Physik, laut und vernehmlich, alle Vorsicht und philosophische Zweideutigkeit beiseite lassend? Vielleicht wird man Andeutungen ungestraft durchgehen lassen, doch nur in der Kunst, die solchen Äußerungen einen bedingten und subjektiven Sinn gibt. Doch direkt und geradezu kann man darüber nirgends sprechen, selbst ein Versuch dieser Art kommt einem erst gar nicht in den Sinn, und deshalb wird das passende Wort gar nicht gesucht. Es ist ganz und gar falsch zu fordern, mit den künftigen Generationen zu sprechen: Mein Wort brauche ich nicht nur für meinen Gesprächspartner, sondern vor allem für mich selbst, folglich setzt die Geburt des Wortes diesen Gesprächspartner voraus. Wenn kein Gesprächspartner da ist, kann ich mich nicht äußern und mir über mich selbst nicht klarwerden, wie stark auch immer das Bedürfnis mich zu äußern ist und wie mächtig das Bewußtsein, ich könnte unter günstigen Umständen in der Lage sein, mich klar und deutlich zu äußern. Ich wiederhole, auch heute bin ich nicht weit von dem entfernt, was mich vor einem Vierteljahrhundert bewegte. Der Unterschied besteht freilich darin, daß damals die Physik *alles* für mich war und meine Sprachlosigkeit auf diesem Gebiet mich zu völliger Einsamkeit verurteilte, und dann darin, daß ich ernster war; jetzt, da es andere Auswege für mich gibt und ich zudem leichtsinniger geworden bin, verhalte ich mich zu meiner physikalischen Sprachlosigkeit wie zu einer alten, gewohnten Wunde, beinahe gleichgültig, vielleicht sogar mit heimlichen Rachegefühlen, etwa so: »Ihr habt das Angebot ausgeschlagen – umso schlimmer für euch, nun werdet ihr selber suchen müssen in langen Mühen.« Außerdem war der Triumph der Schulphysik in jenen Jahren so allgemein, daß mich in der Provinz und in meinem Alter der Gedanke beunruhigte, ob nicht mit mir der Keim einer wahren Naturphilosophie sterbe (mir gefiel und gefällt dieser englische Terminus); doch seither habe ich Gelassenheit gelernt, seit ich sicher weiß, daß das Leben jedes einzelnen von uns, der Völker und der Menschheit vom göttlichen Willen gelenkt wird, so daß man sich außer um die Aufgaben des Tages um nichts

zu sorgen braucht. Und die Geschichte zeigt, daß die Weltanschauung schon einen neuen Weg eingeschlagen hat und
daß daher »meiner« der Sieg gehört, der auch ohne mich er-
rungen wird, so daß mein persönlicher Anteil daran ein dritt-
rangiger Umstand ist. Früher oder später, so oder ein wenig
anders werden die Empfindungen, die mich bewegen, ihren
Ausdruck finden und den Charakter des Wissens bestimmen.
Heute bin ich davon überzeugt.

Damals war das anders, ich kam mir vor, als sei ich in eine
Schlucht geraten, und Umkehr wäre Verrat gewesen für mich
an allem, was ich bisher erstrebt hatte; die Schlucht zu durch-
schreiten aber, fehlte mir die Kraft und wäre, und das ist die
Hauptsache, auch nutzlos gewesen, weil es mich, wie mir
schien, von *allem* Lebendigen abgeschnitten hätte – unter
allem Lebendigen verstand ich in diesem Falle alle, die an der
physikalischen Forschung Anteil hatten. Ich bekam Angst
und glaubte, meine Lage sei aussichtslos. Zunächst zeigte sich
das in einzelnen schwarzen Punkten, die ohne ersichtlichen
äußeren Anlaß auftauchten und wieder verschwanden und
meinen durchgehenden wissenschaftlichen Arbeitstag zerrissen, der damals meine Existenz ausmachte. Diese relativ kurzen Zeiten der Verdüsterung fielen umso mehr auf, als ich im
allgemeinen hochgemut und voller Begeisterung war und von
Ideen, Plänen und Interessen nur so sprühte. Für Langeweile
blieb keine Zeit, jede Minute war eingeplant, und mein ganzes
Dasein war ein nicht endender Feiertag der Wissenschaft, den
ich auch auf das Gymnasium, diesen unerträglichen Zeitver-
lust für mich, auszudehnen versuchte, indem ich während des
Unterrichts, sobald es die Umstände erlaubten, über etwas
nachdachte. Dennoch verfinsterte sich manchmal alles.
Nichts drang von außen in meine wohl abgeschirmte Beschäftigung mit der Wissenschaft. Meine Selbstsicherheit, ob im
guten oder im schlechten Sinne genommen, gewährte einen
verläßlichen Schutz vor allen unangenehmen Eindrücken.

Einerseits war ich vor ihnen bewahrt dank der Verhältnisse in meiner Familie und der Familienatmosphäre, andererseits dadurch, daß ich dem Objektiven so sehr ergeben war, daß ich nie in mir herumgegraben habe und daran auch keinen Gefallen fand; was das Gymnasium angeht, so betrachtete ich es nicht nur mit Herablassung, sondern als unvermeidliches Übel, das wahrzunehmen und in irgendeiner Weise zu berücksichtigen das Gefühl für die eigene Würde verbietet. Diejenigen meiner Kameraden, die etwas feinfühliger und gebildeter waren, empörten sich über das Gymnasium, sie spien Gift und Galle, manche haßten es aus tiefster Seele und sprachen, ich weiß nicht wie ernst, von terroristischen Anschlägen (einige Jahre später kam es an den Mittelschulen im Kaukasus tatsächlich dazu), sie verlangten überhaupt noch etwas vom Gymnasium und rechneten irgendwie noch mit ihm. Was mich anbelangt, so bemühte ich mich im Gegenteil, sie zu besänftigen, ich verteidigte unsere Lehrer, ich empfand für sie keine Feindschaft; aber der Grund für meine Gelassenheit war, daß ich vom Gymnasium nichts erwartete, daß ich ihm nichts zutraute und mich zu ihm wie zu den Lehrern hochmütig-herablassend verhielt, weil ich völlig davon überzeugt war, daß es dabei um Gegenstände ging, auf deren Behandlung Zeit und Aufmerksamkeit zu verschwenden sich nicht lohnte. Deshalb lernte ich auf dem Gymnasium nur nebenbei, die Aufgaben machte ich in den Pausen, Unannehmlichkeiten auf dem Gymnasium begegnete ich mit Gleichmut, zumal mein Vater gute Noten mit unzufriedenem Stirnrunzeln quittierte, offenbar befürchtend (worin er sich gründlich irrte), sie könnten eine Quelle der Eitelkeit sein. Ich lernte übrigens gut, und es gab auch in dieser Hinsicht auf dem Gymnasium keine Zusammenstöße.

Die schwarzen Punkte entstanden also ganz von selbst, erste Vorboten eines tiefgreifenden inneren Umbruchs.

VII. Es gab noch einen Umstand, der diesen Umbruch beschleunigte, einen persönlichen, obwohl auch er in dem Interesse für die Wissenschaft wurzelte. Es handelt sich um meine Beziehungen zu Jeltschaninow. Er war in diesen Jahren der einzige, dem ich innerlich näherkommen wollte. Meine Berührung mit den Kameraden auf dem Gymnasium und mit anderen Bekannten war oberflächlich, absichtlich oberflächlich. Wir schwatzten miteinander, man betrug sich mir gegenüber nicht schlecht, aber was mich wirklich beschäftigte, d. h. mein physikalisches Denken, gab ich – als etwas, das dem Interesse und dem Verständnis meiner Kameraden eindeutig unzugänglich war – nicht zu erkennen. Jeltschaninow, mit dem mich Gewohnheit und Wärme des Gefühls verbanden, hatte eine rezeptive Begabung und eine seelische Beweglichkeit, die es ihm gestatteten, sich meinem Interessengebiet mit Aufmerksamkeit zu nähern. So jedenfalls dachte ich damals von ihm und er von sich. Das gab mir die Hoffnung, aus der Einsamkeit herauszutreten, und veranlaßte mich, mich neben ihm anzustrengen. Aber meine und vielleicht auch seine Anstrengungen waren vergebens, und in dem Maße, wie es unmöglich wurde, die Augen vor ihrer Fruchtlosigkeit zu verschließen, gerieten unsere Beziehungen ins Peinliche; sie waren zu freundschaftlich, um nicht notfalls zu Nachgiebigkeit fähig zu sein, und nicht freundschaftlich genug, um alle seelischen Scheidewände niederzureißen. Das war der einzige Abschnitt in meinem Leben, in dem ich mich nicht ohne Anstöße bewegte, und diese Anstöße führten ohne jeden erkennbaren Anlaß zum Bruch, nicht zur Abkühlung, sondern ausgesprochen zum Bruch, der alle formalen Kennzeichen eines Zerwürfnisses in sich trug, ohne daß ein Anlaß für ein Zerwürfnis vorlag. Eines Tages gingen wir plötzlich wieder zum *Sie* über, hörten dann auf, miteinander zu sprechen und uns zu treffen, grüßten uns auf der Straße nicht mehr und gaben uns nicht mehr die Hand. Ich wiederhole, wir standen uns zu nahe, um einfach wieder zu äußeren höflichen Beziehungen zurückkehren zu können; es war unerträglich geworden, in der früheren Weise miteinander zu verkehren; es gab nichts, worüber wir uns hätten aussprechen können, es gab keinen Grund, uns voreinander schuldig zu bekennen, weil keiner von uns im Alltagssinne etwas Schlechtes getan hatte. Wenn man von Schuld sprechen wollte, wäre es eine metaphysische Schuld, auf seiner Seite eine bestimmte Charaktereigenschaft, auf meiner Seite die Unfähigkeit und der fehlende Wunsch bei meiner Bezauberung durch die Physik, dies zu erkennen und unter Berücksichtigung dieses wesentlichen Umstands weiterzumachen. Aber ich liebte ihn zu sehr, fast war es Verliebtheit, um mir innerlich einzugestehen, daß von ihm nicht ein ebensolches Interesse, wie ich es hatte, für ein Gebiet zu erwarten war, ohne welches ich weder Befriedigung noch (um es ganz direkt zu sagen) wahre menschliche Würde empfand; andererseits konzentrierte sich mein ganzes Denken und die Kraft meiner bewußten Leidenschaft auf die Naturphilosophie, und ich hielt es für ausgeschlossen, einem Menschen einfach anzuhängen, ihn einfach zu lieben, ja in ihn verliebt zu sein außerhalb dieser Naturphilosophie, außerhalb geistiger Interessen überhaupt. Ich wollte Jeltschaninow und mich selbst als eine Beigabe zur Physik betrachten und unsere Beziehungen als einen Dienst an ihr; deshalb verlangte ich etwas von ihm, was er nicht hatte, und lebte in der künstlichen Annahme, daß das Verlangte offenkundig vorhanden sei. Als sich das Gegenteil herausstellte, fühlte ich mich verletzt, wertete dieses Gegenteil als Untergrabung des Fundaments unserer Beziehungen und sah bei ihm nur noch Geringschätzung und Leichtsinn.

Die Schuld an all dem oder der Fehler liegt bei mir; aber es ist doch gut, daß es so verlief, gut, daß ich die Kluft zwischen uns, die ich hellsichtig täglich sich erweitern sah, auf die Physik zurückführte; so grausam meine Leiden waren, dieser Gedanke hatte etwas Linderndes. Wenn ich nach so vielen Jahren, nachdem ich mit Jeltschaninow völlig ausgesöhnt bin, ohne daß sich unser früheres Verhältnis wiederhergestellt hätte, über all das nachdenke, sehe ich deutlich, daß es zu einem weit wesentlicheren und weit qualvolleren Bruch gekommen wäre, selbst wenn ich den Wert der Physik und Jeltschaninows innere Fremdheit tieferem Denken gegenüber nüchterner beurteilt hätte. In einem Satz gesagt, der Lebensinstinkt trieb mich dazu, unter dem Vorwand der Physik, und sei es unter großen Qualen, mich von Jeltschaninow früher loszureißen, als er mich fallenlassen konnte, und dies dann nicht unter irgendeinem Vorwand, sondern wegen seiner metaphysischen Unbeständigkeit, die das Bezaubernde wie geistig frevelhafte Wesen seines Charakters ausmachte.

Es war die Rede von seiner rezeptiven Begabung. Tatsächlich bin ich wohl keinem so formbaren Menschen wie ihm begegnet, einem Menschen, der sich leicht und aus freien Stücken von denen formen ließ, denen er begegnete und für die er sich interessierte. Seine Fähigkeit und vor allem sein Wunsch, in fremde Interessen einzudringen, waren beispiellos, und er tat es nicht aus Güte; lebhaft und leidenschaftlich nahm er sich dieser Interessen stärker an als der Interessierte selbst, er paßte sich ihnen einfühlsam an, wiederum einfühlsamer als der Interessierte, er brachte eine enorme Feinfühligkeit, Empfindsamkeit und Aufmerksamkeit auf, um dann nach kurzer Zeit sowohl diesen Interessen gegenüber, die eben noch die seinen waren, als auch der Sache und dem Menschen gegenüber völlig zu erkalten. Im Augenblick bezaubernd und bezaubert, ja wahrscheinlich zuerst bezaubert und dann durch diese seine Bezaubertheit bezaubernd, war Jeltschaninow sehr schnell gesättigt, ermüdet, abgekühlt und wandte sich ab, wandte sich beinahe roh, jedenfalls in grausamer Weise ab. Er brauchte den ständigen Wechsel der Eindrücke, um nicht das Gefühl des Welkens zu haben. Selbst mit dem ihm angenehmsten und liebsten Menschen, mit dem interessantesten Buch hält er es kaum länger als eine halbe Stunde aus, er kann das Gähnen nicht unterdrücken, er verfällt und stürzt davon – auf der Suche nach neuen Eindrücken. In den Jahren, die ich beschreibe, zeigten sich diese Eigenschaften noch nicht so kraß, und ich konnte etwas Derartiges nur vermuten. Später standen sie für alle, die ihn kannten, ganz außer Zweifel, wie auch sein Spitzname für alle seine Freunde und Bekannten feststand – »Schmetterling«. Tatsächlich flatterte dieser Schmetterling von Blüte zu Blüte, kaum daß er einen Tropfen Nektar nippte. Wer diesen in seinem Wesen unbeständigen Charakter kannte, der gewissermaßen in seiner Unbeständigkeit beständig war, für den waren die Beziehungen zu Jeltschaninow leicht, angenehm und bezaubernd, jedoch unter der unerläßlichen Bedingung, weder den eigenen Empfindungen noch seinen Versicherungen zu trauen, wie überhaupt jede dieser halben Stunden mit ihm als etwas für sich zu nehmen und sie weder in die Vergangenheit noch in die Zukunft zu verlängern. Dann konnte der Schmetterling viele Male an ein und denselben Ort geflogen kommen, und alles ging gut. Sobald aber ein unerfahrenes Herz glaubte, diese halbe Stunde sei der Anfang von etwas Dauerhaftem, sobald es seine Lebenspläne und seine innersten Hoffnungen auf diesen Anfang gründete und, statt die Hingabe Jeltschaninows zu empfangen, sich selbst hingab, begann das Drama mit diesem Don Juan, und die Liste des Don Juan Jeltschaninow übertraf auf jeden Fall die des Ahnherrn um ein Vielfaches. Zweifellos und ohne jede Übertreibung ist Jeltschaninow ein Don Juan, doch darf diese Bezeichnung nicht grob verstanden werden.

•

1923.9.XII.

In diesem Nicht-Groben verbarg sich jedoch das Hauptgift: Jeltschaninow entkam der Möglichkeit, sein Verhalten zu verurteilen, und hatte in seinem Bewußtsein nicht genügend Material angereichert, um gewahr werden zu können, daß er durchaus nicht unschuldig sei, jedenfalls nicht so unschuldig, wie er von sich selbst dachte. Er vermied den Umgang mit Gleichaltrigen und Gleichstarken, erst recht mit Älteren und bevorzugte Jüngere, die sich seinen Werbungen williger ergaben. Alle seine Fähigkeiten wandte Jeltschaninow auf, um zu bezaubern und seine Bezauberung zu befestigen. Er hob den, mit dem er es zu tun hatte, auf den Thron und flößte der unerfahrenen Seele das Märchen von ihrer Erwähltheit, Außerordentlichkeit, von ihrem Recht auf Verehrung ein und trank zugleich diese Seele aus, die sich ihm mit einem Vertrauen geöffnet hatte, das sie nicht einmal sich selbst entgegenbrachte. Alle anderen Beziehungen, Arbeiten und Pflichten verblaßten davor, die Liebe und Aufmerksamkeit der Nächsten erschienen schal, allzu gemäßigt und verhalten, die Seele litt unter allem, was nicht Jeltschaninow war. Sobald aber das Ziel erreicht war, empfand er nichts als Langeweile, kühlte ab und ließ sie allein, er versuchte, wenn irgend möglich, zu verreisen, um aus dem Blickfeld zu verschwinden. Treu konnte er nur sein, wenn die fremde Seele widerstand und seiner Verführung trotzend sich ihm nicht ergab; dann erneuerte Jeltschaninow von Zeit zu Zeit seine Versuche, magerte ab und litt unter dem Mißerfolg. Er handelte dabei nicht aus Berechnung, nicht Eigenliebe war es, was ihn trieb, sondern ein ununterdrückbarer Instinkt, sehr weiblich.

Die Siege fielen ihm äußerst leicht, sie waren umso süßer, je jünger das Opfer der Liebe war, je jünger, desto erwünschter. Halbwüchsige, noch besser Kinder waren es vor allem, denen Jeltschaninows Verlangen vorzüglich galt. Seine Umgebung, d. h. die Erwachsenen (wie blind doch Erwachsene sein können), hielt Jeltschaninow einmütig für den geborenen Pädagogen. Sein Unterricht, seine Erziehung, einfach sein pädagogischer Ratschlag waren so begehrt wie die Besuche eines berühmten Arztes. So hat man eine Zeitlang versucht, ihn für die Erziehung der Kinder des Großfürsten Pjotr Nikolajewitsch zu gewinnen, aber Jeltschaninow lehnte dieses Angebot ab. Und tatsächlich verfuhr Jeltschaninow ohne jede pädagogische Starrheit; ohne sich im geringsten um pädagogische Rezepte zu kümmern, ging er in jedem einzelnen Fall direkt und mit Teilnahme vor, den Unterricht im handwerklichen Sinne beiseite lassend, widmete er sich ganz den übernommenen Verpflichtungen; übrigens waren es für ihn keine Verpflichtungen, eher ein neuer Roman. In jedem einzelnen Fall erfand er neue Lehrmethoden, die das Denken und das Interesse des Schülers weckten und ihn in Bewegung brachten. Man lernte bei ihm mit Hingabe, hörte sich gern seine Belehrungen an und befolgte sie sogar, überhaupt konnte er seine Schüler in den meisten Fällen führen, wohin er wollte, obwohl es gelegentlich auch welche gab, denen er kein Vertrauen einflößte und die ihn ganz und gar nicht liebten. Das Unterrichtsprogramm wurde geschafft, und alles schien in Ordnung. Tatsächlich aber riß Jeltschaninow das Kind aus seiner Familie, flößte ihm, ohne daß es das Kind merkte, Mißtrauen gegenüber seinen Nächsten ein und lehrte es, sich von ihnen abzusondern; der Zögling nahm einen für ihn völlig neuen, halb verachtenden, halb vorwurfsvoll-verurteilenden Standpunkt ein in bezug auf seine Eltern, und alle anderen Menschen, alles und alle schienen ihm jetzt spießig, prosaisch, kleinlich und alle Verpflichtungen und Beziehungen relativ und nichtig. Es war eine Art Rausch, aber nicht so unschuldig wie der Rausch. Wenn Jeltschaninow alle Lebensfäden zerrissen hatte und davonging, ließ er in der Seele einen Aufruhr zurück, ein Gefühl der Leere und eine Wunde, wozu sich noch die Vergiftung durch eine übertriebene Selbsteinschätzung und die entsprechenden Ansprüche an das Leben gesellten.

VIII. Aber alles, was ich hier erzähle, trat an Jeltschaninow erst nach unserer Trennung deutlich zutage und wird hier nur eingeschoben, um eine genauere Vorstellung von der Persönlichkeit meines gestorbenen Freundes zu vermitteln. Ich nenne ihn so, weil ich, nachdem ich unsere Trennung unter Qualen verwunden hatte und wir nach einiger Zeit wieder in ziemlich enger Beziehung standen, ihn nicht anders empfinden konnte und kann denn als Toten. Ursprünglich war ich der Ältere für ihn (obwohl wir den Jahren nach Altersgenossen waren), und sicher bin ich deshalb seiner Autorität nicht erlegen und ihm nicht wie dem Märchen-Zarewitsch gefolgt, das war für ihn damals schon unerträglich. Später, als er merkte, daß er für mich gestorben war, wollte er geliebt werden, zumal er spürte, daß ich nun nichts mehr von ihm erwartete, an Verpflichtungen mir gegenüber nicht ernstlich dachte und daß ich, was immer er tat, weder äußerlich noch innerlich zu betrüben war – Jeltschaninows Selbstgefühl war, wie mir scheint, immer von dem weiblichen Aufruhr gegen die Norm geprägt: »Die Ehe ist das Grab der Liebe.« Endlich war er zu der Überzeugung gelangt, daß ich nicht darauf aus war, seinen Gefühlen das Grab zu graben, und so begegnete er mir mit Zärtlichkeit und kehrte von Zeit zu Zeit, wenn der eine oder andere seiner Romane, die ihn stärker erregten, zu Ende war, zu mir als dem Älteren zurück. Über all das wird später noch zu sprechen sein, hier kehre ich zum Anfang zurück: Obwohl ich beinahe in Jeltschaninow verliebt war und seit längerem an den Umgang mit ihm gewöhnt, war ich es, der ihn ohne ersichtliches Motiv als erster entschlossen verließ; im nachhinein sehe ich, wie richtig diese Operation war. Ohne sie wäre die mir nötige Einsamkeit nicht zu wahren gewesen, Jeltschaninow hätte ich ohnehin verloren, nur unter größeren Schmerzen. Als ich mich von ihm getrennt hatte, war mir, als sei ich in einen dunklen Keller hinabgestiegen. Meine Verbindung zur Welt war durch seine Vermittlung aufrecht erhalten worden und nun zerrissen. Das Licht war erloschen, ich hörte, wie die Luke über mir zufiel. Jetzt, da die Erregung und der innere Schmerz etwas nachließen, konnte ich mich mir selbst zuwenden und – zum ersten Mal bewußt – prüfen, wie ich bis jetzt gelebt hatte.

IX. Meine erste Sorge war, meine Bemühungen um die Wissenschaft zu verdoppeln und zu verdreifachen, ich leitete eine Reihe interessanter Experimente ein, las verstärkt; mein Denken umfaßte schon weite Bereiche, wie etwa an der Arbeit »Über elektrische und magnetische Erscheinungen der Erde« zu sehen ist, einer Arbeit, die nicht nur hinsichtlich der Idee und der Grundbegriffe in diesem Alter befriedigte, sondern auch hinsichtlich der Literaturkenntnisse durchaus genügte. Kein einziger Eindruck sollte unbeachtet bleiben: Ich fotographierte, zeichnete, führte Tagebuch, und das ganze Material wurde zu einer gewissen Einheit zusammengefügt. Kurzum, ich arbeitete mit Hochdruck.

Zugleich fühlte ich ein geheimes Unbehagen, das auch durch eine ununterbrochene Tätigkeit nicht zu übertönen war. Es war kein bestimmtes Gefühl, und ich selbst war geneigt, mir den Zustand aus meiner Einsamkeit zu erklären, doch das war falsch. Früher versetzte mich die Natur in Ekstase, und mein Herz wollte zerspringen vor Entzücken; jetzt liebte ich sie weiterhin, aber wenn ich in der Natur allein war, hatte ich äußerst schwere Anfälle einer unerklärlichen und gegenstandslosen Trauer. Dieses Gefühl, das mir bis dahin nicht eigen und ganz unbekannt war, traf mich wegen seiner Ungewohntheit besonders schmerzhaft. Nur selten noch ergriff mich Rührung beim Anblick einer Blume oder eines Steins. Meine Spaziergänge und Exkursionen, meine Sorge um das Wissen überhaupt, das alles dauerte an; bei allem Eifer aber war es mehr Pflicht und Gewohnheit als die glühende Überzeugung, etwas wirklich Wichtiges zu tun. Ich las noch mehr zur Philosophie, der ich mich auch früher schon gewidmet hatte, doch sie ließ mich kalt und glitt an mir ab, ohne meine Seele zu berühren. In meinem Kopf fügten sich die philosophischen Begriffe zu philosophischen Systemen zusammen, ich empfand eine gewisse Befriedigung bei diesen kühnen Geistesflügen, doch waren sie für mich nicht mehr als Virtuosität. Unter anderem befaßte ich mich auch wieder mit Tolstois philosophischen Gedanken, aber sie erschienen mir unerträglich langweilig, und ich machte mir nicht die Mühe, tiefer in sie einzudringen. Weit mehr interessierte mich der von Tolstoi übersetzte berühmte Aufsatz von Carpenter über die Wissenschaft, aber eigentlich auch nur, weil ich mich an einigen seiner Hinweise auf die Ungeklärtheit der Vorstellungen von Temperatur festbiß; ich dachte intensiv über diesen Gegenstand nach und versuchte, etwas in dieser Richtung zu vollbringen. Als ich im Sommer mit meinem Vater zusammen in Kutais wohnte, nahm ich auch meine Lektüre von Werken über den Spiritismus und verwandte Erscheinungen wieder auf, doch mein Verhältnis dazu war rein äußerlich: Wie früher war ich gern bereit, die Tatsachen selbst vertrauensvoll anzunehmen; mit geringerem Vertrauen, doch ohne Feindschaft hörte ich mir die Theorien an, aber imgrunde konnte ich weder aus dem einen noch aus dem anderen geistig Nutzen ziehen, denn für meine Mystik stand dieser Bereich dem Laboratorium zu nahe und für meine wissenschaftliche Verfassung war er zu ungefähr und undeutlich. So gab es keine wohltätigen Anstöße von außen, die meinen geistigen Sehnsüchten einen Weg hätten bahnen können; ich blieb mir selbst überlassen, und zwischen mir und mir lag das mir fremde, unüberwindliche wissenschaftliche Weltverständnis.

X. Unterdessen riefen Stimmen aus der Tiefe, nur ich vernahm sie nicht; und als sie so laut erklangen, daß ich sie nicht mehr überhören konnte, wußte ich, von ihnen erschüttert, dennoch nicht, wie weiter und wie ihnen folgen. Ich erinnere mich nicht mehr genau, wann was im einzelnen geschah, aber das ist auch nicht wichtig, weil alles zusammen *ein und denselben* Abschnitt meines Lebens kennzeichnet.

1923.20.XII.

Ich muß hier unbedingt etwas klarstellen, was sich sowohl auf die nächstfolgenden Kapitel als auch auf den Bericht im ganzen bezieht. Und zwar: Ich habe aus dieser Zeit meines Lebens noch Tagebücher; und ich habe auch aus anderen Zeiten verschiedene zeitgenössische schriftliche Zeugnisse. Als ich den Versuch unternahm, einen Blick hineinzuwerfen, wurde mein jetziges Bewußtsein von ihnen als von einem ihm fremden Element zurückgestoßen wie ein Stück Holz vom Wasser des Toten Meeres. Wenn der Leser dieser Zeilen irgendwann auf jene Notizen stieße, empfände er einen gewaltigen Unterschied zwischen ihnen und der vorliegenden Darstellung und hielte sie für Erfindung. In diesem Falle stammt das eine wie das andere vom gleichen Autor, der dazu noch selbst der Gegenstand seiner Darstellung ist. Es muß also natürlich auch seine Ansicht über diesen Widerspruch gehört werden, wobei eine derartige Erklärung auch von allgemeiner Bedeutung ist, weil es sich hier um das beliebte Kritikerthema handelt, inwieweit Autobiographien erdichtet sind.

Zunächst ist zu sagen, daß die Tagebücher, Briefe und Notizen auch von mir stammen und es eine arge Verfehlung wäre, sich auf sie als auf eine unbedingte Wahrheit zu stützen, nur weil sie in jener Zeit entstanden sind. Die Wahrheit der späteren Erinnerungen an ihnen zu messen, hieße davon auszugehen, daß ich damals mir selbst und anderen leidenschaftslos und übermenschlich weise begegnet wäre, was es mir erlaubt hätte, den Sinn und die Bedeutung der Ereignisse an sich, unabhängig von den allgemeinen Lebensbahnen, zu beurteilen. Zeitgenössische Notizen sind notwendig subjektiver als der spätere Blick auf dieselben Ereignisse, der verallgemeinert ist und Grund hat, den einen oder anderen der einzelnen Umstände herauszuheben oder zurückzusetzen. Vieles, was damals im Rauschen des Lebens nicht deutlich genug zu hören gewesen war, erwies sich im weiteren Verlauf der Ereignisse als das Wesentliche, während vieles, sehr vieles, was einen erregte, beinahe keine Spuren hinterlassen hat.

Ich lausche meinen alten Tagebüchern u. ä. wie im stokkenden Lesen einer schlecht geschriebenen, sich dem Verständnis des Lesenden verschließenden Handschrift: Die Satzzeichen, die logischen, sogar die musikalischen Betonungen und die Rhythmik des Lesens – alles wirbelt wild durcheinander, und ich bin unter keinen Umständen bereit, mich in meinem späteren Verständnis meines eigenen Lebens von diesem, mir fremden Alten leiten zu lassen. In den Aufzeichnungen jener Zeit kann ich mich manchmal einfach nicht erkennen, aber ich *weiß*, das rührt nicht von einem Mangel an Gedächtnis her, sondern von der Unrichtigkeit der Aufzeichnung. Das Wichtigste und Tiefste habe ich damals gar nicht oder nicht richtig beschrieben, und das konnte ich auch nicht; es waren noch zu feine und zu schwebende und nicht bis zur vollen Bewußtheit gelangte Eindrücke und innere Bewegungen, als daß sich in diesem Alter bei mir die passenden Worte hätten finden können. Jetzt aber, da dieses Feine schon an die Oberfläche des Bewußtseins gedrungen und hindurchgedrungen ist, da ans Licht gehoben ist, was da war, jetzt kann es ausgesprochen werden. Umgekehrt befand sich damals vermutlich das im Brennpunkt des Bewußtseins, was schon abgestorbene alte Haut war, von der ich mich, obwohl sie eine Qual für mich war, nicht befreien konnte und die ich durch die Anstrengung meines Bewußtseins immerzu lebendig machen und meiner Seele ankleben wollte.

Ja, wenn ich jetzt zurückschaue, sehe ich wie jeder Mensch nicht nur die einzelnen Vorkommnisse in meinem Leben, die auseinanderfallen und die durch Anstöße von außen zustande kamen, sondern ich verstehe ihren inneren *Sinn* für das ganze Leben, d. h. ihre Stelle und ihren wechselseitigen Zusammenhang in dem ganzen Leben und bestimme danach ihr spezifisches Gewicht. Vieles hat man vergessen; aber wenn man sich ansieht, was dazu zählt, so wird das Leere und Oberflächliche dieses Vergessenen deutlich. Anderes dagegen, was flüchtig schien und damals kaum wahrgenommen worden ist, erweist sich als unvergessen und tritt sogar aus den verblassenden Bildern der Vergangenheit mit den Jahren immer stärker hervor: Das sind die Samenkörner der Zukunft. Das Bild der Vergangenheit, wie es sich mir heute darstellt, entspricht nicht dem, welches ich beim unmittelbaren Erleben vor mir hatte. Doch man spreche mir nicht von meiner heutigen Vorstellung als von einer Retusche des voreingenommenen und parteiischen Gedächtnisses. Natürlich kann ich auch heute, da ich noch nicht gestorben bin, nicht ohne Voreingenommenheit von mir erzählen; aber von einem bin ich überzeugt: Von den damaligen Dingen kann ich heute mit mehr Teilnahme sprechen als damals mitten im Gebrodel. Was ich jetzt sage, stellt das damalige Leben zugunsten der Wahrhaftigkeit anders dar, als es damals dargestellt wurde. Es ist sehr wahrscheinlich, daß ich das Vergangene, wenn ich noch eine neue Stufe erreicht haben werde, wieder auf neue Weise verstünde und daß die vorliegende Darstellung sich in gewisser Hinsicht als überflüssig und falsch erwiese; aber die frühesten Aufzeichnungen dürfen der vorliegenden Erzählung nicht entgegengestellt werden. Letzten Endes weiß ich doch, was von dem, was ich über mich geschrieben habe, besser und was schlechter ist. Mir scheint, die Kritiker von Autobiographien sollten sich häufiger von dieser Überlegung leiten lassen, dann wäre vieles anders geschrieben worden, als es geschrieben wurde.

XI. Aber zurück zu dem Punkt, an dem ich mich unterbrochen habe.

Der Sommer 1899 war eine Zeit besonders schneller innerer Veränderung und kommt mir daher ungewöhnlich lang und ereignisreich vor, mit den vorangegangenen und den vielen folgenden Jahren gar nicht zu vergleichen. Ich hielt mich krampfhaft an der Physik und ähnlichen Wissenschaften fest, von vielen weitgreifenden Vorhaben gepackt, deren jedes für ein ganzes Buch gereicht hätte. Zugleich widmete ich mich einer von ihrem Umfang her gewaltigen Lektüre schöner, philosophischer und historischer Literatur. Ich hatte zwar auch früher schon viel gelesen und fast meist auf den ersten Blick das in einem Buch erfaßt, was für mich wirklich nützlich war, so daß eine weitere aufmerksame Lektüre desselben Buches selten noch etwas Nahrhaftes hergab. Aber dieses Lesen ging seine eigenen Wege und blieb gewissermaßen unbemerkt, weshalb denn auch die einzelnen Bücher im weiteren völlig in Vergessenheit gerieten. Nach dem Ende meiner Kindheit steht der Sommer des Jahres 1899 wie ein steinerner Pfeiler in meinem Bewußtsein, und alles, was dazwischenliegt, hat, obwohl ich mich an Einzelheiten erinnere, nicht eigentlich Gewicht, es ist wie der Brückenbogen, der die Pfeiler verbindet. So war es auch mit den Büchern: eine Lektüre – stürmisch, vorüberblitzend und unerhört aufregend.

Meine Zeit und meine Kräfte waren aufs äußerste angespannt, und die Gymnasiallehrer luden mir noch weiteren, unbezahlten Unterricht auf, dem ich mich mit grenzenlosem Eifer widmete. Diese Beschäftigtheit hat die unaufhaltsam sich entwickelnden Ereignisse im Unterbewußtsein, von wo nur dumpfe Laute zu mir drangen, nicht aufgehalten und nicht aufhalten können. Aber unruhig war es dort ohne Zweifel.

Ich erinnere mich an eine für mich schwere Nacht zu Ende des Frühlings jenes Jahres, kurz vor unserer Abreise aufs Land. Die Empfindung ist heute noch ganz lebendig in mir, aber es fällt mir schwer, Worte zu finden, um mitzuteilen, was passierte, weil keine Bilder da sind; jetzt nicht und auch damals nicht, trotz der erschütternden Gewalt des Erlebnisses. Ich erinnere mich deutlich der ganzen äußeren Situation: meines Zimmers im Seitenflügel unseres Hauses mit meinem Geschmack entsprechend kahlen weißen Wänden, eines hohen Zimmers mit riesigen Fenstern direkt auf den langen Balkon sowie jenes Flügels, in dem es sich befand. Ich erinnere mich der riesigen Wandschränke aus rohem Eschenholz, in denen sich meine persönlichen Bücher, Papiere und Instrumente befanden, der beiden mächtigen Eschenholztische, die fast die gesamte Fläche des großen Zimmers einnahmen. An ihnen saß ich, um zu lernen und zu experimentieren, auf ihnen baute ich mir meine Geräte. An dem einen der Tische war ein englischer Schraubstock mit Amboß angebracht, und in der Schublade lag Schlosser- und Tischlerwerkzeug. Die restliche Ausstattung des Zimmers ist schnell genannt: eine Ottomane mit meinen Betten, ein Stuhl und auf dem Tisch ein Tintenfaß. Ich konnte es nicht ausstehen, wenn sich in meinem Zimmer irgend etwas anderes befand, auf dem Tisch durfte nicht einmal ein Buch liegen.

In diesem Zimmer also schlief ich. Fenster und Türen standen weit offen. Danach zu urteilen, daß vor meinem geistigen Auge niemand aus unserer Familie erscheint, waren wahrscheinlich alle schon aufs Land gezogen. Ich lag in tiefem Schlaf, einer Ohnmacht ähnlich, so daß ich überhaupt nicht träumte oder die Träume zumindest vor dem Erwachen vergessen hatte. Entsprechend stark war das Gefühl, richtiger gesagt das mystische Erlebnis von Finsternis, Nichtsein, Eingeschlossenheit. Ich fühlte mich zu Zwangsarbeit verurteilt, wohl in einem Bergwerk – nicht daß ich mich in diesem Zustand sah, die Wirkung auf mein inneres Leben war von der Art, als befände ich mich tatsächlich in einem Bergwerk. Wollte ich Begriffe verwenden, die ich damals noch nicht ge-

brauchte, so würde ich sagen: Dieses Bildlose, Unbeschreib-
liche, das mich traf wie ein Schlag, war ein mystisches, ein rein
mystisches Erlebnis. Ich hatte ungeheure Leiden zu durchste-
hen, die mich niederdrückten, obwohl es keine erkennbaren
Ursachen gab, meinen Untergang und meinen Tod zu erleben. Es war, als sei man lebendig begraben und über einem
läge undurchdringlich kilometerhoch schwarze Erde. Es war
eine Finsternis, vor der die dunkelste Nacht hell erscheint,
eine dichte schwere Finsternis – eine wahrhaft ägyptische
Finsternis; sie hüllte mich ein und drückte mich nieder. Es
war das Gefühl, hier hilft dir niemand; keiner von denen, auf
die ich gewohnt war zu bauen wie auf etwas Unerschütter-
liches und Ewiges, käme zu mir, erführe etwas von mir. Auch
empfand ich das Ohnmächtige meiner Interessen und meiner
Studien. Nicht daß mir Zweifel an der Richtigkeit oder Unrichtigkeit der Physik usw., gar der Natur gekommen wären.
Nein, es blieb einfach alles *jenseits* von etwas für mich Un-
durchdringlichem, es entzog sich der Erörterung, verlor jeg-
liche Bedeutung für das Leben, ging in Stücke, für die du in
der Agonie weder Lob noch Tadel hast. Mit überzeugender
Schärfe, die keinen Zweifel zuließ, erfuhr ich in diesem für
mich neuen Reich der Finsternis, in das ich geraten war, die
Machtlosigkeit all dessen, was mich bisher beschäftigt hatte.
Hier gab es *eigene* Bedürfnisse, *eigene* Leiden. Demnach
mußte es auch eigene Mittel und eigene Freuden geben. Aus
einem unmittelbaren Gefühl heraus suchte ich sie, fand sie
aber nicht; ich stürzte zu den Ausgängen, stieß aber auf
Wände und verirrte mich in unterirdischen Gewölben und
Gängen. Mich erfaßte eine ausweglose Verzweiflung, ich begriff, daß es endgültig unmöglich sei, hier herauszukommen,
daß ich endgültig von der sichtbaren Welt abgeschnitten sei.
In diesem Augenblick traf mich ein allerfeinster Strahl, teils
unsichtbares Licht, teils unhörbarer Laut, der mir den Namen
GOTT zutrug. Das war noch nicht Erleuchtung und noch

nicht Wiedergeburt, sondern erst die Botschaft von einem möglichen Licht. Aber in dieser Botschaft war eine Hoffnung gegeben und zugleich jäh und stürmisch ein Bewußtwerden, daß Verderben oder Rettung nur in diesem Namen und in keinem anderen sei. Ich wußte nicht, wie die Rettung erfolgen könnte noch auch warum. Ich begriff nicht, wohin ich geraten war und warum hier alles Irdische machtlos sei. Aber ich stand von Angesicht zu Angesicht einer neuen Tatsache gegenüber, die so unverständlich wie unumstößlich war: Es gibt einen Bereich der Finsternis und des Verderbens, und in ihm ist Rettung. Diese Tatsache offenbarte sich so plötzlich, wie sich unerwartet in den Bergen drohend ein Abgrund auftut in einem zerreißenden Nebelmeer. Für mich war das eine *Offenbarung*, eine Entdeckung, eine Erschütterung, ein Schlag. Von der Plötzlichkeit dieses Schlages wachte ich wie von einer äußeren Kraft geweckt auf und rief, ohne selbst zu wissen wozu, mein ganzes Erlebnis darin zusammenfassend, laut in das Zimmer hinein: »Nein, ohne GOTT kann man nicht leben!«

1923.24.XII.

Als ich das gesagt hatte, war ich selbst erstaunt – sowohl über den Klang meiner Stimme, die unwillkürlich aus mir hervorgebrochen war, als auch über den Inhalt der Worte: Was ich im Schlaf erlebt hatte, war stark, aber zu tief im direkten Sinn des Wortes und deshalb ohne Formel. Als sie sich dann zeigte, kam natürlich das Gefühl von etwas Unerwartetem, ungeachtet dessen, daß ich diese Formel innerlich als Ausdruck des Erlebten anerkannte.

Hieraus ergibt sich für mich eine Verallgemeinerung, die sich auf ganz verschiedene, aber immer die tiefen Tätigkeiten meines Lebens bezieht, und zwar zu allen Zeiten. Es handelt sich um das Auftauchen sprachlicher Formeln für das, was ich erlebt habe, ganz unabhängig von meinen unmittelba-

ren Absichten und meist auf eine Weise, die den voraussicht-
lichen Kombinationen und Schlüssen aus schon vorhandenen
Formeln entgegengesetzt ist. Wenn ich nicht fürchtete, in
Rosanows Ton zu verfallen, so wäre hier das Geeignetste ein
Plagiat: »Jedes meiner Worte ist eine Offenbarung.« Natürlich nicht im Sinne eines Anspruchs auf die höchste geistige
Wahrheit, nicht einmal im Sinne unbedingter Richtigkeit, und
doch eine Offenbarung, weil diese Formeln in meiner sprachlichen Fassung erschienen und erscheinen, völlig fertig aus
dem Unterbewußten auftauchen oder besser herausspringen
und den jeweils vorhandenen Inhalt ausweiten, aufsprengen.
Das heißt: Die einzelnen Formeln halten in meinem Bewußtsein keine Verbindung untereinander, meist klaffen sogar
gähnende Abgründe zwischen ihnen und sie widersprechen
sich. In ihrer Gesamtheit bilden die sprachlichen Formeln
etwas Festes, nämlich dank ihrer Verbindung mit geistigen
Zentren, von denen ich selbst nicht sagen kann, was sie darstellen. Die oberflächlich-rationalistische Weltanschauung
erinnert an die »Laternchen« der Judenkirsche;* eine vertieft
rationale Weltanschauung läßt sich mit den aufeinanderfol-
genden Hüllen einer Frucht etwa von der Art einer Kokosnuß
vergleichen. Die Struktur meines Denkens zeichnet sich
durch radiale Verbindungen aus, und ich stelle sie mir in der
Gestalt der Lieblingsfrüchte [Lücke im Manuskript] meiner
Kindheit vor, die wie blaue Igel[48] aussahen. Worüber ich auch
nachdachte, mein Denken ging gewöhnlich ganz von selbst
und beinahe ohne mein Wissen vor sich, während das Bewußtsein mit etwas ganz anderem beschäftigt war, nicht selten dem entgegengesetzt, was sich in großer Tiefe vorberei-
tete. Das war durchaus kein logisches Denken, sondern eher

---

* Eine Pflanze aus der Gattung Physalis, die Gemeine Judenkirsche (physalis alkekengi); die Früchte umgibt ein großer leuchtender Kelch, der im
Volksmund »Laternchen« heißt.

ein Blick in ein neues Gebiet, ein Hintasten und eine innere Zuwendung. War das erreicht, so stellte sich das *Wort* von selbst ein. In seiner Eigenschaft als Wort stand es im Prozeß seines Entstehens keinesfalls zu anderen Worten in Beziehung, und es gab keinerlei Abstimmung; deshalb kam es für mich am Anfang selbst irgendwie unerwartet. Bedenkt man seine Wurzel, aus der es gekommen war, dann war es vertraut und gut bekannt und glich der Struktur des Denkens im ganzen sogar mehr als die gewohnten, abgenutzten anderen Worte. Es trat im Bewußtsein als ein Fremdes und zugleich Vertrautes auf und rief als etwas mit größerer Aufrichtigkeit als alles übrige Verteidigte nicht mehr ein Gefühl von Peinlichkeit auf geistigem Gebiet hervor. So war es immer mit einem neuen Gedanken, in allen Bereichen, und deshalb war für mich das Neue immer etwas Überraschendes und zugleich etwas Eigenes, längst Angeeignetes.

Genauso, nur schärfer wurde das oben angeführte Wort von einem Leben ohne Gott gesagt. Aber es gab auch Fälle, da das Unwillkürliche des Wortes mir als unmittelbar von außen gegeben vorkam, als die Wahrnehmung einer Erscheinung der äußeren Welt, die zugleich die innere war. War das eine Halluzination, um hier einmal »wissenschaftlich«, wie es heißt, an den psychologischen Mechanismus dieser Wahrnehmungen heranzugehen? Ich denke nicht. Meine Psyche hatte sich als kräftig erwiesen, und Einwirkungen aus der Tiefe erschütterten nie die gewohnte, in der Kindheit eingepflanzte Selbstbeherrschung; so erregt und erschüttert ich sein mochte, die Untersuchung des Vorgangs unterblieb nie. Wie lebendig und tief die Überzeugtheit von der jenseitigen Realität der hier erwähnten Fälle auch war, parallel wurde stets auch das äußere Milieu registriert, in dem sich das Jenseitige verkörperte.

Halluzinationen waren es also nicht; aber Illusionen waren es auch nicht, wenn man darunter die fälschliche Umdeutung von Wahrnehmungen, die Vertauschung des Sinns dieser

Wahrnehmungen mit anderen auf gleicher Ebene versteht, die zwar dazu Anlaß geben, aber des zureichenden Grundes dafür entbehren. Das, worüber ich spreche, kann am ehesten als Miteinander von zweierlei Sinn aufgefaßt werden, unterschiedlichen Ebenen der Wirklichkeit zugehörend, aber gleichzeitig wahrgenommen, wobei der eine Sinn den anderen nicht vernichtet, sondern einem beide zugleich bewußt sind, wenn sie sich in ihrem Wertkoeffizienten auch unterscheiden. Wenn bei einer Durchdringung von zweierlei Sinn das Höchstmaß an Wirklichkeit aus dem niederen Sinn kommt, so sehen wir in dieser Wahrnehmung ein subjektiv gefärbtes Symbol. Seltener ist der umgekehrte Fall; hier wird der höhere Sinn in der Wahrnehmung als höherer Grad an Wirklichkeit empfunden: Das ist das objektive Symbol, die Vision.

1923.26.XII.

Hier einer der Fälle, der sich mir vielleicht deshalb besonders eingeprägt hat, weil er in der Hauptrichtung meines Denkens lag. Er fällt in jenen Sommer und ereignete sich kurz, vielleicht zwei, drei Wochen nach dem oben beschriebenen Vorfall. Heute scheint es mir nahezu sicher, daß außer mir und meinem Vater niemand im Hause war. Ich schlief in meinem Zimmer. Es war ziemlich heiß, die Balkontüren standen offen. An Träume erinnere ich mich nicht, mein Schlaf war, wie mir auch damals schien, sehr tief, abgrundtief. Plötzlich weckte mich etwas, irgendein innerer Stoß. Es war kein Bild und es war kein Gedanke. Am zutreffendsten wäre vielleicht der Vergleich mit einem elektrischen Schlag, freilich mit dem wesentlichen Unterschied, daß ein elektrischer Schlag vom Körper empfunden wird, dieser jedoch zu dem Körper in keinerlei Beziehung stand. Ein Stoß, der weder die körperlichen noch die bewußten seelischen Zustände betraf, der aber nichtsdestoweniger von zwingender, gebieterischer Schärfe war – so etwas wie geistige Elektrizität. Es war ein Empfin-

den, wie wenn ein starker Wille, dem meinen unendlich über-
legen und von unendlich viel größerer Autorität als der
meine, für mich handelt, noch ehe ich dazu komme, nicht nur
seine Forderungen zu erfüllen, sondern überhaupt erst zu begreifen, zu empfinden und zu wollen, was durch ihn von mir
verlangt wird; so mag es dem Säugling ergehen, der, von ge-
übter Hand gewindelt, erst nach Beendigung des ganzen begreift, daß er hätte weinen sollen. Wie sich das, was ich selbst
tat, zu dem verhielt, was sich wirklich ereignete, wurde erst
im nachhinein klar.

Durch diesen geistigen Stoß war ich im Nu hellwach, ein
Erwachen gleich einem Sturz vom Dach. Auf die gleiche
Weise warf er mich aus dem Bett und auf den Hof; der Druck
dieses Willens war, ich erinnere mich genau, so stark und entschieden, daß ich keine Zeit hatte, über den Balkon zu einem
der Ausgänge zu gelangen, sondern geradewegs aus meiner
Tür über das Geländer sprang. Zu sagen, ich sei erschrocken
gewesen, wäre völlig falsch: Ich hatte dazu keine Zeit. Erst als
alles vorbei war, kam ich darauf, daß ich hätte erschrecken
sollen – erschrecken über die geheimnisvolle, mächtige
Gegenwart eines Willens, der mir unbekannt war, jedenfalls
nicht im geringsten die Umgangsformen beachtete, zu denen
wir erzogen waren. Er war wie ein machtvolles, alles verzehrendes Feuer, das sich nicht entschuldigt und über seine
Handlungen keine Rechenschaft ablegt; in der Tiefe des Bewußtseins war es klar, daß das so sein mußte und daß in dieser
Unumstößlichkeit mehr Weisheit und Gnade lag als in der
Zaghaftigkeit der Menschen.

Ich stand auf dem Hof, vom Mondlicht übergossen. Über
den riesigen Akazien hing im Zenit die silberne Scheibe des
Mondes, ganz klein und furchteinflößend scharf. Es schien,
als falle sie mir auf den Kopf, ich hätte mich am liebsten im
Schatten versteckt, aber eine gebieterische Kraft bannte mich
an den Ort. Es war unheimlich, in dem Strömen des Mondsil-

bers zu verweilen, aber ich wagte nicht, in das Zimmer zurückzukehren. Allmählich kam ich zu mir. Nun ereignete sich das, um dessentwillen ich herausgerufen worden war. Ganz deutlich und laut erscholl eine Stimme, die zweimal meinen Namen rief: »Pawel! Pawel!« Weiter nichts. Kein Vorwurf, keine Bitte, kein Zorn und auch keine Zärtlichkeit, einfach ein Ruf – ein Ruf in Dur, ohne irgendwelche Nebentöne. Er drückte direkt und genau das aus, was er ausdrücken wollte – einen Anruf. Ich erinnere mich auch noch genau an das Timbre, es war weder männlich noch weiblich, es war klangvoll schwingend und sehr rein; da war nicht der geringste gutturale Anklang, irgendwelche Wünsche über das eigentliche, objektiv ausgesprochene Gebot hinaus, das mit gebieterischer Leidenschaftslosigkeit übermittelt wurde. So werden von den Herolden die ihnen aufgetragenen Botschaften verkündet, denen sie von sich aus nichts über das Mitgeteilte hinaus hinzufügen dürfen noch wollen, nicht das geringste über den Hauptgedanken hinaus. Dieser Ruf erklang mit der Direktheit und Einfachheit des »ja, ja – nein, nein« des Evangeliums. Dieser Ruf zerriß mein Bewußtsein, das die subjektive Einfachheit und die subjektive Transparenz des Rationalen sowie die Objektivität des oszillierenden, unendlich komplizierten und rätselhaft unbestimmten Irrationalen kannte. Zwischen dem einen und dem anderen trat, sie auseinanderschiebend, etwas völlig Neues hervor – einfach und vollkommen klar, doch von gebieterischer Wirklichkeit und unverrückbar wie ein Fels. Ich prallte gegen diesen Fels, es war der Augenblick, da mir das Ontologische der geistigen Welt bewußt zu werden begann. Wie ich es sehe, begann in diesem Augenblick meine noch nicht im Wort ausgedrückte, aber entschiedene, starke Abneigung gegen den protestantischen und überhaupt den intellektuellen Subjektivismus.

Ich wußte nicht und weiß nicht, wem die Stimme gehörte, obwohl ich nicht daran zweifelte, daß sie aus der himmlischen

Welt kam. Wenn ich darüber nachdenke, scheint es mir am richtigsten, sie ihrem Charakter nach einem himmlischen Boten zuzurechnen, nicht einem Menschen, und sei es ein Heiliger. Dennoch stand damals wie heute im Hintergrund gedanklich die nicht so interessante Frage nach dem physischen Material dieser Stimme. Das heißt nicht, daß ich die Existenz himmlischer Eingebungen und Stimmen ohne physische Grundlage leugne. Aber in diesem Fall neige ich dazu anzunehmen, daß es doch solch eine Grundlage gab, nämlich in Gestalt einer Stimme auf dem Nachbarhof, der hinter uns lag, hinter einer hohen Ziegelmauer, und ich räume sogar ein, daß diese Stimme meinen Namen rief, wenn sich das natürlich auch nicht auf mich bezog. Wozu sie mitten in der Nacht so laut rufen mußte, bleibt unverständlich; geht man überhaupt von äußeren Umständen aus, dann erweist sich alles, was mir zustieß, als unverständlich. Doch meine unmittelbare Empfindung damals wie auch mein Bewußtsein von dem Vorgang später ging von dem Umgekehrten aus: Entscheidend und nicht zu bezweifeln ist in diesem Fall die geistige Realität der himmlischen Stimme, die alle äußeren Umstände so lenkte, daß sie in der mir zugänglichsten Weise die Hülle meines Bewußtseins durchschlug. Sollte tatsächlich jemand aus irgendeinem Grund auf dem Nachbarhof meinen Namen gerufen haben, so war auch er, ohne von seinem Dienst zu wissen, von der gleichen Kraft dazu veranlaßt, die mich geweckt hatte. Ich weiß nicht, wen er rufen *wollte* und wozu, tatsächlich lieh er seine Kehle und seinen Mund einer *anderen* Stimme und rief *mich*. Es ist durchaus zu vermuten, daß mein Gehör zu grob war, um unmittelbar, ohne diese Lautsprecherstimme die Stimme des Engels zu hören; aber ich hörte dennoch nicht die physische Vermittlung als solche, sondern in ihr den geistigen Motor, die himmlische Stimme, und deshalb waren Timbre und Ausdruck vergeistigt und unirdisch.

7. Zusammenbruch

1924.1.1.

I. Mit den oben beschriebenen und ähnlichen Rufen war es wie überhaupt mit meiner Empfindung der anderen Welt. Ich nahm sie offenen Herzens und voll Vertrauen auf; Skepsis, eine zwiespältige Wahrnehmung, ein zersplittertes Daseinsempfinden waren mir nie eigen. Ja, die Rufe versetzten mich in Erregung und wühlten mich im tiefsten Inneren auf. Ich kann sagen, eine solche Erfahrung prägte sich meinem Bewußtsein als etwas Unbedingtes, Unumstößliches ein, und sie begegnete keinem inneren Widerstand. Aber... die andere Welt, auf einer Ebene mir durchaus vertraut und von mir nie verworfen, ist für mich immer etwas weitaus Bedeutenderes, Lebendigeres gewesen als der bloße Gedanke an sie: die unmittelbare Erfahrung ihrer Wirklichkeit. Die andere Welt berührte mich in meinem tiefsten Selbst als eine authentische, nicht den geringsten Zweifel weckende Wirklichkeit. Diese Empfindung bezog sich nicht nur auf die elementaren Tiefen der Natur und ihr gesamtes Leben, das geistige Antlitz der Pflanzen, Felsen und Tiere, sondern auch auf die Menschenseelen, vor allem die der Heiligen. Besonders hatte ich ständig die lebendige Empfindung der Gegenwart meiner verstorbenen Tante Julia, ihrer feinen Nähe, die viel spürbarer war als zu ihren Lebzeiten. Wenn mir damals jemand mit Bergson gesagt hätte, daß das gesamte Sein durch uns hindurchgeht und uns daher in den Tiefen gegeben ist, wenn es auch nicht bis in unser Bewußtsein dringt, und dies nicht als eine wissenschaftliche Theorie dargestellt hätte, sondern einfach als sein Selbstgefühl, dann hätte ich lebhaft reagiert, denn genau das war auch mein Selbstgefühl, mein Selbstgefühl von Geburt an.

Es gab also noch etwas anderes als das Empfinden der Oberfläche des Lebens. Dennoch nahm dieses lebendige Grundempfinden an meinem Bewußtsein, genauer gesagt an dem geschlossenen, wissenschaftlich-bewußten Weltverständnis keinen Anteil, höchstens einen negativen – als Ferment. Auf der einen Seite die Erfahrung, zweifellos echt und von etwas Echtem, auf der anderen Seite das wissenschaftliche Denken, an das ich in einer bestimmten Seelenschicht einfach nicht glaubte. Das war eine charakteristische Krankheit des gesamten neuen Denkens, der gesamten Renaissance; im nachhinein kann ich sie jetzt definieren als die Trennung von Menschlichkeit und Wissenschaftlichkeit. Einerseits ist der Wissenschaftsgedanke unmenschlich, andererseits ist die Menschlichkeit gedankenlos. Die im Triumph des Siegers Tod auf den Gebeinen des von ihr vernichteten Menschen tanzende wissenschaftliche Abstraktion und der gejagte, sich in den Winkeln versteckende menschliche Geist. Die gesamte Neuzeit litt an dieser Gespaltenheit, anfangs in der Hoffnung, den Geist ganz zu vernichten, und dann, als sich die Aussichtslosigkeit dieser Hoffnung herausstellte, in Trauer und Verzweiflung: Amiel.

In mir prallten diese beiden Kräfte mit Elementargewalt aufeinander, weil die Renaissancegelehrsamkeit keine äußere Beigabe, kein Gefieder war, sondern eine zweite Natur und mir ihr wahrer Sinn nicht dadurch aufging, daß ihn mir jemand erklärte, er war mir in der gleichen Unmittelbarkeit gegeben wie meine eigenen Wünsche. Aber diesem Verständnis stand eine nicht weniger starke Erfahrung gegenüber, die die Renaissanceideen im Ansatz verneinte. Das war der Grund, weshalb es gerade in mir, als das Renaissancedenken forciert und aufs äußerste angestrengt worden war, zur Explosion aller dieser Ideen kam. Ich war erzogen und aufgewachsen als ein Mensch der Neuzeit; deshalb empfand ich mich als Grenze und Ende der Neuzeit, als den letzten Menschen (natürlich nicht chronologisch) der Neuzeit und daher den ersten eines anbrechenden Mittelalters.

Wenn ich das sage, bin ich mir des Anflugs von Anmaßung in diesen Worten wohl bewußt. Aber dieser Eindruck, der wahrscheinlich unausbleiblich ist, wäre grundfalsch: Es geht hier nicht um die Größenordnung, die mir gar nicht so bedeutend zu sein scheint, sondern um den Typ des geistigen Lebens, um das Gefüge der Persönlichkeit, das in diesem Fall qualitativ neu ist; diese historische Neuheit kann durchaus zusammengehen mit einer Persönlichkeit, deren Fähigkeiten und Werke von geringerer Größenordnung sind, so daß also für eine überhöhte Selbsteinschätzung in bezug auf diese Neuheit keinerlei Grund besteht. Kurz gesagt, das Weltverständnis, das sich aus dieser geschilderten Explosion ergab, wird in zehn, zwanzig, dreißig Jahren eine Selbstverständlichkeit sein, und man wird zu ihm nicht aufgrund *meiner* Überlegungen gelangen, sondern ganz aus sich selbst, genauso wie man noch unlängst mit seinem eigenen Verstand darauf kam, daß es »Gott nicht gibt«, daß »über die Unwahrheit schon alles geschrieben ist und überhaupt«.

II. So gingen meine Studien wie früher ihren gewohnten Gang, der Denkdisziplin gehorchend, die ich mir erarbeitet hatte, wenn auch das unmittelbare Gefühl für ihre Notwendigkeit unterhöhlt war. Diese Art zu denken trennte sich gewissermaßen von mir ab, so daß zwischen ihr und mir ein entfremdender Kältestrom zu fließen begann. Er wurde stärker von Tag zu Tag. Aber diese Entfremdung äußerte sich in einem unmittelbaren Gefühl, sie hatte keine in Worten befriedigend wiederzugebenden Grundlagen. Im Gegenteil, die Grundlagen blieben die alten, und da sich das Gefühl gegen sie wehrte, verlangte das Denken, um seine Festigkeit besorgt, Schutz vor diesem zerstörerischen, verantwortungslosen Gefühl. Ich widersetzte mich bewußt diesem Gefühl und bemühte mich, die frühere Linie in der Physik gewissenhaft weiterzuverfolgen.

Wenn ich früher nächtelang nicht schlafen konnte vor Aufregung über ein am nächsten Tag bevorstehendes Experiment, so war jetzt, da das Experiment wirklich bedeutend und neu sein konnte, da sich mein geistiger Horizont geweitet und die Verstandeskräfte sich formiert hatten, das Ganze für mich ein Auftrag, den mir mein Pflichtgefühl erteilte und der nur zu kurzen Aufwallungen von Hingabe führte. Ich empfand die Physik und alles, was mit ihr zusammenhing, als ein mir fremdes Kleid oder eine schon abgestreifte leblose Haut. Aber ich wagte mir das nicht einzugestehen und war bestrebt, mir das Vorübergehende meines Befindens einzureden. Diese alte Haut, die ich mir früher in Gedanken angemessen und auf mich zugeschnitten hatte, jetzt aber als bereits abgestorben wertete, blieb dennoch auf mir sitzen, drückte und band mich. Wenn einer sich feindselig über sie geäußert hätte, hätte ich sie beschützt und verteidigt; es wäre nicht aus Starrsinn geschehen, sondern aus der klaren Erkenntnis, daß kein anderes Wortkleid da sei und daß ich, wenn ich dieses ablegte, überhaupt ohne Denken bliebe. Andere Werkzeuge des Denkens hatten sich in mir noch nicht gebildet, und was die Philosophie anbot, das schien mir auf die wirkliche Erfahrung nicht anwendbar zu sein.

So daß mir also nichts anderes übrigblieb, als meinen Eifer im früheren Sinne noch zu verstärken. Früher war ich in meinen Studien auf naive Weise selbstlos und ging völlig in ihnen auf, ohne an mich zu denken und mich mit jemandem aus meiner Umgebung zu vergleichen. Ich wußte natürlich, daß ich eine gewisse Überlegenheit auf dem Gebiet der Physik usw. besaß, verhielt mich aber dazu als zu etwas Äußerlichem und war daher ruhig, sowohl was meine Stärken als auch was meine Schwächen anging. Jetzt dagegen war die Objektivität des Denkens, das nur mit seinem Gegenstand beschäftigt war, verlorengegangen. Da einmal das Bewußtsein der Pflicht aufgekommen war, hatte die subjektive Seite der Sache das Übergewicht bekommen. Mir wurde bewußt, daß *ich* es bin, der studieren und denken muß, und daher wurde es wichtig, daß *ich* das tue oder umgekehrt, es nicht tue. Von hier kam es unweigerlich zum Vergleich zwischen mir und den anderen, mit aller sich daraus ergebenden Unausgewogenheit solcher Urteile, abhängig vom Vergleichsmaßstab und meinem jeweiligen Zustand in einem bestimmten Moment. Bald schien es mir, als leistete, als erreichte ich etwas und sei zu etwas befähigt, bald schien es umgekehrt; die ruhige Selbstgewißheit von früher war gewissermaßen gespalten in Selbstgewißheit und Verzagtheit, die mit unterschiedlichem Erfolg miteinander rangen. Ich forderte Unerfüllbares von mir und stellte mir gewaltige Aufgaben, vor mir flackerten die Phosphorlichter ungeheuer bedeutsamer Lösungen, wie mir schien, und ich begann, mir als wer weiß was vorzukommen. Aber da stellte sich heraus, daß es an der dafür erforderlichen Technik mangelte; das Phosphorlicht fand für sich keine richtige Bleibe, und ich wurde von bedrückender Ohnmacht und Beschämung erfaßt angesichts nicht erfüllter Pflicht. In meinem bisherigen Leben war ich im Kahn über ein ruhiges Meer geschaukelt, jetzt ging es im Galopp über Stock und Stein.

Es wäre falsch anzunehmen, ich sei über ein Urteil von außen, von fremder Seite beunruhigt gewesen. In dem Bewußtsein meines Selbst ging es um eine weit brennendere Frage, nämlich ob ich dem Sinn des Lebens gerecht geworden sei oder nicht, und da war keine noch so hohe Meinung, wer immer sie von mir besaß, die mich hätte trösten und beruhigen können. Ich war selbständiges Denken und ein selbständiges Urteil darüber zu sehr gewöhnt, um nicht zu begreifen, daß ich nicht war, was zu sein ich für meine Pflicht hielt.

Doch selbst wenn ich tatsächlich etwas Bedeutendes zustande gebracht hätte, hätte ich mich doch nur wenige Minuten erhoben gefühlt, um dann umso tiefer in Unzufriedenheit zu stürzen. Maßloses und die Kräfte des Menschen und der Menschheit Übersteigendes stand als Pflicht vor mir, und wehe, wenn sie nicht erfüllt wurde; und dies nicht in Zukunft, schon gar nicht in einer unbestimmten fernen Zukunft, sondern jetzt gleich, in diesem Augenblick. Das Unverwirklichte dieser Aufgabe jetzt gleich schien unwiderruflich Verurteilung nach sich zu ziehen. Das Bewußtsein des Einfach-Menschseins, des einfachen menschlichen Maßes war mir verlorengegangen. Es ist klar, daß *einer*, wenn er *etwas* bei mir guthieß, diese Düsternis der Selbsteinschätzung nicht hätte aufhellen und mich in meinen Sprüngen nicht hätte zügeln können.

Je unwichtiger und wertloser mir meine Studien in tiefster Seele vorkamen, desto krampfhafter klammerte sich mein Bewußtsein an sie und desto beunruhigter fühlte ich mich.

Tatsächlich hatten mich innere Unruhe und Trostlosigkeit weit stärker erfaßt, als das aus meiner damaligen Deutung hervorgeht. Ich vereinfachte das Ganze und klammerte mich an diese Vereinfachung, weil ich insgeheim das Zerstörerische der in mir aufkeimenden geistigen Zustände empfand, nicht nur für die Art und Weise meines Denkens, sondern für die Weltanschauung eines ganzen Kulturzyklus. Zugleich wagte ich mir nicht einzugestehen, und mir fehlten dafür auch die erforderlichen Worte, daß eine andere, ebenso vernünftige und im Wort ausdrückbare Weltanschauung möglich sei. Ich wehrte mich gegen die auferstehenden Geister des Mittelalters wie gegen den Tod, obwohl diese Geister mein liebstes und zärtlichstes inneres Wort waren und das, was ich gegen sie verteidigte, wie die fremde beengende Haut eines mir feindlichen Prinzips auf mir saß.

Meinen Anstrengungen zum Trotz war ich endlich doch genötigt, meine vollständige Niederlage einzugestehen.

III. Zu Beginn des Sommers fuhr ich mit Papa nach Kutais, wo er das letzte Jahr lebte und von wo aus er über die Feiertage zu uns kam. Dort, in der Stille, allein mit dem Vater oder ganz allein, las und beobachtete ich viel, doch mit einem Interesse, das nicht unter die Oberfläche drang und mir keinerlei Antwort abverlangte. In Kutais hielt sich übrigens mein ehemaliger Lehrer Wladimir Jegorowitsch Worobjow auf, der jetzt Volksschulinspektor war. Engere Beziehungen gab es zwischen uns nicht, aber er versorgte mich mit Büchern. So las ich mehrere Jahrgänge der »Welt der Kunst«, des »Russischen Gedankens« usw. Eine leichte Lektüre für mich, ich nahm jedoch alles nur mit dem Verstand auf, im Innern war ich mit anderen Überlegungen beschäftigt. So empfand ich z. B. nicht die Schärfe der Fragestellung in der damals gedruckten Untersuchung Mereschkowskis über Tolstoi und Dostojewski, ganz im Gegensatz zu meiner schmerzlich-gespannten Aufmerksamkeit für die gleiche Untersuchung ein Jahr später. In der Stadtbibliothek fanden sich verschiedene Bücher über Physik und Spiritismus. Nach meiner Gewohnheit fühlte ich mich angehalten, mich mit beidem auseinanderzusetzen; aber von ersterem hatte ich mich innerlich schon zu lösen begonnen und bei letzterem war mir die geistige Gestimmtheit fremd, obwohl ich die Echtheit der Pänomene selbst nicht in Zweifel zog. Anziehender erschien mir das Buch von Dale Owen, das mir seither nicht wieder begegnet ist, in ihm standen lange Schilderungen von geheimnisvollen Vorgängen, u. a. dem Doppelgängerphänomen bei der baltischen Erzieherin Emélie Sagée und von einem Spinett, das der Geliebten Heinrichs IV. gehört hatte. Ziemlich treuherzig erzählt der Verfasser, wie er Schritt für Schritt zum Glauben an den Spiritismus kam.

Mein Bruder Schura, damals elf Jahre alt, war mit mir nach Kutais gekommen. Er war ausgesprochen mir anvertraut, weil Papa häufig abwesend war. Manchmal unterstand mir auch die Hauswirtschaft – verschiedene Anordnungen waren zu treffen, für das Mittagessen, der Hausangestellten mußte Geld zugeteilt werden usw. Die Vorrechte der Macht belasteten mich sehr, aber ich mußte es tragen. Kurz nach unserer Ankunft wurde eine Exkursion in die Gegend von Ratscha unternommen, die vom 9. bis zum 16. Juli dauerte. Ein Stück Weges begleitete mich unser alter Freund, der Zimmermann Amiran, der bei Papa angestellt war, den restlichen Weg mußten wir allein zurücklegen.

Zuerst fuhren wir mit der Kleinbahn bis Tkwibuli, vorbei an den Klöstern Mozamet und Gelati. In meinen Aufzeichnungen aus jener Zeit sind vor allem die geologischen und physikalisch-geographischen Eindrücke festgehalten, und das auf Reisen obligatorische Fotographieren ging ebenfalls in diese Richtung: Der Physik gegenüber kühler werdend, wandte ich mich wieder meiner Kindheit zu, ich durchlief in umgekehrter Reihenfolge meine kindlichen Vorlieben; die Geologie lieferte die Begründung dafür, sich unter dem Vorwand der Wissenschaftlichkeit, die natürlich fragwürdig war wie die ganze Geologie, der Natur zuzuwenden. An den Fenstern unseres Abteils zogen bläulichgraue Kalksteinfelsen vorbei, die gelegentlich von ockerfarbenem Lehm bedeckt waren. Die Schichten waren hier verworfen, gequetscht, häufig begegnete man Faltungen. Mancherorts waren die Austrittsstellen des vor Zeiten herausgeschleuderten Syenitgesteins zu sehen. Gegen halb elf trafen wir in Tkwibuli, der wichtigsten Steinkohlelagerstätte im Kaukausus, ein und machten Rast in einem Duchan. In Erwartung des Mittagessens notierte ich Überlegungen zum Pantheismus, in einigen der Theoreme traten spinozistische Schlußfolgerungen zutage; damit spielend, innerlich ihnen schon feind, hatte ich noch nicht die Kraft, mir diese Feindschaft einzugestehen. Nach dem Mittagessen ließen wir uns von einem Jungen zu den Steinkohlengruben führen. Wir hatten etwa fünf Werst zu Fuß zu gehen. Der Weg durchschneidet zuerst Schiefergestein, dann Jurasandstein; darin eingelagert findet sich eine Schicht Braunkohle. Schienen gehen bis zur Brikettfabrik, die damals nicht mehr in Betrieb war, wie auch der ganze Tagebau verlassen dalag; von dort führt eine Seilbahn für den Kohletransport zum Schacht hinauf. Wir begaben uns zum Schacht, nahmen die Davyschen Sicherheitslampen – der Name Davy hatte seit meiner Kindheit etwas Aufregendes für mich, wegen seiner Nähe zu Faraday – und betraten den Schacht. Von den Decken tropft Wasser, das Decke und Wände des Schachts mit weißen Kalkablagerungen überzieht; hier hängen viele Stalaktiten, sie sind innen hohl und daher sehr zerbrechlich und gehen in der Hand leicht entzwei. Schlamm macht den Boden unpassierbar und zwang uns bald haltzumachen. Hier fühlst du dich begraben. »Ich wäre eher bereit, an Hunger zugrundezugehen als hier zu arbeiten«, ließ sich Amiran vernehmen. Mit einem Gefühl der Befreiung verließen wir den Schacht, stiegen den Berg wieder hinunter und befaßten uns mit den Blaubeeren und Brombeeren, die an dem ganzen Abhang wuchsen. Der Kamm des Nakeralrückens mit seinen Tannen, die wie Borsten abstanden, daß er wie ein Wildschweinnacken aussah, war in Nebel gehüllt. Am nächsten Tag, dem zehnten, ritten wir auf außerordentlich steilen Abkürzungspfaden in drei Stunden auf den Rücken hinauf. Hin und wieder mußten wir vom Pferd steigen und es am Zügel hinter uns herziehen. Ich zeichnete die Abfolge der Gesteinsschichten. Jenseits des Passes ändert sich der Charakter der Gegend völlig. Die Luft ist gesättigt von Feuchtigkeit. Zwischen den dunklen Tannen leuchten unzählige Farne, hohen Sträuchern gleich, und das Rhododendrondickicht ist so dicht, daß man nicht hindurchdringt. Ohne zu merken, wie die Zeit vergeht, gelangen wir zu dem runden kleinen Bergsee Charis-Twali, der wie eine himmlische Erscheinung vor uns liegt. Er ist nicht groß, reichlich zehn Meter im Durchmesser, aber tief: Die Messungen des Prinzen Georgi Alexandrowitsch ergaben eine Tiefe von etwa 75 Metern, andere sprechen sogar von 130 Metern. Der See wird von einer unterirdischen Quelle gespeist, das Wasser ist eiskalt und schmeckt angenehm. Es ist von einem wunderbaren Blau, aber nicht Himmelblau, das in den Bergen in Violett übergeht, sondern Blaugrün, opalisierend, in Aquamarin gehend. Ob die Quelle, die den See speist, von einem Gletscher herrührt? Besonders schön ist dieser natürliche Brunnen, wenn ein Lufthauch ihn mit flimmerndem Gekräusel überzieht. Sein Name bedeutet georgisch genau dasselbe wie das griechische Beiwort der Hera – Bosmits: Kuhauge. Vermutlich kommt das daher, daß sich daneben ein zweiter, ähnlicher kleiner See befindet, kleiner noch, aber sonst weder durch seine Tiefe noch durch seine Farbe in Erstaunen setzend. Die geheimnisvolle Bläue des bodenlosen Brunnens ist natürlich die Folge einer allerfeinsten Trübung. Woher aber mögen diese feinen Teilchen, die dem Gletscherstaub gleichen, kommen? Und wie kommen die Forellen hierher, die wir nebenan im Duchan zum Frühstück aßen? Da liegt der Gedanke an einen unterirdischen Fluß nahe.

Solch ein Gedanke wäre für mich in der Kindheit so aufregend gewesen, daß ich starkes Herzklopfen bekommen hätte, ich hätte alles stehen und liegen lassen, nur um mit eigenen Augen diese unterirdischen Flüsse zu sehen, die ich aus den Erzählungen meines Vaters kannte. Nun war ich in eine Karstlandschaft geraten, in der auf kleinem Raum eine ganze Reihe eindrucksvoller typischer Beispiele anzutreffen war. Ich widmete ihnen zwar die gebührende Aufmerksamkeit, zeichnete, fotografierte und besichtigte, getreu meiner Denkdisziplin, dieses natürliche geologische Museum, war aber im Tiefsten nicht ergriffen, obwohl ich nicht genau wußte, was mich eigentlich innerlich ablenkte.

Von Charis-Twali an wird die Gegend baumlos, und das ziemlich hoch liegende Kalksteinplateau ist nur spärlich mit Gesträuch bewachsen. Etwa sieben Werst vom Paß entfernt machten wir am Abfluß der Schaora Halt. Dieses ansehnliche Flüßchen kommt vom Nakeralrücken herab und verschwindet da, wo wir rasteten, vollständig unter der Erde, und zwar in mehreren Kalksteinspalten. Über der Hauptöffnung steht eine Mühle, aber nur der kleinere Teil des Wassers fließt über das Stauwehr und verschwindet weiter unten. In den weißen massiven Kalksteinen fanden sich an dieser Stelle viele Versteinerungen – Muscheln und Korallen, die wie Äste aussehen; es gelang aber nicht, schöne Exemplare herauszuschlagen.

Wir ziehen weiter. Die Oberfläche ist von Abflußlöchern unterschiedlicher Größe übersät. Sie sehen wie Trichter aus, und zur Zeit des Frühjahrshochwassers, wenn die Schaora Hochwasser führt und reißend ist, dienen sie dem Wasser als unterirdische Abzüge. Solche Löcher bilden sich jedes Jahr unerwartet neu: Offensichtlich ist die ganze Gegend voll innerer Sprünge und vom Hochwasser zernagt. Eines dieser Löcher, das sich, wie Amiran sagte, erst in diesem Jahr gebildet hatte und deshalb noch nicht verschmutzt war, sah ich mir genauer an und kletterte sogar hinein. Es war ein Trichter in einem plattenförmig gegliederten Kalkstein. Der Grund des Trichters ist langgestreckt und mißt an seiner längsten Stelle etwa sechs Meter; die Tiefe des Trichters beträgt, so weit man das verfolgen kann, etwa vier Meter. Der Boden des Loches ist sichtbar, von ihm aus laufen Rinnen nach verschiedenen Seiten, durch die das Wasser abfließt. Als wir diese Senke besichtigten, war sie wie alle anderen völlig trocken. In der Siedlung Nikor-Zminda gibt es noch weitere interessante Karstphänomene, die besichtigt, gezeichnet und fotografiert wurden. Die sogenannte Eishöhle, von der ich schon von meinem Vater gehört hatte, ist ein unterirdischer Raum mit einem spaltartigen Eingang an der Erdoberfläche, hinter dem es steil abwärts geht. Die Form der Höhle ließe sich als Tetraeder mit nach oben gekehrter Basis beschreiben. An der hinteren Wand befinden sich zwei oder mehr Seiteneingänge, die zu betreten ich mich nicht entschließen konnte, weil uns Lampen fehlten. Die Wände der Höhle sind feucht und mit einem schlierigen Belag bedeckt, vielleicht amorpher Lehmerde. Luft und Licht gelangen von außen nur sehr schwer ins Innere der Höhle, es herrscht Dämmerlicht und Kälte, vielleicht mehr als sonst in Höhlen, trotz der starken Julihitze draußen. Noch unlängst, erzählte mir mein Vater, hielt sich Schnee und Eis in ihr das ganze Jahr, so daß die in der Nähe stationierten Truppen den Sommer über den Schnee verwenden konnten. Vermutlich hatten sie den Schnee völlig verbraucht, so daß die Höhle bei unserem Besuch ihrem Namen nicht gerecht wurde. Aber sie ist von außerordentlichem Interesse, da sie den Austritt der unterirdischen Flüsse zeigt: Kein Zweifel, diese Höhle stellt den Austritt eines versiegten Zuflusses der Schaora dar. In geringer Entfernung von hier befindet sich nämlich der Austritt der Schaora und eines ihrer kleinen Zuflüsse.

Der Austritt der Schaora ist malerischer und interessanter als ihr Verschwinden und liegt, soweit ich mich erinnere, vier Werst entfernt. Der Fluß kommt aus einer riesigen Grotte mit einem überhängenden Felsen aus weißem Kalkstein heraus und bildet nach seinem Austritt einen See von wunderbarem tiefdunklen Grün; es ist, als liege da ein Smaragd unter tiefen Wasserschichten und dieser Smaragd leuchte aus der Tiefe, so daß der Eindruck eines Fluoreszierens entsteht, das den ganzen Raum erfüllt. Seiner Färbung nach ist dieser See dem Charis-Twali sehr ähnlich, nur noch etwas grüner: Etwas niedriger als jener gelegen, weist der Ausfluß der Schaora offensichtlich eine ähnliche Trübung auf wie die von Tindal, wenn auch von geringerer Feinheit. Das Wasser ist hier außerordentlich kalt, und es sind viele Forellen darin. Von Felsen umgeben, die den See vor dem Wind schützen, spiegelt das reine Wasser die ganze Umgebung wider wie ein wunderbar geschliffener Spiegel, und die Sonnenstrahlen, die auf die Spiegelfläche treffen, erleuchten das Halbdunkel des steinernen Gewölbes. Diese Spiegelung erzeugt ein zauberisches Spiel des Lichts, wenn eine Forelle die smaragdene Glätte des Wassers mit ihren Kreisen aufrührt. Dasselbe geschah, als Schura einen Stein ins Wasser warf. Das tiefe Grün ist so intensiv, daß auch die Lichtspiegelung an der Wand der Kalksteingrotte grün ist. Sogar die Schatten werden von diesem Spiegel reflektiert. Eine heilige Stille herrscht in dieser Abgeschiedenheit, und man fürchtet, ein lautes Wort zu sagen. Aber dieser See ist auch in direktem Sinne unheimlich: Flach austretend hat das Wasser der Schaora im See eine Tiefe, die sich bisher jeder Messung widersetzte; am ehesten erinnert das Bild der Schaora an eine riesige Höhle, wie wir nebenan eine gesehen haben. Kaum ist man aber einige Meter von dieser smaragdenen Tiefe, die jedem, der sie zu entweihen wagt, mit dem sofortigen Untergang droht, zurückgetreten, da ändert sich jäh das Gesicht der Landschaft. Die flache Schaora rieselt silbern den steilen steinernen Hang hinab, weiter unten steht eine kleine Mühle, kleine Bäume säumen friedlich die Ufer – eine friedliche Idylle über dem kristallklaren kalten Wasser mit den in der Sonne spielenden Forellen.

Nicht weit von hier liegt eine weitere, ähnliche Grotte, aus der ein Bächlein mit köstlichem kalten Wasser hervortritt. Es mündet unmittelbar in die Schaora.

Wir übernachteten in Nikor-Zminda. Am anderen Tag, dem 11. Juli, stand ich früh um fünf auf. Ein Nebelmeer erfüllte die Täler, aber der Nebel löste sich bald auf. Die alte Kathedrale hatte ich am Vortag schon besichtigt und dort eine Inschrift abgezeichnet. Um dreiviertel sechs brachen wir auf; der Weg erwies sich als nicht sehr bemerkenswert. Ein kahle

Hügellandschaft, nirgends Schatten. Wir folgten dem Lauf kleiner Flüsse und hinter der Ortschaft Ambrella'uri, wo ein alter Wachtturm steht, dem Rion; Ambrella'uri liegt nicht weit von Abbas-Tuman entfernt. Bei Zossi fließt der Rion durch eine enge Felsspalte in umgestülpten Kalksteinschichten. Dieser malerische Platz trägt den Namen Chidekari, das heißt georgisch *Tor*. Über den brausenden Rion führt eine Holzbrücke, an ihren beiden Enden befinden sich Festungen in den Felsen. Das ist das Tor zur Eroberung des Kaukasus, hier haben viele Schlachten stattgefunden. Wenn ich mich nicht irre, so waren es, einer bei den Einheimischen heute noch lebendigen Überlieferung zufolge, diese Felsen, an die Prometheus gekettet war. Selbst wenn man sich über die Gegend weiter keine Gedanken macht, hat man an diesen Orten das Gefühl, man berühre die Nervenzentren der Geschichte, der Natur, der Götter, der Menschen. Als wir die Brücke passiert hatten, gelangten wir auf die Ossetische Heerstraße und näherten uns der Station Zossi, von dort zogen wir in entgegengesetzter Richtung weiter, nun am rechten Ufer des Rion flußabwärts. Nach einem schweren steilen Aufstieg bei glühender Hitze gelangten wir in die Siedlung, in der sich das Haus von Amiran befand. Hier erwartete uns ein so freudiger und ehrenvoller Empfang, daß es im höchsten Grade peinlich war. Zu Amirans Familie gehörten sein Vater, ein Greis von 82 Jahren, seine Mutter, sein Bruder und dessen Frau, Amiran selbst und die Kinder. Man sah sofort, daß sie freundschaftlich und friedlich miteinander lebten und die Alten frisch und munter waren. Ihre Lebensart zeichnete eine uralte, schon halb vergessene Kultur aus. Überhaupt fallen im Kaukasus Haltung und Höflichkeit selbst der einfachsten Leute auf. Obwohl neugierig, würden sie sich nie erlauben, einen Menschen, dem sie begegnen oder den sie in ihr Haus aufnehmen, nach seinen Umständen, gar nach seinem Namen zu fragen.

Schura in Amirans Haus zurücklassend, begann ich am nächsten Tag, dem zwölften, mit Amiran und zwei Führern den Aufstieg nach Swanetien. Das war ein mühseliger Weg, und ich mußte viele Male denken, wie gut, daß ich Schura nicht mitgenommen habe. Er war übrigens darüber nicht traurig, denn er machte sich in Amirans Garten mit den Pflaumen und Birnen zu schaffen.

Wir gingen zu Fuß, hatten aber Saumpferde bei uns, die neben anderem Schläuche mit Weißwein trugen. Die Ausrüstung hatte Amiran zusammengestellt, und unterwegs konnte ich mich davon überzeugen, daß er nichts Überflüssiges mitgenommen hatte. Wir stiegen einen sehr schönen, sehr steilen Weg entlang dem Flüßchen Rize'uli hinan. Flüßchen ist vielleicht nicht die richtige Bezeichnung für diesen Wasserfall. Wasser gibt es im Überfluß: Bächlein, Flüßchen, Quellen. Eine üppige Vegetation: mächtige Tannen und andere Bäume, Farne, größer als ich, ganze Schachtelhalmwälder, die man fotographieren und ohne weiteres für Bilder der Steinkohlenvegetation ausgeben könnte. Unterwegs stießen wir auf ein Gestein mit schwarzen Kristallen, offenbar Granat. Wir steigen immer höher [ein Wort unleserlich], überwinden den herabstürzenden Rize'uli; die Vegetation verändert sich merklich, je höher wir kommen. Phantastischen Vermutungen zufolge entsteht die Schwerkraft durch den unaufhörlich auf die Erde auftreffenden Ätherstrom. Wenn man sich in der Ebene bewegt oder kürzere Aufstiege unternimmt, empfindet man die Schwerkraft gewöhnlich nicht; aber bei einem längeren steilen Aufstieg bin ich geneigt, an diesen Ätherstrom zu glauben, der einen geradezu vom Abhang fegt; man fühlt sich beim Aufstieg wie in einem reißenden Fluß, dessen Strömung man nur durch ununterbrochene Anstrengung bezwingt. Aber ungeachtet seiner Mühsal hat dieser lange Aufstieg etwas Befreiendes. Mit diesem Gefühl erreichte ich um neun Uhr abends den Zusammenfluß des Rize'uli und des

Shrinawi, wo wir unser Nachtlager aufschlagen wollten. In einer Felsschlucht inmitten eines jahrhundertealten Tannenwaldes wurde ein Feuer entfacht und das Abendessen bereitet. Hier hatte sicher noch nie jemand übernachtet. Über dem brausenden Fluß schweben Glühwürmchen, und das Tosen der Wasserfälle mischt sich mit dem Prasseln des Lagerfeuers, das die ganze Nacht hindurch brennt. Nachts ist es hier kalt, und ohne Feuer wäre es auch wegen der wilden Tiere gefährlich. Dieser Wald macht einem nachts angst durch die schwankenden langen, weißen Bärte des spanischen Mooses, das meterlang von den masthohen Bäumen herabhängt. Zu diesem Schrecken gesellten sich noch andere unangenehme Überraschungen in Gestalt von Heuschrecken und irgendwelchen riesigen Insekten, die einem plötzlich ins Gesicht sprangen. Diese Nacht hat sich mir stark eingeprägt, ich dämmerte vor mich hin, zitterte vor Kälte und fuhr jeden Augenblick erschrocken auf.

Am nächsten Tag, dem 13. Juli, machten wir uns um dreiviertel fünf auf den Weg. Wir gingen durch dichten Urwald; bestimmt sind in diese Gegend nicht viele Menschen gekommen. Zuerst ging es steil aufwärts, später sanfter. Nadelbäume herrschen immer mehr vor, bis endlich nur Fichte und Tanne übrigbleiben. Dann Almwiesen und erneut ein steiler Aufstieg. Wir stiegen durch Felsen, die hier und da von Moosen und Flechten bewachsen waren. Nur selten trifft man auf Gras. Wir erreichten die Grenze des ewigen Schnees. In den Hohlwegen glänzen die großen Kristalle des Firneises, und häufig passieren wir Schneestellen, an denen es unter den Füßen knirscht wie von feinem Kies. Wir trafen auf eine Quelle, die als sauer gilt, obwohl die Säure kaum zu schmecken ist und vom Lakmus- und Kurkumapapier[49] nicht angezeigt wird.

Der Aufstieg wird immer schwieriger. Wir kommen nur mit Mühe vorwärts und müssen jede Minute anhalten. Meine Begleiter mischen Firneis mit Weißwein in einem Glas; ein

Schluck von diesem eiskalten Gemisch, das wie Feuer brennt, gibt einem die Kraft, den Kampf mit der Erdanziehung weiterzuführen, die man hier nicht mehr als etwas Selbstverständliches empfindet, sondern ganz in Newtons Sinne als eine eigene Kraft. Die in der Tiefe wohnen, sehen in der Schwere ihres Körpers eine zum Körper gehörende Eigenschaft, die nicht von ihm zu trennen ist; hier oben aber begreift man in aller Deutlichkeit, daß die Schwere durch eine äußere Kraft verursacht wird, die einem wie etwas Lebendiges vorkommt und mit der man bewußt einen Kampf führt. Man kämpft mit ihr, als habe man sich eines feindlichen Angreifers zu erwehren. Doch ungeachtet der bewußten Anstrengung fordert die Bergkrankheit ihren Tribut: Gleichgültigkeit gegenüber dem Aufstieg; Schwäche – ich kann kaum den Fuß heben. Die Atmung ist beschleunigt, die Beine knicken ein, insgesamt fühlt man sich bis zur Übelkeit schlecht. Ich bin an das Bergsteigen gewöhnt, aber so hat sich die Höhe noch niemals bemerkbar gemacht. Endlich, um viertel zwei erreichen wir den Gebirgspaß Utini. Das ist die Grenze zwischen Ratscha und Swanetien. Von hier aus kann man das Land der Swanen überschauen, das nur drei Monate im Jahr zu erreichen ist. Vor uns stehen die swanetischen Berge des Gang – ein kahles Felsmassiv mit einer Reihe von Gipfeln, an vielen Stellen von glitzerndem Schnee bedeckt. Unter unseren Füßen ist Schiefer und kristalliner Schiefer. Eine Schieferplatte ist vertikal aufgestellt und in dieser Stellung befestigt. Sie gilt hier als heilig, und niemand würde wagen, sie umzustoßen. Die Platte zeigt ein System konzentrisch angeordneter Ellipsen sowie sich ihnen annähernde Bögen eines anderen solchen Systems. Die Ellipsen treten als Basreliefs hervor. Darstellungen dieser Art begegnet man auf den ältesten Denkmälern des vorgeschichtlichen Ägypten und auf den kretischen Altertümern; andererseits entstehen aber solche Basreliefs manchmal auf natürliche Weise auf plattenförmigem Sedimentgestein, etwa dem Sandstein. Deshalb konnte ich mir weder damals beim Zeichnen dieses Steins noch später über den Ursprung dieser Linien klarwerden.

Der Himmel ist tiefblau, fast schwarz. Man hat das Gefühl einer vollkommenen Harmonie. Das Bewußtsein ist ekstatisch erweitert, und es gibt keine feste Grenze mehr zwischen mir und dem äußeren Sein. Das ist gewöhnlich so in großer Höhe: Ob das an der Luft liegt oder an etwas anderem – was sich hier ereignet, ist ein ekstatisches Heraustreten aus den Grenzen des Selbst, ein Anschluß an die GROSSE VERNUNFT und damit ein Gewinn kosmischer Fülle. Man wird von einer hier strömenden überirdischen Freude erfaßt. Alles Kleinliche, Ängstliche, Aufgeregte ist unendlich weit entfernt, es gehört schon nicht mehr zu dir, sondern ist irgendein hinweggefegter Kehricht. Hier denkt man nicht mehr beunruhigt an den morgigen Tag, und aller Mißverstand des Tieflands in seiner ganzen Nichtigkeit ist völlig vergangen. Alle irdische Sorge ist abgelegt, und in dich strömt in breitem Strom der blaue Äther. Sterben und Leben ist in diesem Augenblick gleichermaßen Gnade. Ein Gefühl der Leichtigkeit stellt sich ein: Der Körper hat sein Gewicht verloren. Dieses Gefühl kann man nur mit dem Fliegen im Traum vergleichen, wenn einzig der Wille den Körper in Bewegung setzt. Ich weiß nicht, was die Waage anzeigen würde, wenn man sich in dieser Ekstase wöge; niemand hat so einen Versuch unternommen, aber den Gedanken an eine echte Levitation, an eine Gewichtsverringerung, die auch mit den Mitteln der Physik zu messen wäre, weise ich nicht von der Hand; jedenfalls wäre ich über den Ausgang eines solchen Versuchs, wenn ihn jemand für nötig hielte, nicht im Zweifel. Hier in den Bergen gibt es das astrale Heraustreten aus sich selbst, aber es hat nichts Schmerzendes und läuft den Gegebenheiten des Milieus nicht zuwider wie unten, sondern ist gesetzmäßig und voll Freude. Hier gehst du nicht, sondern fliegst, ungeachtet deiner Erschöpfung; du tust Schritte, die dort unten undenkbar wären, als trüge dich ein Strom, der vorsorglich deinen Absichten zuliebe entstünde. Hier tust du Sprünge an Steilhängen, die unten allein zu denken entsetzlich wäre, selbst wenn du nicht abstürzen könntest. Hier wünschst du dich nach dem ermüdenden Aufstieg nicht eine Minute hinzusetzen, sondern du fliegst ohne bestimmtes Ziel über die Felsen dahin. So stieg ich den dem Utinipaß gegenüberliegenden Berghang hinunter auf das Bergplateau von Swanetien und besichtigte einen kleinen See. Sein Wasser ist klar, aber er ist sehr flach; um ihn herum Brocken, Blöcke und Felsen von Sandstein.

Ich weiß nicht, wie lange meine Freude gewährt hätte, aber Nebel hüllte die ganze Umgebung ein; es hatte keinen Zweck zu bleiben, auch war Regen zu befürchten. Um vier Uhr nachmittags begannen wir mit dem Abstieg, der sich als verhältnismäßig leicht erwies. Es war weniger ein Abstieg als ein Hinabgleiten, umso mehr, als wir uns wegen des Nebels beeilen mußten, der immer dichter wurde und in Regen überzugehen drohte. Es stellte sich heraus, daß wir es an diesem Tage nicht mehr bis nach Hause schaffen würden, daher machten wir um sieben Uhr halt und schlugen unser Nachtlager in einer Hütte aus Zweigen auf, auf die wir an der Grenze der Almwiesen zum Tannen- und Fichtenwald gestoßen waren. In dieser Hütte konnte man nur gebückt sitzen, aber sie schützte uns etwas vor dem Regenguß. Die Begleiter entfachten ein Feuer. Dann verschwand einer von ihnen und überraschte mich nach einiger Zeit mit Baumpilzen, die nach seinen Worten an Buchen wachsen. Es waren gelbbraune und weiße Blätterpilze, wie ich später an meiner Zeichnung erkannte [im Manuskript fehlen anderthalb Zeilen]. Meine Begleiter erklärten mir, das sei unser Abendbrot. Die kleine Hütte war wahrscheinlich auch von ihnen gebaut worden: Ohne weiteres holten sie unter trockenen Blättern selbstgebranntes Tongeschirr hervor, eine Art ziemlich roher Blumentopfuntersetzer, an Steinzeitgerät erinnernd. Auf diesen Untersetzern buken sie die stark gesalzenen Pilze. Die Pilze erwiesen sich als schmackhaft, zumindest schien es so. Ich hatte bis dahin nicht geahnt, daß Baumpilze eßbar seien. Wir verbrachten die Nacht dahindämmernd in der Hütte und begannen am Morgen bei unvermindert starkem Nebel den Abstieg. Der Weg war leicht, um viertel sieben waren wir aufgebrochen und gegen Mittag erreichten wir Amirans Dorf.

Am nächsten Tag, dem 15. Juli um halb elf verließen wir die gastfreundliche Familie. In Begleitung Amirans ritten wir bis zur Station Tschrepali, dort mieteten wir Pferde und verabschiedeten uns von Amiran. Jetzt war ich mir selbst überlassen und trug dazu noch die Verantwortung für Schura. Es war mir unsäglich peinlich, den Postkutschern für das Umspannen der Pferde Trinkgeld zu geben, und besonders peinlich war es mir, die mir von ihnen angebotenen Zigaretten auszuschlagen, die ich ihnen auf ihre Bitte hin auf den Stationen kaufte. Wir fuhren die Ossetische Heerstraße entlang. Zwischen den Stationen Tschrepali und Alpani, etwa bei Sa'erim, erblickten wir plötzlich wunderbare Kalksteinbildungen, die wie Pyramiden, Säulen und Türme aussahen. Man konnte sich schwer des Gedankens erwehren, eine prächtige Stadt in einem unbekannten, dem mittelalterlichen verwandten Stil vor sich zu haben – so ungefähr. In der hiesigen Überlieferung gelten diese Felsen als verzauberte Stadt.

Dann führt der Weg weiter durch die Schlucht des Rion, der hier die ganze Zeit in starken Windungen verläuft. Die Gegend ist malerisch, aber einförmig. Die Schlucht ist eng. Weißer Kalkstein herrscht vor, außen nachgedunkelt, innen mit vielen Einlagerungen, Schichtungen und Auswölbungen von rotem Kiesel. Wohl möglich, daß das Versteinerungen sind; jedenfalls war einer dieser Kiesel ein Belemnit. Wir übernachteten in Alpani und erreichten am nächsten Tag, dem 16. Juli, gegen ein Uhr mittags Kutais.

Kurz darauf reiste Papa einige Tage nach Kwisch-Chety, er nahm Schura mit und ließ mich allein in Kutais zurück, wo ich insgesamt zwei Wochen blieb. Ich habe viele Ausflüge in die Umgebung der Stadt gemacht, allein und auch mit meinem Vater. Am häufigsten ging ich die Ossetische Heerstraße entlang durch die Rionschlucht, vorbei an den weißen Kalksteinfelsen mit ihren ausgewaschenen Stellen und den Höhlen am Abhang bis zu den Ruinen der Bagrat-Kathedrale. Die wilden Sträucher des Granatapfels mit ihren dunkelgrünen, glänzenden Blättern und korallenroten Blüten, der wilde Wein, der die hohen Bäume umrankte, und überhaupt die üppige Vegetation weckten in mir Erinnerungen an meine frühe Kindheit. Ich empfand es als Entsprechung meines inneren Lebens, wenn ich nicht ohne Schaudern allein die kolossalen Ruinen dieser außerordentlich großen Kathedrale mit ihren eingestürzten Gewölben betrat, zwischen den riesigen Steinen umherlief, die das Innere versperrten, und über die mächtigen Kapitelle ihrer Säulen kletterte. Immer, wenn ich mit meinem Vater hierher kam, blieb er am Eingang sitzen und blickte aus der Höhe auf den Rion hinunter, er hatte keine Lust, mit mir durch das steinerne Chaos zu steigen. Auf den Steinen waren noch verschiedene Ornamente und rätselhafte Darstellungen zu sehen. An den vier Ecken der Kapitelle saßen Vögel, so etwas wie riesige Uhus, und an den Seiten waren rätselhafte Kompositionen von Tierfiguren oder Mischwesen aus dem Stein gehauen. So gut ich es bei meinem geringen Vermögen konnte, bemühte ich mich, diese Zeichen einer geistigen Welt in meinem Album festzuhalten, ich verstand sie nicht, wurde aber von ihnen angezogen, als sei ich mit etwas mir Nahem in Berührung gekommen. Manchmal kletterte ich sehr hoch hinauf in das Fenster der Apsis des Seitenschiffs und blickte von da auf das majestätische Gebäude. Direkt vor mir erhob sich die gut erhaltene gegenüberliegende Apsis. Dunkler Efeu, der in dieser Gegend alles überwuchert, umrankte die

Rückseite der Mauer, drang durch das enge Fenster ins Innere des Gebäudes und überzog buchstäblich den ganzen Mauerbogen. Einmal fotographierte ich, mit dem Risiko abzustürzen, auf dem Dachfirst balancierend diese Efeudecke. In diesen Ruinen erinnerte nichts an die Weltanschauung, mit der ich innerlich rang; im Gegenteil, diesen verfallenen Mauern entströmte der Geist einer anderen Kultur, zu der ich mich, ohne es selbst zu wissen, von ganzer Seele hingezogen fühlte. Diese Steine hatten überlebt und lebten fort, und ich konnte gar nicht anders, als die geistigen Kräfte auf mich wirken zu lassen, die hier lebendig waren und für sich selbst sprachen, aber dies entgegen der Physik und das weit stärker, als es philosophische und theologische Reflexionen wiedergeben könnten. Meine naturwissenschaftliche Erziehung leistete mir, wie sie es noch viele Male nachher tun würde, einen Dienst *gegen* das wissenschaftliche Denken, dem sie eigentlich hätte dienen sollen: Sie zwang mich, mit den unmittelbar erfahrenen Tatsachen stärker zu rechnen als mit abstrakten Begriffen. Als so eine Tatsache hatte ich das unbezweifelbare, aber von der Physik nicht zu erfassende geistige Leben dieser Ruinen vor mir, das mit dem Leben der Natur harmonisch verbunden war. Es kam hinzu, daß ich mit meinem Vater allein war und unsere Beziehungen an die der Kindheit und das Erwachen der kindlichen Weltaufnahme erinnerten.

Einmal fuhren wir in das alte Kloster Gelati, das zugleich Festung gewesen war und wo sich die Gottesmutter von Chachul befand. Gelati ist ein eindrucksvoller Ort des georgischen Mittelalters, der das Gefühl für eine andere Kultur weckt, selbst wenn es an Begriffen fehlt, die die Aufmerksamkeit in diese Richtung lenken. Mein ganzes Wesen war viel zu sehr von innerem Ringen erfüllt und mein Bewußtsein zu voll von physikalischen Begriffen, als daß ich damals fähig gewesen wäre, dieses Denkmal wirklich zu sehen. Auch die berühmte Ikone der Chachuler Gottesmutter mit ihren für

Archäologen überwältigenden Goldemaillearbeiten und Edelsteinen habe ich damals nicht richtig angesehen. Da ich von Kindheit an mich gern mit Archäologie und Kunst beschäftigte und auch Gefallen daran hatte, war ich natürlich an allem, was ich sah, interessiert; aber nur einen ganz dünnen Hauch des Lebens dieser Altertümer habe ich wirklich gespürt, sonst geriet alles schnell in Vergessenheit. Wenn es Papas Dienst erforderte, reiste ich mit ihm auch weiter weg. So schlug er mir einmal überraschend vor, ihn nach Batum zu begleiten. In zehn Minuten waren wir reisefertig und machten uns auf den Weg. Das war am 21. Juli. Schon schlägt das Rauschen der fernen Brandung an mein Ohr, und ich spüre ein süßes Ziehen in der Herzgrube. Batum kam mir kleiner vor, als ich es mir vorgestellt hatte, aber auch lieblicher, als es mir in den Jahren meiner Ausfahrt in die Physik erschienen war. Eine Stadt zum Erbarmen, noch mehr zum Erbarmen als früher, aber mir überaus vertraut, meine Seele war mit jeder Straße und mit jedem kleinsten Haus verbunden. So fremd Tiflis mir immer geblieben ist, so sehr diese Stadt mich als einen Feind von sich stieß und ich sie, so vertraut war mir Batum, ich betrete es wie meinen eigenen Leib, und ich bereite ihm von vornherein einen zärtlichen Empfang. Ich ging in der Stadt spazieren, saß auf dem Boulevard, badete im Meer. Papa und ich besuchten auch das Ingenieurhaus, mehrere Male sogar, wo einstmals die Nowomejskis gewohnt hatten. Dieses einstöckige Haus stand noch im Schutze der Batterie an der Ecke des Boulevards und es hatte noch den breiten Balkon, von dem aus die höhere Gesellschaft einst verfolgt hatte, wie Zar Alexander III. die Batterie besuchte. Ich weiß noch, wie mir damals, über dem langen Warten furchtbar hungrig geworden, ein Stück französisches Weißbrot mit Schweizer Käse ungewöhnlich schmackhaft vorgekommen war. Dieses Haus war für mich damals ein Zauberort, ein Heim der Musen und Grazien. Dort wohnte Maria Serge-

jewna Nowomejskaja, die in meinen Augen ein feenhaftes
Geschöpf war, geradezu eine Rivalin der Kolibris. Zierlich,
blauäugig und blond liebte sie es, sich gut zu kleiden und zu
gefallen, und sie verstand sich auch auf elegante Kleidung,
aber noch mehr darauf, durch eine Liebenswürdigkeit zu bezaubern, deren Glanz dem polnischen Milieu ihrer Kindheit
entstammte. Ihre Gewogenheit mir gegenüber hielt mich in
einem Zustand ständigen Entzückens. Alles, was sie umgab,
war bezaubernd und prächtig wie im Märchen. Die Glas-
vitrine mit dem Porzellan und den Nippesfiguren betrachtete
ich als Schatzkammer, zu der die Menschen eigentlich keinen
Zutritt haben, obwohl mir durchaus nicht unbekannt war,
daß einige Dinge darin, darunter eine Vase mit dem Stamm
und den Wedeln einer Palme, die meine Phantasie fesselte,
Geschenke von uns waren. Der Zauber um Maria Sergejewna
war in meinen Augen so groß und allgemein, daß ein einfacher Pflasterstein, in ihren Dunstkreis geraten, mir höchst
erlesen und bedeutungsvoll vorgekommen wäre. Was mich
besonders anzog, war ihre Nervosität, ein Zeichen überirdischer Verfeinerung, die sie in die Nähe der Prinzessinnen und
Feen rückte. Ich hörte immer mit Genugtuung die Älteren
erzählen, daß Maria Sergejewna bei dem oder jenem unangenehmen Eindruck wieder einmal schlecht geworden war. Die
höchste Befriedigung aber gewährte mir der Vorfall mit ihrer
kleinen Tochter Eva, die sie beim Baden mit einer goldenen
Brosche stach, so daß die Kleine das Bewußtsein verlor. Als
Maria Sergejewna einen Tropfen Blut sah, sei auch sie »in
Ohnmacht gefallen«, teilte ich mit Entzücken nach rechts und
nach links mit, und schließlich habe ihr kleiner Sohn Felix das
Maß an erlesenem Gefühl auf die oben beschriebene Weise
vollgemacht. Ihr Mann Sewerin Felixowitsch muß seine
ganze Familie in Ohnmacht liegend angetroffen haben. In unserem Hause galt so viel Erlesenheit als bedenklich; bei uns
herrschte ein strengerer Ton, eher etwas wie englischer Geist.

Wahrscheinlich vermittelt durch Polen schlug bei den Nowomejskis das vorrevolutionäre Frankreich durch, und sowohl
in den persönlichen Beziehungen als auch in ihrer Lebensweise war etwas vom Stil Ludwigs XVI. zu spüren. Bei uns
gab es Gediegenheit und einen Kult der Wahrhaftigkeit, das
Haus der Nowomejskis strebte nach einem Leben eleganter
Inszenierung und spielerischer Leichtigkeit, wobei die wahren Gefühle hinter Liebenswürdigkeit und Glanz verborgen
wurden. Ich war von dem einen wie von dem anderen gleichermaßen angezogen. Deshalb bezauberte mich das Haus
der Nowomejskis, es war für meine Begriffe mit dem, was ich
bei uns erlebte, nicht zu vergleichen; mir gefiel seine Irratio-
nalität, es kam mir unendlich groß vor und voller Bedeutung
und Eleganz, wobei ich alles, was ich dort kennenlernte und
sah, für ein kleines Stückchen eines riesigen unsichtbaren
Ganzen hielt und all das mir zugängliche Erlesene für gering
im Vergleich zu dem, was das Haus noch enthalte. Dieses
Haus und besonders Maria Sergejewna wurde zu einem Kri-
stallisations- und Angriffspunkt all meines Strebens nach dem
Schönen. Das Herz drohte mir stillzustehen, wenn ich das
Haus betrat, und jedesmal, wenn ich Maria Sergejewna traf,
empfand ich ein geheimes Entzücken, ich konnte den Blick
nicht von ihr wenden und war gefesselt von ihrer mit einem
Glacéhandschuh eng umschlossenen Hand mit den feinen
und irgendwie ganz ungewöhnlich gegliederten Fingern.

Über zehn Jahre nach der Bezauberung von einst kam ich
nun wieder in dieses Haus an der Ecke des Boulevards neben
der Batterie; Papa kam in einer dienstlichen Angelegenheit
und, wenn ich mich nicht irre, sogar irgendwie als Vorgesetz-
ter, und ich einesteils auf seine Empfehlung (ein Ingenieur,
der in dem Haus wohnte, ein alter Bekannter von uns, an dessen Namen ich mich einfach nicht erinnern kann, wollte mich
sehen), andernteils aus freien Stücken: Ich wollte Kindheits-
erinnerungen auffrischen. Uns erwartete ein freudiger Emp-

fang, mich aber auch tiefe Enttäuschung. An Stelle der unendlichen Fluchten riesiger Säle, ausgestattet mit allem erdenklichen Luxus, kam ich in eine ganz gewöhnliche, sehr ordentliche, aber kleine Wohnung mit einer ganz gewöhnlichen Einrichtung. Die Batterie, die mir wie ein Bergrücken vorgekommen war, erwies sich als ein niedriger Erdhügel. Nichts märchenhaft Schönes, nichts märchenhaft Geheimnisvolles. Ich kam mir vor wie im Traum, dieses Haus war wie ein Bild von Rembrandt, auf dem die beleuchteten Stellen des Vordergrunds aus einem unendlichen, unerforschlich tiefen Schatten hervortreten, der unzählige Geheimnisse birgt. Aber nun ereignete sich genau das, was sich bei näherer Bekanntschaft mit Rembrandts immer ereignet: Der lockende Schatten erweist sich als Trug, er deutet auf ein Geheimnis, aber bei dem Versuch, in seine Tiefen vorzudringen, stoßen wir nach zwei, drei Metern auf einen Zaun oder eine Mauer. Die geheimnisvollen Auslassungspunkte, in die der mir zugängliche Teil des Hauses auslief, erwiesen sich als Rembrandtsche Schatten, die nicht mehr verbargen als Korridore und die Räume der Dienerschaft. Es war mir unerträglich, dieses Heim der Poesie verlassen und entblättert vorzufinden. Ich versuchte, so schnell wie möglich wieder weg zu kommen, obwohl mich der Herr des Hauses freundlich zum Verweilen einlud, und ich bin dann auch kein zweites Mal hingegangen.

Dennoch habe ich, als ich später wieder dort war, gemeint und meine es noch heute, daß mein erster, kein kindlicher Eindruck der wahre gewesen ist, und zwar aufgrund meiner damals größeren Fähigkeit, mit der lebendigen Poesie in Berührung zu kommen, und aufgrund der Anwesenheit von Maria Sergejewna, der die Mauern des Hauses belebenden Seele. Ich bin davon überzeugt, daß die Atmosphäre dieses Hauses damals eine ganz andere war als heute. Und das Gefühl der Riesenhaftigkeit und Unergründlichkeit des ganzen

Gebäudes entsprach, denke ich, in Wahrheit meiner seelischen Verfassung, nämlich dem Gefühl für die innere Bedeutsamkeit der Atmosphäre des Hauses und ihre Unvergleichlichkeit mit meinem geistigen Vermögen. Bleibt nicht so auch der Rembrandtsche Schatten, der eine Tiefe von mehreren Metern und eine durchaus nicht unbegreifliche Mauer birgt, dennoch geheimnisvoll und für die Analyse, obwohl überführt, weiterhin undurchdringlich? Gewinnt nicht so auch das kleine, uns vollkommen bekannte Zimmer in vollständiger Dunkelheit eine geheime Bodenlosigkeit, und ist nicht dies Gefühl einer Unendlichkeit unanfechtbar, weder durch die Erinnerung an das bei Licht Gesehene noch durch die Berührung der Wände und Gegenstände?

1924. 14. I.

Wie zuvor leugnete ich das Geheimnis der äußeren Welt nicht, hatte aber mit der heraufkommenden Krise kaum noch ein unmittelbares Gefühl dafür: Der innere Schmerz lenkte beinahe die gesamte Aufmerksamkeit auf ein anderes Geheimnis oder genauer auf ein Geheimnis anderer Art, das noch nicht geboren war, sich aber schon kundtat.

Ich betrachtete Batum, als gelte es Abschied zu nehmen, und tatsächlich war es ein Abschiedsbesuch, weil mir die zwei, drei anderen Male, die ich noch hier war, der Sinn nicht nach der Vergangenheit stand und Batum mir gar nicht zu Bewußtsein kam.

Einen wirklichen Abschiedsbesuch machte ich mit Papa in dem geliebten Adsharís-Zchalí, danach bin ich nie wieder dort gewesen. Und werde es auch nie wieder sein, jedenfalls nicht in jenem, meinem Adsharís-Zchalí: Wie man erfährt, sind dort Flüsse gestaut und Elektrizitätswerke erbaut worden, die Batum mit Energie versorgen.

Bei jenem letzten Besuch war Adsharís-Zchalí schon verändert. In der Nähe der Brücke über den Tschoroch hatte sich eine Siedlung breitgemacht; das Wächterhäuschen war von den Nußbäumen überwachsen, die damals, als wir sie setzten, klägliche Gerten waren. Der große Garten, den Papa einst angelegt hatte, war teils überwuchert und verwildert und mit der Vegetation der Umgebung verschmolzen, teils zugrundegegangen. Unbekannte Leute wohnten dort, und nur Achmed, der stark gealtert war, erkannte meinen Vater und begrüßte ihn erfreut; über mich konnte er nicht genug staunen, da er sich nur daran erinnerte, wie er mich auf seinen Armen durchs Wasser getragen hatte. Adsharís-Zchalí war farblos geworden, teils weil es von Menschen in Besitz genommen worden war, teils weil sich mein Blick verändert hatte.

Wieder in Kutais, wollte ich schon zu Mama fahren, aber Papa überredete mich zu bleiben und mit ihm nach Poti zu kommen. Armer Papa, er langweilte sich allein, konnte sich aber nicht dazu entschließen, seinen Wunsch unumwunden zu äußern, und gab ihn mir aus lauter Zartgefühl nur indirekt zu verstehen.

So kam ich zum ersten Mal in meinem Leben nach Poti. Und unterwegs tat ich alles, was mir in meiner frühen Kindheit so gefallen hatte: Auf der Station Samtredi, deren Name mir in der Kindheit irgendwie französisch vorgekommen war, Santredit, wurden die unvermeidlichen gekochten Krebse gekauft, auf der Station Rion die Weintrauben Marke Isabella, die zu langen Girlanden zusammengebunden waren, und noch irgendwo die für diese Station obligatorischen, in Salzwasser gekochten und aufgefädelten Kastanien. Als wir in Poti ankamen, wurden wir von einem Gendarmen empfangen, der extra unsretwegen vom Stadtoberhaupt entsandt worden war. Papa, der Ehrenbezeigungen nicht ausstehen konnte, explodierte und erklärte dem Gendarmen, er bedürfe keiner Begleitung ins Kitchen. Der Gendarm erklärte verwirrt, er habe den Befehl erhalten, meinen Vater in den Gasthof zu geleiten, wenn er nicht gebraucht würde, könne er sich entfernen. Papa händigte ihm ein unerwartet hohes Trinkgeld ein, daß es dem Gendarmen die Sprache verschlug, und war seiner Dienste ledig.

Wir fuhren zum Gasthof. Es war Hochsommer. Obwohl es schon Abend war, erinnerte die Luft von Poti an die eines Dampfbads. Die jämmerlichen Straßen waren menschenleer, aus den ewigen Pfützen, die es hier in Massen gab, erschollen Froschkonzerte. Am nächsten Tag empfing Papa einige Besucher, die ihm ihre Aufwartung machten, und ich ging in den Botanischen Garten; mehr gibt es hier auch gar nicht zu besichtigen. Das Bemerkenswerteste, was ich sah, waren riesige Magnolien, hoch wie mehrstöckige Häuser, die großen glänzenden Blätter von archaisch einfachem Bau; überhaupt weckt der ganze Stil des Baumes in seiner erlesenen Einfachheit die Empfindung halb vergessener uralter Zeiten und des offen daliegenden Geheimnisses der Natur. Diese weißen Blüten hielten sich wie Räucherpfannen auf den Zweigen, und der Baum kam einem heilig vor, doch wie einem Kult einer älteren Rasse entstammend. Schon in meiner Kindheit hatten mir besonders die Zweige gefallen, hellbraun und samten wie Elchgeweihe, nur viel klarer in der Form. Als ich mich an dem Magnolienhain gelabt und noch Eukalyptusblätter gekaut hatte, kehrte ich in den Gasthof zurück.

Aber der Aufenthalt in dieser Sumpf-Stadt war unerträglich. Tag und Nacht ist der ganze Körper von klebriger Feuchtigkeit bedeckt, als ob man sich dick mit Glyzerin eingeschmiert hätte; gegen diese Klebrigkeit hilft kein Waschen, weil das Handtuch in dieser Luft selbst so feucht ist, daß es das Wasser vom Gesicht gar nicht annimmt, so daß man auch nach dem Waschen feucht bleibt.

1924.9.1.

Übrigens war Papa nach Poti gefahren, um über die Arbeiten bei der Verlegung des neuen Flußbettes des Rion im Bereich

331

seiner Mündung zu beraten. Im einzelnen erinnere ich mich nicht mehr an die Vorteile, die man sich von diesen Arbeiten versprach; gestochen scharf aber steht vor mir das Bild der ganzen Gegend, die geographisch wie geschichtlich bemerkenswert ist. Ein kleiner Dampfer brachte uns die Kapartscha abwärts. Dieser Fluß entspringt dem See Paleostom, der inmitten der Torfmoore an der Schwarzmeerküste liegt. Der Name dieses Sees verweist darauf, daß er die alte Mündung (to paleion stoma)[50] eines Flusses, offensichtlich des Rion, des Phasis der Alten, war. Auf der Karte kann man unschwer erkennen, daß der Fluß sein Bett ursprünglich hier hatte, allmählich wurde der Weg zum Meer von den Sandmassen zugeschwemmt, und das Flußbett verlagerte sich leicht nach Norden in die Torfniederungen. Der Fluß Kapartscha, der genügend Wasser führt, um einen kleinen Dampfer zu tragen, hat einen ganz und gar phantastischen Verlauf: Anfangs führt er nach Norden in die Richtung der heutigen Mündung des Rion, dann wendet er sich jäh nach Süden und fließt einige Kilometer weit parallel zum See und zum Meer, von beiden durch einander parallellaufende, schmale Nehrungen getrennt, die genauso breit sind wie der Fluß. Die Nehrung zum Meer hin verlängert sich rasch, und damit verlängert sich auch das Flußbett. Die Bildung dieser Nehrung ist verständlich: Bei dem ziemlich geringen Gefälle setzen sich aufgrund der Meeresbrandung in den Wassern des Paleostoms leicht Sand und andere Bestandteile ab. Die Folge ist, daß sich die Nehrung verlängert und das Gefälle noch geringer wird, was wiederum die Verlängerung der Nehrung beschleunigt. Es nicht schwer zu begreifen, daß sich der erste, innere Streifen so gebildet hat. Tatsächlich ist der Sand dort identisch mit dem Sand des äußeren Streifens, und in einer Tiefe von anderthalb Metern enthält er genau dieselben Muscheln, die an dem heutigen Meeresstrand liegen. Daraus ersieht man leicht, daß die Kapartscha sich in Zukunft erneut nach Norden wendet, eine dritte parallele Nehrung anschwemmt, wobei die jetzige äußere zu einer inneren Nehrung wird.

In dieser Gegend setzen sich nicht nur mineralische Bestandteile ab, sondern auch die sterbenden Völker. Wer ist nicht alles an den Toren der Kolchis gewesen! Die ägyptischen Kolcher, die der Gegend den Namen gaben, gründeten unter Sesostris hier aus Teilen ihres Heeres eine Kolonie; bis heute bewahren sie den alten Namen und einige Bräuche Ägyptens, z. B. die Beschneidung. Später gab es mehrfach einen Zustrom verschiedener griechischer Völker, der Name Paleostom zeugt von den Helenen. Dann die römischen Feldzüge und die vielen Reste römischer Befestigungen und Brükken. Der Name des Flüßchens Moltakwa, das in die Mündung der Kapartscha fließt, spricht z. B. ziemlich deutlich von den Römern: Moltakwa ist das entstellte multa-Aqua – wasserreich, großes Wasser. Weiter folgen die Überbleibsel der Venezianer, dann der Türken, der Georgier, und als letzte Schicht folgt schließlich die der russischen Kultur. Man kommt sich hier vor, als blättere man in einer Chronik, jeder Seite entsteigt ein eigener Hauch, und die Vergangenheit erscheint einem lebendiger, näher und ungleich bedeutungsvoller als die Gegenwart. Hier vergeht das Zwanghafte und Usurpatorische der physikalischen Weltanschauung und der gesamten neuen Kultur von selbst, und voller Lebenskraft erhebt sich eine andere Kultur und eine andere allgemeinmenschliche Wirklichkeit.

Am 30. Juli reisten mein Vater und ich früh am Morgen von Poti nach Kutais zurück. Am Abend saßen Papa und ich von acht bis elf auf dem Balkon und unterhielten uns. Eine große Anzahl Meteore zog über den Himmel. Sie kamen von der Nordseite des Himmelsgewölbes her und hinterließen auf ihrer langen Bahn leuchtende Spuren, die manchmal über den halben Himmel reichten. Es war ein überwältigendes Schauspiel. Ein Meteor war besonders hell, er übertraf an Helligkeit

alle Gestirne, sogar den Jupiter. Der Flug der Meteore dauerte
so lange und ihre Bewegung schien so langsam, daß ich sie
anfangs für weiße Nachtvögel hielt, die über den Bäumen flö-
gen, von einer Laterne angeleuchtet. Diese Vermutung veranlaßte Papa, von der Überlieferung eines kaukasischen Volkes zu erzählen, die von der Existenz leuchtender Vögel
weiß. Papa sagte, ein Naturforscher habe dieser Überlieferung Glauben geschenkt und sich von ihrer Wahrheit überzeugt.

Am nächsten Tag, dem 31. Juli, fuhren Papa und ich in die
Siedlung Kwisch-Chety, wo sich Mama, Tante Remso und
alle Kinder aufhielten. Wir trafen gegen Abend ein; wie gewöhnlich heftige Freude nach der Trennung.

1925. 23. VIII.

IV. Jetzt wird von einem der wichtigsten Umbrüche in meinem inneren Leben zu sprechen sein. Die Erinnerung an diese
Zeit ist bis heute von außerordentlicher Prägnanz, gleichsam
ein Abdruck jener inneren Ereignisse, eingebrannt und auf
ewig unveränderlich. Das Vergnügen verschwindet spurlos
aus dem Gedächtnis: an die Freuden erinnert man sich, aber
wie an blasse, blutleere Schatten; nur die tiefsten Leiden bilden unsere Persönlichkeit wirklich und führen zu wesentlichen Veränderungen, die danach ständig als ein Jetzt empfunden werden. Von dieser Art sind überwiegend die inneren
Leiden.

Der ganze zu beschreibende Umbruch mit seinen Begleitumständen ist mir lebendig in Erinnerung. Doch wenn ich
mir die detaillierten Tagebücher jener Zeit anschaue, so finde
ich dort eine Vielzahl sorgfältig notierter kleiner und kleinster
Einzelheiten, vor allen Dingen naturwissenschaftliche Beobachtungen, Angaben über gelesene Bücher, Bemerkungen
über Kameraden und Bekannte, schließlich zahllose Notizen
über die Gefühle, die mich damals bewegten und quälten;

aber all das wirkt wie die Oberfläche des Lebens, in hohem Grade Abfall und Bodensatz eines anderen, tieferen Lebens; das Wichtigste, die wahre Quelle des Schmerzes und das, was tatsächlich den Lauf des inneren Lebens ausmachte, wird in den Tagebüchern fast gar nicht erwähnt, jedenfalls nicht erkennbar für einen anderen bezeugt. Ich sehe meine Tagebücher durch und leugne das Faktische des Dargestellten nicht; ich wundere mich aber, wie unzutreffend hier die Akzente gesetzt sind, wie unbedacht jeweils die seelischen Massen betont und verteilt sind. Ich weiß, das Tagebuch ist exakt wie ein Protokoll. Doch ich finde darin nicht das ganzheitliche Bild der Ereignisse. Es ist wie eine Fotografie weit entfernter Berge; sie ist um der Berge willen gemacht, und nur ihretwegen, und doch ist sie ganz bedeckt von irgendwelchen Gräsern, von Straßenstaub oder einem Zaun und wer weiß was noch, während die Berge als kaum zu erkennende graue Bögen dastehen. So finde ich in den Tagebüchern von damals nichts von dem wirklich Wichtigen, das mein gesamtes weiteres Leben bestimmt hat.

Natürlich hätte ich damals nicht anders schreiben können, als ich geschrieben habe, ohne dabei in abstrakte Erörterungen zu verfallen: Was mit mir vorging oder genauer gesagt, was in mir vorging, wurzelte, ungeachtet seiner Qual und Stärke, im Halbbewußten und verfügte noch nicht über verständliche Worte und folglich auch nicht über angemessene Formen des Denkens. Es waren Schläge aus einem tiefgelegenen Zentrum, und sie waren deshalb trotz ihrer Stärke dumpf. Erst mehrere von ihnen sprengten die feste Hülle des Bewußtseins, und so drang die neue Kraft nach außen. Im nachhinein sehe und begreife ich jetzt das Wesentlichste der inneren Prozesse, das ich damals nur undeutlich sah und kaum verstand.

Äußerlich betrachtet war meine Zeit vollkommen ausgefüllt, vielleicht noch mehr, als in den Jahren zuvor. Alles war

Gegenstand des Interesses und der Beobachtung. Mich beschäftigten die Farbverhältnisse in der Pflanzenwelt; das Phosphoreszieren des Platanenholzes versetzte mich in Begeisterung, wir hatten etwas auf dem Hof unseres Landhauses liegen, und es entzückte mich, solange ich denken kann; ich beobachtete die Strömungen in der Kura, was für meine Überlegungen zum elektrischen Strom von Nutzen war; ich untersuchte den Aufbau der Berge, forschte nach Mineralien und fand eine mächtige Ader von schönem blaugrünen Jaspis; ich maß die Temperatur von Quellen und beobachtete die Prozesse der Verwitterung; begierig beobachtete ich jeden Abend die Farbtönungen der steigenden Schatten der Erde.

Tagelang kletterte ich in den Bergen, fotografierte, zeichnete, trug meine Beobachtungen ein, und abends ordnete ich alles. Ohne Arbeit zu sein, und sei es nur für eine Viertelstunde, widerstrebte mir, ja ermüdete mich: Wie früher ist es heute noch genauso ermüdend für mich, nichts zu tun und langsam zu gehen, denn es bedarf großer Anstrengung, die Bewegung zu bremsen, die innere oder die äußere. Bei all diesen Naturbeobachtungen handelte es sich nicht um wissenschaftlichen Impressionismus, um unzusammenhängende passive Impulse zufälliger Begegnungen mit der Natur. Auf eine Art *wußte* ich sehr genau, was ich wollte, und ich richtete meine Aufmerksamkeit auf in ihrem Wesen sehr ausgeprägte Naturerscheinungen. Trotz der Vielfalt meiner Interessen konnte und wollte ich mich nicht mit allem befassen, was mir begegnete, so bedeutend es an und für sich sein mochte und meiner Meinung nach auch wirklich war. Ich hatte kein abstraktes, logisches Schema, das die Gegenstände meines Interesses zusammenfaßte, so etwas hätte meinen Verstand nur abgestoßen. Nichtsdestoweniger wuchsen meine Interessen organisch zu einem einheitlichen Bild der Welt zusammen, und in einer dunklen Ahnung erschien mir ein neuer »Kosmos«, nur stärker gegliedert und durchdrungen von dem Bewußtsein eines einheitlichen, geheimnisvollen Lebens der Natur als es der Humboldtsche ist. Diese künstlerisch-ganzheitliche Vorstellung von der Welt war auf einer anderen Ebene von theoretischem Denken begleitet. Während meiner Wanderungen in den Bergen dachte ich unaufhörlich über physikalische und zum Teil mathematische Fragen nach. Besonders ging mir das Problem im Kopf herum, wie die Temperatur als eine eigene Größe zu bestimmen sei, dabei stützte ich mich auf einen Gedanken von M. N. Gorodenski zu dieser Frage. Diese Überlegungen über die Temperatur waren ausgelöst durch eine Bemerkung von Carpenter, die mir zugesetzt hatte, der Bemerkung in seinem Artikel über die Wissenschaft, daß die Physiker selbst nicht wüßten, was Temperatur sei und wie man sie logisch zu bestimmen habe. Parallel zu diesen Überlegungen arbeitete ich weiter an meinem Aufsatz über den elektrischen Strom, schrieb verschiedene Bemerkungen zur Mathematik nieder, widmete ziemlich viel Zeit der schriftlichen Übersetzung von Titus Livius und der Lektüre der Philosophie und Literaturgeschichte, studierte Whewells »Geschichte der induktiven Wissenschaften«, schrieb Briefe und führte Tagebuch.

Dennoch, in tieferen Schichten schmachtete ich, in noch tieferen litt ich – als sei ich unbeschäftigt. Die frühere, gleichmäßige und in ihrer Unbekümmertheit naive Arbeit war jetzt begleitet von heftigen Schwankungen in der Selbsteinschätzung und stand bald im Zeichen weit ausgreifender Vorhaben, bald im Zeichen des Bewußtseins, nichts Wesentliches vollbringen und nicht beweisen zu können, daß diese Vorhaben je zu verwirklichen seien. Diese Schwankungen erzeugten allmählich zwei nebeneinander herlaufende Selbsteinschätzungen und eine entsprechende Gespaltenheit des Selbstgefühls. Ich hatte beinahe ständig das Gefühl, in irgendeiner Weise krank zu sein, obwohl ich im einzelnen nichts feststellen konnte und es keinerlei körperliche Symptome gab, über die zu klagen gewesen wäre. Ich versuchte, dieses bedrückende Selbstgefühl auf verschiedene äußere Umstände zurückzuführen, merkte aber selbst, daß es daran nicht lag. Umso mehr klammerte ich mich an die wissenschaftlichen Beobachtungen, die damals einzige, verläßliche und sichere Zuflucht. Aber von einem Tag auf den anderen oder besser gesagt, von einem Augenblick auf den anderen war diese Zuflucht nicht mehr da.

Ich erinnere mich gut, wie ich mich an einem heißen Mittag an dem Berghang auf der anderen Seite der Kura in den Schutz des Waldes geflüchtet hatte. Es war ein ziemlich steiler Abhang, und man konnte zum Fluß hin leicht abrutschen. Ich versuchte, meine Gedanken zu sammeln, um eine wissenschaftliche Frage zu durchdenken; aber das Denken war erschlafft und der Gedanke verschwommen. Überraschend und unerwartet durchfuhr die morsche Decke plötzlich ein anderer Gedanke wie die Klinge eines Dolches: »Was für ein Unsinn. Diese Frage ist unsinnig und völlig unnötig.« Da fragte ich erstaunt und erschrocken diesen anderen Gedanken, der *meinem* gewöhnlichen entgegengesetzt war, wie etwas unsinnig sein könne, was so fest mit verschiedenen anderen, allgemein anerkannten Fragen verknüpft sei. Und nach einigen Sekunden erhielt ich die Antwort, auch sie, diese Fragen, seien unsinnig und ebenfalls zu nichts nütze. Da fragte ich erneut, diesmal nach allen Fragen, die in ihrer Verbundenheit und gegenseitigen Bedingtheit das Gewebe der wissenschaftlichen Weltanschauung ausmachen. Und wieder die gleiche Antwort, daß die ganze wissenschaftliche Weltanschauung Plunder sei und eine Übereinkunft, die keine Beziehung zur Wahrheit als dem Leben und zur Grundlage des Lebens habe, und daß sie in keiner Weise nötig sei. Diese Antworten des *anderen* Gedankens klangen immer härter, bestimmter und schonungsloser. Ich erinnere mich genau des beinahe körperlichen Empfindens dabei, als dringe eine kalte Klinge mühelos in meinen seelischen Leib und zerschnitte mich wie etwas Morsches, was außerstande ist, sich zu widersetzen. Je umfassender meine Fragen wurden, desto weniger hatte ich die Kraft, meine Werte zu verteidigen, und desto verheerender wütete jedesmal die Klinge. Schließlich die letzte Frage, die Frage nach dem gesamten Wissen. Sie wurde abgeschnitten wie alle Fragen zuvor.

In einer Minute wurde alles abgeschnitten und entwertet, was mein Leben ausgemacht hatte, wenigstens insoweit, als es in mein Bewußtsein gedrungen war. Alle Einwände gegen das wissenschaftliche Denken, die ich je gehört oder gelesen hatte, kehrten sich im Bewußtsein plötzlich um, und aus bedingten, leicht widerlegbaren, nach Belieben erdachten, künstlichen Kritteleien war plötzlich eine bedrohliche Bestätigung *jenes* neuen Gedankens geworden, mächtig genug, die wissenschaftliche Weltanschauung mitten ins Herz zu treffen. Innerhalb einer Minute war das prächtige Gebäude des wissenschaftlichen Denkens zu Staub zerfallen, wie von einem unterirdischen Stoß getroffen, und es wurde plötzlich klar, daß sein Baumaterial nicht aus wertvollen Steinen bestand, sondern aus Holzspänen, Pappe und Gips. Als ich den Abhang verließ, an dem ich gesessen hatte, erwies es sich als zwecklos, auch nur ein Stück der Trümmer von dem Gebäude des wissenschaftlichen Denkens mitzunehmen, an das ich geglaubt hatte und für das ich oder an dem ich selbst gearbeitet hatte, ohne meine Kräfte zu schonen. Nicht nur vernichtet, sondern voll Abscheu floh ich diesen Schuttplatz.

1925. 30. VIII.

Im Augenblick des Zusammenbruchs, als mir schien, das Himmelsgewölbe zerspringe und stürze ein, erfuhr ich nichts für mich Neues. Was sich grundlegend änderte, war die Richtung des Willens. In dem Wissen, das ich bis eine Minute vor diesem Ereignis besaß, wurden alle Bedeutungsakzente neu gesetzt. Wenn ich früher alle Pro der wissenschaftlichen Weltanschauung betonte und die Hoffnung hegte, daß sie sich in Zukunft als noch bedeutender herausstellen würden, und wenn ich in meiner Überzeugtheit Verbindungslinien zog, die kraftlos waren, ja gar nicht existierten, den Contra dagegen keine Aufmerksamkeit schenkte, in diesem Fall in der Hoffnung, daß sie sich in Zukunft als noch unbedeutender herausstellen würden, so hatten nun, ungeachtet meiner Wünsche, die *Pro* und *Contra* ihre Plätze getauscht. Alle *Pro* waren dahingewelkt, als wären sie vom Frost befallen, sie klangen plötzlich nicht mehr überzeugend. Wohingegen alle *Contra* ebenso plötzlich siegessicher ihr Haupt erhoben, obwohl ich zu ihnen nicht *ja* gesagt hatte. Die einen haben dieses *Ja* auch nie erhalten, andere erhielten es, aber nicht so bald, und doch fühlte ich, daß sie schon Herr der Lage waren. Es war zu einer Verschiebung des *Willens* in der Tiefe gekommen, und von diesem Augenblick an war der Sinn der geistigen Tätigkeit mit einem anderen Vorzeichen versehen.

Es begann die Entlarvung des Wissens, anfangs nur des wissenschaftlichen, dann des Wissens überhaupt. Ich hatte seinerzeit viel Mach gelesen, und obwohl ich von meinem Bewußtsein her nicht einverstanden war mit ihm, habe ich ihn doch in gewissem Sinne akzeptiert. Jetzt begann das Aufgenommene wild zu wuchern. Die Verneinung des Wissens in seiner Wurzel bereitete mir Freude, in der Genugtuung über den höheren Grad inneren Leidens war. Ich fühlte mich zerschmettert beim Sturz in den Abgrund und wollte mir wenigstens diesen meinen neuen Platz sichern, um überhaupt einen Platz zu haben.

Ich las besonders viel Philosophisches, aber es befriedigte mich nur das, was die Möglichkeit von Wissen in Frage stellte; positive Konstruktionen dagegen wurden als dogmatisch, in ihrer Unbeweisbarkeit geradezu lächerlich und jeden festen Bodens bar verworfen. Nicht die eine oder andere Behauptung war das Befremdende, sondern die Möglichkeit als solche, daß ein Autor sich so willkürlich äußern konnte.

»Die Wahrheit ist unerreichbar« und »man kann nicht ohne Wahrheit leben« – diese beiden gleich starken Überzeugungen zerrissen meine Seele und führten zu seelischer Agonie. Ich war zu Tode betrübt und völlig verzweifelt. Äußerlich gesehen führte ich ein Leben voller Arbeit. Ich hatte viel für das Gymnasium zu lernen; auf Bitten mehrerer Lehrer war ich Repetitor einiger meiner Kameraden, und ich gab auch Stunden; ich drillte meine Schüler und war bei meinem ganzen Eifer überbelastet, denn alle diese Stunden waren gratis. An den Feiertagen beaufsichtigte ich jüngere Schüler beim Lesen, auch das im Auftrag des Inspektors I. E. Gamkrelidse. Mit all diesem Unterricht war die Zeit bis zum späten Abend buchstäblich bis zum Rand gefüllt. Dazu kam noch, daß ich selbst viel las, mich mit Mathematik und Geologie beschäftigte, schrieb und sogar, wenn auch in geringerem Umfang als früher, meine physikalischen Versuche fortsetzte. Damals hatte die Zeit eine völlig andere Fassungskraft als heute: In einen Tag paßte dieses und ein anderes und noch ein drittes, trotzdem blieb noch Raum zum Nachdenken und für ein tieferes inneres Leben. Und da war es, daß ich in mir eine metaphysische Leere und den von ihr ausgehenden Tod empfand und mir dessen auch bewußt wurde. Kant und Schopenhauer paßten von Seiten ihrer Verneinung zu meinem damaligen Selbstgefühl, ihre positiven Konstruktionen aber erschienen mir billig und oberflächlich. Weit näher standen mir die Leiden Tolstois, über seine moralischen und gesellschaftlichen Anschauungen habe ich damals gar nicht nachgedacht. Im Zusammenhang mit der Kritik der wissenschaftlichen Weltanschauung durch Carpenter und Tolstoi stieß ich, als ich darüber ein Referat für einen gemeinsam mit G. N. Gechtman geleiteten wissenschaftlichen Zirkel zu halten hatte, auf die Handschrift der »Beichte« Tolstois, die ich sogar abschrieb, und über Tolstoi auf den »Prediger«. Beides zusammen kam mir mit einigen buddhistischen Schriften sehr zupaß. Diese Bücher vertieften und beförderten meinen inneren Zusammenbruch und gaben mir die Möglichkeit, die Entwicklung dessen, was mit mir vorging, zu beschleunigen. Davor hatte ich immer das Gefühl gehabt, in meinem Verhältnis zur wissenschaftlichen Weltanschauung allein dazustehen, an dem Zweifel wurden bei einigen aus meiner Umgebung hin und wieder Zweifel laut, oberflächlich freilich, denen ich aber doch Gehör schenken mußte. Mit Tolstoi, Salomo und Buddha empfand ich die Gewißheit meiner Hoffnungslosigkeit, und das verschaffte mir Befriedigung und eine Art von Ruhe.

1925. 6. IX.

Da hatte das Leiden unter der Leere nichts mehr mit Psychologie zu tun, sondern war eine wesentliche Folge bestimmter, mir unbekannter Gesetze der Existenz selbst. Sich dessen bewußt zu sein, stürzte in Hoffnungslosigkeit, aber diese Hoffnungslosigkeit hatte etwas von düsterer Genugtuung, da man tiefer nicht fallen konnte. Dieser Zustand wird von Tolstoi in der »Beichte« genau geschildert, deshalb braucht man sich dabei nicht weiter aufzuhalten.

Dennoch unterschied sich das, was ich erlebt hatte, in seiner seelischen Tonalität von dem, was Tolstoi beschreibt. Bei Tolstoi herrschte das *Gefühl* vor, er hatte das Gefühl zu sterben, weil in ihm die Lebensquellen versiegt waren: Und *Leben* stand in seinem Bewußtsein dem organischen Selbstgefühl, dem Empfinden einer harmonischen Ganzheit des Körpers nahe, einer sehr tief verstandenen Ganzheit, aber doch auf diese Linie festgelegt. Vielleicht hing das bei Tolstoi, außer mit seiner persönlichen Veranlagung, mit seinem Alter und seiner Lebensweise zusammen. Mein Sterben folgte eher einer intellektuellen Linie. Ich erstickte aus Mangel an Wahrheit. In der gesamten menschlichen Erkenntnis gab es keinen einzigen sicheren Punkt, aber Wahrheit und Sinn des Lebens waren für mich etwas Verständliches und Identisches.

Allmählich wurde mir allerdings, zum Teil mit Tolstois Hilfe, klar, daß die Wahrheit, wenn es sie gibt, nicht in einem äußerlichen Verhältnis zu mir stehen kann, daß sie die Quelle des Lebens ist. Das Leben in seiner Tiefe ist die Wahrheit, und diese Tiefe ist nicht *ich* und sie ist nicht in *mir*, aber ich kann mit ihr in Berührung kommen. Anfangs undeutlich, wie durch eine dicke Wand, dann immer deutlicher begann mich ein Hauch aus dieser Tiefe anzuwehen. Aber dieses belebende Wehen, unbezweifelbarer und echter als irgendetwas sonst, war in meinem Bewußtsein ganz ungegliedert, ganz ohne sprachlich logische Form. Ich empfand das Belebende und begriff es als das einzig authentisch Wirkliche; aber ich hätte nichts über dieses Wirkliche sagen können, außer daß es ist; ich hatte keine Worte, es zu benennen und es in Beziehung zu dem zu setzen, was ich zu benennen pflegte. Was ich benannte und was ich benennen konnte, schrumpfte in diesem belebenden Hauch und hielt sich im Bewußtsein wie das vertrocknete Blütenkränzchen an der Stachelbeere. Es war ein qualvolles Hängen zwischen dem Wissen, das da ist, aber nicht gebraucht wird, und dem Wissen, das gebraucht wird, aber nicht da ist: Denn die ungesagt bleibenden Berührungen mit der Quelle der Wahrheit konnten nicht als Wissen gewertet werden, und man konnte wegen ihrer Losgelöstheit nichts mit ihnen anfangen. Sie nährten freilich eine schwache Hoffnung auf die Möglichkeit von Wissen; doch das war eine Hoffnung, die ich vor mir selbst nicht hätte bestätigen können. Aber mein Selbstgefühl hatte sich schon wieder gehoben: Es war noch nicht klar, daß man sein eigenes Denken aufbauen konnte, viel weniger noch wie, aber eine innere Gewißheit bestätigte diese Möglichkeit doch, und das Verlangen nach Denken war tätig und streitbar.

Klar war, daß das Denken aufgebaut werden mußte, und das Amorphe bei Tolstoi kam mir vor, als sei eine eben entstandene Zeichnung mit dem eigenen Ärmel verwischt worden. Ich konnte mir allerdings nicht annähernd vorstellen, in welche Richtung die Arbeit zu lenken und womit sie zu beginnen sei; alles, was mir zur Verfügung stand, schien mir mit dieser Arbeit nicht das geringste zu tun zu haben.

Die Lösung kam indessen aus einer Richtung, aus der ich sie nicht erwartet hatte. Ihr Ursprung war die Skepsis meines Vaters, von der er ganz durchdrungen war hinsichtlich der Lehren und Überzeugungen der Menschen, die ich seit meiner Kindheit in mich aufgenommen hatte.

»Die Wahrheit ist das Leben«, sagte ich mir viele Male am Tag. »Ohne Wahrheit zu leben ist unmöglich.« »Ohne Wahrheit gibt es *kein* menschliches Dasein.« Das war sonnenklar; aber bei diesen und ähnlichen Sätzen blieb es, das Denken stieß jedesmal auf ein unüberwindliches Hindernis.

Eines Tages stellte sich mir plötzlich von selbst die Frage: »Aber was ist mit ihnen?« Mit dieser Frage war die Mauer durchbrochen. »Was ist mit *ihnen*, was ist mit all denen, die jetzt auf der Erde leben, die vor mir gelebt haben? Sie alle, die Bauern, die Wilden, meine Vorfahren, die ganze Menschheit, waren und sind sie *ohne* Wahrheit? Wage ich zu sagen, daß alle diese Menschen, die die Wahrheit nicht hatten und nicht haben, nicht leben und keine Menschen sind?«

Testament

*Meinen Kindern Anna, Wassili
und Kirill und Oletschka –
für den Fall meines Todes* [51]

1917. 11. IV. Sergijew Posad

1. Ich bitte Euch, meine Lieben, an *demselben Tag*, an dem Ihr mich zu Grabe tragt, das Hl. Abendmahl zu empfangen, und ist das *durchaus nicht* möglich, dann an einem der nächsten Tage. Und überhaupt bitte ich Euch, in der Zeit nach meinem Tode *öfter* zum Abendmahl zu gehen.

2. Trauert nicht um mich und grämt Euch nach Möglichkeit nicht. Wenn Ihr froh und zuversichtlich seid, werde ich Ruhe finden. Meine Seele wird immer bei Euch sein, und wenn der Herr es erlaubt, werde ich häufig zu Euch kommen und Euch anschauen. Ihr aber vertraut auf den Herrn und auf Seine Allreine Mutter und trauert nicht.

3. Das Wichtigste, worum ich Euch bitte, ist, daß Ihr stets des Herrn eingedenk seid und in Ihm lebt. Damit ist alles gesagt, was zu sagen ist. Das übrige sind entweder Einzelheiten oder zweitrangige Dinge. *Dies* jedoch dürft Ihr nie vergessen.

4. Vergeßt Euer Geschlecht nicht, Eure Vergangenheit, lernt Eure Großväter und Urgroßväter kennen, sorgt für die Bewahrung ihres Gedächtnisses.

1917. 8. V.

Bemüht Euch, möglichst alles über die Vergangenheit unseres Geschlechts, der Familie aufzuschreiben, über das Haus, seine Einrichtung, seine Gegenstände, seine Bücher usw. Bemüht Euch, Porträts, Autographen, Briefe, gedruckte und handschriftliche Arbeiten all derer zu sammeln, die mit unserer Familie, unserem Geschlecht in Beziehung gestanden haben, von Bekannten, Verwandten, Freunden. Möge die ganze Geschichte des Geschlechts in Eurem Hause bewahrt werden, und möge alles um Euch herum von Erinnerung gesättigt sein, so daß es nichts Totes, Dingliches, Undurchgeistigtes gibt.

5. Haus, Bibliothek und Einrichtung verkauft nicht, es sei denn in äußerster Not. Vor allem möchte ich deshalb gern, daß das Haus lange in unserem Geschlechte bleibt, damit Ihr und Eure Kinder und Enkel unter der Obhut des Ehrw. Sergij lange, lange Sicherheit und festen Halt habt.

1917. 6. VII. Sergijew Posad

6. Es ist meine Überzeugung, daß unser Geschlecht am Altar Gottes vertreten sein muß. Mein Gefühl sagt mir, tausend Göttliche Ermahnungen und tausend feindlich lauernde Augen lenken unser Geschlecht auf ein Ziel hin – nicht zu weichen von dem uns zugewiesenen Platz am Altar des Herrn. Eine Abkehr von diesem Platz, die Flucht vor dem Altar wird unserem Haus ein schweres Schicksal auferlegen.

Ich denke, das Schwere, das unser Geschlecht durchgemacht hat, vom Großvater angefangen, ist die Folge der Abkehr vom Altar des Herrn. Möge in jeder Generation wenigstens einer Priester sein, am besten einer wie ich es bin, das heißt ein Priester für sich, ein Priester des Gottesdienstes, der sein eigenes Handwerk hat! Bedenkt das, meine Söhne!

7. Ich denke, daß die Aufgaben unseres Geschlechts nicht im Praktischen, nicht im Administrativen liegen, sondern im Kontemplativen, im Denken, in der Organisation des geistigen Lebens auf dem Gebiet der Kultur und der Bildung. Strebt danach, Euch in diese Aufgaben unseres Geschlechts hineinzudenken, Euch ihrer unmittelbaren Erfüllung nicht

zu entziehen und nach Möglichkeit die uns anvertraute Arbeit mit Festigkeit zu tun.

8. Strebt nicht nach Macht, Reichtum, Einfluß... Das ist uns nicht eigen; in geringem Maße kommt es von selbst, in dem Maße, in dem es nötig ist. Andernfalls wird Euer Leben öde und bedrückend sein.

1919.26.VI. Sergijew Posad, alt. St.

9. Meine lieben Kinder. Diese Revolutionszeit war so schwer, wie man es sich nur vorstellen konnte, sie war schwer und sie ist schwer, und Gott weiß, wie lange das noch dauern wird. Epidemien, Hunger, unvorstellbare Teuerung, Rechtlosigkeit, das Drohen jeglicher Gewalt – an allem, was man Schweres sich nur vorstellen kann, hat es um uns herum nicht gefehlt. Aber Gottes Barmherzigkeit, der Schutz der Allreinen Jungfrau und die Hilfe des Ehrwürdigen Sergij, dazu auch die Gebete des Priestermönchs Isidor und des Bischofs Antoni, vielleicht auch des Archimandriten Pimen, haben uns nicht allein gelassen, und wie durch ein großes Wunder haben wir keinen Mangel gelitten, wenn wir auch nach menschlichem Ermessen tausendfach an Hunger, Kälte und Krankheit hätten zugrundegehen und alle Arten von Gewalt hätten erleiden müssen. Meine lieben Kinder, der Herr hat Euch behütet, wir sind nicht ohne seinen Schutz geblieben. Ich bitte Euch, und das sei mein Vermächtnis, vergeßt diese Zeit Eurer Kindheit nie und wendet Euch immer um Hilfe an den Herrn, an die Gottesmutter, an den Knecht Gottes Sergij und weiter an den heiligen Nikolai den Wundertäter, den ehrwürdigen Serafim und Eure Engel. Wendet Euch mit Eurem Gebet und mit inniger Bitte um Hilfe an die Freunde und Beschützer unseres Hauses, an den Priestermönch Isidor und den Bischof Antoni und den Archimandriten Pimen. Vergeßt das nicht, denkt daran, viele Male habe ich mich, haben wir uns von der Wirksamkeit der Gebete und Bitten überzeugen können. Und ich

sage es noch einmal, vergeßt das nicht, meine Lieben, wendet
Euch in jeder Not an sie, denkt daran, daß Ihr in ihrer Person
die Beschützer unseres Hauses vor Euch habt, die uns kannten und liebten und sich zu Lebzeiten um uns gekümmert
haben.

1920. 3. VI.

10. Meine Lieben, in dieser schweren Zeit haben uns Freunde
und Bekannte sehr geholfen, ohne ihre Hilfe hätten wir nicht
überlebt. Von vielen Seiten haben wir Güte und Aufmerksamkeit erfahren, obwohl wir das gar nicht verdient haben.
Seid auch Ihr, meine Guten, immer gütig und aufmerksam
gegen die Menschen. Man muß nicht um sich werfen mit seinem Hab und Gut, seiner Liebe, seinem Rat; Wohltätigkeit
ist nicht nötig. Aber bemüht Euch, genau hinzuhören und
rechtzeitig denen wirksam zu helfen, die Gott Euch als der
Hilfe bedürftig sendet. Seid gütig und großherzig.

Wenn es Euch selbst schlecht geht, ruft Gott an, wendet
Euch an die Gottesknechte, an Nikolai den Wundertäter, an
den Ehrw. Sergij und den Ehrw. Serafim, wendet Euch an die
Beschützer unseres Hauses, von denen ich Euch schon gesprochen habe. Glaubt mir, meine Lieben, ich spreche aus
reicher Erfahrung, sie werden Euch nicht ohne Hilfe lassen.

Viele, viele Male habe ich mich von der Wirksamkeit der
Gebete überzeugt, und es ist nicht vorgekommen, daß ich
nicht erhört wurde, wenn ich sie um Hilfe anflehte. Also,
meine Teuren, meine Liebsten, vergeßt nicht zu beten und
Euch um Hilfe an die himmlischen Beschützer zu wenden.
Von den Freunden, die uns geholfen haben, nenne ich beson-
ders: Natalja Alexandrowna Kisseljowa, Sofja Sergejewna
Tutschkowa, Sofja Iwanowna Ognjowa und einige meiner
Schüler aus der Akademie.

11. Meine Lieben, die Sünde, die bei Euch zu sehen mir besonders schmerzlich wäre, ist der Neid. Seid nicht neidisch,

meine Lieben, neidet keinem etwas. Seid nicht neidisch, das verkleinert den Geist und macht platt und schal. Wenn Euch sehr nach etwas verlangt, dann erarbeitet es Euch und bittet Gott, daß Ihr das Gewünschte bekommt. Nur, seid nicht neidisch. Eine spießige Seele, Kleinlichkeit, üble Nachrede, Bosheit, Intrigen – das alles kommt vom Neid. Seid nicht neidisch, tröstet mich darüber, und ich werde Euch beistehen und den Herrn, soviel ich kann, um Hilfe für Euch bitten.

Und dann – rechtet nicht mit denen, die älter sind als Ihr, verurteilt sie nicht, tadelt sie nicht, bemüht Euch, die Sünde zu verhüllen und sie nicht zu bemerken. Sagt Euch: »Wer bin ich, daß ich urteilen dürfte, kenne ich denn die inneren Beweggründe, um verurteilen zu können?« Verurteilung kommt größtenteils vom Neid und ist etwas Abscheuliches. Erweist jedermann die gebührende Ehre, seid nicht unterwürfig, erniedrigt Euch nicht, aber urteilt auch nicht über Dinge, die Euch von Gott nicht anvertraut sind. Achtet auf Eure eigenen Dinge, bemüht Euch, sie so gut wie möglich zu tun, und tut alles, was Ihr tut, nicht für andere, sondern für Euch selbst, für Eure Seele, und strebt danach, aus allem Nutzen, Erbauung und Nahrung für die Seele zu ziehen, damit nicht eine Minute Eures Lebens ohne Bedeutung und ohne Inhalt verfließt.

Moskau. 1921. 19.–20. III. Nacht.

Bei W. I. Lissew. Von Sonnabend zu Sonntag

12. Meine lieben Kinderchen, mein Herz sehnt sich nach Euch. Wenn Ihr groß seid, werdet Ihr erfahren, wie sich das Vaterherz und das Mutterherz nach den Kindern sehnt. Und es sehnt sich nach meiner armen Mutter, sie ist einsam, und mir fehlt die Kraft, mich ihr innerlich zu nähern. Vieles, vieles möchte ich Euch schreiben. Die Gedanken und Empfindungen kommen in Scharen zu mir, aber ich habe weder die Kraft

noch die Zeit, sie festzuhalten. Eins dringt besonders darauf, niedergeschrieben zu werden.

Gewöhnt Euch daran, haltet Euch dazu an, bei allem, was Ihr tut, auf Klarheit, Eleganz und eine gute Gliederung zu achten; duldet nichts Verschwommenes, tut nichts ohne Geschmack und irgendwie. Bedenkt, im »Irgendwie« kann sich das ganze Leben verlieren, und umgekehrt, ein gewissenhaftes, rhythmisches Tun, selbst bei Dingen und Arbeiten, die gar nicht besonders wichtig sind, kann Euch vieles geben, was sich für Euch später vielleicht als die tiefste Quelle neuen Schöpfertums erweist. Um Oletschka mache ich mir in dieser Hinsicht keine Sorgen, und um Kira imgrunde auch nicht, am meisten fürchte ich, daß mein Erstling Wasjenka die Dinge laufen lassen könnte und seine Ärmel nicht hochkrempelt. Gebe Gott, daß es nicht so kommt. Aber ich fürchte, Wasja gerät seinem Onkel Schura nach.

Und noch etwas.

Wer seine Sache irgendwie macht, der wird auch so sprechen, aber das nachlässige Wort, das verschwommene, das konturenlose, zieht in seine Undeutlichkeit auch das Denken hinein. Meine lieben Kinder, erlaubt Euch keine Unachtsamkeit im Denken. Das Denken ist eine Gabe Gottes, und man muß sorgfältig mit ihm umgehen. Klarheit und Gewissenhaftigkeit in seinem Denken ist die Gewähr für geistige Freiheit und Freude am Denken.

1922. 14. VIII.

Schon lange wollte ich dieses aufschreiben: Betrachtet, so oft Ihr könnt, die Sterne. Wenn Euch schwer ums Herz ist, betrachtet die Sterne oder bei Tage den blauen Himmel. Wenn Ihr betrübt seid, wenn man Euch beleidigt, wenn Euch etwas nicht gelingt, wenn ein Sturm in Eurer Seele tobt, tretet hinaus ins Freie und bleibt allein mit dem Himmel. Dann wird Eure Seele zur Ruhe kommen.

Mik, mein liebes Kleines, Du bist immer so krank, die Krankheiten und Leiden nehmen kein Ende. Gib die Schuld nicht Mama, mein Liebes; sie litt und leidet mehr als Du – Deine Zeit ist es, die Dich quält. Mögest Du in Ewigkeit unter dem Schutz der Gottesmutter stehen, mein strahlender Engel! Du sollst wissen, mein liebes Söhnchen, daß wir Dich aus ganzer Seele lieben und über Dich weinen. Mögest Du Dir und allen zur Freude leben, der Herr beschütze Dich, mein Kind.

Nachwort

von Fritz Mierau

I

Unsere Begegnung mit Pawel Florenski hat eben begonnen. Es ist die Begegnung mit einem symbolischen Leben und symbolischen Denken von unvergleichlicher Kraft und Freiheit. Als einen »Riß in der Weltgeschichte« erlebt der Gymnasiast mit siebzehn im letzten Jahr des 19. Jahrhunderts den Zusammenbruch des modernen wissenschaftlichen Weltverständnisses. Mit dreißig, nach dem Studium der Mathematik und Theologie in Moskau zum Priester geweiht und von seinem geistlichen Führer, Bischof Antoni (Florensow), auf das apologetische Lehramt an der Kaiserlichen Moskauer Geistlichen Akademie gewiesen, gründet Florenski sein Leben und Denken auf die Möglichkeit eines symbolisch-persönlichen Ichs: »Katharsis, Mathesis, Praxis! Man kann nur schreiben, was man durchgemacht hat«, heißt es in einem Brief vom 27. Juli 1912. Im weiteren ahne er »Töne der Tragödie – des Mysteriums«. »Aber das ist nur ein Ahnen, und ich habe noch keine Vorstellung davon, wie das sein wird und ob es irgendwie kommen wird. Man muß sehr, sehr wachsen, um die Mathesis zu übersteigen, und sehr viel leiden, um bis zu dem Mysterium, bis zu der Praxis zu gelangen. Was sich da bisher bei mir zeigt, sind allein die Erlebnisse, denen ich mein Familienleben verdanke und die dieses Leben ausmachen.« Pawel Florenski hatte am 25. August 1910 Anna Michailowna Giazintowa geheiratet, die Tochter eines Bauern aus dem Gouvernement Rjasan, und am 21. Mai 1911 war ihr erster Sohn

Wassili geboren worden. Mit neununddreißig, angesichts der Zerstörung Rußlands und Europas, nach Kriegen, Revolutionen und Bürgerkriegen wird Florenski sagen, die Welt stehe »an der Schwelle einer neuen geistigen Synthese«, und seine Lebensaufgabe in der »Wegbereitung einer künftigen ganzheitlichen Weltanschauung« sehen: »Wenn etwas Positives zu erreichen ist, dann nur in und durch eine solche Verschmelzung, daß, wenn auch nur zwei Menschen bis zum letzten, bis auf den Grund einander verstehen, der eine für den anderen eine Unendlichkeit vorstellt... ›Werke‹ an und für sich, nicht geheiligt durch persönliche Beziehungen, scheinen mir unnötig. Die ›Werke‹ sind für mich nur symbolisch wertvoll, sofern sie den persönlichen Verkehr ausdrükken und ihm dienen.« Mit fünfundfünfzig, nach vier Jahren Haft und Lager, empfängt Pawel Florenski den Märtyrertod; er wird am 8. Dezember 1937 erschossen. Den Vorschlag der Tschechoslowakei, ihn durch Verhandlungen freizubekommen und seine Ausreise zu bewirken, hatte er unter Berufung auf den Apostel Paulus, seinen Namenspatron, abgelehnt. »Nicht sage ich das des Mangels halben, denn ich habe gelernet, bei welchem ich bin, mir genügen zu lassen.« (Phil. 4, 11)

Die Früchte seines Denkens hat Pawel Florenski in zwei großen Zyklen gesammelt, die er 1912 als »Theodizee« und »Anthropodizee« bezeichnet. Dem Wort des Apostels Paulus über die Kirche folgend (1. Thim. 3, 15) nennt er seinen »Versuch einer orthodoxen Theodizee in zwölf Briefen« – »Pfeiler und Grundfeste der Wahrheit«; das Thema der Rechtfertigung Gottes habe ihn seit zehn Jahren beschäftigt. Der Theodizee müsse die Anthropodizee folgen – »von den Geheimnissen und Mysterien, von der Gnade und Gottesverkörperung in allen Arten und Gestalten«. 1922, nach wieder zehn Jahren, unter dem Titel »An den Wasserscheiden des Denkens (Grundzüge einer konkreten Metaphysik)« angekündigt, erweist sich der zweite Zyklus als ein weit verzweigtes

Unternehmen, das in mehreren Lieferungen vorgelegt werden soll. Die erste Lieferung umfaßt nach einer mystischen und einer methodologischen Einführung (»Auf dem Makowez« und »Wege und Mittelpunkte«) Abhandlungen über die beiden Erkenntnisfähigkeiten, die »seit alters als die edelsten« gelten: das Sehen und das Hören; es sind allein zwei selbständige Bücher, nämlich »Die umgekehrte Perspektive« und »Denken und Sprache«. Eine zweite Lieferung umfaßt Arbeiten zur Verkörperung der Form, darunter »Homo faber«, »Organprojektion«, »Traumsymbolik«, »Raum des Leibes und mystische Anatomie«, »Makrokosmos und Mikrokosmos«. Eine dritte Lieferung umfaßt Arbeiten zu Form und Organisation, darunter »Das Ganze in der Zeit«, »Organisation der Zeit«, »Entwicklungszyklen«, »Die Formel der Form«. Weitere Lieferungen sollen folgende Gegenstände behandeln: »Die allgemeinmenschlichen Wurzeln des Idealismus«, »Die Metaphysik des Namens im Licht der Geschichte«, »Philosophie und Lebensgefühl«, »Das Schaffen von Symbolen und das Gesetz der Stetigkeit«.

Während die »Theodizee« 1914 erscheint, die inzwischen in zwei Reprints und in französischer, italienischer, auszugsweise auch in deutscher Übersetzung vorliegt, bleibt die Anthropodizee zu Florenskis Lebzeiten ungedruckt und ist bis heute noch nicht vollständig veröffentlicht. Sie hatte sich auch gegenüber dem Prospekt von 1922 weiter verzweigt: Eine »Philosophie des Kults« (1918–1922) gehört dazu, in deren Umkreis auch das deutsch erschienene Buch »Die Ikonostase« (1921–1922) steht. Ein »Wörterbuch der Symbole« wird vorbereitet. Die zweite Lieferung findet eine große Entfaltung in Florenskis Vorlesungen »Analyse des Raums (und der Zeit) in den Werken der bildenden Kunst«, die er zwischen 1921 und 1924 an den Höheren Künstlerisch-Technischen Werkstätten in Moskau hält. Die »Metaphysik des Namens« entwickelt sich zu einem ganzen Buch »Namen«

(1923–1926). In gewisser Weise führen auch die praktischen Arbeiten auf den Gebieten des Kunststoffs und der Elektrotechnik, denen er sich nach der Schließung der Geistlichen Akademie zu widmen hat, die »Anthropodizee« weiter: ihnen entspringen die Bücher »Nichtleiter und ihre technische Anwendung« (1924) und »Karbolit, seine Herstellung und Eigenschaften« (1928). Noch in den Lagern im Fernen Osten und auf den Solowki-Inseln im Weißen Meer setzt Florenski mit Untersuchungen zum Dauerfrostboden und zur Jodgewinnung aus Wasserpflanzen seine Forschungen in der einst entworfenen Richtung fort. »Was habe ich mein ganzes Leben gemacht?« schreibt er in einem der letzten Briefe an die Familie am 21. März 1937: »Ich habe die Welt als ein Ganzes betrachtet, als einheitliches Bild und als Wirklichkeit, aber in jedem Augenblick oder genauer gesagt in jedem Abschnitt meines Lebens unter einem bestimmten Gesichtswinkel. Ich habe die Weltverhältnisse an einem Weltquerschnitt in einer bestimmten Richtung, auf einer bestimmten Ebene untersucht und mich bemüht, die Struktur der Welt auf Grund dieses in dem jeweiligen Lebensabschnitt mich interessierenden Merkmals zu begreifen ... Entgegen dem groben Mechanizismus und dem feinen Mechanizismus, die die *Qualität* leugnen, wird die eigenartige, qualitativ besondere Natur der einzelnen Momente ans Licht gebracht, die in ihrer Bedeutung universell und in ihrem Wesen individuell sind.«

2

Es gibt aber noch ein drittes großes Thema, das Florenski seit frühestem beschäftigt. Wenn ihm ein Werk nur etwas gilt als die Beziehung zwischen Menschen, als Verkehr mit der Person – nicht »caritativ« übrigens, nicht im »Dienst am Nächsten«, wie er ausdrücklich hervorhebt, sondern in der »Berührung der bloßen Seele mit der bloßen Seele« –, dann mußten Gestalt und Person die Mitte all seiner Bemühungen bilden. Dieses Thema ist sein liebstes und sein schmerzlichstes gewesen. Sein liebstes, weil sich dem Eros seiner Erkenntnis hier die Fülle des Wirklichen bot, sein schmerzlichstes, weil dieser Eros nicht vor der eigenen Person haltmachen würde, ja erst bei ihr seine tiefsten Intuitionen gewänne. Am Ende, wird Florenski sagen, sei es immer das Märchen der Kindheit, das jeder sich selbst erzählt. Alle Forschung und Theorie unaufhörlich gespeist aus den Intuitionen der Kindheit. Kein Schritt gedeihlich ohne die Rückannäherung an die ewig lebendige Kindheit, an die objektive Wahrnehmung der Welt. Doch damit hatte es seine Schwierigkeiten: Florenski wagte nicht, über sich etwas zu sagen, weil ihm fehlte, was man vielleicht den Familienleib, den Geschlechterleib nennen darf, in den er es hätte hüllen können. Einer russisch-armenischen Verbindung entstammend, war der Junge großgeworden, ohne viel von seiner Herkunft zu erfahren. Seine Mutter hatte gegen den Willen ihres Vaters in die russisch-orthodoxe Familie geheiratet und dies als einen Bruch mit dem Geschlecht, ja als Trennung von ihrem Volk empfunden, so daß alle Gespräche über die armenischen Vorfahren, selbst über Namen, immer heikel blieben, und sein Vater vermied aus Rücksicht auf diese Entsagung alles, was seinen Glauben und seine Familie über Gebühr in Erinnerung bringen konnte. So fehlt dem sprachmächtigen Mann die Sprache, wenn die Rede auf ihn selbst kommt.

Mit liebender Hingabe sehen wir den Dreißigjährigen sich genealogischen Forschungen widmen, und nichts ist so bezeichnend für seine Not und sein Verlangen wie die Verknüpfung von Erkenntniswillen und Erkenntnisscheu; in einem Brief vom 26. Oktober 1915 an Wassili Rosanow sind drei Dinge in eins gedacht – die Neigung zu Verborgenheit und Verschwiegenheit, der Abscheu vor einer redseligen, enthüllenden »Glasnost« und die verehrende Hinwendung zu den

Vorfahren. »… ich *will* mich nirgends zu Hause fühlen«, schreibt Florenski, »als in dem vertrauten, *dunklen* Wiegengrab meiner Heimaterde, und meinen größten Schmerz und meine größte Freude sage ich nur der Mutter Erde. – Sie sagen die Wahrheit: doch nicht jede Wahrheit muß ausgesprochen werden. Die entgegengesetzte Überzeugung ist dieses ›Tschernyschewski-Pissarewsche‹, das unter dem Signum ›Glasnost‹ *alles* Ursprüngliche, alles Teure, alles Friedvolle zerstört, das jede lokale, zufällige Unwahrheit zu einer ›Perle der Schöpfung‹ macht und unter Krokodilstränen sich lustigmacht über die Verschmutzung der Welt, die nichts anderes mehr ist als eine einzige internationale Abgeschmacktheit. Alle reden von Roheit, ohne zu merken, daß Roheit nicht in der persönlichen Sünde liegt, wie immer sie sich offenbare, sondern in der schamlosen Enthüllung des Vaters.« Er wühle und wühle in Dingen, die wohl nie an die Öffentlichkeit gelangen und höchstens Freunden mitgeteilt werden können: »Ich sammle die *Namen* meiner Vorfahren, stelle die Beziehungen zwischen den einzelnen Zweigen meines Geschlechts fest, vertiefe mich mit Liebe in die Betrachtung der wenigen Dinge, die von jedem zu erfahren sind: das erfordert große Anstrengung, ständige Korrespondenz, Durchsicht Dutzender von Bänden und Akten, Nachfragen, Reisen sogar.« Ein Jahr oder einen Namen zu finden, sei eine Entdeckung, jedes Dokument, jeder Aktenauszug eine große Freude. Diese Arbeit werde noch mehrere Jahre in Anspruch nehmen. Seine Familie sei »unglaublich bunt, vom kleinen Stadtbürger bis zu den Grafen Rasumowski, die beinahe auf den Thron gekommen wären, von armen Küstern bis zum berühmten Bischof, von schicksalgeprüften Waisen bis zu einflußreichen Gebirgsfürsten. Das ist so bunt, daß man viel Zeit braucht, um sich darin zurechtzufinden. Aber die Küster von Kostromá sind die einzigen, die mich wirklich interessieren, und nur ihnen gehört mein Herz.«

Ein Jahr nach dieser Offenbarung, am 7. September 1916, beginnt Florenski mit der Niederschrift seiner Erinnerungen. Er hatte auch hier zu der Darstellungsart gefunden, die ihm immer die liebste war – die der Anrede, der unmittelbaren Berührung. Wie er »Pfeiler und Grundfeste der Wahrheit« als Briefe an den vertrautesten Freund seiner Studienzeit an der Geistlichen Akademie, Sergej Troizki, schreibt, wie er die »Konkrete Metaphysik« seinen Studenten an der Akademie vorträgt, so wendet er sich nun an seine Kinder. Auf das Titelblatt setzt er am 20. September 1916:

Priester Pawel Florenski
Zur Erinnerung an Euren Vater
Meinen Kindern Wassili und Kirill
Erinnerungen an vergangene Tage

Wassili war 1911, Kirill 1915 geboren. Später setzt Florenski Oletschka und Mik hinzu, Olga wurde 1918, Michail 1921 geboren. Auf einem anderen Titelblatt mit der Aufschrift »Meinen Kindern« vermerkt Florenski ausdrücklich, daß diese Notizen, sollten sie nach einer Überarbeitung je gedruckt werden, nur »*so* betitelt sein sollen: ›Meinen Kindern‹«. Daß Pawel Florenski wenige Monate später, als er nach dem Thronverzicht Nikolais II. im Februar 1917 von der Verpflichtung als Redakteur des »Theologischen Boten« entbunden wird und das äußerste für sein Leben befürchten muß, seinem Testament die gleiche Überschrift gibt, bekräftigt den Geist des Vermächtnisses, den diese »Erinnerungen an vergangene Tage« tragen.

Obwohl immer wieder unterbrochen, haben die »Erinnerungen« Florenski nicht wieder losgelassen. Von September bis November 1916 entstehen die Teile »Frühe Kindheit« (1882–1884) und »Das Besondere« (1886–1887); von Mai bis Juni 1920 entsteht »Hafen und Boulevard« (1885–1886); von April bis Mai 1923 entstehen »Natur« (1886–1887) und »Religion« (1888–1892); »Wissenschaft« (1897–1899) entsteht von November bis Dezember 1923 und »Zusammenbruch« (1899) zwischen Juni 1924 und September 1925. Von einigen Teilen liegen mehrere Fassungen vor, Florenski hat jedoch selbst keine abschließende Redaktion und Gliederung vornehmen können. So stammen die Überschriften »Frühe Kindheit«, »Religion«, »Wissenschaft« und »Zusammenbruch« sowie die Anordnungen der Teile von den russischen Herausgebern, der Familie Florenski.

Ob Florenski seine »Erinnerungen« fortsetzen wollte und in welcher Richtung, bleibt zunächst undeutlich. Sein Enkel, Abt Andronik, der die Einleitung zur russischen Ausgabe schrieb, macht auf eine Passage aus Florenskis Plan »Lebensalter« aufmerksam, die auf entsprechende Absichten schließen läßt: »V. Universität: Entdeckung des Menschen als Prinzip der Erkenntnis. VI. Abschluß der Universität: Krise: Entdeckung der Religion. VII. Professur: Krise des Pharisäertums: Entdeckung der Vorfahren.« Wir müssen abwarten, ob sich weitere Teile finden.

Eine Fortsetzung der »Erinnerungen« kennen wir jedoch, eine schmerzliche Fortsetzung, die Fortsetzung in den wohl einhundert Lagerbriefen Pawel Florenskis an seine Familie. Was bisher daraus bekannt geworden ist, zeigt Florenski noch in der größten Erschöpfung als einen freien Mann, der aus den Lagern, in denen mit dem Leib die Person ausgelöscht werden sollte, gegen das Vergessen schreibt. Die Sorge um die eigene Vergangenheit, die Suche nach der Botschaft seines Geschlechts, die Klage um den Verlust seiner Denkkraft und seines Erinnerungsvermögens – immer in der Gewißheit des Sinns dieser »Praxis«. In der Gewißheit, daß niemand und nichts verloren ist, daß alles seine Zeit hat. Im März 1936 schreibt Florenski an seine Tochter Olga: »Es ist meine tiefe Überzeugung, daß die Menschen, wenn sie sich aufmerksamer den Eigenheiten ihres Geschlechts als Ganzem zuwendeten und die Erblichkeit beachteten, die sich in einem bestimmten Alter nicht ganz so prägnant äußern mag, aber später unbedingt zutage treten wird, viele Komplikationen und schwere Umstände vermeiden könnten.« Idee und Ziel seiner in den Lagerbriefen weiter lebendigen autobiographischen Anstrengungen sind unverändert. Kein Zweifel, hatte er in seinen Vorlesungen über Raum und Zeit im Kunstwerk fünfzehn Jahre zuvor gesagt, jedes Geschlecht werde von einem eigenen Wachstumsgesetz beherrscht und durchlaufe bestimmte Lebensalter. »Kein Zweifel aber auch, daß das Gesetz eine *Freiheit* einschließt, eine Freiheit, die in ihrer schöpferischen Kraft im Durchschnitt die Freiheit eines einzelnen Vertreters des Geschlechts ebenso übertrifft wie die Lebensfülle des Geschlechts im Ganzen die eines einzelnen Gliedes des Geschlechts im Durchschnitt übertrifft… Das Geschlecht ist frei, zu seiner eigenen Idee *nein* zu sagen und sich von der Quelle seines Lebens abzuschneiden. Nach diesem schicksalhaften *Nein* gegen sich selbst gibt es für das Geschlecht keinen Grund mehr weiterzuexistieren, und es geht auf die eine oder andere Weise zugrunde. Es ist die Lebensaufgabe jedes Einzelnen, die Struktur und Form seines Geschlechts, seine Aufgabe, sein Wachstumsgesetz, seine kritischen Punkte, das Verhältnis der einzelnen Zweige zueinander sowie ihre speziellen Aufgaben innerhalb des Geschlechts zu erkennen, nicht eine individuelle, selbstgestellte Aufgabe, sondern seine Aufgabe als Glied des Geschlechts, als Organ des höheren Ganzen. Nur bei dieser Selbsterkenntnis des Geschlechts ist ein bewußtes Verhältnis zum Leben des eigenen Volkes und zur Geschichte der Menschheit möglich…«

3

Mit einem überraschenden Wort hat sich Florenski 1936 in einem Brief an seine Frau Anna einen »Pionier« genannt und darin Züge seines Geschlechts gesehen, die er bei den Kindern gepflegt finden wollte: »Die Natur unseres Geschlechts ist so beschaffen, daß wir nur dort erfolgreich sein können, wo schöpferische, wo Pionierarbeit zu tun ist. Alle meine Vorfahren in direkter oder Seitenlinie waren Pioniere.« Eine Gefahr liege in einem Übermaß an Initiative und in fehlender Systematik bei der Ausbildung; das habe häufig zu einem Mißverhältnis zwischen Aufwand und Ergebnis geführt: die Entdecker der neuen Wege seien selbst die Wege selten bis zu Ende gegangen. Daher mahnt Florenski zur Vorsicht vor akademischem Formalismus und rät zum Anschluß an die andere Tradition des Geschlechts, die Tradition des Konkreten. Es ist insbesondere das Symbolische, das Goethesche, das er gern stärker gewonnen sähe. Ich möchte, schreibt er am 6. September 1935 an seine siebzehnjährige Tochter Olga, »daß Du die Wirklichkeit symbolisch wahrnimmst«. In einer kühnen gedanklichen Wendung kommt Florenski in diesem Brief auf den beklagenswert geringen Anteil des Symbolischen am slawischen Geistestypus zu sprechen. Er habe die russische Übersetzung des »Serben-Epos« gelesen, die serbischen Lieder, die allgemein in Europa großes Aufsehen erregt haben, und besonderen Genuß an der Lektüre der ältesten Gesänge gefunden: »Große Schönheit, große Stilisierung und vieles meiner Seele unendlich nahe, vermutlich ein Echo meiner fernen Vorfahren vom Balkan oder aus noch südlicheren Gegenden, die mir unbekannt geblieben sind. Zugleich aber auch der Widerpart zum Zoroastrischen, offenbar von den anderen Vorfahren: Schwermut, Hoffnungslosigkeit. Es gibt im Slawentum keine Sonne, keine Transparenz, keine Schärfe. Ihm fehlen Klarheit und Friede. Immer irgendwelche ausweglosen, innerlich unmotivierten Komplikationen.« In diesem serbischen Epos lägen die Wurzeln Dostojewskis zutage, und man verstehe, wie er aus der slawischen Seele hervorgegangen sei – unter Abzug des »Rittertums«. Er glaube, das hänge wesentlich mit der mangelnden Hinwendung zu einer symbolischen, goetheschen Weltauffassung zusammen, und damit ist Florenski wieder bei der Definition seiner eigenen Lebensaufgabe im russischen Geistesleben. Von welcher Seite immer man Pawel Florenskis Pionierarbeit beschreibt, dies wird den Mittelpunkt bilden müssen. Der frühe Entschluß, sich der historischen Kirche zu verbinden, das Studium der Mathematik, sein Priestertum, die denkerische Hinwendung zu den Symbolen der Unendlichkeit, zu Liturgik und »Philosophie des Kults«, zu den allgemeinmenschlichen Wurzeln des Idealismus, zur Aufgabe der Geschlechter in der Geschichte – alles führt zu seinem Symbolismus. Hier findet Florenski den Raum, in dem er der ekstatischen Empfänglichkeit seiner Kindheit in ihrem jubelnden Entzücken und in ihrem scheuen Beben lebendige Dauer verleihen kann, wie er das im Kapitel »Das Besondere« seiner Erinnerungen am 25. Juni 1920 gesagt hat:

»Ich möchte gern, daß ihr, meine Kinder, dieses mein grundlegendes Weltgefühl versteht. Es ging mir darum, die Welt in ihrer Lebendigkeit zu erkennen, in ihren wirklich existierenden Beziehungen und Bewegungen. Daß es in der Welt *Unbekanntes* gab, war, wie ich erfuhr, nicht ein zufälliges Unvermögen meines bis dorthin noch nicht vorgedrungenen Verstandes, sondern eine wesentliche Eigenschaft der Welt. Unbekanntheit ist das Leben der Welt. Daher war es mein Wunsch, die Welt als eine *unbekannte* zu erkennen, ihr Geheimnis nicht anzutasten, aber doch dahinter zu schauen. Das Symbol war das Erschauen des Geheimnisses. Denn das Geheimnis der Welt wird durch Symbole nicht zugedeckt, sondern aufgedeckt, und zwar in seinem eigentlichen Wesen, d. h. als *Geheimnis*.«

Berlin, im Januar 1993   *Fritz Mierau*

Ausgaben und Darstellungen des Werks Pawel Florenskis

Die Ikonostase, Urbild und Grenzerlebnis im revolutionären Rußland; Übersetzung und Einführung von Ulrich Werner, Stuttgart 1988, ²1990

Die umgekehrte Perspektive, Texte zur Kunst; aus dem Russischen übersetzt und herausgegeben von André Sikojev, München 1989

Das Salz der Erde, Bericht über das Leben des Starez Isidor, Priestermönch im Gethsemane-Skit; aus dem Russischen übersetzt und herausgegeben von André Sikojev, München 1989

An den Wasserscheiden des Denkens, ein Pawel Florenski-Lesebuch; herausgegeben von Sieglinde und Fritz Mierau, Berlin 1991

Denken und Sprache; herausgegeben von Sieglinde und Fritz Mierau, Berlin 1993

Namen; herausgegeben von Sieglinde und Fritz Mierau, Berlin 1993

Michael Silberer, Die Trinitätsidee im Werk von Pavel A. Florenskij, Versuch einer systematischen Darstellung in Begegnung mit Thomas von Aquin; Würzburg 1984

Michael Hagemeister, Pavel Florenskij und seine Schrift »Mnimosti v geometrii« (1922); in: P. A. Florenskij »Mnimosti v geometrii« (Imaginäre Größen in der Geometrie); Nachdruck, München 1985

P. A. Florenskij und die Kultur seiner Zeit; herausgegeben von Nina Kauchtschischwili und Michael Hagemeister, Marburg 1993

Anmerkungen

1 *Turatschí:* Halsbandfrankoline (Francolinus francolinus), rebhuhnartige Hühnervögel

2 *Dsherán:* Persische Kropfgazelle (Gazella subgutturosa)

3 *Unda fluens palmis...* (lat.): Die den Händen entrinnende Flut, kann sie Danaë verfehlen (Ovid, Metamorphosen, Buch 11, 117)

4 *Montpensier:* Französisches Gebäck, benannt nach der Grafschaft Montpensier; in Rußland Bezeichnung für Fruchtbonbons

5 *Tschilím:* Wassernuß (Trapa natans)

6 *Buka:* Wahrscheinlich verwandt mit Puck: Kobold, Hausgeist; in den westlichen Mythologien ein böser Geist, in den östlichen einer, der dem Haus Glück und Segen bringt, auch Führer in die Unterwelt

7 *Curcumá:* Ingwer

8 *Rafflesia Arnoldi:* Parasitär lebende Pflanze, die die größte Blüte im Pflanzenreich – mit einem Durchmesser bis zu 1 Meter – hervorbringt

9 *Il faut lui donner...* (frz.): Man muß ihm ein Glas Zuckerwasser geben.

10 *Pauvre homme...* (frz.): Armer Mann, er ist sehr nervös.

11 *Essbouquet:* Essence Bouquet, Parfüm, das für die englische Königin Victoria hergestellt wurde

12 *Badjan:* Sternanis (Illicium verum)

13 *Was scheint der Mond so hell:* Romanze nach dem Gedicht von Jakow Polonski »Sonne und Mond«

14 *Ich denke des wunderbaren Augenblicks:* Romanze von Glinka nach dem Gedicht von Puschkin »An...«

15 *Phaèton:* Leichte, offene Reisekutsche

16 *Mtschadí:* Georgische Maisfladen

17 *Dshondsholi:* Gemeine Pimpernuß (Staphylea pinnata). Die kugeligen Blütenknospen der ca. 12 cm langen, hängenden Blütentrauben verwendet man im Kaukasus anstelle von Kapern.

18 *Churmá:* Kakipflaume (Diospyros kaki)

19 *Alytschá:* Kirschpflaume (Prunus cerasifera var. divaricata)

20 *Muschmulá:* Mispelbeere oder Mispelbirne (Mespilus Germanica)

21 *Salsapareli:* Salsaparille, Stechwinde (Smilax syphilitica)

22 *Felderdbeere:* Knackelbeere, auch Graserdbeere oder Hügelerdbeere (Fragaria viridis)

23 *Warenje:* Früchte in Sirup, eine Art Konfitüre

24 *Colchicum:* Zeitlose

25 *Großes Schneeglöckchen:* Wohl Märzbecher (Leucojum vernum)

26 *Kleines Schneeglöckchen:* Galanthus nivalis

27 *Weihnachtsrose:* Wahrscheinlich Christrose, Schwarze Nieswurz (Helleborus niger)

28 *Laren:* Römische Schutzgötter des Hauses und der Familie

29 *Penaten:* Römische Hausgötter, die Hauswesen und Wirtschaft schützen

30 *Himmelblaues Schneeglöckchen:* Scilla amoena

31 *Königszepter:* Wahrscheinlich Karlszepter (Lychnis coronaria)

32 *Kamelanchion:* Zylinderförmige Kopfbedeckung der orthodoxen Geistlichen

33 *Prosphore* (grch. prosphora »Darbringung«, »Opfergabe«): Abendmahlsbrot der Ostkirche, aus Weizen und Wasser gebacken, gesäuert

34 *pietas erga parentum* (lat.): Pflichtgefühl gegenüber den Eltern

35 *pius* (lat.): gottesfürchtig, tugendhaft

36 *pietas erga pueros* (lat.): Pflichtgefühl gegenüber den Kindern

37 *Jesiden* (Jeziden): Glaubensgemeinschaft zwischen Christentum und Islam, hauptsächlich in Mesopotamien und Kurdestan; Anbetung des Vogels Melek Ta'us (Engel Pfau)

38 *Melikien:* Besitztümer der kaukasischen Meliks (Gebirgsfürsten)

39 *Lobio:* Helmbohne (Dolichos lablab)

40 *tusemzy* (russ.): Eingeborene

41 *Swintriwurzel:* Weißwurz (Polygonatum)

42 *Kindsa:* Koriander

43 *Kulitsch:* Russischer Hefenapfkuchen, der zu Ostern gebacken wird

44 *Gogol-Mogol:* Milchgetränk aus geschlagenem Eigelb, Zucker, Wein oder Fruchtsaft oder Honig mit Gewürzen, z. B. Muskatnuß

45 *laisse-le* (frz.): laß ihn

46 *laisse-la* (frz.): laß sie

47 *Pas'cha:* Quarknapfkuchen zu Ostern

48 *Blaue Igel:* Früchte des Durianbaumes (Durio zibethinus)

49 *Kurkumapapier:* Mit Kurkuma (Kurkumagelb) getränktes Papier, das durch Alkalien braunrot, durch Säuren wieder gelb wird

50 *to paleion stoma* (gr.): die alte Mündung

51 Das Testament spricht zu Florenskis Frau Anna Michailowna, zu den Kindern Wassili, Kirill und Olga sowie im letzten Teil zu Michail (Mik).

Personenregister

Von Florenski genannte Werke erscheinen in diesem Register *kursiv*.

Bach, Johann Sebastian (1685–1750) 45, 47, 87, 88
Bain, Alexander (1818–1903), englischer Psychologe und Philosoph, vgl.
    auch Mill 58
Becquerel, Antoine César (1788–1878), französischer Physiker: *Traité de
    l'Electricité et de Magnétisme* (1855/56) 268
Beethoven, Ludwig van (1770–1827) 73, 87, 200
Bergson, Henri (1859–1941), französischer Philosoph 303
Böcklin, Arnold (1827–1901), schweizer Maler 257
Böhme, Jakob (1575–1624), deutscher Mystiker 18
Buddha (gest. um 560 v. Chr.) 342

Carpenter, Edward (1844–1929), englischer Schriftsteller. Den Aufsatz
    »Modern Science« (1903 in die Sammlung »Civilisation. Its Cause and
    Cure and other Essays« aufgenommen), den Florenski meint und der rus-
    sisch 1898 erschien, übersetzte nicht Lew Tolstoi, sondern Sofja L. Tol-
    staja. Lew Tolstoi schrieb aber das Vorwort dazu 289, 337, 341
Chladni, Ernst Florens Friedrich (1756–1827), deutscher Physiker. Die nach
    ihm benannten »Chladnischen Klangfiguren« entstehen, wenn man eine
    mit Sand bestreute *Metallplatte* in Schwingungen versetzt; die sich dabei
    bildenden Muster lassen Rückschlüsse auf die Art der Schwingungen zu 75
Comte, Auguste (1798–1857), französischer Positivist, sein Hauptwerk:
    »Cours de philosophie positiv« (1830–1842) 144
Cook, James (1728–1779), englischer Seefahrer und Entdecker 172
Crookes, Sir William (1832–1919), englischer Physiker, Erfinder der nach
    ihm benannten Entladungsröhre 21, 45, 224

Darwin, Charles (1809–1882), englischer Naturforscher und Begründer der
    Evolutionstheorie 225, 227
Datiko s. David Melik-Begljarow
Davey, S. I., englisches Medium 232
Davy, Sir Humphrey (1778–1829), englischer Chemiker, erfand 1815 die
    nach ihm benannte Sicherheitslampe (Grubenlampe), bei der sich explo-
    sive Gase außerhalb der Lampe nicht entzünden können 311
Dickens, Charles (1812–1870), englischer Schriftsteller 72
Dostojewski, Fjodor Michailowitsch (1821–1881), russischer Schriftsteller
    71–73, 309
Du Bois-Reymond, Emil Heinrich (1818–1896), deutscher Physiologe und
    Physiker, Schriftsteller: *Goethe und kein Ende* (1883) 219

Ern, Wladimir (Wolodja) Franzewitsch (1882–1917), russischer Philosoph
    107

Faraday, Michael (1791–1867), englischer Physiker und Chemiker, Entdecker der elektromagnetischen Induktion (1832); seine Tagebücher: *Experimental Researches* in Electricity (1844–1855); *Experimental Researches* in Chemistry and Physics (1859)   267, 311

Nachweis der Abbildungen

Die Porträtaufnahmen (Abb. 1–12) stammen aus dem Archiv der Familie Florenski, Moskau; sie wurden dankenswerter Weise vom Enkel des Autors, Pawel Wassiliewitsch Florenski, zur Verfügung gestellt.

Abb. 13 wurde entnommen aus *Agnes Herbert*, Casuals in the Caucasus, London 1912.

Die Abb. 14 und 15 wurden nach historischen Postkarten reproduziert.

Abb. 16 wurde entnommen aus *Elisée Reclus*, Nouvelle Géographie universelle, la terre et les hommes, Paris 1881, t. VI.